사고
쳤어요

사고
쳤어요

초판 1쇄 인쇄일 2016년 08월 24일
초판 1쇄 발행일 2016년 08월 29일

지은이 | 미묘리
펴낸이 | 김기선
편집장 | 김은지

펴낸곳 | 와이엠북스(YMBOOKS)
출판등록 | 2012년 7월 17일 (제382-2012-000021호)
주소 | 서울시 도봉구 노해로 379, 1005호(창동, 대성빌딩)
전화 | 02)906-7768 / **팩스 |** 02)906-7769
E-mail | ymbooks@nate.com

ISBN 979-11-322-3855-3 03810

값 9,000원

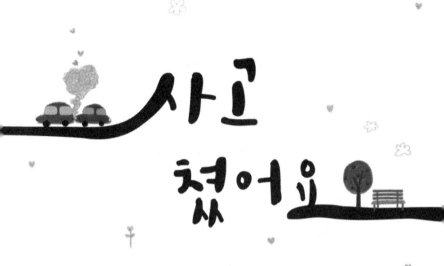

사고 쳤어요

YMBOOKS
ROMANCE STORY

미묘리 장편소설

BOOKS

차 례

프롤로그. 미필적고의에 의한 접촉 사고

아침 7시 30분. 보도에선 출근하는 사람들로 인산인해를 이루고 있다고 한다. 도로 역시 교통 체증으로 인하여 꽉 막힌 상태. 이러다가는 정말 지각이겠다고 운전자들 모두가 발을 동동 굴리고 있을 때, 흰색의 소나타 차량 차주는 운전대를 꽉 붙잡고서 부동자세로 움직이지 못하고 있었다.

눈은 초점 없이 흐릿했고, 이마에는 굵은 땀방울이 흐르고 있었다. 아직 한여름의 무더위가 시작되지 않은 6월 중순의 날씨는 땀을 한바가지나 흘릴 만큼 덥지 않은데도. 가만히 보니 무엇인가를 생각하고 있는 것처럼 보인다. 머릿속으로 무슨 상상을 하는 것인지, 계속 초점 없는 눈동자를 한곳에 집중한 채다. 그때 신호가 바뀌었고, 앞에 있던 모든 차량의 바퀴가 굴러가기 시작한다. 소나타

바로 앞에 외제차 한 대가 앞을 향해 쭉 달리니 다음은 소나타 차주가 앞으로 달려 나갈 차례다.

하지만 여전히 그녀는 운전석만 붙잡고 있을 뿐 움직일 생각이 없어 보였다. 성미 급한 차주들이 클랙슨을 세게 울리기 시작하자 그제야 흐려진 초점이 맞춰지며 선명해진다. 룸미러를 통해 뒤에 서 있는 차들을 보며 상황을 파악한 뒤에 차를 출발시켰다. 아직도 그녀는 정신이 없다. 눈동자는 쉴 새 없이 움직이며 운전에 집중하는 것 같았지만 머릿속은 뒤죽박죽 엉망이었다.

바로 지난주에 있었던 일이 그녀의 머릿속을 어지럽게 만들고 있었다. 그는 분명 출장이 있다고 했다. 일주일 정도 만나지 못할 거라며 꽃을 보내곤 기다려달라고, 보고 싶어도 참겠다고 달콤한 말로 사랑을 속삭이기까지 했다. 그랬는데, 분명 그랬는데, 호텔에서 본 남자는 분명 그가 맞았다.

그녀가 흐트러진 머리를 쓸어 올리니 머리카락 사이로 반지가 햇살에 반짝 빛이 난다. 그 반지도 그가 결혼하자며 청혼할 때 끼워 준 프러포즈 반지다. 그녀와 그는 결혼을 약속했고, 이제 두 달 후면 인생의 동반자가 된다. 그런데 호텔이라니. 그것도 여자를 옆에 끼고서 룸으로 통하는 엘리베이터에 오르는 그의 모습을 보다니. 붉은 입술을 잘근 깨물며 조금씩 차오르는 눈물에 자존심이 무참하게 구겨졌다.

"나쁜 자식."

입술을 너무 깨물어 피가 나는 것 같다. 혀로 입술을 핥으니 비릿한 피 맛이 느껴졌다. 아직 그녀는 도로에 머물러 있다. 운전하며

우는 것은 자살 행동이나 다름없는데도 눈물은 계속해서 그녀의 뺨을 타고 흘러내렸다.

"나쁜 놈!"

반지 낀 왼손으로 붙잡고 있던 핸들을 내려쳤다. 분이 풀리지 않는다. 의심이 확신이 되던 순간의 자신이 떠올라 미칠 것 같은 분노에 휩싸였다.

"개자식. 결혼하자고 해놓고선, 그래놓고선 딴 여자를 만나? 호텔을 드나들어? 나쁜 새끼야!"

다시 한 번 핸들을 내려치니 손바닥이 얼얼할 정도로 통증을 일으킨다. 하지만 통증은 심장이 무너져 내리는 고통보다는 덜했다. 심장이 아프니 다른 곳을 아프게 해서 심장의 통증을 줄여볼까 싶어 한 번 더 내려쳤다. 그런데도 아직 심장은 아프다. 손에서 느껴지는 이깟 통증, 하나도 아프지 않았다.

어떻게 하면 이 심장의 고통을 줄일 수 있을까?

한참 다른 생각에 빠져 있을 때, 바로 앞의 차들은 신호를 받고 모두 대기하는 중이었다. 하지만 그녀는 앞의 상황을 인지하지 못하고 있었다. 그녀의 차가 점점 대기하고 있는 차들 가까이 다가갔다. 이러다가는 정말 부딪칠 수도 있다. 점점 더 가까이 다가서는 차. 그때 1차선 도로에 서 있던 차량 한 대가 그녀를 향해서 클랙슨을 세게 울렸다. 깜짝 놀란 그녀는 엑셀을 세게 밟았고, 차는 아스팔트 바닥에 큰 스크래치를 내며 앞차의 뒤 범퍼와 부딪치며 멈춰 섰다.

끼익- 쾅-

두 대의 차는 예상대로 꽤나 큰 소음을 내며 부딪쳤고, 뒤차의 운전자인 그녀의 몸이 앞으로 확 쏟아졌다. 덕분에 핸들에 이마를 찧고 말았다. 그렇다면 앞차는? 앞차의 운전자 또한 뒤에서 들이박은 충격에 몸이 앞으로 확 쏠려 핸들에 가슴을 박았다. 얼마나 어이가 없을까? 신호에 맞춰 대기하던 멀쩡한 자신의 차를 들이박은 정신 나간 운전자가 얼마나 원망스러울까?

남자는 겨우 몸을 일으켜 뻐근한 뒷목을 붙잡고선 차 문을 벌컥 열었다. 땅에 발을 디디는 데도 남자의 건장한 몸이 휘청거렸다. 얼마나 큰 충격이었으면. 남자의 몸은 아우성을 치고 있었다. 뒷목은 뻐근하고, 핸들에 가슴을 제대로 부딪쳤는지 갈비뼈가 금 가거나 나간 것 같은 통증을 일으켰다. 겨우 걸음을 떼고선 아직 일어나지 않고 있는, 모른 척하고 있는 뒤 차량에게 가까이 다가갔다.

흰색 차량에게 가던 남자는 잠시 멈춰 자신의 차 상태를 확인했다. 번호판이 아예 반으로 갈라져 있음은 물론 뒤 범퍼도 박살이 나 있다. 여기서 2차로 화가 폭발했다. 아, 진짜 재수가 없으려니까. 중 얼거리던 남자가 아까와는 다른 빠른 걸음걸이로 소나타 차량 앞으로 걸어갔다.

최대한 화를 억누르며 창문을 두드렸다. 똑, 똑, 똑. 창문에 비치는 모습으로, 운전자는 긴 머리의 여자였다. 여자가 이리 대범한 운전을 하다니. 대체 어떻게 생겨 먹은 여자인지 궁금했다. 다시 창문을 두드리니 핸들에 이마를 박고 있던 여자가 고개를 들었다. 사고를 낸 것에 미안하긴 한지 고개를 푹 숙이고서 차 문을 열었다. 여자의 힐이 바닥에 닿았고, 차 문이 닫히니 여자가 고개를 천천히 들어 올렸다.

그 짧은 몇 분의 시간, 그녀는 생각을 정리하고 사고를 수습하기로 했다. 정중히 사과하고, 보상은 물론 병원비까지 모두 줄 생각이다. 그런데, 고개를 든 여자의 표정이 더 딱딱하게 굳었다. 지난밤 결혼을 약속한 애인이 바람을 피운 현장을 목격했을 때보다 더한 얼굴이다.

남자도 마찬가지였다. 화를 버럭 내려고 소리를 치려던 때, 서서히 시야에 비치는 여자의 얼굴에 남자의 입이 굳게 다물어졌다. 남자와 여자는 각각 생각했다.

세상에 어떻게 이런 우연이.

우연이 세 번 겹치면 운명이라고 했던가.

두 사람의 눈을 보면 필시 두 사람은 서로를 알고 있다. 그것도 아주 많이, 아주 오랫동안.

그가 굳었던 입매를 풀며 입술이 벌어졌다. 경악스런 표정을 하고 있는 여자를 보면서 그가 부드러운 미소를 짓는다.

"……오랜만이다, 김여희."

13년. 13년 만에 도정우와 김여희가 마주했다.

이 무슨 운명의 장난이란 말인가.

이. 우연, 3+1

"오랜만이다. 김여희."

도정우의 입가에 밝은 미소가 지어졌다.

13년 만이다. 정확히 13년 만에 도정우는 여희를 마주 볼 수 있었다. 그래서 그것만으로도 그의 가슴은 흥분으로 벅차올랐다. 반가움보다는 흥분이 먼저였다. 13년 동안 뛰지 않았던 심장이 다시 세차게 뛴다. 제 것이지만 제 것이 아닌 것 같은 느낌이 컸던 심장이, 다시 움직이고 있다. 그녀를 본 것만으로도.

여희는 눈동자만 움직이고 있었다. 눈앞에 펼쳐진 이 상황을 어떻게 받아들여야 할지. 교통사고니까 단순히 보상만 해주면 된다고 생각했는데, 상황은 예기치 못한 곳으로 치닫고 있었다. 13년 만이다. 그날 이후로 도정우와 마주하게 될 줄은, 지금 이 상황만큼이나 믿겨지지 않았다.

"……나만 반가운 것 같네?"

그다음 말이 이어지지 않으니 도정우가 멋쩍게 슬쩍 말을 건넸다. 여희는 아직 정신이 없는 눈치다.

"난 무척 반가운데."

그는 다시 용기를 내어 이 상황을 바꾸려고 했다. 그제야 여희도 정신을 차렸다.

"어…… 차는…… 어쩌지?"

순간 여희는 아차 싶었다. 반갑다는 인사에 반갑다는 말이라도 대신했어야 함을 뒤늦게 알아차린 것이다. 한껏 표정을 구기는 여희를 보며 도정우가 낮게 웃었다.

"여전하네. 김여희."

"……미안, 인사를 먼저 했어야 하는데. 한국엔 언제 왔어?"

"2주 전에. 그나저나 반갑다는 인사를 이런 식으로 받게 될 줄은 몰랐어."

자신의 차량을 쭉 훑어보던 도정우가 피식 웃었다. 왜 자꾸 웃음이 나는지. 이렇게 만나게 된 상황이 기막혀서인가, 아님 다시 만나게 돼서 기쁜 것인가. 아마도 후자인 것 같다. 반면 여희는 마음이 불편했다. 사고를 내고 만 것도 짜증 나는데, 왜 하필이면 차주가 이 차주인지. 13년 만의 만남이 교통사고라니. 그것도 어이가 없고, 이것도 어이가 없다. 여희는 찡그린 표정으로 박살 난 서로의 차량을 살폈다. 이를 어쩐담.

조금 전까지의 대범함은 어디로 간 것인지. 한껏 쪼그라든 김여희만이 있을 뿐이다.

"일단 보험 회사부터 부를게. 알아서 처리는 해주겠지만…… 다친 곳은 없어?"

다친 곳이라. 그러고 보니 그녀의 차가 부딪칠 때, 그의 몸이 앞으로 쏠려 핸들과 가슴이 부딪쳤었다. 가슴의 통증이 작게 느껴졌지만 이내 여희를 보고 나서 심장이 뛰었던지라 정작 가슴의 통증은 느끼지 못하고 있었다.

도정우는 재빨리 생각했다. 교통사고는 보험 회사를 불러서 처리하면 되는 것이지만, 그렇게 되면 불과 2시간 정도면 일이 해결될 것이다. 여희를 다시 만날 구실이 사라지는 것이다. 여기서 헤어지고 싶지는 않았다. 어떻게 다시 만난 인연인데, 벌써 두 번을 놓치지 않았던가. 이대로 살면서 스쳐 지나가는 쉬운 인연이 되고 싶지는 않았다. 그리하여 도정우는 아픈 척을 해보자고, 아니 진짜 아픈 것이라고 자신을 세뇌시켰다. 이윽고 그가 오른쪽의 갈비뼈 부분을 움켜잡았다.

"아니. 좀 다친 것 같아."

여희의 동그란 눈매가 더 넓게 확장되었다. 깜짝 놀라서 '어떡해'를 연발하며 인상을 잔뜩 찌푸린 그를 살핀다.

"많이 아파? 어떡하지? 아, 119! 119 부를게."

여희가 곧 휴대폰을 꺼내 들었다. 정말로 119를 부를 작정인지 버튼을 꾹꾹 누른다. 손의 움직임이 다급한 마음을 보여주듯 빨랐다. 연결음이 들리고, 그녀가 휴대폰을 귀로 가져가니 119 상황실로 연결이 되기도 전에 도정우의 손이 그 휴대폰을 잽싸게 빼내었다.

휴대폰은 허공을 날아 가볍게 그의 손바닥 위로 떨어졌다. 여희가 눈을 동그랗게 떴다.

"119는 됐고, 나랑 세 시간만 같이 있자. 김여희."

"……."

"딱 세 시간. 세 시간만 나한테 줘라."

어쩌다, 결국, 이렇게 마주 앉게 된 두 사람.

세 시간만 달라던 도정우의 말에 흔쾌히는 아니지만 결국 그의 원대로 해주었다. 사고에 의한 협상 테이블이라 해두면 좋을 거라고 여희는 속으로 생각했다.

접촉 사고라도 사고는 사고였다. 엄연히 범죄였고, 큰 사고로 이어지는 계기가 될 수도 있었다. 여희는 자신의 잘못을 인지했고, 자신이 잘못한 것이라고 인정했다. 인정을 했으니 입을 열어 사과를 해야 하는데, 바로 앞에 앉은 녀석이 몇 분째 뚫어져라 쳐다보고 있으니 도저히 입술이 떨어지지 않았다. 마른 목을 축이려 앞에 놓인 물 잔을 그러쥐는데 그의 눈동자가 빠르게 움직이기 시작한다.

도정우는 물을 마시는 여희의 얼굴을 꼼꼼하게 훑었다. 웃으면 반달로 휘어지지만 가만히 있으면 크고 둥근 눈매, 오뚝한 콧날과 동그란 콧방울, 도톰하고 연한 분홍빛이 감도는 입술. 달걀형 얼굴에 또렷하게 자리 잡은 이목구비는 13년 전과 같았다. 13년이면 강산이 한 번 바뀌고, 사계절이 벌써 몇 바퀴는 돌았는데, 그녀는 여전히 빛나고 있었다.

하지만 도정우는 계속해서 13년 전과 달라진 것을 찾으려 샅샅이 훑고 있다. 13년 전과 다른 것은 무엇일까? 나이가 있으니 사람을 대하는 태도나 노련함, 힘든 세상살이에 대한 노곤함, 딱 보니 직장인 같아 보이는데, 혹시나 상사에게 부딪치고 치이고, 깨져서 얻게 되는 피곤함? 그런 여희의 신변에 대한 작은 단서라도, 아무리 찾으려 눈알을 굴려도 그의 시선엔 13년 전과 다름은 찾아볼 수가 없다. 13년 전처럼 그녀는 아직도, 여전히 순수하고, 예쁘다.

"음……. 일단 미안해. 어차피 일어난 일이니까 솔직하게 털어놓자면 운전하다가 다른 생각을 했어. 그건 내 잘못이야. 미안해."

도저히 그가 먼저 입을 열지 않을 것이라고 판단한 여희가 오늘 있었던 사고에 대해서 털어놓았다. 여희는 말을 하면서도 면목이 없었다. 사고를 당한 피해자인 그는 또 얼마나 당황스러웠을까?

나이가 들면서 여희에게도 생긴 다른 점이라면 바로 뻔뻔스러움이다. 그 뻔뻔스러움은 막 억지를 부려서 잘못한 것도 잘못하지 않은 것으로 몰고 가는 억지가 아니다. 지나치게 솔직하다는 것을 그녀는 뻔뻔스러움이라 불렀고, 오늘 일어났던 사고는 큰 사고로 이어질 수 있었던 일이기에 충분히 사과해야 마땅했다.

이번엔 그녀가 커피 잔을 손에 들었다. 천천히 커피를 머금은 그녀의 눈가가 파르르 떨린다. 그 모습을 줄곧 눈에 담아두고 있는 도정우였다.

"그런데……."

드디어 침묵을 지키던 도정우의 입술이 다시 벌어졌다. 여희의 눈동자가 그에게 고정되었다.

"난 이 얘기 그만하고 싶은데, 김여희."

"……어?"

그의 시선은 무척 날카로웠다. 그만하고 싶다는 말의 어조가 너무도 분명하고, 귀에 쏙쏙 박혀들어서 오히려 당황스럽기까지 했다.

"오랜만에 봤는데 안부는 제쳐두고 사고 이야기를 먼저 하니까 난 좀 불편해."

"……아, 미안."

"미안하다는 말도 좀 안 했으면 하는데."

여희의 두 눈에 살짝 좁혀진 그의 미간이 가득 들어왔다. 그만하고 싶다는 말에 이어서 미안하다는 말도 그만했으면 한다는 말에 그녀의 심기도 약간 사나워지려 하고 있었다. 미안하다는 사과의 말을 계속 하고 싶어서 꺼냈을까? 사고로 인해 불미스러운 일을 겪게 만들었으니 그에 따른 사과는 여느 보통의 사람들이 하는 행동이다. 자신은 그에 맞게 행동을 했을 뿐인데, 왜 꾸짖음 비슷한 말을 들어야 하는지 솔직히 기분이 좋지 않았다.

"근데 있잖아."

하고 싶은 말은 본래 꼭 해야만 직성이 풀리는 여자가 바로 여희였다. 어릴 때부터 꼭 하고 싶은 말은 해야 했고, 하지 않으면 과장을 보태서 입 안에 가시가 돋쳤었다. 그 천성이 어디를 갈까? 13년이 지났지만 김여희는 그대로였으니까.

"내가 낸 사고에 대한 책임을 지고 싶어서 한 말이야. 이 상황에선 꼭 해야만 하는 이야기이고, 또 내가 끼친 사고에 대해서 네가 손해 본 것들도 정리해주고 싶었어."

강단 있고, 다부지게 말하는 여희를 물끄러미 응시하던 정우가 돌연 웃음을 터트린다. 난데없는 웃음에 이번엔 그녀의 눈빛이 살짝 달라졌다. 그는 그녀가 귀여웠다. 변하지 않고 여전히 그대로인 여희가 좋아서, 반가워서 웃음이 나왔던 것이다. 이윽고 그가 웃음을 멈추고는 말했다.

"난 손해라고 생각 안 하는데."

저건 또 무슨 말이야? 그녀가 궁금하다는 표정으로 도정우를 바라봤다.

"네가 낸 접촉 사고 때문에 우리가 이렇게 만나게 됐잖아. 넌 그게 손해라고 생각하는 거야?"

정우가 벙쪄 있는 여희에게 물었다. 갑작스런 되물음에 여희의 정신이 어지러워졌다.

도대체 무슨 말을 하고 있는 거니, 도정우?

"……이 사고가 넌 반가워?"

"어."

"왜?"

"널 만나게 해줬으니까."

헐. 그야말로 헐이었다. 도대체가 어딜 봐서 반갑다는 뜻인지. 그녀로서는 도무지 정우의 속을 알 수가 없었다. 다시 쳐다본 그의 표정은 여전히 속을 알 수가 없었다. 얼굴 만면에 가득 퍼진 저 미소는 뭔가 비열해 보이기까지 하다. 여희는 도정우를 만나게 된 것이 좋지만은 않은 기분이었다.

"아, 접촉 사고를 내줘서 고맙다고 해야겠네. 너한테."

"비꼬는 거니?"

참다못한 여희가 대놓고 불쾌한 기분을 표시했다. 그녀는 도정우가 하는 모든 말이 꼭 자신을 비꼬는 것 같은 기분이 들었다. 이에 정우도 기분은 좋지 않았다. 어쩐지 자신이 하는 모든 말이 그녀에겐 비꼬는 투로 들렸다는 뜻이니까.

"아닌데."

"난 어쩐지 그렇게 들린다."

'생각보다 많이 꼬였네. 김여희.'

속으로 정우는 그렇게 생각했다. 세월이 흘렀으니 그녀에게도 달라진 점이 있다면, 이런 것일까.

"생각보다 많이 꼬였다, 김여희."

"뭐?"

얘가 대체 지금 무슨 이야기를 하고 있는 건가. 그녀의 이마에 깊은 주름이 새겨졌다.

"난 사고가 어찌 됐든 널 이렇게라도 만나게 돼서 좋다는 뜻이었어."

도정우는 사고에 대한 이야기보다 만나서 반갑다는 안부 인사, 혹은 오랜만에 봤으니 그간 살아온 이야기가 듣고 싶었다. 그런데 그녀는 다짜고짜 반갑다는 자신의 인사도 무시한 채로 사고에 대해서만 얘기하고, 실로 반가워하지 않는 표정으로 차갑게 말하니 기분이 좋지 못했던 것이다.

"근데 넌 날 봐서 반가워하기는커녕 사고에 대해서만 말하니까 내가 좀 많이 서운하다."

도정우는 살짝 웃음을 머금고서 여희를 직시했다. 그 표정엔 서운하다는 감정이 역력히 묻어났다. 그래서 여희는 살짝 미안했다.

"기분 나빴다면…… 미안하다. 사과할게."

다시 정우는 여희의 표정을 살폈다. 살짝 찡그린 미간과 자신을 바라보는 표정 모두를 샅샅이 훑어봤다. 표정에서 많은 변화가 일어난 것은 아니었지만 좀 더 다양한 표정을 보여주기를 바랐던 것 같다. 그만큼 자신을 그리워해주기를, 반가워해주기를 바랐다.

"보고 싶었어."

여희가 깜짝 놀라 두 눈을 크게 떴다. 정우는 입가에 미소를 띠고서 여희를 바라봤다. 여희가 당황할 것임을 알지만 말하고 싶었다. 13년간이나 그리워하고 또 그리워했던 자신의 마음을 조금이라도 느끼게 해주고 싶었다. 설령 그녀가 자신을 단 한 번도 그리워하지 않았을지라도. 그러나 정우는 알고 있다. 그녀도 자신을 그리워했을 것이라고. 그렇지 않았다면 자신을 바라보는 시선이 지금처럼 흔들리지는 않았을 테니까.

"야, 도정우."

참다못한 여희가 살벌한 말투로 그의 이름을 불렀다.

"넌 이런 상황에서 그런 말을 하고 싶니?"

반면에 여희는 솔직하게 답하는 정우가 이해되지 않았다. 그때나 지금이나 변한 것 없이 자신을 대하는 태도도 불편했다. 지금은 그때와 많은 것이 달라졌는데, 그럼에도 왜 자신은 자꾸만 저 말에 흔들리는 것일까, 또 믿고 싶어지는 것은 왜일까?

"이런 상황이 아니라 그 어떤 불행한 상황이 닥쳤다고 해도 난 내 감정에 솔직했을 거야."

"도정우."

"적어도 감정에 솔직하지 못하는 너보다는."

또 한 번 여희의 미간이 구겨졌다. 감정에 솔직하지 못하다며 자신을 질책하는 말을 했다. 아마 그는 서운하기 때문에 그렇게 말했을 것이다. 그것을 알지만 그래도 기분이 유쾌하진 않았다. 정말 도정우는 13년 전에 일어났던 그 일에 대해서는 모르는 것일까? 지금의 그를 봤을 땐, 모르고 있는 것이 확실해 보였다. 그래서 여희는 더 화가 났고, 이젠 그가 원하는 대로 감정에 솔직해보고자 말했다.

"그래, 솔직히 난 너 별로 안 반가워."

"……왜?"

"넌 너랑 내가 친했다고 생각하니?"

"어."

도정우는 너무도 당연하게 답했다. 정말 친했다는 듯이 말이다. 친하지 않을 수가 없다는 것처럼. 잠시 여희는 고등학교 시절에 만났던 도정우를 떠올렸다.

그는 키가 지금처럼 컸다. 머리도, 입고 있던 교복도 단정했다. 처음 그를 만났을 때, 고등학교 2학년 새 학기가 시작되던 날이었고, 우연히 고개를 들어 올렸을 뿐인데 도정우와 눈이 딱 마주쳤었다. 그 순간 여희의 심장이 쿵쾅 뛰었었다. 그리고 그의 얼굴 주변으로 새하얀 도화지가 되었었다. 그때 알았다. 생전 처음으로 사랑이란 감정을 알게 되었다는 것을.

그러나 지금은 아니다. 다시 현실로 돌아온 여희는 도정우를 똑바로 쳐다봤다.

"그래, 그건 네가 느끼는 감정이니까. 근데 도정우. 난 너와의 관계를 피해자와 가해자로만 묶였으면 해. 도정우와 김여희가 아니라."

여희는 자리에서 일어나 가방을 뒤적여 명함을 꺼내 테이블 위에 올려두었다.

"병원 가서 진단서 떼고, 자동차 수리비 견적서 나오면 연락해."

간단명료하게 말한 뒤 자신을 지나쳐 걸어가는 여희의 뒷모습을 보던 정우도 의자를 끌며 일어섰다. 자신과 점점 멀어지는 그녀의 뒷모습에 대고 정우가 입을 열었다.

"김여희."

그가 이름을 부르자 그녀의 걸음이 자리에 멈췄다.

"……네 말대로 해주면 넌 곤란해질 거야. 그래도 상관없어?"

도정우는 양쪽 주먹을 꼭 쥐었다. 여희가 자신을 반가워하지 않는다는 사실도, 그냥 남남처럼 피해자와 가해자의 관계로만 남고 싶다는 말도 정우는 하나도 믿겨지지 않았다. 그는 여전히 여희를 잊지 못했고, 13년 전처럼 그때의 감정이 남아 있기 때문이다. 그는 실낱같은 희망을 갖고 있었다. 여희의 마음도 자신과 같기를. 허나 그건 모두 그만의 착각이었던 듯하다.

"상관없어."

"그래, 알았다. 연락할게."

여희는 그대로 카페를 나갔다.

13년이다. 13년 동안 그는 그녀를 잊어본 적이 없었다. 한국에서의 가장 즐거웠던 날을 떠올리라 하면 그는 당연 여희와 함께하던 그 시절을 떠올리곤 했다.

어김없이, 언제나, 항상, 매번. 그 말들은 그와 그녀가 함께 공존하던 시절을 떠올릴 때면 따라붙는 수식어였다. 그는 그윽한 시선으로 제 손바닥에 놓인 명함을 내려다봤다.

<영광 고등학교 윤리 교사, 김여희.>

휴대폰 번호와 함께 적힌 그녀의 직업. 그는 여희를 만나고 난 직후부터 내내 그 생각만 하고 있었다.

어떻게 하면 여희를 제 옆에 붙잡아둘 수 있을까. 어떻게 하면…… 어떻게 할까…….

영광 고등학교 3학년 교무실.

정우와의 만남을 뒤로하고 곧바로 출근한 여희는 내내 머릿속이 복잡했다. 사고가 나도 그런 사고가 나고, 하필이면 사고의 피해자가 도정우라니. 살면서 이런 우연은 정말 처음이다. 지독할 정도다. 뒤죽박죽. 안 그래도 모든 것이 뒤죽박죽이라 딱 죽고 싶은 심정인데, 거기다 도정우까지 신경 써야 할 판이라니. 결국 여희는 제 머리를 쥐어뜯으며 책상에 머리를 쿵쿵 찧었다.

그 모습을 옆에서 지켜보고 있던 한 남학생. 키가 무척이나 크고,

덩치 또한 컸다. 남학생은 여희를 보며 생각했다. '또 시작이네. 이번엔 또 무슨 일이래?' 그 생각을 하는 것을 보면 저런 모습을 하루 이틀 보는 것만은 아닌 것 같다.

남학생은 낮은 한숨을 내쉬더니 들고 있던 진학진로서를 옆에 두고선 책상에 손을 슥 내밀었다. 계속 머리를 찧고 있던 여희의 이마가 책상이 아니라 학생의 손바닥에 부딪치니 그녀가 머리를 들었다.

"어?"

남학생의 표정을 본 여희가 놀란 눈이 되자 남학생은 그 모습이 꼭 토끼 같다고 생각했다.

"한심해요, 진짜."

"언제 왔어? 왔으면 인기척을 하든가."

산발이 되었을 제 머리를 손으로 매만지며 남학생에게 말을 건넸다. 아무렇지 않은 척하는 말투가 꼭 나 무슨 일 있어, 라고 외치는 것만 같았다.

"진학진로 프린트 걷어 오라면서요."

"어, 그래."

가져온 프린트를 급하게 확인하는 여희를 물끄러미 내려다보던 남학생이 대뜸 물었다.

"무슨 일 있으세요?"

"일은 무슨. 아, 어제 야자 뺀 애들 명단 좀 적어와. 사유서도 같이 주면 좋고."

"눈 빨개요, 샘."

서류에서 잠시도 눈을 떼지 않던 여희가 돌아보니 남학생의 시야에 붉어진 그녀의 눈동자가 보였다. 어젯밤, 또 잠을 설친 모양이다. 눈이 빨갛다는 남학생의 말을 흘려들은 그녀는 들어가서 공부하라는 말로 남학생을 돌려보낸 뒤에 화장실로 가서 거울을 들여다봤다. 거울 속에 담긴 자신의 모습은 선생님이라고 할 수가 없다. 고3 수험생이 따로 없는 몰골, 그 자체다. 머리는 산발에 이마는 빨갛고, 거기다 눈동자까지 빨갛다. 이건 영화에 나온 외계인 아닌가?

화장실을 나오니 이제 막 수업이 끝난 듯 8반에서 나오던 같은 과목 담당 석현이 여희를 보자마자 앞으로 달려왔다. 자연스럽게 나란히 복도를 걷는 두 사람.

"이마는 또 왜 그래?"

여희를 보자마자 이마에 생긴 붉은 자국에 석현이 물었다. 분명 1교시 전에는 없던 상처였다. 오늘은 지각까지 하더니 눈 밑엔 새카만 다크서클 하며, 붉게 충혈된 눈동자가 곧 결혼할 새 신부답지 않았다.

"묻지 마. 다쳐."

여희는 시크하게 꼬치꼬치 캐묻는 석현을 향해 넌지시 답했다. 그렇게 하지 않으면 석현은 파고 또 팔 것이기 때문에 적당히 거리를 두는 편이다. 김석현은 여희와 같은 과를 나왔고, 같은 학교에 근무하며 뒷반 담당 윤리 교사다. 성격이 유쾌하지만 안주 없인 술을 마시지 못하고, 거짓말도 잘 하지 못하며, 매사에 여희와 같이 엮어서 교내에 CC커플이라며 소문이 나 있다. 하지만 정작 두 사람은 전혀 그런 감정이 없는 사이다. 그저 같은 과목 담당 선생이고, 같은 학교를 나왔기 때문에 친한 것일 뿐.

"남친이 곧 남편 될 생각하니까 좋아서 그래?"

김석현의 단점은 바로 툭툭 내뱉는 저 말투다. 여희가 잠시 걸음을 멈춰 서자 석현의 걸음도 함께 멈춰 섰다. 남친이 곧 남편이 된다. 그 말이 미치도록 낯설었다. 다른 사람들 생각엔 지극히 당연하고, 자연스런 일인데, 막상 이런 상황이 되고 보니 다르게 느껴졌다. 모두 저렇게 생각할 것인데, 이대로 결혼이 깨졌다고 한다면 사람들이 과연 나를 어떻게 볼까? 결혼 2개월 앞두고 남친이 바람을 펴서 결혼이 깨졌다고 한다면? 하지만 그렇다고 그 말이 무서워서 예정대로 결혼을 하게 된다면?

꼬리에 꼬리를 무는 생각으로 한 자리에 그대로 서 있으니 석현이 분위기를 파악하곤 넌지시 입을 열려던 차였다. 그들의 앞으로 누군가가 불쑥 다가왔다. 머리 위로 그림자가 지니 여희가 고개를 위로 들어 올렸다. 그들 앞엔 키가 큰 영광이 있었다. 조금 전 교무실에 찾아왔던 남학생이다.

"영광아."

"이거요."

영광이는 일반 대형 밴드를 여희에게 건넸다. 이게 뭐지 싶어서 한참을 바라보는 동안 영광은 신경질적으로 여희의 손에 밴드를 쥐여줬다.

"이마 가리라고요. 추해요."

영광은 손가락으로 자신의 이마를 톡톡 쳤다. 그제야 이마에 난 붉은 상처를 가리라고 준 것임을 알고 여희가 엷은 미소를 지었다. 그러자 영광은 뺨이 화르륵 붉어져 얼굴을 홱 돌리고선 뒤돌아 걸어갔다. 그 모습을 보며 여희는 머릿속에 정리되지 못한 것들이 잠시 뒤로 밀어둔 느낌이 들어 빠르게 복도를 걸어가는 영광의 뒷모습을 바라봤다.

"저거 진짜 너 좋아한다니까."

그 옆에서 모든 행동을 지켜보던 석현이 또다시 툭 내뱉는다. 참으로 실없는 놈이다. 잠시 석현에게 눈을 흘기던 여희는 나름 기분이 좋아져 배시시 웃음을 터트렸다. 잠시나마 마음이 참 따뜻해진다.

검은색의 정장을 갖춰 입은 정우가 납골당을 찾았다. 가장 안쪽에 자리 잡은 칸막이 사이로, 그의 눈높이에 맞춘 중앙 칸에 가지고 온 꽃을 붙여놓았다.

평생 어머니가 좋아하셨던 안개꽃이다. 정우는 안개꽃을 볼 때마다 어머니를 추억했다. 가끔 안개꽃을 사다 주면 함박웃음을 짓던 어머니 생각에 눈시울이 붉어진다. 여기 이곳에 올 때까지도 울지 않겠다고 그리 다짐했건만, 그 다짐은 또다시 무너지고 만다.

어머니는 돌아가시기 전 정우에게 부탁했었다. 자신의 유해는 꼭 고국에 묻어달라고. 고국에 묻히고 싶다고. 그녀의 유언대로 정우는 장례를 치르고 곧바로 귀국했다. 귀국 시기가 빨랐던 점도 모두 어머니의 유언 때문이다.

"어머니, 한국에 오니까 좋아요?"

하지만 어머니의 자리는 너무도 쓸쓸해 보였다. 미국으로 갔던 그때처럼 어머니의 곁엔 여전히 아들 말고는 남편조차 없었다. 그점이 언제나 정우의 마음을 싸하게 긁고 지나간다. 긁힌 자리는 부풀어 올라 상처가 된다.

"어머니, 어머니……. 보고 싶다."

어머니를 부르짖던 정우는 안개꽃을 보며 웃던 어머니가, 아버지가 보고 싶다며 우시던 어머니가, 한국을 떠나면서 침울해하던 어머니가 떠올라 고개를 떨구었다. 낯선 타국에서 홀로 고생하던 어머니라도 좋으니 옆에 계셨으면…….

납골당을 나와 차에 오르니 때마침 휴대폰이 울렸다. 액정엔 아버지의 이름이 적혀 있고, 전화를 받아 드니 아버지의 고함 소리가 들렸다.

-어디야, 지금? 오늘 이사회 소집일인 거 알아, 몰라? 당장 튀어와!

전화는 그대로 끊겼고, 정우는 낮은 한숨을 내쉬었다. 아버지는 변함이 없었다. 언제나 자신이 하는 말만 하고, 하고 싶은 말만 했다. 다른 사람의 말은 들으려고도 하지 않았다. 그런데도 그가 운영하는 회사는 잘도 굴러갔다. 그 사실이 정우에겐 아직도 납득할 수가 없는 점이다. 다른 사람의 말도 듣지 않는 오너가 운영하는데도 회사는 여전히 탑의 자리에 있다는 것이 신기할 뿐이다.

정우는 천천히 차를 출발시켰다. 아버지는 정우가 한국에 오고 나서부터 제멋대로 자신의 후계자 입지를 다지기 시작했다. 그러더니 대뜸 이사회가 소집되었다고 통보를 해왔다. 이사회든 후계자든

그딴 건 개나 줘버렸으면 싶지만 아버지를 외면할 수 있을 만큼 독하지 못했고, 더군다나 아버지를 외면하지 말라는 어머니의 부탁이 있었으니 어쩔 수가 없었다.

이사회 시간은 오후 2시. 현재는 12시를 조금 넘기고 있다. 지금 가도 충분한 시간이란 뜻이다. 도로를 쌩쌩 달리는 차는 그때 그녀가 박았던 그 차와 같은 차였다. 뒤 범퍼를 갈고, 그리 많은 액수는 아니었지만 견적서도 받았다. 친구는 차를 새로 바꾸라고 했지만 그는 그렇게 하지 않았다. 오히려 이 차 덕분에 그녀를 만났으니 행운을 가져다준 차라고 생각되었다.

사실 원래의 정우라면 견적서조차 받지 않았을 것이다. 수리했으니 그것으로 되었다고 할 생각이었지만 그건 어디까지나 다른 사람과 사고가 났을 때 해당되는 말이다. 접촉 사고를 낸 사람이 그녀이니 말은 달라진다. 그는 어떻게 해서든 이것으로 그녀를 붙잡아둘 생각이었다.

거기다 그녀는 혼자가 아니던가. 그 나쁜 놈은 잊고 다른 사람을 만나야 할 테니 어쩌면 이것이 모두 하늘의 뜻이라고 생각했다. 또 하늘이 제 편이 되었다고도 생각했다. 그러니 그는 자신 있었다. 그녀를 제 옆에 둘 묘수를. 그리고 그 묘수가 곧 먹혀 들어가게 될 것이라는 것도.

손과 발이 모두 차갑다. 글라스를 쥔 여희의 손엔 땀으로 한가득이었다. 억지로 웃으려니 입가엔 경련이 일었다. 얼굴을 마주 보고 있으려니 고역이다.

저 얼굴로 그 여자와 입을 맞추었을까? 저 눈으로 여자의 눈을 보고 어떤 말을 했을까? 대체 그 여자와 어디까지 갔을까? 내내 박태준 얼굴을 마주하면서도, 아니 박태준을 만나기 위해 이 장소로 올 때부터 여희의 머릿속은 그 생각뿐이었다. 태준과의 미래를 꿈꾸던 김여희는 불과 2주 전에 사라졌다. 지금은 없다. 오로지 복수심에 불타는, 한을 품은 여자밖엔 없었다. 아무것도 모르는 박태준은 지금 그녀 앞에서 헤실헤실 웃고 있다. 예단과 혼수는 모두 장만했고, 신혼집 가구만 보러 다니면 되겠다며 자신과의 미래를 상상하며 웃고 있다.

저 미소, 박살내고 싶다. 자꾸만 눈꼬리를 하늘로 올리며 웃으니 비위가 약한 그녀의 속이 점점 뒤틀렸다.

"왜 말이 없어? 학교에서 무슨 일 있었어?"

"아니. 아무 일도 없었는데, 왜?"

"아니. 표정이 별로인 것 같아서. 이마는 또 왜 그래?"

태준은 손을 뻗어 여희의 상처 난 이마를 쓰다듬었다. 그러자 여희의 몸에 소름이 돋았다. 그의 손이 닿은 것만으로 온몸이 거부반응을 일으키고 있었다. 당장이라도 그 손 치우라고 소리를 지르고 뺨을 치고 싶은데, 지금은 상황이 아니다. 아주 기막힌 상황에서 뒤통수를 날려줘야 속이 좀 후련할 것 같았다. 그녀는 이마에 닿아 있는 태준의 손등을 부드럽게 감쌌다.

"아무것도 아니야. 아프지도 않아."

"아픈 것 같은데. 너 누구 건지, 아직도 몰라?"

이마를 만지던 태준의 손길이 거두어지며 제자리를 찾아가는가 싶더니 도리어 그녀의 뺨에 닿는다. 뺨을 부드러운 손길로 매만지니 또다시 온몸에 거부감이 확 끼쳤다.

"누구긴. 태준 씨 것이지."

내뱉은 말도 도로 집어넣을 수 있다면. 그런 방법 어디 없을까? 전국 곳곳이라도 찾아다니며 연구하고 싶을 정도다. 말하면서도 이리 소름이 끼치다니.

"이리 와봐."

태준은 여희를 끌어당기더니 자리에서 일어나 맞은편에 앉은 그녀의 이마에 입을 맞추었다. 그의 팔뚝을 잡은 그녀의 손아귀에 힘이 절로 들어간다. 태준의 마른 입술이 이마에 닿으니 이보다 더 큰 고통은 없을 거란 생각이 들었다.

싫다. 진짜 싫다. 싫어, 박태준.

처음엔 현실을 부정했다. 내 남자가 그럴 리 없다고, 절대 태준이 아닐 거라고. 하지만 점점 현실을 인정하게 되었고, 그날 밤, 돌아서면서 태준에게 전화를 걸었다. 하지만 그는 받지 않았다. 그때서야 믿기지 않던 것이 와닿았고, 밤을 지새우고 나서야 인정하게 되었다. 태준은 바람이 난 것이 틀림없음을. 자신에게 꽃을 보내놓고 안심하게 만든 다음 출장 핑계를 대고 그 여자와 호텔에 간 것이다. 믿을 수 없던 것들이 믿어지게 되니 다음으론 격한 분노가 터졌다.

어떻게 그럴 수가 있지. 미친 거지. 미친 거야, 박태준!

분노하다가 울었고, 또 분노하다가 울었다. 바람 난 상대에 대한 분노란 세상이 무너지는 것 같다는 말과 딱 맞았다.

그래도 결혼을 약속한 남자였다. 그녀의 연애는 고작 두 번. 딱 한 번의 실패로 오랜 시간 남자는 만날 수도 없다가 겨우 마음을 열고 만난 남자가 바로 박태준이었다. 그만큼 태준은 그녀에게 적극적으로 대시했고, 모든 여자가 말하듯 나 좋다는 남자를 만나야 행복하다는 말을 믿고 자신에게 헌신적인 그의 마음에 끌렸다. 그래서 만났고, 청혼을 받아들였다. 30대 초반의 결혼적령기에 접어들고 있는 여자에겐 자연스런 일이다. 그런데, 이렇게 뒤통수를 맞게 되다니.

인생사에 딱 두 번째인 남자인데, 이 남자의 마음마저 자신을 배신하다니. 스스로가 너무도 초라해서 견딜 수가 없었다.

태준은 계속해서 속 좋은 이야기를 했다. 그 말이 듣기 싫어서 딴 생각을 해보고, 창밖을 내다보기도 하고, 냉수를 마시겠다며 일어나기도 했다. 그런데도 그는 줄곧 눈치 없이 미래에 대한 이야기만 했다. 다른 사람이 볼 땐 참 괜찮은 남자, 미래지향적인 남자, 진취적인 남자라고 생각하겠지만 그녀 마음에는 이제 전혀 그렇게 와닿지 않았다. 태준은 그저 돌아갈 수 있는 방을 만들어 거기에 그녀를 인형처럼 가두고 자신은 밖을 전전하며 다른 여자를 품에 안았다가 돌아와 평안히 그녀를 안고 잠드는 날라리, 양아치인 남자로밖엔 보이지 않았다.

태준이 잠시 화장실에 간 사이, 그녀는 얼음이 가득 들어 있는 냉수 한 잔을 벌컥 들이켰다. 이가 시리면서 찬 기운이 식도를 싹 지나쳐가는 탓에 몸이 얼음처럼 차가워짐에도 정신은 여전히 어지럽고, 혼란으로 가득 차 있다. 다시 냉수를 시켜 원샷하는데, 메시지가 날아왔다.

[나야. 도정우. 지금 좀 봤으면 하는데. 연락해라.]

정우의 문자였다. 그 문자를 눈으로 휙 읽던 그녀가 휴대폰을 주머니에 넣었다. 그래, 이참에 이 핑계를 대고 나가자.

정우의 문자를 이용하기로 하고, 서둘러 가방을 어깨에 맸다. 때마침 화장실에서 나온 태준이 일어서는 여희의 어깨를 붙잡는다.

"어디 가게?"

여희는 활짝 웃으며 고개를 끄덕였다.

"잠깐 친구가 보자고 해서."

"지금?"

"응, 급한 일인가 봐."

"얼마나 급한데? 꼭 가야 돼?"

"응. 미안."

태준은 아쉬운 표정이 역력한 채로 시간을 확인한다.

"나 오늘 너랑 있으려고 스케줄 다 뺐는데."

가면을 쓰고선 태준을 향해 아쉬움 가득한 표정으로 연기했다.

"미안해, 진짜. 나도 같이 있고 싶은데 친구가 꼭 보자고 해서."

"뭐, 어쩔 수 없지. 가자. 데려다줄게."

"아니야. 택시 타고 가면 돼. 먼저 갈게."

"왜, 데려다줄게."

"진짜 괜찮아. 혼자 가고 싶어서 그래."

"그래, 그럼 택시라도 잡아줄게."

태준은 자연스럽게 여희의 손을 잡고선 거리로 나왔다. 밤, 불빛

들이 가득한 도로에서 택시 한 대를 잡은 태준이 그녀를 태웠다. 택시 기사에게 돈을 주면서 손을 흔드니 여희도 아직 가면을 벗지 않은 채로 손을 흔든다. 택시가 서서히 출발했고, 태준은 여전히 손을 흔들고 있다. 그 모습을 보던 여희의 눈빛이 한순간에 싸해졌다. 그리고 낮게 중얼거렸다.

"개자식."

02. 바람에 흔들리는 나무가 되리

콧잔등을 주무르면서도 줄곧 휴대폰에 시선이 고정되어 있다. 문자를 보내고 1시간이 지났지만 여전히 그녀에게선 답문이 없다. 전화를 할까, 말까. 13년 전처럼 그는 망설이고, 또 망설였다. 어떤 말을 해야 할까. 만나자고 할까. 만나지 않겠다고 하면 어떡하지?

이런저런 생각에 들고 있던 휴대폰을 다시 소파에 던졌다. 손에 땀이 날 정도로 이렇게 초조해보긴 또 오랜만이다. 그녀를 만나고서부터 그는 줄곧 생소한 감정들로 하루가 달라져갔다. 생소한 감정? 아니다. 이것들은 원래부터 있던 감정들이다. 묵혀뒀을 뿐, 그 감정들이 다시 떠오르기 시작한 것은 모두 그녀와의 만남 때문이겠지.

고국으로 돌아오기 2주 전. 짐이 가득 쌓인 거실 한쪽에 엉덩이를 붙이고 앉아 이것저것 정리하던 정우의 시선이 한 장의 낡은 사진에 머물렀다.

낡은 사진 속엔 아직 때 묻지 않은 순수함이 얼기설기 붙어 있는, 성인에 가깝지만 아직은 어린 아이들이 모여 있고 가운데 선생님으로 보이는 한 분이 서 있다. 딱 봐도 그 사진은 추억 속의 사진이 분명했고, 수학여행 때 찍은 사진으로 보였다. 사진의 가장 밑부분에 영광 고등학교 2학년 6반 수학여행 기념이라 적혀 있다.

모두 같은 반 친구이지만 그 나이엔 남자와 여자를 구분 짓게 되는데, 그들도 그랬다. 여자와 남자로 갈라져 저마다의 개성과 성격으로 각자 다른 포즈를 짓고 있다. 여자들은 여자들끼리, 남자들은 남자들끼리. 하지만 성별로 묶인 친구들 가운데서도 한 그룹만은 혼성으로 묶인 그룹이 있었다. 남자, 여자, 남자, 여자 이렇게 적절하게 섞여서도 환하게 웃고 있는 그들. 특히나 웃고 있는 아이들 가운데에서 유난히 활짝 웃고 있는 어린 정우와 그 옆에서 정우의 팔에 목이 끼어 장난기 가득한 웃음을 짓고 있는 어린 여희가 있었다.

오도 가도 못하게 사진에 시선이 묶인 정우의 입가에 그때와 같은 미소가 그려졌다. 순수해서 맑았고, 맑아서 더 순수했던 그때의 어린 그들은 이 사진을 보는 것만으로도 힘이 나게 하고, 그때를 추억하게 했다.

정우는 그때로 돌아가고 싶다는 생각이 요즘따라 더 많이 떠올랐다. 힘이 들 때마다 그때를 생각했으며 나이를 먹어가면서는 자연스럽게 그때로 돌아가고 싶어졌다.

하지만 그는 안다. 아니 모두가 안다. 다시는 돌아갈 수 없다는 것을. 하지만 그래서 더욱 돌아가고 싶다는 것을. 왜 항상 후회는 지난날을 떠올리게 하는 것일까. 돌이킬 수가 없기에 후회겠지. 다시 정우의 표정이 굳어졌다. 사진도 작은 상자 속에 담았다. 그러다 문득 2년 전에 잠시 한국에 다녀갔을 때, 여희와 마주쳤던 당시가 떠올랐다. 그때를 떠올리던 정우가 씁쓸하게 웃었다. 그리고 다시 고국으로 돌아가게 되면 여희를 만날 수 있었으면, 다시 볼 수 있으면 참 좋겠다고 생각했다.

고국으로 막 돌아왔을 때, 정우는 세 번의 우연으로 여희를 마주쳤었다.

처음은 호텔 앞에서 익숙한 인영의 여자 뒷모습을 보고 그 뒤를 따랐었다. 날개 뼈에 닿을 듯 말 듯한 길이의 머리와 한 팔로 감싸면 다 들어올 만큼의 잘록한 허리 라인, 알이 배기지 않은 희고 고운 다리까지. 어느 한곳도 시선을 사로잡지 않는 곳이 없었다. 그렇게 여자를 따라 걷던 그가 용기를 내어 가까이 다가가려던 때 갑작스럽게 여자가 방향을 틀었고, 따라서 모퉁이를 돌았는데도 그만 놓치고 말았다. 낯선 골목길에서 홀로 깊은 아쉬움의 숨을 내쉬었다. 분명 여희이다. 여희와 비슷한 분위기의 여자는 흔치 않다고 생각했었다. 미국에서도 내내 여희의 마지막 뒷모습이 잊히지 않았다. 혼자 생각하고, 혼자 착각한 것일까? 생각하니 절로 한숨이 새어 나왔다. 그렇게 정우는 그곳에서 하릴없이 서성이고 또 서성였다.

두 번째 우연한 만남은 친구를 만나러 갔던 바에서다. 오랜만에 만난 친구들과 유쾌한 시간을 보내던 그는 또 한 번 그곳에서 우연을 만나게 된다. 화장실로 가기 위해 층을 오르는데, 그곳에서 또다시 낯설지 않은 여자의 뒷모습을 보게 되고, 뭐에 홀린 사람처럼 또 한 번 따라나섰다. 하지만 그마저도 놓치게 되었고, 결국 정우는 자신이 미친 것 아닐까 홀로 신세 한탄을 하게 된다. 이후 친구들에게 돌아갔지만, 유쾌했던 시간도 마냥 유쾌하지만은 않았다.

마지막 세 번째 만남은 친구들에게 그녀의 소식을 접한 뒤였다. 그녀의 결혼식이 2개월밖에 남지 않았다는 그런 끔찍한 소리를 듣게 된 것이다. 그 말을 듣는 순간, 분명히 들었음에도 믿을 수 없었다. 처음 그 이야기를 들었을 땐 충격에 휩싸여 어지럼증을 느끼기까지 했다. 안색이 단번에 뒤바뀐 그를 걱정하는 친구들의 말조차 들리지 않을 정도니 충격이 꽤나 컸다.

하지만 생각해보면 그들의 나이가 벌써 서른두 살이니 결혼 이야기가 오고가는 것은 자연스런 순리였다. 여자의 초혼 시기는 20대 중반이기도 하니 말이다. 취집이라 해서 취업이 힘든 이 시대에 생긴 신종어도 있을 정도이니 서른두 살이면 결혼 적령기에 해당되었다. 그럼에도 그는 단 한 번도 생각해본 적이 없었다. 그녀가 결혼을 하게 될 것이라는 것도, 결혼을 했을 수도 있다는 것 모두 그에겐 생소했다.

여희의 남편이 될 사람은 건설업에 종사하는 사람이라 했다. 3년을 만났고, 이제 두 달 후면 결혼을 하게 될 거라고. 이미 친구들끼리도 소개가 끝났다고 말이다. 그 뒤로는 아무것도 기억나지 않았다. 그저 결혼, 여희. 그 두 단어밖에는 떠오르지 않았다. 이후 정우는 컨디션이 나쁘다는 말과 함께 호텔로 돌아섰다.

가는 길 내내 땅만 보고 걸었던 것 같다. 힘없이 호텔로 들어서니 온몸에 기운이 빠져나가는 것처럼 몸은 무겁고, 머리는 어지러웠다. 무기력, 무의미. 한국에 들어온 이유가 없어져, 삶의 의미를 잃어버린 사람 같다고 해야 할까. 아무튼 그랬다. 고개를 땅에 박고 로비를 가로질러 걷다가 어느 순간 고개를 들었을 때, 그는 자신의 두 눈을 의심하고야 말았다.

한국에 와서 총 두 번의 우연이 있었다. 두 번의 우연 모두가 익숙한 뒷모습의 여자를 보는 것이었다. 그마저도 얼굴은 확인할 수가 없었다. 그런데 지금의 우연은 여자의 얼굴을 완전히 볼 수 있었다. 13년 전과 같은 얼굴. 나이가 있지만 그럼에도 여전히 빛나는 듯한 도자기 피부와, 그녀의 모습 자체만으로도 반짝반짝 빛이 났다.

그는 무엇인가가 자신의 머리를 강하게 내리치는 것 같았다. 그만큼 파괴력이 컸고, 그래서 그녀의 뒤로 보이는 배경은 무채색으로, 보이지도 않았다. 오로지 그녀 한 사람만이 보였다. 그런데, 그녀를 뚫어지게 바라보던 그의 시선에 걸리는 것이 생겼다. 그녀의 큰 눈망울 아래로 반짝이는 물빛. 호텔의 은은한 조명과 반사되는 그 물빛은 바로 눈물이었다.

그녀는 왜 울고 있는 것일까? 무엇을 보고 저렇게 돌부처처럼 서 있는 것일까? 천천히 그녀가 바라보는 쪽으로 시선을 돌리자 한 남자가 보였다. 남자는 어느 여자와 다정하게 팔짱을 끼고서 호텔로 들어가고 있었다.

그때, 정우는 남자와 여희의 시선을 번갈아 보다가 상황을 대충 짐작할 수 있었다. 여희는 저 남자에게 뒤통수를 맞은 것이다. 그렇다면 저 남자가 바로 여희의 결혼 상대자, 즉 3년 동안 사귄 남자일 거고, 현재 그 남자는 다른 여자와 호텔에 들어가고 있다. 바람이 났다.

남자와 여자가 시야에서 사라지니 여희가 정우 쪽으로 천천히 돌아섰다. 앞을 보는데, 자신은 보이지 않는 것 같다. 그 모습에 그의 심장이 누군가의 손에 제멋대로 구겨지는 것 같은 통증이 느껴졌다. 정우는 세차게 부는 바람결에, 몸도 가누지 못하고 흔들리는 갈대가 지금 여희와 같다고 생각했다. 다가가서 팔이라도 붙잡아줄까, 괜찮으냐고 물어볼까, 자신을 기억하겠느냐 물어볼까? 고민했지만 생각 끝에 정우는 다가가지 않는 것으로 결정했다. 지금은 그 누구와도 말을 섞을 생각이 없을 것이다. 그럴 힘도, 그럴 생각도 없어 보였다. 그저 축 처져서 금방이라고 쓰러질 것 같은 표정으로 걷고 있는 그녀를 가만히 바라만 봤다.

소파에 몸을 눕히니 그제야 휴대폰이 울렸다. 벌떡 몸을 일으켜 문자를 확인한 그가 쏜살같이 차 키를 가지고 호텔을 튀어나갔다.

[지난번에 만났던 곳이야. 이쪽으로 와. -김여희.]

문자 하나에 사람 태도가 달라지다니. 그는 곧장 차를 타고 전에 만났던 카페로 달려갔다. 카페 문 앞에 서니 큰 유리창 너머로 그녀의 모습이 보인다. 등 뒤로 윤기 나는 머리칼과 부드러운 곡선을 그리는 이마, 그 밑으로 길게 뻗은 콧날, 도톰하고 붉은 입술. 옆모습마저도 심장을 뛰게 만든다.

그는 심호흡부터 했다. 그녀와 두 눈을 마주하고서 말을 하려니 심장이 떨려 심장마비로 죽을지도 모르겠다는 생각 때문이다. 정우는 숨을 깊게 들이마시고서 안으로 입장했다.

뒤에서 들리는 인기척에 그녀도 나름 긴장했다. 13년 만에 만나서인지 이상하게 긴장이 되었다. 아이스 아메리카노를 한입 깊게 빨아들이니 입 안에 알싸한 향이 가득 퍼진다. 이어 바로 맞은편에 정우가 앉았다. 정우의 앞에도 아이스 아메리카노가 놓였다. 두 사람 사이엔 잔잔한 커피 향 말고는 아무런 말도 오가지 않았다. 그저 묘한 긴장감만 감돌았다.

"……수리비 견적서는 나왔어?"

드디어 그녀의 입술이 열렸다. 분홍빛 입술이 벌어지는 만큼 그의 심장도 바짝 곤두섰다. 그러나 견적서라는 단어에 바짝 곤두섰던 신경이 푸쉬쉭 김빠지는 소리를 냈다. 혹시나 하여 기대했던 만남이 아니라 참으로 실망스러웠다.

"넌 다짜고짜 그 말부터 하고 싶냐?"

결국 서운함에 한마디가 툭 튀어나왔다. 몇 년 만에 만났는데, 수리비 견적서 얘기라니. 기대했던 감정만큼 서운함은 파도처럼 훅 다가왔다.

"견적서 나왔냐고."

그녀도 그만큼 감정이 훅 올라오는 것을 꾹 참았다. 아무리 오랜만이라 해도 할 이야기는 할 이야기이니 꺼낸 것이고, 그 얘기 말고는 할 말이 없었기 때문이다. 또 박태준 하나만으로도 머리가 터져

버릴 것 같아서 빨리 끝내고 집으로 돌아가 쉬고 싶은 마음도 있었다.

"아니. 아직 안 나왔어."

그가 커피 한 모금을 죽 빨면서 말했다.

아니 그럼 왜 전화를 하라고 했던 거야? 꾹꾹 눌러온 감정이 훅 올라와 울컥했다.

"그럼 왜 만나자고 했어?"

그녀가 버럭 하자 그가 두 눈을 동그랗게 떴다. 머금고 있던 빨대도 놓고선 그녀를 응시했다.

"왜 갑자기 성질이야?"

"성질내는 건 아니고, 난 당연히 견적서 나왔으니까 연락한 줄 알았지!"

"견적서가 넌 그렇게 빨리 나오냐?"

"그럼 아직도 차 수리를 안 했단 말이야? 그럼 아까 네가 타고 온 저 차는 뭔데?"

여기서 바로 답해야 했는데, 그는 할 말이 없어 입을 꾹 다물었다. 속으로 '아놔, 진짜 쪽팔리게' 그러다가도 '내가 저 차 타고 오는 줄은 언제 알았대?' 그녀가 자신이 오는 것을 내내 창밖으로 보고 있었단 사실에 내심 기분이 좋아졌다. 이어 자신만 그녀를 신경 쓰고 있던 것이 아니란 사실을 알았다. 그가 빨대를 입에 물며 묘한 미소를 지으니 그녀가 기막히다는 표정으로 그를 봤다. 여희는 이해할 수가 없었다. 견적서도 안 나왔으면서 왜 보자고 했는지 아직 그 이유를 듣지 못했기 때문이다.

"그럼 여기 왜 날 부른 건데?"

"말은 정확히 해. 네가 날 부른 거지."

"야. 네가 먼저 나한테 보자고 연락하라 했잖아."

"어쨌든. 그럼 내가 널 왜 불렀겠어?"

"모르니까 묻는 거잖아. 아, 진짜. 너 왜 자꾸 똑같은 말을 여러 번 하게 해?"

안 그래도 짜증 나는데, 똑같은 말을 되풀이하게 하니 더 짜증이 났다. 그러자 갑작스럽게 정우가 진지한 표정을 짓는다.

"네 목소리 한마디라도 더 듣고 싶어서 그런다."

"……"

정우가 여희에게 훅 치고 들어왔다. 훅 들어오는 덕에 생긴 바람이 그녀의 얄팍한 나무뿌리를 세차게 흔들었다. 잠깐 정신을 놓고 있던 여희가 재빨리 흔들리는 자신의 나무뿌리를 꽉 붙잡는다.

"아, 됐고, 나 너한테 그런 말 들으려고 여기 온 거 아니야. 하루 빨리 견적서나 갖고 와."

여희는 빨리 정리하고 싶다. 모두 다 정리해서 더 이상 도정우와 마주하는 일이 없기를 진심으로 바랐다. 도정우를 볼 때마다 떠오르는 옛날의 그 감정이 진저리 나게 싫다. 마지막까지 자신을 버리게 만들었던 도정우라는 남자에게 흔들리고 싶지 않았다. 저놈은 예나 지금이나 변한 것이 아무것도 없다. 상처를 주고도 상처 준 것조차 기억하지 못하는 것 같아 싫다. 저를 잊기 위해 자신이 몇 년의 시간을 보내야 했는지, 아무것도 모르는 듯해 더 싫었다.

그녀가 자리를 털고 일어나니 정우가 말했다.

"견적서 나왔어."

저건 또 뭔 말이래.

여희가 그를 내려다보자 그가 여희를 올려다보며 말을 이었다.

"네가 봤던 저 차, 그때 그 차 맞아."

그럼 거짓말을 한 거란 말이야?

눈으로 그렇게 말하니 이를 알아들었는지 정우가 천천히 일어났다. 그리고 그녀의 눈을 똑바로 응시하며 진득한 눈빛을 보냈다.

"그래, 맞아. 내가 거짓말했어."

"대체…… 왜? 아, 아니야. 말하지 마. 네가 무슨 말 할지 아니까 말하지 마."

저 입에서 무슨 말이 나올지, 여희는 고개를 세차게 흔들었다. 듣고 싶지 않으니 하지 말라고 강경하게 말했다. 그리고 돌아서 도망치듯 나오려는데, 기어코 도정우는 김여희를 향해 말했다.

"영광 고등학교 윤리 교사, 김여희."

"……."

"나 너한테 수리비 안 받을 거야. 대신 네가 나한테 해줘야 할 것이 있어. 수리비 대신 그걸로 갚아."

도정우는 언제나 그랬다. 김여희를 쥐고 흔들었다. 처음 친구가 되었을 때도 그 빛나던 눈동자 그대로 응시하며 또렷하게 말하곤 했다. 자신의 감정을 하나도 숨김없이. 그런데 지금도 그렇다. 지금 그 눈도 솔직해서 투명하다. 그 투명한 눈을 마주하고서 감정을 읽어낼 수 없는 사람은 아마 없을 것이다.

"나랑 딱 열 번만 만나자."

정우는 간절히 빌었다. 자신 편일 것 같은 하늘에게 기회 한 번만 달라고, 앞으로의 모든 행운을 지금 다 써도 좋으니 이 여자에게 자신이 가진 모든 행운을 쏟아부을 수 있게 해달라고. 하늘은 응답할 것이다. 분명히, 자신에게 응답해줄 것이다.

곧 그녀가 병찐 표정을 풀고선 답했다. 아니 그러기도 전에 그가 다시 한 번 그녀의 가지를 잡고 흔들었다.

"딱 열 번만 만나자."

그의 두 눈을 응시하고 있던 그녀의 시선이 다른 곳으로 향했다. 고개를 푹 숙이고선 숨을 쭉 들이마시더니 훅 내뱉고서 자리에 털썩 주저앉았다. 들고 있던 가방도 옆자리에 놓아둔다. 그 모습에 그도 따라 앉았다. 그녀는 잔에 담긴 커피를 쭉 들이켜더니 입가에 묻은 물기를 슥 닦고선 그를 다시 마주 봤다. 눈이 마주치니 서로의 동공에 서로가 갇힌다.

"나랑 열 번 만나서 뭐 할 건데?"

"……어?"

"너 두 번 말하게 하는 게 취미인가 본데, 난 딱 한마디만 할 거야. 그러니까 되묻기 전에 얼른 대답해."

13년이 흐르니 다른 점도 보였다. 리더십. 그때도 약간의 리더십은 있었지만 지금에 비하면 새 발의 피였다. 정우가 아무 말도 못하고 마른침을 꿀떡 삼켰다.

"나 너 잊었어."

너 잊는 데, 10년 걸리더라. 그 말이 여희의 속에서 튀어나왔다.

"너랑 나, 악연이야."

교통사고로 만난 것 좀 봐. 악연이 아니면 뭐라고 설명할 건데?

"그리고 가장 중요한 건, 나 곧 결혼해. 이런 나랑 딱 열 번 만나서 뭐 할 건데?"

결혼은 개뿔. 결혼은 깨졌어. 그치만 너한텐 말 못해.

이것이 그녀가 그에게 줄 수 있는 기회였다. 이렇게 독하게 말했으니 알아듣고 지금이라도 알아서 떨어져줬으면 싶다.

그녀는 지금 그의 부탁을 들어줄 수가 없다. 도정우를 잊는 데 딱 10년이 걸렸다. 그리고 나머지 3년은 박태준과 함께였다. 그런데 지금 박태준이 바람이 났고, 잊기까지 딱 10년 걸린 남자가 돌아와 또다시 제 나무뿌리를 뽑으려드니 그녀로서는 물러날 수밖에 없다. 또다시 흔들려 연애를 할 수는 없었다. 연애라면, 사람의 감정이라면 아주 지긋지긋하니까.

그는 다 알고 있다. 자신을 밀어내기 위해서라는 것을. 그때 호텔에서 여희의 상황을 다 봤기 때문에 다 알고 있음이도 그는 물러날 수밖에 없었다. 자신이 알고 있다는 것을 그녀가 안다면 더 비참해질 것임을 알기에 정우는 대신 기다리려 한다. 그러나 이대로 쉽게 물러서진 않을 것이다. 직구가 통하지 않는다고 해서 스트라이크가 안 되란 법은 없다. 직구가 아니라면 변화구를 던지면 된다. 그것도 안 되면 되는 것을 찾으면 된다.

"우리 마지막을 재구성하자."

물러나지 않기 위한 방법은 단 한 가지. 그녀가 떼어내려고 해도 떨어지지 않는 껌딱지가 되리라. 떨어지려 해도 절대 떨어질 수 없게, 강력본드로 딱 붙여놓겠다.

여희의 표정이 좋지 않았다.

저 자식, 정말 안 떨어져나갈 모양이다. 더 센 방법을 찾는 것을 보니.

"마지막이 안 좋았잖아. 너랑 나랑 엇갈렸던 거니까 다시 만들자. 멋지게 헤어지자."

말하다 그가 고개를 저으며 다시 했던 말을 고쳤다.

"아니. 멋지게 헤어지려다 다시 만나는 거야. 아니, 아, 이것도 아니고. 멋지게 헤어지려다 다시 만나게 되면 다시 만나자. 그러자."

"야. 도정우."

여희의 부름에 정우가 그녀를 똑바로 직시했다. 여희는 팔에 팔짱을 끼고선 고개를 삐딱하게 꺾고는 말에 비웃음을 섞었다.

"마지막을 기억이나 해?"

여희의 기억에, 그날은 비가 왔었다. 하늘에 구멍이라도 난 것처럼 바다가 뒤집혀 바닷물이 대도시를 덮친 것처럼 빗물에 맞으면 아플 정도로 쏟아졌었다. 그 쏟아지는 빗줄기를 온몸으로 맞으며 한 소녀가 서 있었다. 혹시라도 올까, 폭포수 같은 비를 뚫고 와줄까 싶어 그 자리에 몇 시간을 서 있었다. 어린 소녀는 그 비를 온몸으로 맞으며 결국 오지 않은 소년을 원망하다가, 자신을 꾸짖다가, 결국엔 현실을 인정하고 집으로 돌아가 일주일을 학교에 가지 못했다.

그때의 기억이 떠오르니 아찔해졌다. 그날 느꼈던 모든 감정들이 사그라든 느낌이었다. 그날 느낀 그 감정들로 여희는 단 한 번도 숨도 제대로 쉬어본 적이 없었다. 온몸이 메마른 가지 같다고 느꼈었다. 10대의 마지막, 20대의 시작과 끝이 모두 한 소년으로 인해 어이없게 끝났다. 그걸 알고서 이 남자는 그런 말을 하는 것일까?

"마지막이 얼마나 비참했을지, 또 행복했을지 네가 어떻게 아는데? 마지막을 네가 어떻게 안다고? 넌 몰라. 아무것도 몰라."

점점 여희의 언성이 높아졌다. 그에 따라 여희의 눈동자가 붉게 변해갔다. 그 모습을 보면서 그는 입을 꾹 다물었다. 할 말이 없다. 마지막을 모르기 때문이다. 행복했을지, 혹은 비참했을지 10대의 끝자락에 소녀와 함께 서 있던 소년은 마지막이 백지다.

"견적서 갖고 와. 너한텐 빚도 지기 싫어."

여희가 입술을 꾹 깨물었다. 이를 악물고 두 다리로 자리를 박차고 일어나 카페를 빠져나갔다. 혼자가 된 정우는 고개를 떨군다. 또 상황은 안 좋게 흘러간다. 지난날과 마찬가지로. 어쩌면 잘 살고 있었을 여희를 제대로 살지 못하게 만들고 있는 건 아닐까. 그가 얼굴을 쓸어내렸다. 그날로 돌아갈 수만 있다면, 그럴 수만 있다면……. 사람은 언제나 지나간 일에 후회를 한다. 여희와 헤어진 이후, 도정우의 삶은 온통 후회뿐이었다.

터덜터덜, 집으로 돌아가는 길이 이리도 멀었던가 생각해본다. 한 걸음, 두 걸음. 제대로 잘 살고 있다고 생각했는데, 마음이 아팠다. 도정우를 마주 보고 있으면 자꾸만 마음이 시큰거린다. 정말 잊었다고 생각했는데, 도정우가 한 말에 또다시 가슴이 반응을 한다.

쿵, 쿵, 쿵. 참 이상하게도 도정우와 함께 있으면 박태준이 생각나지 않았다. 참 신기하면서도 기분 나쁜 현상이다.

어느새 집 앞에 다다른 여희의 발걸음이 멈추었다. 땅에 처박혀 있던 얼굴을 들어 올려 높은 집 문을 바라본다. 이제 진짜 말해야 한다. 이 결혼은 무효라고. 그런데 부모님껜 뭐라고 하지? 제대로 된 대답이 아니면 납득을 못하실 것인데.

고민하고 있으려니 뒤쪽에서 여희의 그림자와 겹치는 그림자가 생겼다. 짧은 숏커트와 짧은 미니스커트를 걸쳐 입은 여자는 아마도 앞에 있는 여희를 놀래게 해주려는 것 같다. 살금살금 다가가니 곧 여희의 머리 위로 긴 그림자가 덮친다. 그때, 여희가 먼저 여자를 향해 확 돌아섰다. 여자는 깜짝 놀라서 기절이라도 할 것 같은 목소리로 비명을 질렀다. 지금은 대낮이 아님을 먼저 알아차린 여희가 황급히 여자의 입을 막았다. 어느 정도 안정이 된 여자가 제 입을 막고 있는 여희의 손을 떼어냈다.

"아, 진짜. 또 실패네."

"넌 맨날 실패인 걸 알면서도 또 하더라."

"원래 사람은 매일 실패의 삶을 사는 거란다. 친구야."

"지랄."

여희가 험한 말을 하니 하니가 엄한 표정을 짓는다.

"어허! 윤리 선생이 그런 험한 말을 쓰면 아니…… 되오! 되오!"

하니의 유쾌한 표정에 결국 둘은 서로를 마주 보며 깔깔 웃었다. 하니가 여희의 어깨에 팔을 두르며 두 사람은 앞을 향해 걸었다. 이 둘은 서로 같은 동네에서 자라고 의지해온 20년지기 친구다. 가족

만큼 친한 관계이기 때문에 서로의 연애사까지 속속들이 알고 있는 사이였다. 도정우와도 아는 사이다. 학교는 달랐지만, 13년 전의 여희가 늘 정우에 대해 이야기를 했었으니까.

"근데 아깐 뭘 그렇게 보고 있었어?"

하니가 주변을 두리번거렸다. 설마 남자라도 있는 것인가, 아님 아주 잘생긴 애완용 남자라도 있나 싶었지만 주변엔 집 건물 외엔 아무것도 없었다.

"집. 집 보고 있었어."

여희가 풀이 죽은 목소리로 말하니 하니가 고개를 끄덕였다. 지금 그녀가 어떤 고민을 하고 있는지 알기에.

"아직 말씀 안 드렸지?"

"고민이야. 아마 제대로 설명 안 드리면 납득 못하실 거야."

"그치. 친인척들 다 아시게 될 건데. 결혼이 코앞인데, 그래도 할 건 해야 돼."

"아, 진짜 왜 이리 재수가 없지?"

자신의 인생을 한탄하는 여희를 보던 하니가 어깨를 툭툭 쳤다.

"차라리 잘된 걸 수도 있어. 결혼해서 박태준 그런 거 알았으면 더 큰일인 거잖아. 이제라도 알았으니까 잘된 거지. 똥차 타고 가다가 교통사고 나서 죽는 것보단 훨씬 나으니까. 이참에 똥차 버리고, 새 차 타자."

하니는 오히려 더 오바하지 않았다. 진짜 친구는 좋지 않은 일이 생겼을 때 오히려 더 거칠게 말하니까. 하니는 여희의 가장 오랜 친구가 아니던가. 하니는 여희의 어깨에 팔을 두르고선 씩씩하게 걸어갔다. 그러니 여희도 함께 씩씩하게 걸었다. 집으로 들어오자마자 여희의 모친 주희는 여희를 따라 방으로 들어왔다. 옷을 벗어 옷장에 넣는 그녀의 등에서 쉴 새 없이 결혼식에 대한 이야기를 꺼냈다. 그러다 오늘 아침에 배달 온 청첩장까지 가지고 들어와 그녀에게 보여주었다.

"청첩장 디자인 너무 잘빠졌어. 솜씨가 어찌나 좋던지. 엄마 친구 딸한테 부탁하길 잘했지, 다른 곳에서 했으면 디자인은 별로였을 거야. 어때? 예쁘지?"

청첩장이 배달 왔다고 한다. 엄마의 손에 들린 청첩장을 가만히 내려다보던 그녀가 그것들을 확 빼앗아 들었다. 한숨이 푹 새어 나왔다.

"웬 한숨? 어떠냐니까? 그리고 새 신부가 한숨을 그렇게 쉬면 어째? 복 날라간다니까. 조신해야지!"

"엄마."

"응. 밥은 먹었어?"

"나 피곤해."

"알았어, 나갈게. 청첩장은 내일부터 돌리면 되는 거지? 이거 몇 장은 줘야지. 그래야 엄마 친구들한테도 돌리고 하지."

엄마가 그녀의 손에서 청첩장을 빼앗으려 하자 여희가 그 손을 확 뒤로 빼돌렸다. 주희는 오늘따라 여희의 행동이 이상했지만 모두 결혼에 대한 스트레스 때문이라고 생각했다.

"오늘 진짜 피곤한가 보네. 알았어, 잘 자. 아, 너 내일부턴 마사지숍 다녀야 돼. 아까 박 서방이 전화하더라. 마사지숍 예약했으니까 받으라고. 딸 덕분에 마사지숍 구경도 다니고, 참 좋아."

"엄마. 엄마, 엄마!"

"아, 깜짝이야."

피곤해 죽겠는데 엄마는 계속 결혼에 대한 이야기만 하니 여희
가 화를 버럭 냈다. 딸내미 속도 모르고 좋아서 웃고 다니는 엄마가
야속할 뿐이다. 딸이 버럭 하니 주희가 놀란 가슴을 쓸어내리며 물
었다.

"계집애, 왜 이렇게 성을 내? 엄마랑 숍 가는 거 쪽팔려서 그래?"

"그런 말이 어디 있어? 가면 가는 거지. 근데 그 숍 안 가. 예약 취
소하라고 할 거야."

"왜? 왜 취소를 해? 거기 예약 잡기 어려운 곳이라고 엄마 친구
들이 그러던데."

"그걸 그새 엄마 친구들한테 말했어?"

"그럼, 그런 말은 되도록 널리 퍼트리라고 있는 거야. 사위 덕 좀
보겠다는데, 그게 뭐 나빠?"

"어, 나빠. 아주 나빠. 그러니까 박 서방한테도 연락하지 마세
요."

"너 진짜 이상하다. 박 서방이랑 싸웠어?"

"그런 거 아니라고!"

"근데 왜 이렇게 화를 내!"

"아, 몰라. 그냥 다 짜증 나. 짜증 난다고!"

"왜 짜증이 나?"

"엄마, 제발. 제발 그만 좀 해. 응?"

애원하는 표정과 말투에 엄마가 입을 꾹 다물었다. 딸이 정말 피곤한 모양인 듯하다. 단 한 번도 저렇게 성질을 낸 적이 없던 딸이었다. 그런 딸이 저 정도로 말하는 걸 보니 어지간히 스트레스가 쌓인 것도 같다.

"알았어. 알았으니까 팩이라도 하고 자. 얼굴 상하면 신부 모양 빠져."

엄마는 끝까지 결혼식에 대한 이야기만 했다. 그것이 여희에겐 유난히도 아팠다. 아파서 펑펑 울고 싶어졌다. 여희는 화장실로 가서 세수를 했다. 잊으려 해도 잊혀지지 않았다. 낯선 여자와 함께 호텔에 들어가던 박태준의 모습이, 그 모습을 보고서도 아무것도 하지 못한 자신이 비참하다. 결국 샤워기를 세게 틀어놓은 채로 주저앉아 울어버렸다. 이대로 마음이란 것이 죽어버렸으면. 아니 차라리 이대로 온몸이 녹아 하수구로 빠져나가 버렸으면.

소파에 앉아 새카만 TV 화면을 보며 맥주를 마시던 정우는 그녀가 말한 마지막을 떠올리려 애쓰고 있다. 아무리 생각해봐도 딱히 떠오르는 기억은 없다. 그저 13년 전, 10대의 끝자락에서 성인의 몸과 마음을 가지고 있던 소년과 소년이 공원에서 만나기로 했던 것밖에는.

그리고…… 그 후에는…… 그 후로는…….

그가 이마를 긁적였다.

"아, 진짜 기억이 안 나."

소파에 몸을 깊숙이 기대곤 시선은 천장에 향했다. 떠오르는 것이라고는 앳된 소녀의 얼굴과 조금 전에 봤던 여희의 얼굴뿐이다. 그러다 생각했다. 여희는 왜, 왜 자신을 그리도 싫어하게 된 것일까? 얼굴에서 봐도 티가 났다. 여희는 분명 정우를 싫어하고 있다.

다가가려는 정우를 밀어내고, 또 밀어냈다. 절대 넘어오지 않게 하겠다는 듯 선을 분명히 그었다. 결혼이라는 선을. 가짜 선을 그어 놓고 넘어오지 말라니. 정우가 중얼거렸다.

"선은 넘으라고 있는 거야. 김여희."

스르르 두 눈을 감았다. 맥주가 자신의 기분도, 몸도 나른하게 만드는 것 같았다. 오랜만에 마시는 한국 맥주라서 그런가. 아니, 한국 맥주가 이리도 독했던가. 점점 더 나른해져서 잠이 들려던 때, 휴대폰이 요란하게 울렸다. 눈을 가늘게 뜨고 대충 손대중으로 휴대폰을 찾아 누군지도 확인하지 않고 받아들었다.

"여보세요."

-Hello, It's me! 나야, 정우야.

밝고 명랑한 목소리에 정우가 두 눈을 떴다. 고개를 바로 들고선 말했다.

"누구, 시내?"

-내 목소린 다행히 안 까먹었네.

"어디야? 뉴욕?"

-응. 안 그래도 너희 집 갔었는데.

"거기 이제 내 집 아니야. 작업은 다 끝났고?"

-그러니까 내가 너한테 가려던 거 아니야.

"잘했나 보네."

시내는 같은 학교 친구로, 현재는 잘나가는 화가다. 얼마 전까지만 해도 뉴욕에서 종종 봤던 친구다. 하지만 시내가 작업을 위해 잠시 다른 나라로 가 있는 동안 정우는 한국으로 돌아왔고, 뒤늦게 이 사실을 안 시내가 서운함에 전화를 건 것이다.

"한국은 어때? 나도 한국 떠나오고 나서 한 번도 못 갔는데."

-여긴 여전해. 아, 시내야.

"응? 말해."

정우는 맥주를 한 모금 마신 뒤에 말을 이었다.

-나 한국에 만나고 싶은 친구가 있다고 했던 거, 기억나?

시내는 곰곰이 생각했다. 그러고 보니 정우가 한국으로 떠나기 전에 센트럴파크에서 했던 말이 떠올랐다. 정우는 여희가 보고 싶다고 했다. 정우의 말에 생각을 마친 시내의 안색이 좋지 않게 변했다. 시내의 마음이 갑작스럽게 요동쳤다.

"응, 기억나".

아무렇지 않게 내뱉었지만 사실 시내의 목소리는 불안하게 떨리고 있었다. 이를 눈치채지 못한 정우는 신이 나서 말했다.

-나 여희 만났어.

마침 들고 있던 붓을 떨어트렸다. 시내의 안색이 점점 더 파랗게 변해갔다. 눈동자가 좌우로 움직이며 어딘가 많이 불안해 보였다.

"여, 여희? 김여희?"

-응, 여희. 내 첫사랑. 김여희.

시내는 허리를 굽혀 붓을 주워 들었다. 붓을 쥔 손이 부들부들 떨렸다. 자신이 알고, 정우가 말하는 첫사랑 김여희는 세상에 딱 한 사람뿐이다. 영광 고등학교 2학년 6반, 김여희.

"……반가웠겠다. 나도 한번 보고 싶네."

꽉 쥔 붓이 결국 손에서 부러지고 말았다. 시내는 두 동강이 난 붓을 가만히 내려다봤다. 최대한 아무렇지 않은 척, 불편하지 않은 척하며 정우가 하는 이야기를 모두 들어주었다. 마지막으로 안부 인사를 나눈 뒤에야 전화를 끊었다. 화실에 앉아 그림을 그리던 시내는 불안함을 주체하지 못하며 자리에서 벌떡 일어나 제 손에서 부러진 붓을 쓰레기통에 버렸다.

한국으로 가야 할 것 같다. 정우는 필시 여희에게 다가갈 것이다. 여희도 결국 정우를 받아들이고 말 것이다.

'현장을 잡아야 돼. 무조건 현장 먼저 잡아.'

어젯밤 치맥을 한잔하며 하니가 했던 말이다. 현장을 잡으라는 말. TV 속 드라마나 영화에서 봤던 장면이 머릿속에 그려졌다. 두 남녀가 침대에서 뒹구는 장면을 애인이 목격하게 되면 일어나는 상황에 대해 상상을 해봤다.

상상의 결과는 너무도 끔찍하고 무참했다. 두 사람 중 한 사람은 무참히 찢겨 결국 산산조각이 난다. 꼭 그래야 할까, 싶다가도 그렇게라도 해야겠다고 속이 들끓었다.

책상에 머리를 박고 공부 중인 학생들 사이에서 오로지 영광 한 사람만이 그녀에게 시선을 고정하고 있었다. 이제 곧 기말고사라고 학생들 모두에게 자습하라는 명령을 내려놓고선 선생님은 계속 창가에 서서 어딘지 모를 곳에 시선을 두고 있다. 그것도 모자랐는지 손에선 A4용지의 프린트가 무참히 찢겨져나가고 있는 중이다.

영광은 내내 생각했다. 저 선생이 이번엔 자학 모드에서 자책 모드로 변한 것인가. 심리 변화가 왜 저리 자주 생기는 것인지에 대해 깊은 고민에 빠졌다. 지난번에는 이마를 찧더니 이번엔 종이를 찢고 있다. 설마 '찧다'와 '찢다'의 단어를 몸으로 설명 중이신 건가. 이성적인 청소년의 머릿속은 내내 그 생각으로 가득했다.

"샘."

종이 울렸다. 학생들이 모두 일어나 고개를 들고선 여희를 바라봤다. 그리고 영광이 여희를 불렀으나 여희는 그 부름을 듣지 못한 듯 여전히 딴생각 중이다. 다시 한 번 크게 영광이 불렀다.

"선생님, 선생님!"

그제야 여희의 동공에 생기가 돌았다. 돌아보니 학생들이 모두 자신을 보고 있다. 그제야 수업이 끝났음을 안 여희는 서둘러 책을 챙겨 들고 교실을 빠져나갔다. 그 모습을 쭉 시선으로 좇던 영광이 그 뒤를 따라 걸었다.

여희는 참 체구가 작다. 말라서인지 허리가 인형처럼 잘록하다. 그래서 영광은 그녀가 지나갈 때마다 혹시나 넘어져 다리가 삘까, 손목이 부러질까 노심초사했다. 그러다가도 문득, 그녀가 자신보다 훨씬 더 어른이란 것을 알고는 머리를 긁적였다. 어른인 여희를 볼 때마다 영광은 자신도 어른이 되고 싶다는 생각을 했다. 그래서 제 손으로 넘어지려는 여희의 손목을 붙잡아주고 싶다. 고백도 하고 싶다. 가능하다면 선생님과 연애도 하고 싶다.

　연애. 선생님과 제자의 연애라니. 고3 학생이 하기엔 시기상조인 말이다. 아직은 때가 아니다. 18세 이상은 법적으로 성인이긴 하지만 완전한 성인은 아니다. 몸은 성인이나 마음은 아직 청소년이기 때문이다. 또한 남자는 여자보다 성숙하지 않다고 하니 완전한 성숙의 단계인 어른 남자가 되려면 족히 4, 5년은 있어야 한다는 말이다.

　계단을 내려갈 때쯤이었다. 정신을 놓고 걷던 여희가 그만 발을 헛디뎠고, 그 뒤를 묵묵히 따르고 있던 영광이 깜짝 놀라서 앞으로 고꾸라져 계단을 구르려는 여희의 손목을 단단히 붙들었다. 여희의 팔목을 감싼 손과 팔뚝엔 굵직한 힘줄이 솟았다. 저절로 남자다움이 물씬 풍기니 의도하진 않았지만 남성스러움을 어필한 것도 같아 영광의 목 언저리가 붉어졌다.

　한 손은 여희의 가는 팔목을 붙잡고 다른 손으로는 여희의 등을 감쌌다. 어정쩡한 자세와 놀란 표정으로 자신을 올려다보는 여희의 둥근 눈매가 참으로 귀여웠다. 또다시 영광의 심장이 두근거렸다. 예기치 못한 스킨십에 심장이 발작을 일으켰다. 얼핏 코끝을 스치는 그녀의 향기에 이대로 취하고 싶은 기분도 들었다.

　한편 제 손목을 붙든 강인하고 단단한 팔뚝에 여희도 깜짝 놀랐다. 한 번도 남자라고 생각해본 적 없던 영광이 돌연 남자가 되어 그녀를 붙드니 여자인 그녀도 놀라지 않을 수는 없었다. 몇 초의 시간이 흐르고서 제자리로 돌아간 두 사람은 쉽게 마음을 진정시키지 못했다. 여희를 여자로 좋아하는 영광은 그렇다하더라도 여희는 왜 심장이 두근거렸던 걸까. 기막히게도 여희는 그 순간 영광을 보면서 정우를 떠올렸다.

그때와 같았다. 생물 시간이었을 것이다. 정신을 놓고 걷지 않았음에도 스텝이 꼬여 앞으로 넘어지려는 여희를 뒤에 있던 정우가 붙잡아 주었었다. 단단하고 강인한 팔이 여리고, 희고 가는 팔목에 휘감기니 온몸이 저릿했다. 단단한 팔뚝에 솟은 굵직한 핏줄에 심장이 미칠 듯 절로 뛰었다.

묘한 분위기와 함께 정우에게서만 나는 은은한 피죤 향기에 얼굴이 붉어졌었다. 얼핏 눈가에 스치던 정우의 입술 선이 참으로 매력적이었었다. 생각지도 못한 기억들이 선명하게 떠오르니 참으로 당황스럽다. 더군다나 이런 상황에서.

여희가 아직 제 손목을 붙들고 있는 영광의 손을 내려다보자 그녀의 시선을 느낀 영광이 얼른 손을 놓았다. 순간 그들을 감싸고 있던 공기가 어색해졌다. 여희는 평범한 일상 속에서 정우를 의식하고, 기억을 떠올렸다는 생각에 표정이 굳어졌다. 그녀의 표정을 본 영광이 왜 그러느냐고 묻고 싶었지만 여희가 먼저 돌아서 물어볼 수가 없었다. 계단을 내려가면서도 굳은 여희의 표정은 좀처럼 펴지지 않았다.

흔들리고 있는 걸까?

'일단 현장부터 잡아.'

점심시간이 되어도 그 말은 귓가를 떠나지 않았다. 도리질을 치고, 밥을 마구 퍼서 넣어도 계속해서 귓가를 맴돌았다. 시간을 확인하니 아직도 퇴근하려면 5시간이 남아 있다. 빛의 속도로 밥을 입에 넣으니 옆에 있던 선생들이 전투적으로 밥을 먹는 여희를 보며 물었다.

"김 샘, 그러다 체해요. 천천히 먹어요."

모두가 걱정스런 표정들이다. 요즘 내내 여희가 이상해 보이긴 했다. 회의 시간에도 정신을 놓은 사람처럼 보이고, 새 신부가 될 사람이 정신이 저리 없어서 어떡하나 싶기도 했다. 무슨 일이 있는 것처럼 보이기도 했다. 그래서 문학 선생이 무슨 일이냐고 물으려는데, 별안간 석현이 그녀의 옆에 물을 떠서 놓아주며 문학 선생의 입을 막았다.

"물 좀 마시면서 먹어라."

이에 여희가 석현을 보며 입에 음식물을 한가득 넣고 말했다.

"고마우어."

석현이 혀를 쯧쯧 차며 다시 제 밥을 퍼 먹었다. 이어 석현은 다른 선생들 앞에도 물 잔을 놓아주었다. 문학 선생은 어느새 석현의 자상스런 모습을 보며 얼굴을 붉혔다. 석현은 언제나 주변 사람들을 잘 챙기는 사람이었다. 그런 모습이 그가 참으로 심성 좋은 사람임을 알게 했다.

"석현 쌤은 정말 자상한 것 같아요."

문학 선생이 뺨을 붉히며 석현이 가져다준 물 잔을 쥐고선 말했다. 그러자 옆에 있던 수학 선생이 초를 쳤다.

"자상하긴 해도 요즘 대세는 자기 여자한테만 잘해주는 남자 아닌가?"

그러자 문학 선생이 눈을 흘기며 수학 선생을 쳐다봤다.

"하긴. 모든 여자들한테 잘하는 남자, 좀 매력 없지."

수학 선생 옆에 있던 한국사 선생이 거들었다.

"근데 요즘 김 샘 이상하지 않아? 막 정신이 약간 나간 사람 같아. 결혼에 무슨 문제라도 있나."

"어머, 그러네, 진짜. 진짜 무슨 문제 있는 거 아닐까?"

여선생들이 수군대기 시작하니 옆에 있던 수학 선생이 또다시 초를 치며 여선생들을 해산시켰다.

한편 정우는 차에 시동을 걸고 조수석에 놓아둔 수리비 견적서를 뚫어져라 응시했다. 여희가 가지고 오라고 했던 그 수리비 견적서다. 접촉 사고가 났으나 다친 곳도 없고, 오히려 여희를 만나게 해준 사고였으니 얼마가 나오든 상관하지 않았다. 그러나 여희는 계속해서 수리비 견적서를 가지고 오라고 했고, 그에게 단 한 푼의 빚도 지기 싫어하는 모습을 보였다. 그녀에게 견적서를 내미는 것은 치사하다고 생각되어 하지 않으려고 했지만 그녀가 원했고, 아니, 아니다. 치사한 방법이지만 이 방법을 써서라도 여희 얼굴 한 번을 더 보고 싶었던 자신의 마음 때문이다. 정우는 다시 그 견적서를 조수석에 놓아두고서 시간을 확인했다. 아직 점심시간이다. 정우는 서둘러 차를 몰고 영광 고등학교로 향했다.

점심을 먹고 교실로 돌아오는 복도에서 여희가 깊은 숨을 내쉬었다. 요즘엔 통 숨도 잘 쉬어지지 않는다. 그때처럼 똑같은 현상이다. 누군가 불쑥 나타난 뒤론 숨 쉬기가 여간 힘든 것이 아니다. 그때 석현이 뒤에서 앞으로 불쑥 종이컵을 내밀었다. 뜨거운 커피였다.

"센스가 영. 이 더운 날에 뜨거운 거 먹고 싶겠어?"

"열 좀 식히라고."

"그럼 냉커피를 좀 주든가."

"요즘 무슨 일 있어? 결혼 준비에 무슨 차질이라도 생긴 거야?"

앞뒤가 전혀 맞지 않는 말을 하던 석현이 어느샌가 그녀의 기분을 눈치채곤 아무렇지 않은 톤으로 물어왔다. 그러자 여희의 표정이 약간 굳어졌다.

"아니. 일은 무슨."

"생겼나 보네."

"아니라니까."

끝까지 아니라고 잡아뗄 생각이었는데, 돌연 석현이 표정을 굳히며 여희를 뚫어져라 바라봤다. 이에 여희의 입이 굳게 다물어졌다.

"나 속일 생각 하지 마. 너에 관해선 모르는 게 없는 사람이야, 내가."

"……하여간 눈치는 빨라서는."

"뭔데?"

"……솔직히 말하기도 쪽팔려."

"바람이라도 난 거야?"

헐. 여희의 입이 떡 벌어졌다. 그저 툭 찔러본 것뿐인데 저런 반응이니 석현이 더욱 놀랐다.

"야, 뭐야! 진짜야?"

"눈치는 무슨."

석현은 더욱더 놀랐다. 그러더니 소매를 걷어붙이곤 노발대발 성을 냈다. 여희는 그를 겨우겨우 뜯어말리고는 차분히 말했다. 그러자 석현이 한껏 진지해져 말을 이었다.

"말해. 솔직히 말하는 게 최고야. 그리고 다르게 생각해보면 얼마나 잘된 일이야? 이제라도 알아서 천만다행이지."

여희는 고개를 끄덕였다. 맞는 말이다. 지금이라도 알아서 다행이다. 하지만 그 말을 부모님께 하려니 차마 입이 떨어지지 않았다. 그래서 더 고민이었다. 어떻게 말해야 할까, 어떻게 하면 상처를 덜받으실까? 그 고민으로 깊은 상념에 잠긴 그녀를 물끄러미 보던 석현이 그녀의 어깨를 붙잡곤 다독였다.

"어떻게 해서든 상처는 받을 수밖에 없어. 사람의 감정이 하는 일이잖아. 다만 될 수 있으면 빨리 나서 빨리 고치는 방법뿐이야. 오늘 말씀드려."

자신의 말에 동감하며 고개를 끄덕이는 여희의 머리칼을 마구 헝클였다. 곧바로 두 사람은 티격태격했고, 석현은 한마디를 툭 던지고는 교무실을 나갔다.

'아무쪼록 난 널 응원한다. 넌 잘못 없어. 그러니 어깨 펴. 본래 잘못한 놈이 더 아픈 법이잖아.'

그래, 맞다. 박태준은 나쁜 놈이다. 나쁜 놈에게 벌을 주는 것은 당연한 것이다. 응당 벌을 주는 것도 맞는 일일 것이다. 하니가 했던 말처럼 현장부터 잡아야 한다. 고구마만 먹었더니 목이 막혀서 사이다가 필요했다.

학교 앞에 주차한 정우는 다시 시간을 확인했다. 아직 점심시간
은 끝나지 않았다. 정우는 여희에게 전화를 걸었다. 다음 시간은 공
강 시간이라 천천히 수업 준비를 하던 여희가 진동 소리에 책상에
서 휴대폰을 집어 들었다. 도정우다. 받을까, 말까 고민할 필요도 없
이 휴대폰을 귓가로 가져갔다.

"무슨 일인데?"

-점심은 먹었어?

"무슨 일이냐고."

-아직도 쌀쌀맞네.

정우의 입에서 서운한 말투가 여실히 묻어나왔다. 그러나 여희
는 그가 서운함을 느끼든 말든 신경 쓸 수가 없었다. 머리가 복잡해
서 터질 것만 같았다. 여희는 한숨을 푹 내쉬며 물었다.

"나 지금 세 번째 묻는 거야. 무슨 일이야?"

-수리비 견적서 갖고 오라며.

"지금 어딘데?"

-학교 앞.

"……알았어. 나갈게."

정우가 학교 앞에 와 있다는 것에 살짝 놀라긴 했지만 견적서를
가지고 왔다는 말에 지갑만 챙겨 복도를 나섰다. 긴 복도를 걸어 나
오니 정문 앞에 정우가 서 있는 것이 보였다. 정우도 자신에게 걸어
오고 있는 여희를 발견하고서 주머니에서 손을 뺐다. 점점 가까워

지는 여희를 보며 정우는 또다시 왼쪽 심장이 두근거리고 있음을 느꼈다. 13년이 지났건만 심장은 아직도 여전히 김여희만 보면 반응을 낸다. 문득 정우는 궁금해졌다. 여희도 자신과 같을까. 같은 반응을 내고 있을까. 그랬으면 참 좋겠는데.

여희도 학교 정문 앞에 서 있는 정우를 보며 아무리 부정하려 해도 묘한 설렘을 느꼈다. 큰 키에 맞게 꼭 붙은 캐주얼 의상. 흰색의 셔츠에는 해골 문양이 프린트 되어 있고, 검정색 슬랙스 바지 정장과 그에 걸맞은 검정색 구두까지. 세련미가 넘치고, 무엇보다 그 모든 의상을 소화해내는 잘생긴 얼굴이 13년 전에 싱그러웠던 정우를 보는 것 같았다.

"견적서는?"

여희는 행여 그에게 자신의 마음을 들킬까 봐 퉁명스레 견적서 얘기부터 꺼냈다. 그러자 여태까지 느낀 감정들이 모두 깨져서 정우의 미간이 잔뜩 좁아졌다.

"인사도 없어? 또 그 얘기부터 하네."

"용건이 그거니까."

"야, 김여희."

"시간 없어. 줄 건 주고, 합의할 건 하고."

차갑게 자신의 할 말만 하는 여희를 내려다보는 정우. 그러면서 머릿속으로 생각했다. 정말 할 말이 그뿐일까. 요만큼의 감정도 없는 것일까. 자신을 낮게 응시하는 정우의 눈을 보던 여희도 속으로 생각했다. 흔들리지 말자. 절대 흔들리면 안 돼.

그러나 사람의 눈은 거짓을 말하지 않는다. 서로를 바라보는 두 사람의 눈동자에는 거짓을 벗겨낸 진실만이 가득했다. 다만 그 진실을, 진심을 봤느냐 보지 못했느냐 그 차이일 뿐. 누가 먼저 그 진실을 보게 될까.

"견적서 달라니까?"

여희를 뚫어질 듯 응시하는 정우로 인해 결국 여희가 그에게 향해 있던 시선을 거두었다. 그리고 더욱 퉁명스럽게 그를 몰아붙였다.

"야. 여희야."

먼저 제 눈을 피하는 여희를 보면서 정우는 싱긋 웃었다.

누가 먼저 그 진실을 보게 될까. 정우일까. 일단 정우는 조수석으로 가서 견적서를 가지고 그녀에게 건넸다. 견적서를 받은 여희는 정우를 보지도 않고서 말했다.

"문자로 계좌번호 찍어서 보내. 오늘 안으로 입금해줄 테니까."

속마음을 들킨 것 같은 기분에 휩싸여 여희가 먼저 발을 떼었다. 그때 정우가 그녀의 발걸음을 붙드는 강력한 한마디를 던졌다.

"난 수리비를 돈으로 받는다는 말은 안 했는데?"

저 말은 또 대체 무슨 말인가 싶어서 다시 정우에게로 돌아섰다.

"무슨 뜻이야?"

"돈 말고 다른 걸로 받겠다는 뜻."

정우는 한결 여유 있게 답했다. 그래서 더 얄미웠다.

"뭐?"

"돈 말고 내가 하는 제안을 들어주면 돼. 간단하지 않아?"

"야, 도정우!"

"그렇게 불러도 소용없어. 더 이상 봐주는 건 없어."

"네가 언제, 뭘 봐줬는데?"

기가 막혀서 소리를 버럭 질렀다. 그럼에도 그는 끄떡도 하지 않았다.

"나랑 딱 열 번만 만나자."

여희의 눈빛이 흔들리기 시작했다. 정우는 전과 다를 바 없이 똑같았다. 직구도, 흔들림 없는 눈빛. 오만해 보일 수 있지만 오만해 보이지 않는 적당한 선에서 나오는 당당함까지 변하지 않았다. 그래서 여희는 흔들리지 않을 수가 없었다. 10년이나 잊지 못했던 단 한 사람. 그 사람이 돌아와서 또다시 자신을 흔들고 있다. 과연 그어떤 여자가 한 남자의 저돌적인 직구를 맞고도 흔들리지 않을 수가 있을까. 여희 마음에 잔잔한 바람이 불기 시작했다.

박태준의 현장 증거를 위해 퇴근 시간을 앞당긴 여희가 부랴부랴 택시를 탔다. 택시 안에서도 여희는 줄곧 도정우를 떠올렸다. 자신과 딱 열 번만 만나달라는 제안 앞에서 여희는 승낙도 거절도 하지 못했다. 그저 오늘 밤까지 입금하겠단 말만 한 뒤에 돌아섰다. 잡을 줄 알았지만 정우는 잡지 않았다. 이상하게도 서운한 마음이 들었지만. 잡았다 한들 여희는 또다시 그에게서 멀어졌을 것이다. 더 이상 상처 받고 싶지 않기에.

여기까지 생각을 마친 여희가 고개를 여러 번 저었다. 지금은 박태준에게 복수할 생각만 하자고 스스로에게 말했다. 아파트 입구에서 건물을 쭉 훑으니 온몸의 세포가 다 아픈 기분이다. 잘못한 사람은 따로 있는데, 왜 자신이 이토록 아픈지 그건 모르겠다. 여희는 어깨에 걸친 가방 줄을 꼭 붙잡고선 입구로 들어갔다. 층수를 누르고 엘리베이터가 그 앞에 멈춰서니 마른침이 절로 넘어갔다. 초인종을 누를까 하다가 비밀번호를 능숙히 누르고 안으로 들어갔다.

철컥. 현관으로 들어서 신발을 벗고 들어가니 바닥에 옷가지가 흐트러져 있는 것이 제일 먼저 눈에 띄었다. 셔츠부터 시작해, 속옷들까지 전부 바닥에 놓여 있었다. 그것들을 보니 격한 숨도, 한숨도 나오지 않고 그저 맥이 탁 풀렸다. 안에 있던 모든 장기들이 바닥으로 푹 꺼지는 느낌이랄까. 분노보다는 어이없음이 제일 먼저 고개를 들었다.

한 발을 떼기가 이렇게 힘에 겨운 것은 그날 이후로 처음이다. 한 발, 한 발 조심스럽게 들어가니 태준의 방에서 격한 숨소리가 섞여 들렸다. 머릿속은 이미 제정신은 아니다. 설마 했던 그 소리가 들리니 온몸의 피가 거꾸로 솟는 기분이다. 휴대폰 카메라를 켜고 문 앞에 섰다. 손이 부들부들 떨렸다. 살짝 열려진 틈으로 안을 들여다보니 생각했던 것보다 훨씬 더 격렬한 그들의 몸짓이 보였다. 여희는 큰 충격을 받았다. 머리와 마음은 이미 아는데, 그 장면이 어떨지 뻔히 다 아는데도 그 모습을 눈앞에서 보니 충격을 받지 않을 수가 없었다. 그녀는 자신도 모르게 들고 있던 휴대폰 카메라로 그들의 모습을 담았다. 그러곤 카메라 속에 담긴 그들의 모습에 한 번 더 큰 충격을 받고 뒷걸음질을 치다가 그들이 벗어놓은 옷가지를 밟고 미끄러져 바닥에 엉덩이를 찧었다.

쿵, 하는 소리와 함께 그들의 몸짓도 멈춰졌다. 이게 무슨 소리인가 싶어 박태준이 몸을 일으키니 밑에 깔려 있던 내연녀가 서둘러 이불로 제 몸을 가렸다. 태준은 바닥에서 가운을 주워 입으며 문을 열었다. 그러다 깜짝 놀란 표정을 지었다. 눈앞에 주저앉아 있는 여희를 상상이나 했을까. 상상도 하지 못했으리라. 태준의 얼굴이 점점 사색이 되어갔다.

"여, 여희야?"

여희가 아픈 엉덩이를 붙잡고 일어나려 하니 태준이 얼른 다가서 부축하려 했으나 여희가 먼저 그 팔을 세차게 뿌리쳤다.

"진짜였네."

"……."

"진짜였어."

여희는 자조적인 미소를 지었다. 태준의 바람이 사실인 것을 알면서도 믿고 싶지 않았던 마음이 있었다. 그러나 지금 눈앞에서 본 그들의 충격적인 장면에 마음이 무너질 수밖에 없었다. 불끈 쥐었던 두 주먹이 부들부들 떨렸다. 심장이 밖으로 튀어나올 것처럼 두근두근 뛰었다.

"일단, 일단 나가서 얘기하자."

태준은 황급히 여희의 손을 붙잡았다. 다시 여희가 그 손을 뿌리쳤다.

"그 더러운 손 치우랬지."

눈물이 나오진 않았다. 배신감에 이가 달달달 떨리고, 뒷목이 뻐근했지만 이상하게도 눈물이 나오진 않았다. 무너진 마음은 그대로이지만 기분만큼은 차분하게 가라앉는 것도 같았다.

"여희야."

태준을 바라보는 여희의 시선은 그 어느 때보다 차가웠다. 아무런 감정도 느껴지지 않았다. 그저 더럽다는 듯, 인간도 아니라는 듯한 표정이라 태준의 몸이 딱딱하게 굳어졌다.

"태준 씨."

설상가상으로 태준의 내연녀가 냉기가 가득한 그들 사이로 끼어들었다. 차가운 여희의 시선이 그 내연녀를 향하자 행여 그 내연녀에게 어떤 해라도 갈까 싶었는지 태준이 얼른 내연녀의 앞을 가로막았다. 그들을 차갑게 응시하던 여희가 냉소적으로 말했다.

"정말 꼴값을 하는구나."

더 이상 이들 틈에 있고 싶지 않아졌다. 꼴도 보고 싶지 않아 여희가 먼저 돌아섰다. 먼저 나가는 여희를 본 태준이 서둘러 옷을 걸쳐 입으며 뒤를 따라나섰다.

"여희야, 김여희!"

아파트 입구를 지나쳐 걷고 있는 여희의 등에 대고 태준이 이름을 불렀다. 여희는 대꾸 한 번 하지 않고 앞만 보며 걸어갔다. 부르든 말든, 이제 완전히 남남이다. 다신 돌아보지 않을 것이다.

생각해보면 그리 좋기만 한 연애는 아니었다. 뜨겁지도, 행복하지도, 열렬하지도 않았다. 한 곳만 바라보던 마음이었기에 다른 방향으로 돌릴 수도 없던 마음이었다. 그럼에도 여희가 태준의 옆에 있었던 이유는 언젠가는 그 마음도 다른 방향을 볼 수도 있지 않을

까 했던 기대감 때문이었다. 하지만 이제는 아니다. 그 기대는 산산
조각이 났고, 다신 돌아보지 않을 것이다.

곧장 넓은 길로 나온 여희는 유턴하던 택시를 잡아탔다. 뒤에서
여희를 따라오던 태준이 택시에 몸을 싣는 모습을 보고선 뒤쫓았
지만 택시는 이미 떠난 후였다.

03. 치열한 복수 끝에 남는 것들

'회사 나가기 전에 집에 들러라.'

아침에 회사로 출근하기 전에 아버지께 연락이 왔다. 정우는 어쩔 수 없이 본가로 향했다. 본가에 가기 전에 여희에게서 문자가 왔었다. 기어코 돈을 보냈다는 문자였다. 돈을 보내서 자신을 정리하려는 것이겠지만, 그렇다고 해서 조금씩 흔들리고 있는 마음이 감춰질까. 그는 여희의 마음을 짐작하고 있었다. 아니, 확신하고 있었다. 그녀의 마음이 서서히 자신에게 기울어가고 있음을. 또 그녀는 결국 자신을 받아줄 것임을.

서울 근교 대저택을 중심으로 소규모의 저택들이 모여 있는 동네는 대한민국에서 가장 비싸고, 가장 좋은 위치를 두루 갖추고 있는 영광그룹 소유의 자산가들이 사는 동네다. 아버지는 정우가 이 집 근처로 집을 얻기를 바랐다. 본가로 들어올 것도 내심 기대하는 눈치였지만 그건 어디까지나 아버지의 욕심에 불과했다.

정우는 이쪽 동네로 들어올 생각도, 본가에 들어와 살 생각은 더더욱 없다. 아버지의 돈이 탐나지도, 갖고 싶다는 소유욕도 없다. 어머니를 혼자 외롭게 돌아가시게 놓아둔 것만 보면 평생 용서할 수 없는 일이지만 어머니 유언은 들어드릴 생각 때문에 옆에 있는 것일 뿐. 또한 아버지가 생각하시는 가족과 자신이 생각하는 가족은 다르다는 것을 가르쳐드리고 싶은 것뿐이다.

저택에 들어서니 호화롭고 사치스런 명품들로 가득한 복도가 나왔다. 그 명품들을 보면서 정우는 눈살을 찌푸렸다. 아무리 봐도 죄다 고가의 물품들뿐이라 사람 사는 맛이 나지 않고 온기 없는 로봇처럼 감정을 모두 빼앗길 것만 같은 기분이다. 거실로 들어서니 소파에 앉아 신문을 보던 도 회장이 정우가 온 것을 알아보고는 일어나 다이닝룸으로 들어갔다. 정우도 그 뒤를 따랐다.

다이닝룸은 거실 크기만큼이나 크고 웅장했다. 긴 식탁엔 여러 가지의 음식들이 놓여 있다. 그 옆엔 메이드들이 따라붙어 도 회장의 시중을 들었다.

"앉거라."

서서 다이닝룸 전체를 훑어보는 정우에게 앉을 것을 명하니 그가 의자에 앉았다. 그리고 잠시 후, 2층에서 요란한 발소리가 들렸다. 거대한 몸집이 대리석 계단을 모두 부술 것처럼 요란스러웠다. 곧 다이닝룸에 사람이 한 명 들어왔다. 키가 무척이나 큰 남자였다. 그 남자는 다이닝룸으로 들어와 멀뚱히 앉아 있는 정우를 슥 눈길로 보다가 맞은편에 앉았다. 교복을 입고 있는 것으로 보아 학생인 듯하다.

"네 엄마는?"

도 회장은 굵직한 목소리로 남학생에게 물었다. 그러자 남학생은 그보다 더 굵직하고 낮은 음성으로 짧게 답했다.

"내려오실 거예요."

'엄마'라는 소리에 정우는 자신도 모르게 실소를 터트렸다. 그러자 식탁 위엔 냉담한 반응들이 터져 나왔다. 그중에서도 남학생의 시선이 가장 거칠었다.

"이상해서요. 이 집에도 엄마라고 불리는 분이 계셔서요."

남학생과 눈이 마주친 정우가 눈을 반으로 접어 웃으며 말했다.

"우리 엄만 돌아가셨거든."

남학생의 표정이 살짝 굳어졌다가 시선을 피해 밥 한 숟가락을 크게 펐다. 정우의 시선이 남학생의 이름표에 머물렀다.

"도영광?"

남학생의 정체는 영광이었다. 말하자면 정우와는 이복형제 되는 셈이다. 잠시 후, 다이닝룸 문이 열리며 한 여자가 들어왔다. 흰색의 원피스를 입고 우아한 모습을 한 여자는 딱 보기에도 젊어 보였다. 아마도 그 여자가 정우의 새어머니인 것 같다.

"우리 아들, 벌써 밥 먹어?"

여자의 눈은 영광에게만 고정되어 있었다. 정우는 마치 진열장 속 물건이 된 것처럼 말이다. 정우의 표정이 딱딱히 굳어갈 때쯤 도 회장이 입을 열었다.

"귀국한 지 벌써 3주가 되어가는데, 가족끼리 인사도 못 나눈 것 같아 불렀다."

그제야 여자의 시선이 정우에게 머물렀다. 정우도 여자의 눈길을 피하지 않고 그대로 맞섰다. 여자는 정우의 얼굴을 꼼꼼히 따져보다가 입가에 엷은 미소를 지었다. 어째 기분은 상당히 좋지 않다.

"잘생겼네. 꼭 언니 젊었을 때 모습 보는 것 같다. 안 그래요, 여보?"

정우의 표정에 일정한 균열이 생겼다. 저 여자의 입에서 나온 언니라는 호칭이 거슬렸다.

"저희 어머니는 동생이 없으신데요."

"어머, 언니가 말을 안 했나 보네. 나랑 꽤 친했어."

자신을 똑바로 응시하며 도전적인 눈빛을 보내는 여자를 보던 정우가 눈길을 피했다. 더 이상 마주하고 싶지 않았다. 역겨워서 구역질이 날 것 같았다.

"우리 영광이는 아버지를 꼭 닮았는데. 정우는 언니를 더 닮았네. 그래서 미국에 보내버린 건가? 꼴 보기 싫어서?"

"미란아."

"네, 조용히 할게요."

정우의 시선이 그 여자에게 향해지자 분위기가 한순간에 싸해졌다. 이에 도 회장이 여자의 이름을 부르며 낮게 경고했고, 그제야 여자가 수그러들었다. 정우는 한 숟가락도 입에 대지 않았다. 하고 싶은 말만 하고, 듣고 갈 참이다. 이 집에서는 숨을 쉬고, 밥을 먹기가 힘들다. 숨이 턱턱 막혔다.

여자는 계속 정우를 꼼꼼히 살폈다. 얼굴과 몸매, 앉은 모습을 하나하나 살폈다. 그러다 여자의 미간에 묘한 금이 그어졌다. 어디 한 구석 빠지는 곳 없이 잘나서 화가 난 것이다. 미국에서도 공부는 잘했다고 하던데. 그거야 뭐, 자기 아들도 공부는 잘하니까 상관없지만 미국에서 공부나 하던 아들을 불러들인 것을 보면 남편의 의도를 충분히 알 수 있었다.

남편은 분명 첫째 아들인 정우에게 재산을 주려는 것이다. 그걸 모를까. 도 회장은 소문난 애처가였으나 비서로 일했던 자신에게 빠져 살면서 본부인과도 헤어졌는데, 그 정도라면 내심 자기 아들에게 재산을 줄 것이라고 생각했다. 그런데 제대로 뒤통수를 맞은 격이 되었으니, 정우가 곱게 보이진 않았다.

거기다 빼어나게 잘생긴 얼굴이라 여자의 눈길이 제 아들에게 머물렀다. 아들도 정우에 비해도 빠지는 인물은 아니다. 그런데 남편을 닮아서인지 묵직한 곰상이다. 곰은 싫은데. 다시 여자의 눈길이 정우에게 머물렀다. 칼처럼 날카로운 턱 선이 아주 예술에 가까웠다. 그러다 문득 아쉬워하는 자신을 발견하고는 낮게 웃었다. 나도 참, 미쳤지. '십 년만 젊었어도'를 무심코 생각하는 자신이라니. 돈밖에 모르고 남자나 후리는 천박하기 짝이 없는 여자들이 하는 그런 천박한 생각을 하고 있다니.

다시 여자가 정신을 차리고는 아들의 밥 위에 생선 가시를 발라 올려주었다. 곧 남편의 밥 위에도 같은 반찬이 놓였다. 정우는 가만히 그 모습을 지켜보고 있다.

"넌 왜 안 먹니? 입에 안 맞아?"

"아버지. 저 드릴 말씀만 전하고 가보겠습니다."

"아직 밥 다 안 먹었다."

"드시면서 들으세요."

정우에겐 약간의 냉정함이 있었다. 특히나 자신의 사람이 아니면 칼같이 선을 긋고 절대 그 선 안으로 들어오는 것을 허락지 않았다. 그 점이 꼭 지 엄마를 빼다 박아서, 도 회장은 정우를 보면 가끔 그녀가 떠오르곤 했다.

도 회장이 먹던 숟가락을 내려놓았다. 그러자 미란의 표정에 다시 균열이 생겼다. 저 날카롭게 생긴 놈이 보통은 아니란 것을 느낀 모양이다. 정우가 일어서는 아버지를 따라 자리에서 일어나 집무실로 따라 들어갔다. 시선을 떼지 못하던 미란은 그 둘이 집무실로 들어서자마자 홱 고개를 돌려 중얼거렸다.

"진짜 만만한 놈이 아니네."

"누군데?"

영광이 콩나물을 집어 먹으며 미란에게 물었다. 무심한 척했지만 영광도 그가 누구인지는 알고 있었다. 이복형제이긴 하나 처음으로 형이 생긴 것이다. 자신의 이름도 아는 걸 보니 기분이 좋기도 했다. 가족 모두에게 축복받는 출생이 아니었고, 온전한 가정 아래에서 가족을 이룬 것이 아니었기에 당연히 미움을 받을 것이라고 예상했으나 형이 자신의 이름을 알고 있으니 한편으로는 다행이라고 생각이 들었다. 그러다 영광의 눈길이 제 명찰에 놓였다.

명찰 보고 안 거구나. 좋았던 기분이 실망감으로 푹 가라앉았다.

"네 라이벌."

"라이벌?"

형이 아니라 라이벌이라 답하는 엄마를 빤히 보던 영광이 다시 고개를 돌려 남은 밥을 마저 먹었다. 엄마는 꽤나 초조해 보였다.

"영광아. 너, 이번 기말고사 꼭 1등해."

"언제는 1등 안 했어? 맨날 1등만 한다고 성적표는 거들떠도 안 보면서."

시크하게 답하는 아들의 등을 미란이 탁 쳤다.

"너, 관심 안 가져준다고 1등 밑으로 떨어진 성적표 가져오기만 해봐."

"내가 무슨 애도 아니고."

"덩치만 컸지. 넌 아직 애거든?"

"애 아니야."

영광이 인상을 썼다. 애가 아니라 남자이고 싶다. 그때 또 여희의 얼굴이 떠올랐다. 그러니 자연스레 목 언저리가 또 붉어졌다. 언제 쯤이면 남자가 될까? 언제쯤이면…… 어른이 될까?

"그리고 라이벌이 아니라 내 형이지."

영광은 벌떡 자리에서 일어나 가방을 들쳐 매고선 현관으로 저벅저벅 걸어갔다. 미란이 아들의 등에 바짝 따라붙었다. 형이란 말에 질색팔색을 했다.

"형은 무슨. 너랑은 라이벌이야. 네 아버지가 정우를 불러들였다는 것은 후계자 수업을 본격적으로 하겠다는 뜻이고."

질색팔색하는 엄마완 다르게 영광은 무심히 말했다.

"잘됐네. 따분한 경영은 하기 싫었는데."

"도영광!"

"갔다 올게."

버럭 화를 내는 엄마를 두고 영광은 집 밖을 나섰다. 문이 닫히고, 소나무가 울창한 정원을 빠르게 지나치던 영광은 다시 한 번 뒤를 돌아다봤다.

형이 생겼다. 사진으로만 보던 형이. 정우를 보던 순간에 첫눈에 알았다. 이복형제인 것치고 그는 자신과 너무도 닮았다는 것을.

집무실에 단둘이 남은 정우와 도 회장. 정우는 그동안 생각했던 일에 대해 말했다. 그리고 배워보고 싶은 분야가 생겼다고도 했다. 이야기를 가만히 듣던 도 회장이 의외라는 듯 다시 되물었다.

"어디 부서에서 일해보고 싶다고?"

"영광재단이요. 영광재단 이사장으로 보내주세요."

영광재단은 영광그룹에서 어머니가 일하셨던 곳이다. 관리부터 잡다한 부분까지 세심하게 살피고 살펴 영광그룹 창립일 이래로 나날이 번창하던 곳이다. 그러나 미란이 재단 일을 하게 되면서 매일 집무는 하지 않고 밖으로 쏘다녀서 관리가 엉망이 되어 제대로 운영되지 못한 곳이었다. 그런데, 그 일을 정우가 하겠다니. 사실 어머니가 해왔던 일이니 아들이 맡아서 하는 것이 아주 의외의 일은 아니다. 하지만 본격적인 후계자 수업을 위한 업무도 아닌 재단 일을 하고 싶다니, 그것도 망가져가는 재단을 어떻게 운영할 것이란 건지.

하지만 도 회장의 생각과는 다르게 정우는 그저 영광재단이 운영하는 학교가 여희가 있는 영광 고등학교인 이유도 있었다. 어머니가 하신 일이란 것은 알지만 현재는 새어머니가 운영하고 있어 재단이 엉망이란 얘기도 들었다. 그리고 아까 그 여자의 태도를 보니 자신이 재단 일을 맡아서 하겠다고 한다면 제대로 한 방 먹일 수도 있을 것 같고, 선전포고도 할 수 있는 일 같아 일석이조라고 생각했다. 물론 그보다는 마음이 콩밭에 가 있긴 했다. 마음대로 여희를 옆에 두고 볼 수 있으니까.

"현재 운영난도 그렇고, 장미란 사모님께서 재단의 이사장으로 계시지만 경영 부실이 연달아 문제되고 있다고 들었습니다. 앞으로의 미래를 위해서라도 아버지께서 결단을 내리셔야 합니다. 가만히 두고 볼 문제가 아니고, 팔이 안으로 굽어야 할 문제도 아닙니다. 아버지이시기 전에 영광그룹을 통치할 회장님의 관할로 직무를 이행하셔야 한다고 생각됩니다. 이건 아버지 아들이기 전에 영광그룹의 후계자로서 드리는 말씀입니다."

도 회장은 고개를 끄덕였다. 일리가 있는 말이다. 그럼에도 부인이 현재 이사장으로 있는 문제이니 섣부른 판단을 내릴 수가 없었다. 하지만 곧 영광그룹을 통치하고 직무를 이행해야 한다는 말에 공과 사는 확실히 해야 한다는 결론을 내렸다.

"알아서 정리해두마. 이사장 직무는 일주일 후로 하지."

"감사합니다, 아버지."

"그나저나 아주 훌륭하게 컸구나."

도 회장은 흡족한 표정을 지으며 아들의 어깨를 두 번 두드렸다.

정우는 집무실을 나와 곧장 저택을 빠져나왔다. 차에 올라선 그가 답답하게 목을 조이는 넥타이를 좌우로 비틀며 풀어냈다. 저 집엔 묘한 기운이 감돈다. 그 기운에 온몸이 조여드는 느낌이라 좋지 않다. 어머니의 유언만 아니었더라면 저 집에 들어가 아버지를 눈앞에 둘 일도, 그 여자의 거슬리는 행동을 볼 일도 없었을 텐데. 적어도 다시 가족이라는 틀에 갇히지 않아도 되었을 텐데. 정우는 낮게 한숨을 내쉬며 눈을 한 번 깜빡였다. 일단 여희만 생각하기로 했다. 어머니의 유언도 들어드리고, 그 학교에서 재단 일을 본격적으로 시작하게 되면 마음대로 여희를 볼 수 있으니까. 이보다도 더 좋을 계획은 없었다.

이제 일주일 후면 학교 재단에 들어가게 된다. 여희와 함께 있을 수 있다는 생각에 그의 입가에 밝은 미소가 그려졌다. 일주일 후가 빨리 왔으면 좋겠다.

태준과의 모든 관계를 끝내기 위한 결전의 날이 밝았다. 더 이상 태준과 엮이고 싶지 않아 그날 모든 것을 끝내고자 했지만 복수는 해주고 싶었다. 그날 이후로 태준에게 전화나 문자가 수십 통이 왔지만 모두 확인하지 않았다. 집에 찾아올 수도 있을 거라고 짐작은 했지만 미안해서인지 아님 다른 이유에서인지 그는 집으로 찾아오진 않았다.

퇴근 후에 곧장 집으로 오는 길에 약국에 들러 청심환 다섯 알을 샀다. 집으로 가서 엄마와 아빠께 청심환을 먹게 한 뒤에 두 분을 모시고 강남 모처에 있는 한식당집에 도착했다. 부모님과 식당의

룸으로 들어가니 태준의 부모님이 보였다. 아직 태준은 오지 않은 모양이었다.

여희는 잠시 화장실을 다녀오겠다는 핑계로 자리를 피해 청첩장을 꺼내 펼쳤다. 청첩장은 그날 태준에게 뿌린 것과 같은 것이다. 태준과 여희의 이름이나 장소 및 일시가 적혀 있지 않았다. 다만 다른 점이 있다면 그 안엔 태준과 그의 내연녀가 함께 있는 사진이 붙어 있었다. 그것을 다시 고이 접어 품 안에 꼭 품었다.

드디어 오늘로서 끝이다.

잘 가라, 박태준.

사람들은 두렵지 않느냐고 물을 것이다. 그녀는 당당히 답할 것이다. 죄를 진 년놈들이 무섭지, 난 전혀 무섭지 않다고. 본래 두들겨 팬 사람이 발 뻗고 편히 못 잔다고. 맞은 사람은 속 편히 잠만 잘 잔다고. 그렇게 말할 것이다. 그러나 무엇보다 이 일로 상처 받을 부모님을 생각하니 아찔해진다. 망신살 뻗쳤다고 자신을 원망하면 어쩌나 싶은 고민도 들었다. 그러나 지금 이렇게 하지 않으면 제 명대로 살 수가 없을 것 같다. 오로지 그거 하나만 생각할 것이다.

청첩장을 가방에 넣고선 다시 룸으로 들어갔다. 문을 여니 시어머니가 될 뻔한 태준의 어머니가 보였다. 들어가 앉으니 태준 어머니가 어색한 웃음을 지어 보이며 나타나지 않은 아들에 대해 불쾌하게 생각할 여희의 부모님을 향해 웃어 보였다.

"태준이가 일이 늦게 끝나는 모양입니다. 사돈."

"뭐, 바깥일을 하다 보면 그럴 수 있죠."

"이해해주셔서 감사합니다."

다시 어색한 기운이 감돌았다. 또 묘한 긴장감도 감돈다. 그때, 가방 속에 넣어둔 휴대폰이 울렸다. 액정을 보니 당연 박태준이다. 태준은 한식당 앞에서 발을 동동 굴리며 여희에게 전화를 걸고 있었다. 태준도 알 것이다. 여희가 꼭지가 돌면 어떻게 돌변하는지를. 그날 밤엔 정신이 돌아서 여희에게 사과 한마디 하지 못했다. 거기다 여희의 휴대폰에는 자신과 내연녀가 홀딱 벗고 있는 사진이 있을 테니 입이 바짝바짝 타들어갔다.

그렇다고 들어갈 수도 없는 노릇이다. 그녀가 두 눈을 시퍼렇게 뜨고 있는데, 그 모습을 어떻게, 두 눈을 마주 보고 있을 수 있을까. 태준은 그리 강심장이 되지 못했다.

여희는 휴대폰을 비행기 모드로 바꾸곤 깊은 심호흡을 했다. 이제 드디어 오픈할 시간이다. 깨끗이 끝내리라. 태준과의 인연은 여기까지. 한 번 그들의 얼굴을 쭉 훑었다. 어두운 얼굴로 어머니가 계속 태준에게 전화를 걸고 있지만 물론 그는 전화를 받지 않았다. 계속 자신에게 전화 중이었으니까.

여희의 시선이 이번엔 부모님 쪽으로 돌아갔다. 웃으며 기다리고는 있지만 필시 표정이 좋지 않았다. 전화를 계속 해보던 어머니가 체념한 채로 주문할 것을 청했다. 그때 여희가 나섰다.

"어머님. 아버님. 식사하시기 전에 보셔야 할 것이 있습니다. 꼭 식사 전에 보셔야 해요. 밥이 입으로 들어가지 못하실 테니까요."

갑작스런 여희의 말에 어른들 모두가 어리둥절한 표정을 지었다. 곧 여희의 엄마가 여희를 손가락으로 쿡쿡 찔렀다. 여희는 엄마와 아빠를 보면서 속으로 중얼거렸다.

'엄마, 아빠. 죄송해요. 제가 이렇게 하지 않으면 정말 미쳐버릴 것 같아서요. 딸내미가 죽는 것보단 낫잖아요.'

그렇게 말하고는 모두가 자신을 주목하고 있는 사이에 그녀는 가방에서 청첩장 네 개를 꺼내 들었다.

"청첩장 나왔었니?"

태준의 어머니는 청첩장이 이제야 나왔느냔 표정으로 물었다. 반면 여희의 부모는 청첩장을 아직 안 보냈니? 하는 표정을 지었다. 그러다 태준의 아버지가 청첩장을 폈다가 소스라치게 놀라며 청첩장을 떨어트렸다.

"왜 그래요, 여보?"

소스라치게 놀라는 남편을 보던 태준의 어머니가 청첩장을 폈다. 그리고 똑같은 반응을 내었다.

"왜들 그러세요? 청첩장에 뭐가 있길…… 꺄악!"

청첩장을 편 여희의 어머니가 비명을 내질렀다. 아버지 수환은 손만 부들부들 떨며 그 사진을 뚫어질 듯 노려봤다. 주희가 믿을 수 없다는 표정으로 다시 사진을 펴 들었다. 그리고 한참을 뚫어져라 바라봤다.

"이, 이게 누, 누구…… 야?"

태준의 어머니는 너무 놀라서 말도 제대로 나오지 않았다. 청첩장을 왜 이제야 보여주나 싶어서 펼쳤건만 그 안에 이런 흉물스런 사진이 들어 있다니. 그리고 또 왜 그 사진 속의 남자가 아들인 것만 같은지. 사진과 여희를 번갈아 바라보던 태준의 어머니가 손을 떨며 물었다.

"여, 여희야."

"사진 속에 남자는 아드님이 맞습니다. 어머님, 아버님."

이번엔 주희가 물었다. 손가락으로 사진 속 박태준의 내연녀를 보면서 흥분을 감추지 못했다.

"그, 그럼 이 여잔……."

"저 아니에요. 박태준 씨 내연녀입니다."

"내, 내연녀……!"

주희는 뒷목을 잡고 쓰러졌고, 여희는 쓰러지는 엄마를 보면서도 눈 한 번 깜빡이지 않았다. 아무렇지 않았다기보단 솔직히 두 다리가 떨리고, 팔이 덜덜 떨리며 온몸이 저릿해 움직일 수 없었던 것이다.

지금 이 자리에서 딱 죽고만 싶었다. 그러나 부모님이 앞에 계시니 그럴 수도 없었다. 자신이 무너지면 부모님도 똑같이 무너지실 테니. 두 다리를 땅에 붙이고 나무가 된 것처럼 뿌리를 단단히 내려서 있었다. 여전히 수환은 아무런 말이 없다. 그저 사진만 뚫어져라 쳐다볼 뿐.

"허, 허. 이게, 이게 어떻게 된 일입니까. 사돈! 결혼이 이제 코앞인데, 아니 이게 제정신입니까? 망측스럽고, 불쾌하고, 정말 상종을 못할 집안이네, 어!"

여희의 모가 가까스로 정신을 차리며 노발대발했다. 있을 수 없는 일. 그저 TV 속에서만 보던 일이 눈앞에서 벌어지니 믿겨지지가 않았다. 항상 웃는 낯으로 제 부모에게 하는 것처럼 똑같이 행동해서 유난히 예뻤던 박 서방이 이런 짓을 하다니. 믿겨지지 않았다. 또한 자신의 딸이 받았을 상처에 온몸이 무너질 것처럼 아리고 가슴이 쓰라렸다. 물을 넘기기도 쉽지 않았다.

"이, 일단 태준이한테 물어, 물어보는 것이……. 이 사진 속의 남자가 우리 태준이가 아닐 수도 있는 거니까……."

"아니 그럼 이 사진 속에 박 서방이 박 서방이 아니면 대체 누구랍니까? 예! 아니면 우리 딸이 조작이라도 했다는 거예요, 뭐예요? 어디서 콩가루 집안이 감히! 여보, 무슨 말이라도 해봐. 박 서방은 어디 있어? 지금 일을 이렇게 만들어놓고 대체 어디 가서 자빠져 있는 거냐고!"

주희는 참을 수가 없었다. 속에서 천불이 나서 활활하게 불타고 온 장기를 불에 태울 것처럼 화가 끓었다. 그러다 여희를 보니 눈물이 왈칵 쏟아졌다. 얼마나 아팠을까. 이 사진을 직접 찍었다는 것인데, 그럼 실제로 목격했다는 것이 아닌가. 주희가 여희의 팔을 붙잡으며 울부짖었다.

태준의 모는 노발대발하는 사돈을 보며 입을 다물었다. 할 말이 없었다. 조작일 수가 없다. 이건 사실이다. 태준이, 자신의 아들이 이처럼 불경한 짓을 저지르고 만 것이다. 태준의 아버지는 일찌감치 고개를 푹 숙이고 묵묵부답으로 일관했다. 그저 면목이 없어 입도 뻥긋할 수가 없다.

때마침 밖에서 고민하던 태준이 여희를 붙잡아 데리고 나올 속셈으로 한식당 안으로 들어가던 참이었다. 문이 열렸고, 엉망진창이 된 룸을 본 태준이 제 부모 손에 들려 있던 사진을 보며 경악을

금치 못했다. 문이 열리자마자 태준의 부모가 자리에서 벌떡 일어났다. 그리고 그를 붙잡으려던 때에 잠자코 있던 여희의 아버지 수환이 자리에서 먼저 일어나 태준의 뺨을 내리쳤다. 쫙, 하는 경쾌한 소리가 룸 안을 한가득 울렸다. 모두가 수환의 행동에 입을 떡 벌렸다. 정말이지 강력한 한 방이었다.

"여, 여보."

"더러운 쓰레기 새끼. 감히, 감히 내 딸을 울려?"

태준이 뺨을 부여잡고선 입을 떼려던 순간 또 한 번의 강력한 손이 날아갔다. 뺨에 손바닥이 부딪치니 얼얼한 통증과 함께 입술이 터져 피가 흘렀다. 속도 찢어진 것 같다. 이번엔 태준의 어머니가 소리쳤다.

"사, 사돈!"

아무리 하늘이 노할 짓을 했다 해도 아들은 아들이다. 하늘이 벼락을 때려 맞아 죽어도 싼 짓을 저지른 아들이라 해도 제 배 아파서 낳은 아들이 맞는 모습엔 눈물을 흘리지 않을 수가 없었다. 사돈이 소리를 지른 것이 무색하게도 수환의 심금을 울리는 목소리가 룸 안을 가득 메웠다.

"이건 내 딸 울린 값이고."

또다시 손을 쳐들었다. 이번엔 아무도 말하지 않았다. 태준도 그저 맞기만 했다. 용서를 빌 생각조차 하지 못했다. 또다시 손이 날아들었다. 입술이 더 찢어졌다.

"이건 내 딸 가슴 아프게 한 값이고."

또 한 대가 날아들었다. 이번엔 머리가 띵 울렸다. 태준의 뺨을 내려치던 손바닥도 붉어져 실핏줄이 터졌다. 수환은 입술을 꾹 깨물었다. 울지 않으려 하는데도 자꾸만 눈물은 터져 나왔다. 주책 맞게도 뺨엔 눈물로 번들거렸다.

"마지막 한 대는 내 딸 미래를 놓아준 값이야. 고맙다, 박태준."

그 말에 모두가 뒤통수를 맞은 듯 멍해졌다. 갑자기 고맙다니. 태준의 눈도 그 말의 뜻을 알 수가 없어 휘둥그레졌다. 하지만 오로지 여희만이 알 수 있었다. 아버지는 안도하신 거다. 이런 자식의 아내로 살게 되면 한평생을 하늘이 무너지는 것만 같은 일이 반복해서 겪을 수도 있었다. 그런데, 지금에서야 그 일을 알게 되어서, 또 이렇게 결혼이 깨지게 되어서 정말 고맙다는 의미였다.

"근데, 넌 앞으로 평생 행복하게 살 수는 없을 거다. 뿌린 대로 거둔다는 말도 있듯 넌 평생 불행하게 살 거다. 그렇게 살고 싶지 않거든 하루빨리 우리 가족들 앞에서 사라져."

모두가 벙쪄서 수환을 보고 있으니 돌아서다 말고 멍한 표정으로 자신을 보고 있는 사돈에게 말했다.

"이 결혼은 무효입니다. 하늘이 돕나 봅니다. 이렇게 쓰레기 새끼 하나 치워버릴 수 있게 됐네요. 모두가 하나님의 덕입니다. 살펴가란 말씀은 못 드리겠습니다. 다신 연락하지 마십쇼."

무뚝뚝한 아버지는 여희의 손목을 붙잡고 제 부인을 챙겨 한식당을 나갔다. 태준과 그의 부모는 입도 벙긋하지 못했다.

휘황찬란한 불빛들이 거리 곳곳을 비춘다. 그곳을 나란히 걷는 세 사람. 그들 사이에 오고 가는 말 따위는 없다. 그저 사람들 사이

사이를 지나쳐 걸어갈 뿐이다. 하지만 그들이 서로를 잡고 있는 손은 많은 말을 하고 있는 중이다.

'걱정 마라. 세상은 넓고, 널 사랑해주는 놈은 많다. 그러니 어깨 펴고 당당히 걸어라.'

'이걸 알고도 어떻게 버틴 거니? 엄만 그것도 모르고 너만 야단치고. 내가 못난 엄마다.'

'죄송해요. 엄마, 아빠.'

서로를 위로하고, 감싸고, 원망보다는 따뜻한 말 한마디로 저마다의 마음을 나누고 있다. 집으로 돌아오는 길, 살던 동네가 이토록 멀고 험했는지 처음 알게 되었다. 주희는 집으로 오자마자 진이 빠져 안방에 드러누웠고, 수환은 옷장에서 옷을 꺼내 갈아입었다. 그리고 여희는 부모님이 안방에 들어가시는 모습을 보고선 밖으로 나왔다.

어디를 갈까, 생각하지 않고 직진했다. 동네를 쭉 걸어 나오니 편의점이 보였다. 그 안으로 들어가 냉장고 안에서 사이다 한 캔을 꺼냈다. 이 와중에 사이다라니. 사람들은 이해하지 못하겠지만 지금 그녀는 사이다로 마음을 뒤집고 싶었다. 앞, 뒤로 탈탈 털어서 먼지한 톨 나오지 않게 하고 싶다. 박태준과의 시간도 함께 훌훌 털어버리고 싶다.

1,200원을 내고 캔 뚜껑을 따서 한번에 들이켰다. 생각해보면 사이다 한 캔을 쉬지 않고 들이켠 것이 딱 두 번째다. 한 번은 그놈, 또 한 번은 이놈. 한 캔을 모두 원샷하고 나서 입가에 묻은 사이다 자국을 손등으로 지워내던 여희가 트림을 했다. 속이 다 시원하네.

편의점을 나와 가로수길을 걸었다. 걸으면서 머릿속이 조금 정리된 것 같다. 인생에 두 번째 연애였다. 박태준과 김여희. 이 둘은 처음부터 합이 잘 맞는 연인은 아니었다. 어딘가 많이 모자란, 그래서 허점이 많았던 그런 연애. 박태준이 여희에게 반해서 따라다녔다. 세상 딱 한 번이라고 외쳤던 소개팅에서 박태준을 만났고, 박태준은 여희에게 첫눈에 반했었다.

지금 와서 생각하니 첫 단추가 잘못 끼워졌던 것이다. 소개팅을 나갔던 가장 큰 이유가 바로 그놈 때문이었으니까. 결국 그 생각부터가 잘못되었던 것이다. 두 번째 연애였기에, 또 그놈을 잊기 위한 연애였기에 잘하고 싶었는지도 모른다. 그러나 자꾸만 어긋났다. 잘 만나고 있다고 생각하다가도 가끔씩 떠오르는 그놈과의 추억으로 인해 한 번씩 무너졌고, 좌절했고, 아파했다. 결국 여희도 잊지 못한 것이었다.

어두운 거리를 환하게 비추는 상가 건물 아래에 멍하니 서 있으려니 손에 쥐고 있던 휴대폰이 울렸다. 액정을 확인하니 그놈, 도정우다. 여희는 낮게 숨을 내쉬었다. 열 번을 만나자고 하더니 진짜 하려는 모양이다. 끈질긴 놈. 통화 종료를 눌렀다. 다시 거리를 걷고 있는데, 이번엔 문자 한 통이 날아왔다. 역시나 발신인은 도정우다.

[어디야?]

어디긴 어디야? 어디면 뭐, 네가 알아서 뭐 할 건데?

키보드를 터치하는 여희의 손길이 무척이나 빠르다.

[그냥 거리.]

[돈 보냈더라. 내 제안이 그렇게 싫었냐?]

그 문자를 보던 여희가 그때 도정우가 했던 말을 떠올렸다.

'딱 열 번만 만나자.'

듣고도 기가 막혔던 그의 제안. 여희는 다시 키보드를 터치했다.

[다시 말하지만 난 너랑 그럴 생각 없어. 이미 돈 보냈으니까 헛소리 그만해. 자꾸 이런 쓸데없는 이야기 할 거면 다신 문자하지 마.]

그 문자를 마지막으로 여희는 휴대폰을 가방에 넣었다. 여희의 마지막 문자를 본 정우도 더 이상 문자를 보내지 않았다. 쉽지 않다는 것을 알고 있다. 마지막이 좋지 않았으니 여희의 반응은 당연한 것이었다. 그런데 왜 이리 가슴이 아픈지, 쓰리고, 아릿한지 모르겠다.

정우가 우연히 여희를 세 번 마주쳤던 것처럼 여희도 우연처럼 정우를 마주친 적이 있었다. 2년 전, 한국에서 아주 우연히.

여희는 우연을 믿었었다. 운명 같은 사랑도 믿었었다. 과거, 인생에서 가장 찬란하고 아름답게 빛날 수 있는 10대의 끝자락에서 그녀는 분명 운명을 믿었다. 도정우가 김여희의 운명적 사랑이었으니까. 하지만 운명은 짧았고, 악연이 되어버렸다. 그때부터 여희는 믿지 않았다. 운명 따윈 없다고. 흔히 영화나 드라마에선 우연이 세 번쯤 겹치면 인연이 시작되고, 그 인연이 결국은 영원이 되어 운명이 된다고 나온다. 하지만 여희는 현실을 너무도 잘 알고 있었기 때문에 그런 장면이 나올 때마다 콧방귀를 뀌었었다. 친구들에게도 운명은 없다고 운명 파괴론자처럼 떠들어댔다. 대학 친구들은 그녀의 과거를 모르니 이해하지 못했지만 고등학교 친구들은 과거를 알기에 함께 맞장구를 쳐주었었다.

　그날도 마찬가지였다. 여느 보통의 날보다 더 보통스런 날이었던 그날, 여희는 또다시 믿지 않는 우연과 운명적 만남을 가졌었다. 2년 전, 겨울. 박태준과 사귀기 시작한 지 1년째 되던 날이었다. 크리마스 이브를 맞이하여 빵집에서 케이크를 사가지고 나오던 길에 이제 막 초록불에서 빨간불로 바뀌려던 찰나에 그녀의 걸음이 딱 멈춰버렸다. 바로 앞 맞은편을 바라보던 여희의 눈동자가 바람에 흔들리는 촛불처럼 마구 흔들렸다. 불안하게 흔들리는 시선 속에서 또렷하게 보이는 한 남자의 인영.

　초록불은 빨간불로 바뀌었고, 여희의 시선은 1분 이상 맞은편 그 남자에게 고정되어 있었다. 온몸이 딱딱하게 얼어붙어 아스팔트 바닥에 두 발이 꽁꽁 묶여버리고, 시선은 그 남자에게 고정되었다. 사람들이 옆에 있는데도 아무것도 보이지 않는 그런 상태. 꿈인가, 아닌가 현실과 꿈을 분간할 수 없는 그런 상태. 머릿속엔 딱 한 사람이 어렴풋이 떠오르고, 틈틈이 그 사람의 얼굴로 꼼꼼하게 채워져 오로지 그 사람만이 가득하다.

　여희의 눈동자가 잠시 횡단보도 신호등에 머물렀다. 신호등은 다시 초록불로 바뀌었고, 사람들이 횡단보도를 건너기 시작했다. 그 남자 또한 걷기 시작한다. 남자의 움직임을 따라 얼어붙었던 여희의 걸음도 떼어졌다. 횡단보도를 마주 보고 서 있던 두 사람이 걷기 시작하니 만날 수밖엔 없다. 한 발, 한 발. 바닥을 떼고 걷는 일이 이렇게 힘겹고, 시간이 느리다는 것을 이 순간 처음 알게 된다. 그 몇 초의 순간이 영원처럼 길게 느껴질 때, 여희의 앞으로 정우가 다가왔다. 여희는 몇 초 간격으로 많은 생각을 했다. 그러다 딱 한마디만 하자고 생각했다.

'정우야.'

지난 몇 년간을 내내 원망하며 미워했지만 정작 그 이름을 부를 수가 없어서, 그 이름을 부르면 돌아봐줄 그가 없어서 하지 못한 말이었다. '정우야' 딱 이 한마디가 여희의 가슴속에서 무척이나 크게 반응하게 했다. 박태준과 연애를 하면서도 이처럼 느껴본 적 없는 감정이었다. 가슴이 아리고, 아리고, 또 아렸다. 드디어 정우가 그녀의 앞으로 바짝 걸어왔다. 타이밍은 이때다. 입을 여는 순간에, 정말 그 잠깐의 순간에 정우는 그녀를 지나쳐 갔다. 마치 한 번도 본 적 없는 남남처럼. 옷깃만 스쳐도 인연이라는데, 정말 딱 이만큼의 인연이었다는 생각이 머릿속을 강하게 압박했다.

돌아본 여희는 그대로 망연자실했다. 정우는 단 한 번도 돌아보지 않고 제 갈 길만 걸어갔다. 일순간 도정우의 뒷모습이 마구잡이로 흐려지고, 번져갔다.

어느새 신호등 불빛은 바뀌고 차들이 그녀를 피해 지나다니는데도 그녀는 한곳만 바라보고 서 있었다. 당당히 제 앞길만 걷고 있는 도정우의 뒷모습을 한참이나 그렇게 보고 서 있었다.

"우연은 무슨. 운명은 개뿔."

생각을 마친 여희가 비워진 캔을 휙 던지니 그대로 날아가 쓰레기통에 정확히 들어갔다. 크게 '나이스!'를 외치다가 씁쓸해져서 돌아섰다. 다시 그 길을 걸었다. 인생에 두 번의 연애가 참 슬프고, 슬프고, 슬퍼서 슬펐다. 한 번도 아니고, 두 번씩이나. 연애는 제 길이 아닌 것만 같다.

"이대로 독신 선언이라도 해야 하나."

터덜터덜 걷고 있는데 휴대폰이 울렸다. 발신자는 박태준, 그 인간이다. 휴대폰을 아예 꺼버렸다. 다신 받고 싶지도, 걸 일도 없을 남자다. 돌아서 집으로 가는 길을 쭉 걸었다. 모퉁이를 돌아 동네로 들어오는 입구에 아주 낯익은 차가 한 대 보였다. 여희의 미간이 일그러졌다.

"아놔."

거칠게 말한 뒤에 돌아서려다가 다시 생각했다.

'아니지, 내가 잘못한 것도 없는데, 왜?'

그 생각에 다시 돌아서 원래 가던 길을 쭉 걸었다. 누구보다 더 당당하게, 자신 있게! 차에 기대 서 있던 박태준이 걸어오고 있는 여희를 보고는 앞길을 막았다. 얼굴을 보니 붉어진 뺨이 가장 먼저 눈에 들어왔다.

"얘기 좀 하자."

무시했다. 슥, 시선을 앞에 고정하고서 걸으려는데, 또다시 그 길을 박태준이 막았다. 다시 옆으로 몸을 틀어 걷는데 또다시 그에게 막혔다. 그제야 여희의 시선이 태준에게 머물렀다.

"무슨 얘기? 아직 할 얘기가 남았어?"

"여희야."

"내 이름 부르지 마. 다신 내 이름 그렇게 부르지 마. 더러워."

여희의 목소리가 살벌해졌다. 두 눈을 부릅뜨고서 한 번만 더 이름을 부르면 세상에 다신 고개 못 들고 살아가게 해주리라는 표정이다. 이에 태준이 입술을 꾹 다물었다.

"조용히 정리하고 싶으니까 좋게 말할 때, 꺼져."

이대로 끝내고 싶었다. 말을 섞는 것 자체가 지치고 짜증 나고 화가 났다. 돌아서니 뒤에서 태준이 소리쳤다.

"그러는 넌! 처음부터 나 이용할 작정 아니었냐?"

박태준의 머릿속에 그때 그 일이 떠올랐다. 횡단보도에서 여희가 누군가를 뚫어질 듯 바라보고 있던 그 순간이. 정신을 빼앗을 만큼 파급력 강한 한 여자의 눈빛을 보고 태준은 직감적으로 느꼈다. 태준이 여희에게 반해 따라다녔던 때, 여희가 태준을 떼어놓기 위해 했던 그 말이 떠올랐다. 여희는 과거 정말 사랑했던 한 사람이 있었고, 그 사람으로 인해 10년간 누구도 만나지 못했었다고. 다시 태준의 시선이 스쳐 가는 두 사람에게 향했다. 저 남자가 여희가 말했던 그 사람이 맞는지는 여희를 보고 알 수 있었다. 그녀가 바라보는 남자와 그녀 두 사람의 관계는 보통이 아니란 것을. 아니 적어도 김여희 저 여자에게 만큼은 보통 사이가 아님을.

그 눈빛을 본 후 태준은 한동안 트라우마에 시달렸다. 아무것도 아닐 거라고 생각하려 했지만 그 눈빛은 분명 사랑하는 사람을 바라보는 눈빛이었다. 자신에겐 한 번도 보여준 적 없는. 생각해보면 그녀는 사랑한다는 말에 늘 인색했다. 아끼고 아껴서 나중엔 해주겠지, 하지만 청혼을 받아주던 순간에도 그녀는 그 말을 한 적이 없다. 그녀와의 결혼을 결심한 어느 날에 태준은 또 한 번 주변에서 그녀가 사랑했던 그 사람에 대한 이야기를 들었다.

여희의 과거. 13년 전, 여희가 미치도록 사랑했던 남자가 있었다는 것. 보통의 남자들은 자기 여자의 과거에 쿨하지 못하다. 그러나 태준은 아니었다. 쿨하다. 쿨하니까 신경 쓰지 않았다. 그날 횡단보도에서 여희의 눈빛을 봤음에도 쿨하게 넘어갔다. 그 뒤로 평온한 날들이 계속 이어졌으니까. 자연스럽게 결혼 이야기가 오고 갔고, 그녀도 별말 없었으니까. 그러나 세상에서 가장 행복하게 만들어주려던 장소에서 여희의 태도를 보고 퓨즈가 딱 끊겼다. 청혼하던 날에도 사랑한다는 말을 아끼던 그녀. 그때 횡단보도에서의 일이 떠오르며 그녀가 그 남자를 보던 그 시선이 지금의 여희와 오버랩 되었다. 아직 그녀의 마음은 그놈에게 가 있다는 뜻일까. 뭘까, 도대체 뭘까. 고민하고 또 고민하면서 태준은 스스로가 쿨하지 못한 보통 남자, 아니 그보다 이하의 남자라는 것을 깨달았다. 쿨하고 싶었던 것뿐.

그때부터다. 여희에게 이용당했다는 기분에 태준은 정말 보통의 남자 수준도 못한 길을 걷기 시작했다. 클럽에서 여자를 만나, 그 여자와 바람을 폈다. 여희에게 사랑을 받을 수 없다면 세상 가장 잊지 못할 상처를 주자고. 그래서 두고두고 자신을 각인시켜 여희의 인생에서 평생 잊을 수 없는 남자가 되어보자고. 성공했을까, 태준은 확인받고 싶었다. 평생 지워질 수 없는 상처를 내주고 싶었다. 그래서 그녀에게 상처를 주어 평생 잊을 수 없는 남자가 되어보고자 독한 말을 퍼부었다.

"너한테 이용당한 남자는 대체 몇 명이었냐?"

여희가 한 자리에 우뚝 멈춰 섰다. 천천히 뒤를 돌아보니 태준이 풀린 눈으로 자신을 응시하는 두 눈이 보인다.

"난 몇 번째였어?"

"무슨 뜻이야?"

여희의 목소리가 낮게 울리자 태준이 벼락같은 고함을 내질렀다.

"사랑한다!"

"……뭐?"

갑자기 사랑한다니, 이건 대체 무슨 시츄에이션?

"넌 늘 그 말을 아꼈어. 청혼하던 날 밤에도 넌 나한테 그 말 한마디 안 했어. 그러면서 뭘 잘했다고 큰소리쳐?"

"……미쳤구나, 박태준."

"내가 충고 하나 할까?"

"됐어. 그딴 충고 딴 데 가서나 해."

"표현은 아끼는 게 아니야. 그냥 하는 거지."

여희는 다시 돌아서 그에게 저벅저벅 걸어갔다. 그러곤 태준의 앞에 서서 뺨을 철썩 날렸다. 왼쪽으로 돌아간 뺨이 손바닥 자국으로 붉게 물들어갔다. 그 모습을 보면서 여희는 눈 하나 깜빡이지 않았다. 이제 정말 끝이다.

"미친 새끼. 다신 내 앞에 얼쩡거리지 마. 그땐 죽여버릴 거야."

두 번째 연애가 끝났다. 첫 단추부터 잘못 끼워졌던 연애는 결국 서로에게 상처를 주면서 끝나버렸다.

집으로 들어오는 길 내내 박태준이 한 말이 떠올랐다.

미친놈. 지나 잘할 일이지.

그래, 내가 표현에 인색했다는 거 인정해. 그렇다 해도 네가 한

짓이 용서받을 짓은 아니야. 표현에 인색했다고 해서 결혼을 2개월 앞두고 바람피우는 행동이 잘한 일일까?

이 말을 해줬어야 하는 건데. 집 앞에 떨어진 돌멩이를 걷어차버렸다. 저 돌멩이가 박태준이라고 생각하면서.

잘 가라, 다신 돌아오지 마. 꼴도 보기 싫으니까.

현관문을 벌컥 열고 거실로 들어서니 친척들에게 전화를 걸고 있는 부모님이 보였다. 여희가 그 앞에 서자 그녀의 부모는 얼른 방으로 들어가라고 손짓했다. 어쩔 수 없이 또 한 번 죄인이 된 기분이었다. 사실 그녀가 잘못한 일은 아니지만 그래도 파혼당한 게 잘한 일은 아니니까. 고개를 푹 숙이고 걸으니 여희의 뒷모습을 보던 주희가 전화기에서 귀를 떼고 버럭 소리쳤다.

"너 잘못한 거 없으니까 고개 숙이지 말고 다녀! 잘못한 건 그 개자식이라고! 그놈은 죄송하단 말 한마디를 안 하던데, 넌 잘못한 것도 없으면서 뭣하러 고개를 숙이고 다녀!"

주희가 속에서 불길이 나는 것 같아 참을 수가 없다는 듯 소리치니 수환이 부인을 진정시켰다. 친척들에게도 파혼했다는 이야기를 하면 '왜?', '왜 파혼을 했어?', '둘이 사이가 안 좋았나?', '파혼 이유가 뭐야?'라고 꼬치꼬치 캐묻는 탓에 열불이 나던 참이었다. 파혼했다면 했다고 알면 될 것이지, 뭐하려고 이유까지 캐묻는지 정말 이해가 가지 않았다. 딸의 상처도 자기 몸에 난 상처처럼 따갑고, 쓰라리고, 닿을 때마다 아파 죽겠는데 남 일이라고 파혼 이야기에 너도나도 질문에 꼬리를 물고 늘어지니 더 화가 났다.

결국 그들의 질문에 대답도 않고 전화를 확 끊어버렸다.

방으로 들어온 여희는 방문에 등을 기대고서 축 늘어졌다. 부모님은 아무렇지 않은 척하고 있다. 자신도 아무렇지 않은 척을 한다. 그러나 그것이 아무렇지 않은 척을 한다고 해서 통하는 것일까? 생긴 상처가 사라지는 것일까? 안다. 이미 생긴 상처는 약을 바르고, 대일밴드를 붙여 치료해야만 상처가 사라진다는 것을. 하지만 흔적은 상처가 생긴 그 자리에 남게 된다는 것도.

　문에서 등을 떼고 욕실로 들어가 샤워를 했다. 머리를 수건으로 털며 나오니 침대 위에 있던 휴대폰이 울렸다. 하니다.

　"응."

　-어디야? 집? 그 일은 해결했어?

　"어. 아주 난리도 아니었지."

　여희는 하니에게 모두 이야기를 해주었다. 모든 이야기를 들은 하니가 잘했다며, 아주 작살을 내주어야 한다고 난리를 치며 아버지의 복수가 아주 통쾌했다고 말했다.

　-역시, 너희 아버지 진짜 대단하시다~! 완전 멋지셔.

　아버지를 칭찬하는 말에도 여희는 그저 웃기만 할 뿐이다. 씁쓸함. 무엇보다 부모님께 큰 상처를 드린 것 같아 마음이 무겁다.

　"그래도 속은 속이 아니실 거야."

　여희의 힘 빠진 목소리에 하니의 목소리에서도 힘이 빠졌다. 하니도 여희의 부모님 마음이 어떨지 가늠할 수 있었다. 여희가 받은 상처도 클 테지만 부모님도 상처 받으셨을 것이다. 하나뿐인 딸에게 그런 나쁜 일이 생겼는데 가슴이 와르르 무너졌을 건 분명하다.

-그래도 상처는 세월이 가면 잊혀지니까. 부모님께서도 훌훌 털어내실 거야.

"그렇겠지?"

-당연하지. 그나저나 친인척들한테는 연락했어?

"부모님이 하셨어."

-그 일도 참 큰일이네. 결혼식 같은 행사에 가장 말이 많은 사람들이 친인척들이니까. 학교는?

학교를 생각하니 절로 한숨이 새어 나왔다. 한숨을 듣던 하니도 그 마음을 알겠다는 듯 고개를 주억거렸다.

-그래도 하루빨리 말하는 게 더 좋잖아.

"말해야지. 조만간 애들도 좀 보자고 해봐."

-애들한테는 내가 말할까?

"아니야. 그래도 이 일의 주인공이 나니까. 내가 말하는 것이 더 나아."

-그래, 알았어. 애들이랑 시간, 장소 알아봐서 문자 줄게.

하니와 통화를 마친 여희는 내일 학교 갈 생각과 친구들에게 말을 해야 한다는 생각에 잠을 이루지 못했다.

다음 날 아침, 출근하니 많은 교사들이 교무실에 삼삼오오 모여 있는 모습이 보였다. 책상에 가방을 올려두니 미리 출근해 있던 석현이 여희에게 다가왔다.

"뭐야, 왜 이리 소란스러워?"

설마 자신의 파혼 소식이 벌써 알려지기라도 한 것일까? 내심 초조해서 물으니 석현이 그녀의 고민과는 정반대의 것을 이야기했다.

"이사장 왔어."

"이사장이? 웬일로?"

명분은 학교를 관리하는 재단의 이사장이나 사실 학교에 출근해서 근무한 적은 열 손가락 안에 꼽힐 정도다. 요즘 학교 안에 돌고 있는 흉흉한 소문으로 인해 학교에 출근한 것 같다. 석현이 그 소문에 대해 이야기했다.

"안 그래도 요즘 이사장이 바뀐다는 소문이 있어."

"이사장이 바뀌어?"

"그래. 이사장 느낌보단 바지사장 느낌이 훨씬 세니까."

"그래도 영광그룹 사모님이신데. 설마 바뀌겠어?"

"회장님도 아신 모양이지. 재단이 휘청거리니까 이참에 바꿔볼 요량 아니겠어? 그리고 요즘 돌고 있는 찌라시에선 미국에 있던 아들이 돌아왔단 이야기도 있어."

"넌 어떻게 그런 찌라시를 잘 알아?"

"인터넷을 해. 그럼 다 알게 되어 있어."

석현이 우스갯소리를 하며 으스대자 여희가 고개를 절레절레 저었다. 그나저나 학교 이사장이 새로 바뀐다는 사실이 진짜라면 영광그룹 아들이라면 도영광은 아닐 테고, 그럼 이사장이 설마 도정우?

거기까지 생각이 미치자 여희가 의자에 철퍼덕 주저앉았다. 도정우는 정말, 멈추지 못하는 브레이크가 고장 난 자동차와도 같다.

여희가 자신에게 넘어오지 않으니 본격적으로 어필을 시작할 모양이다.

　도정우가 돌아온다. 그것도 여희와 같은 학교로.

　과연 여희는 도정우의 대시를 끝까지 모른 척할 수 있을까?

04. 남자라서 죄송해요, 샘

　현 이사장은 바로 정우의 새엄마인 미란이다. 아침부터 휘황찬란하게 옷을 입고 진한 화장을 한 채로 출근하니 등교하던 학생들은 물론 출근 중이던 선생들까지 모두 미란을 훑어봤다. 미란은 사무실에 들어가 에어컨부터 켰다. 올해부터 유난히도 더운 여름이 될 것이라고 했던 것처럼 초여름인데도 기온은 30도를 육박하는 더위가 기승이었다.

　쓰고 있던 선글라스를 벗어두니 때마침 교장이 문을 두드렸다. 교장은 사무실로 들어와 미란을 향해 얼마 전에 실시했던 공개 수업에 대한 교원평가 결과 현황 보고서를 내밀었다. 미란은 그것들을 눈으로 쭉 훑어냈다. 교원평가는 매년 해오는 일로, 공개수업을 통해 학생들과 학부모가 느끼는 수업 만족도를 평가하는 것이었다.

미란은 결과에 대해서 크게 관심을 두진 않았지만 명색이 이사장인데, 이사장으로서 해야 할 일은 해야겠거니와 석현과 여희를 따로 불렀다.

"윤리 과목 투 샘, 이사장님께서 보자고 하십니다."

투 샘은 즉, 앞 반을 담당하고 있는 김여희의 김 샘과 뒷 반을 담당하고 있는 김석현의 김 샘을 말한다. 이들을 다른 교사들은 그렇게 불렀다. 이사장실로 들어서니 몸에 있던 털을 곤두서게 할 정도로 차가운 에어컨 바람이 훅 불어닥쳤다. 하지만 온도를 낮게 해놨음에도 이사장은 추운 기색이 하나도 없다. 몸에 열이 많은 체질인가 보다.

미란은 여희와 석현이 들어서자 들고 있던 교원평가 결과 현황표를 책상에 놓아두었다.

"얼마 전에 시행된 공개 수업이 있었죠."

"네."

여희와 석현이 동시에 대답했다.

"그때 학생들과 학부모님들께 설문조사가 시행되었습니다. 열심히 해주고 계셔서 저도 좋네요. 투 샘."

그 말을 끝으로 의자에 몸을 깊이 기대는 미란을 보면서 석현과 여희는 당황스러움에 서로를 번갈아봤다. 별다른 말이 있을까 봐 내심 조마조마한 심정으로 들어왔으나 학교 일엔 별 관심이 없는 미란이 한 말은 고작 격려뿐이었으니 어색함은 그들의 몫이었다.

"내 말뜻을 잘 알아들으셨다니 좋습니다. 김석현 선생님께서는 나가보셔도 좋습니다."

석현이 먼저 자리에서 물러나니 이사장실에는 김여희와 이사장 단둘만이 남았다. 고요한 정적 끝에 미란이 여희에게 물었다.

"김 샘. 결혼식이 2개월 남았다고 들었어요."

역시나 결혼식 이야기였다. 아무래도 학교다 보니 다른 회사들보단 결혼식과 같은 경조사에 제한이 있진 않았다. 다만 여희가 학교를 비우는 동안 여희네 반에는 다른 선생님들이 대체되어야 하니 스케줄을 확인하는 것은 당연한 것이었다.

"결혼식 후에 신혼여행 휴가도 써야 하니까 그 안에 선생님 반 아이들을 맡아줄 수 있는 선생님이……."

여희는 말하는 이사장을 향해 목청을 가다듬고 말을 막았다.

"저, 이사장님."

"네, 말씀하세요."

"저 파혼했습니다."

"네? 파혼이요?"

그간 일어났던 일에 대해선 자세하게 말하지 못했지만 파혼했다는 사실은 정확하게 말했다. 여희가 이사실을 나가고, 이사장은 그 이유가 궁금했지만 애써 캐묻지는 않기로 했다. 어차피 남의 일이니까.

이사장실을 나와 교무실로 들어서니 석현이 여희를 보고는 다시 다가왔다.

"무슨 얘기 했어?"

"뭐가 그렇게 궁금한데? 그 얘기 했어."

그 이야기라는 말에 석현이 고개를 끄덕였다. 그러곤 둘 사이에 말이 없어졌다. 그때 여희 바로 앞에 있던 문학 선생이 참견을 하기 시작했다.

"그나저나 김 샘, 청첩장 안 줘요? 결혼 이제 한 달 반 남지 않았어? 아직 청첩장 안 나온 거야?"

청첩장 이야기에 모든 선생들이 여희에게 주목했다. 그러자 석현이 이를 무마하려 입을 벌렸지만 어차피 할 이야기는 해야 맞는 거고, 그래야 빨리 끝난다는 것을 알기에 여희가 그를 말렸다. 여희는 자신을 향해 주목하고 있는 모든 선생들을 향해 파혼에 대한 이야기를 꺼냈다. 그때 마침 교무실을 찾았던 영광도 그 자리에 함께 섰다.

"저 파혼했어요. 얼마 전에요."

그 말에 모두가 하나같이 입을 떡 벌렸다. 결혼을 앞둔 선생이 파혼을 하다니. 듣고도 믿을 수 없었다. 결혼과 이혼이 판을 치는 세상이라 하더라도 아직까지 파혼이나 이혼은 한 사람의 인생을 망가트릴 수 있는 것과도 같다. 그렇기 때문에 파혼과 이혼은 그 누구도 쉽게 이해할 수 없는 문제였고, 그 이유에 대한 궁금증이 항상 꼬리표처럼 따라다녔다. 당사자들에겐 가슴 아픈 일이지만 남들에겐 그저 궁금한 것들 중 하나일 뿐이란 것을 여희도 알고 있다.

선생들이 모두 궁금하단 표정을 짓고 있단 걸 눈치챈 여희는 당당히 말했다. 창피할 문제라고 생각하지 않아서다.

"결혼 2개월 앞두고 남친이 바람을 피웠어요."

"허걱."

하지만 받아들이는 입장에선 아닌가 보다. 선생들 모두가 경악스런 표정을 짓다가 곧 여희가 불쌍하다는 표정을 지으며 위로의 말을 서로 건넸다. 그 위로의 말을 들으면서도 여희는 기분은 좋지 않았다. 당당하고자 했지만 막상 말을 하고 주변의 반응을 보니 잠깐이지만 말하지 말 것을, 후회하기도 했다.

한편 문밖에서 여희의 말을 듣고 있던 영광은 들어가지 못하고 우두커니 서 있다가 문을 닫고 돌아서 나왔다. 여희가 결혼한다는 사실은 알고 있었다. 이미 모든 학생들이 알고 있는 일이고, 그만큼 많은 사람들에게 축복을 받아야 하는 일이니까. 또한 여희가 영광이의 담임이었으니까. 하지만 파혼이란 말에 영광은 아무런 말도 할 수가 없다.

어른들의 세상. 아직 학생인 영광에게는 이해할 수 없는 그들만의 세계. 하지만 결혼을 2개월 남긴 남자가 바람을 피웠다. 그런 이해할 수도 없고, 일어나서도 안 되는 일을 여희가 당했다니 그 사실에 기가 막힐 뿐이다.

여희를 좋아하는 영광으로서는 여희가 결혼한다는 것이 썩 달갑지는 않았지만 그렇다고 헤어지길 바란 것은 아니었다. 다만 겉으로 드러내지 않는 그녀의 표정과 기분이 얼마나 울적하고 슬플지, 영광의 가슴이 찌릿거렸다.

파혼은 파혼이고, 일은 일이니 열심히 일하는 여희였다. 그러나 교무실 안은 여희만 빼고 모든 선생들이 그녀를 예의 주시하며 눈치를 살피고 있었다. 석현은 현장의 생생함을 느꼈지만 여희는 그렇지 않았다. 그저 일에만 집중하며 어느 때보다 열심이다. 그때 휴대폰에 문자 한 통이 와서 확인하니 하니였다.

[오늘 저녁 7시까지 에스라떼 커피숍에서 만나자. 애들도 다 모인댔어. 겁먹지 말고, 내가 뒤에서 열심히 서포트해줄게! 힘내고, 스롱흔드, 친구야!]

하니의 문자에 저절로 미소가 지어졌다. 이를 보고 있던 석현이 의자를 타고 쭉 여희 쪽으로 달려들었다.

"뭔데, 누구 문자인데?"

"하니."

"아."

"근데 넌 일도 없어? 가서 일이나 해."

"궁금하니깐."

"넌 내가 뭐 하는지 늘 궁금해하더라."

"늘 궁금하지. 난 언제나 항상 늘 네가 궁금했어."

"싱거운 놈."

"야, 넌 윤리 교사가 돼서 무슨 허구한 날 욕이야."

"윤리 교사가 욕하지 말란 법은 어느 헌법에도 없거든. 편견이야. 버려."

"하여튼 좋은 교사 되긴 틀렸어."

석현은 중얼거리며 다시 의자를 타고 제자리로 돌아갔다.

여희는 퇴근 준비를 하고 서둘러 가방을 어깨에 둘러멨다. 그 모습을 본 문학 선생이 콧잔등에 올려진 안경을 위로 추켜올리며 물었다.

"오늘 어디 가요, 김 샘?"

"아, 친구들 만나기로 해서요."

"아. 오늘 말하려고요? 그 파혼……."

파혼 이야기를 하는 것 자체로 문학 선생의 마음도 편치만은 않은 듯했다. 살짝 소곤거리면서 말하는 문학 선생의 마음을 읽은 여희가 크게 대답해주었다.

"전 괜찮아요. 크게 말씀하셔도 상관없어요."

그러자 옆에 있던 다른 선생이 거들었다.

"상관없긴. 여자 인생에서 결혼만큼 중요한 게 어디 있다고."

"그렇긴 한데 요즘엔 결혼만큼 이혼도 흔하잖아. 결혼 전에 알아서 얼마나 다행이야. 진짜 천만다행이야. 하늘이 도운 거라고, 김 샘."

"그렇긴 해도 좀 그렇지. 기분도 별로고."

분분하게 의견을 주고받는 선생들의 말을 모두 들어주다가는 머리가 터질 것 같았다. 또 이대로 있다가 한도 끝도 없을 것 같아 서둘러 교무실을 나섰다.

문을 열고 복도로 나가니 석식을 먹고 교실로 들어오던 학생들이 그녀를 알아보고는 고개 숙여 인사한다. 그때 여희의 옆으로 누군가가 슥 지나갔다. 영광이었다. 등만 보고도 영광임을 알아챈 여희가 영광을 불러 세웠다.

"도영광."

영광의 심장이 쿵 내려앉았다. 오늘은 그냥 지나치려고 했는데, 그녀의 부름에 어쩔 수 없이 여희 쪽으로 방향을 돌렸다. 하지만 여전히 고개를 푹 숙인 채였다.

"너 왜 그래? 표정은 또 왜 그러고? 무슨 일 있어?"

평소답지 않게 인사도, 말도 안 하고, 가만히 고개를 푹 숙이고만 있으니 묻지 않을 수가 없었다. 그러나 영광은 말을 할 수가 없다. 꼭 자기가 죄를 지은 것만 같아서다. 자신도 박태준과 같은 남자니까. 영광이 생각할 때 남자란 여자를 보호해야 하는 의무가 있는 존재라고 생각해왔다. 그 어떤 이유에서도 남자는 여자를 때려서도, 험한 말을 해서도, 상처를 줘서도 안 된다고 생각했다. 그러나 박태준은 여희에게 모진 말, 심한 말을 했을 거고, 폭력을 쓰진 않았겠지만 폭력보다 더한 트라우마를 준 것이니 폭력과 마찬가지로 여겨졌다.

"너 왜 그래?"

"……샘."

"응, 말해."

"……죄송해요."

"뭐? 뭐가 죄송한데? 너 나한테 무슨 잘못 했니? 내 생각엔 없는 것 같은데?"

"그냥…… 죄송합니다."

"그러니까 뭐가 죄송하냐고."

"……제가 남자라서요."

"어?"

알아듣지 못하는 여희를 향해 영광이 고개를 들었다. 그리고 똑바로 두 눈을 마주치며 말했다.

"제가 남자라서 죄송하다구요."

"도영광."

영광은 다시 고개를 숙였다. 그리고 천천히 인사를 한 뒤에 돌아서 앞을 향해 걸어갔다. 여전히 등이 굽어 있다. 여희는 영광의 뒷모습을 보면서 자신이 파혼했단 사실을 영광이 알게 되었음을 알았다. 그래서 자신도 남자이기 때문에 죄송하다고 한 것인가.

여희가 알 수 없는 표정과 더불어 탄식 섞인 웃음을 터트렸다. 아무 죄도 짓지 않은 영광이는 자신이 남자이기 때문에 여자인 자신이 상처받은 것에 미안하다고 한다. 박태준은 정말 열아홉 도영광보다도 못한 남자였다. 그 사실이 실감이 나서 그녀의 마음이 가라앉았다.

참으로 이상한 아이러니다.

정우는 사무실에 앉아 영광재단에 관련된 자료들을 수집한 기록들을 보고 있었는데, 별안간 휴대폰이 울렸다. 전화를 받아드니 고등학교 동창인 최수였다.

"왜?"

대게 남자들이 그러하듯 전화를 받을 때, 특히 친구의 전화를 받을 땐 '왜'라는 의문문이 따라왔다. 그도 보통의 남자였다.

-야, 오늘 애들 몇 명 모아서 술 먹기로 했는데. 올래?

"술은 무슨. 나 그럴 정신 없어."

-알아, 임마. 근데 너 안 오면 애들이 술 살 돈이 없단다.

"웃기시네. 너희들도 잘 살잖아. 너희들끼리 마셔."

-야. 이러기냐? 우리 애들끼리 돈을 모아봐. 네 전 재산에 깜이 되나.

"아, 진짜. 안 된다니까."

-거 참. 일단 빨리 와. 와서 앉아 있기만이라도 해. 13년 동안 연락한 번 없다가 그때 딱 한 번 보고 못 봤잖아. 오랜만에 술 좀 같이 마시자, 친구!

어쩔 수 없이 정우는 가방을 챙겨 들었다. 녀석들은 하루에도 몇 번씩이라도 전화할 기세였기 때문에 일단 가서 자리라도 채워주고, 술이라도 사줘야 입을 다물 것 같아 부랴부랴 밖으로 나섰다.

에스라떼 커피숍.

커피숍 밖에서도 안이 훤히 들여다보이는 통 유리창 너머로 한 무더기의 친구들이 보였다. 그중에서 하니가 창밖을 보다가 여희를 알아보고는 서둘러 밖으로 나왔다. 손을 한껏 흔들면서.

"야. 애들 다 모였어."

"한 명도 빠진 애들 없지?"

"응, 뭐 시집 간 애들 빼고. 걔들은 이 시간에 나오기 힘들대. 그러고 보면 결혼을 안 해서 좋은 것도 있다. 아니 많아."

"그거 위로라고 하는 거지?"

하니의 농담에 여희의 표정도 한결 밝아졌다. 그 모습에 하니 또한 다행이다 싶었다. 서둘러 안으로 들어서니 친구들 모두 여희를 보며 반겼다. 하니가 여희의 귀에 대고 속삭였다.

"내가 대충 얘기는 해놨어."

여희가 고개를 끄덕이며 친구들에게 인사한 뒤 자리에 앉았다. 제일 가운데에 앉으니 모든 아이들의 표정이 한눈에 들어왔다.

"얘기 들었어. 힘들었겠다."

친구들은 총 여섯 명이 모였다. 여희의 맞은편에 앉아 있던 지혜가 여희의 손을 쓰다듬으며 위로했다. 그러자 옆에 있던 친구들도 너도나도 위로하기 시작했다.

"야, 세상에 남자는 많아. 그딴 똥차는 잊어."

"그래. 이제 새 차가 올 거야. 그것도 벤츠남."

"벤츠남보다 더한 놈도 올 수 있어. 하늘이 주신 기회일 수도 있다고. 똥차 말고 새 차로 갈아타라고."

"요즘엔 이혼도 많은데, 이혼보다는 파혼이 훨 낫지."

아이들은 모두 개의치 않아 하는 모습이다. 이혼도 파다한 세상에 파혼쯤이야 무슨 대수일까. 친구들의 위로에 힘이 솟았다. 기분이 좋아진 여희가 친구들에게 말했다.

"그래. 고마워, 다들. 솔직히 좀 무서웠거든. 이 얘기를 어떻게 해야 하나, 또 어떤 말부터 해야 하나. 근데 너희들이 그렇게 말해주니까 훨씬 좋다. 편안해. 이왕 나온 김에 자리 옮길까?"

여희의 제안에 모두가 승낙했다. 그녀들은 자리에서 일어나 커피숍을 나와 바로 향했다.

한편, 정우는 친구들이 있다는 바로 향했고, 그곳엔 한국에 오자마자 만났던 수부터 시작해 전에 만나지 못한 네 명의 친구들이 모여 있었다. 스탠딩석이 아니라 라운딩석으로 가니 친구들이 모두 정우를 보며 반겼다. 그중에서도 수가 제일 반가워했다.

"야. 이게 얼마만이냐. 13년 만인가?"

수와 인사를 나누니 왼쪽 끝에 앉아 있던 한석이가 정우에게 악수를 건넸다. 반갑게 마주 잡은 정우가 그들 앞에 앉았다. 주문한 술이 나오고, 화기애애한 분위기가 되었다. 정우도 오랜만에 친구들을 보니 한결 기분이 좋아졌다. 매일 일에 둘러싸여 살다가 가끔 여희 생각에 웃기도 하고, 만나서 얘기했던 시간이 설레서 친구들 만나는 것도 잊고 있었다.

때마침 여희도 하니와 함께 이곳으로 바로 오고 있었다.

먼저 계단을 내려온 하니가 룸을 쭉 훑다가 어디선가 많이 본 얼굴에 잠시 벙쪄 있었다. 총 네 명의 잘생긴 남정네들 틈에서 유난스럽게도 확 튀는 외모로 술잔을 주고받고 있는 도정우를 보며 생각했다. 도정우가 한국에 왔던가? 그리고 뒤에서 오고 있는 여희를 봤다. 여희는 알고 있던 건가? 도정우가 한국에 왔는데, 괜찮을까?

그 짧은 순간에 여러 가지 생각을 하던 도중 친구들이 먼저 우르르 안으로 들어갔다. 그들을 막으려 했지만 그들은 이미 라운드 테이블 주변에 쭉 둘러앉은 모습이 보였다. 어쩔 수 없이 하니도 그들에게로 다가갔다. 어느새 자신의 옆에 붙어 있는 여희를 붙잡고 귓가에 소곤거렸다.

"야, 도정우 한국 왔어?"

그제야 여희는 하니에게 접촉 사고에 대해 말하지 않은 것을 깨달았다. 여희가 고개를 끄덕였다.

"너 그 말 왜 나한테 안 했어?"

"할 시간이 없었어."

"마주치기는 했고?"

"응. 사고도 났었어."

소곤거리다 그 말 한마디에 하니가 놀라 버럭 소리쳤다.

"사고? 뭔 사고!"

여희가 하니를 보다가 서서히 고개를 돌렸다. 그리고 자신들을, 아니 정확히 여희를 보고 있는 정우의 눈길과 마주쳤다. 멍하니 정우를 보던 여희가 입을 열었다.

"……지금도 친 것 같아. 그 사고."

술자리는 무르익어갔다. 정우가 자신을 보고 있음에도 여희는 모른 척 친구들이 앉은 자리로 가서 앉았다. 하니도 그녀를 따라서 정우의 눈치를 보며 자리로 가 앉았다. 테이블 주변에는 술안주와 술이 병째 놓였다. 서른둘이 모이면 이러고 논다. 서른둘의 남자도 그러고 논다. 여자들은 남자 이야기 아니면 쇼핑 얘기, 남자들은 그저 여자 얘기.

두 테이블의 거리는 멀지도 가깝지도 않은 어중간한 자리였다. 그러나 서로가 하는 이야기는 모두 들리는 그런 이상한 자리. 여희는 거리낌 없이 친구들과 어울리며 마셔댔고, 정우는 여희를 신경 쓰면서 마셨다. 아니 다시 정정하자면 신경 쓰여서 마실 수가 없었다. 꽤나 지적이고, 학벌은 모르겠으나 생긴 것만 봐서는 어디 가도 절대 안 꿀릴 것 같은 여성들만 모여 있는데, 정우의 눈에는 오로지 여희가 제일 예뻤기 때문이다.

여희가 옆에 있었다면 정우는 그런 말을 해줬을 것이다.

'네가 제일 예쁘다.'

그럼 아마 여희는 정우를 보면서 이렇게 말했을 것이다.

'닥쳐.'

여희는 항상 전형적인 여성상을 벗어나니까. 또 정우의 예상을 빗겨가 다른 매력을 어필하니까. 보통 여자들이라면 대놓고 하는 그런 말에 '아우, 진짜! 농담 좀 그만해'라고 하지만 속으론, 아니 속으로도 숨길 수가 없어서 대놓고 좋아라 할 것이다. 그것도 어떤 남자가 하느냐에 따라 다르겠지만. 솔직히 말하면 남자들도 그렇지 않은가. 남자들은 솔직한 본능적 존재들이니까.

여자들 쪽 테이블에서 한 친구가 건배를 제안했다. 모두가 병을 들고서 그 친구가 하는 말에 귀를 기울였다. 남자들 쪽 테이블에도 그 여자들의 소리가 모두 들려왔다. 정우의 귓가가 번쩍였다.

"모두 그러잖아. 여자, 결혼하면 그걸로 끝이라고. 근데 지금 봐. 진짜 끝이야, 끝. 애 낳느라고 못 오고, 시댁 식구들 챙기느라고 못 오고. 화려하게 살면 뭐해. 그러니까 우린 계속 싱글 하자. 싱글싱글 하게 싱글 하자고!"

싱글싱글하게 싱글 하자. 그 말이 또르르 굴러와 여희의 귓바퀴 속에 쏙 들어왔다. 그 말이 왜 이렇게 좋은 걸까? 여희가 그 말에 박력 있게 맞장구를 쳤다.

"그래! 싱글싱글하게, 아니 징글징글하게 싱글 해보자!"

이어서 친구들이 쭉 따라 일어났고, 그들은 잔을 위로 들어 올려 건배를 했다. 한번에 원샷하는 모습에 남자 쪽 테이블에 있던 정우의 친구들이 모두 그쪽을 바라봤다.

"진짜 화끈하게들 논다. 야, 근데 저쪽 테이블에 노란 긴 생머리 여자, 좀 예쁘지 않아?"

"어디어디? 에이, 걔보다는 옆에 있는 애가 훨씬 낫네."

"웃기고 있네. 그 앞에 짧은 미니스커트 입은 애가 죽이는구먼."

"죽이긴 뭘 죽여, 새꺄. 널 죽일까 보다."

"야야, 입 좀 닥치고. 정우 넌 누가 제일 예쁘냐?"

"그래, 네 눈에 제일 예쁜 애가 누구야?"

정우의 친구들이 모두 하나같이 입을 모아 물었다. 정우는 단 1초도 고민하지 않고 긴 머리를 하고 징글징글하게를 외치던 순수하고 맑은 웃음이 참으로 예쁜 여희를 두고 답했다.

"난 김여희가 제일 예쁘다."

그러면서 정우는 바보처럼 헤실헤실 웃었다. 자꾸만 웃음이 난다. 바보 같다고 해도 어쩔 수가 없다. 이미 13째 김여희 콩깍지가 씌었으니까. 그의 친구들은 하나같이 김여희가 누구냐고 물었지만 그 말에 대답할 수 있는 친구는 딱 한 사람이었다. 바로 수. 수는 정우의 말에 그의 시선이 향하는 여자 쪽 테이블의 여자들을 한 명, 한 명 훑었다.

친구들이 말하는 여자들은 모두 아웃. 수의 눈에도 딱 한 여자가 들어왔다. 은은하게 빛나는 여자들 틈에서 혼자만 환하게 빛나고 있는 저 여자. 저 여자가 바로 김여희다. 영광 고등학교 차석 김여희.

수는 여희를 보면서 제 입을 손으로 가려버렸다. 그 김여희가 저기에 있다.

"야, 왜, 왜 쟤가 저기 있는 거냐?"

수가 정우에게 물었으나 정우는 이미 자리에서 일어나고 있는 중이었다. 그리고 여자 쪽 테이블로 가는 것처럼 보였으나 그 옆을 지나쳐 화장실로 직행했다. 수도 그를 따라 화장실로 들어갔다.

"걔지? 내가 생각하는 그 애 맞는 거지?"

바지 지퍼를 올리고서 세면대에 마주 선 두 사람. 수는 아직도 믿기지 않는지 계속 정우에게 확인받으려 했다.

"그래, 맞아."

"너 쟤랑 뭐 있어?"

그가 고개를 끄덕였다. 수가 다시 제 입을 가리며 물었다.

"뭐, 뭐 있었는데?"

이번엔 그가 수의 어깨를 툭 건드렸다.

"뭐가 있었을 것 같은데?"

"너네 다시 사귀어?"

정우가 수상쩍게 웃으니 수가 맞는 것으로 단정 지은 채 고개를 끄덕였다. 그러자 정우는 또 한 번 그의 어깨를 툭 치며 아쉬움이 가득 담긴 한마디를 남겼다.

"그랬으면 참 좋겠다."

"야, 그럼 뭔데? 뭐가 있는데?"

밖으로 나가는 정우의 곁에 따라붙은 수가 꼬치꼬치 캐묻는다. 귀찮아서 대충 말해주려다가 바로 앞에서 벌어지고 있는 상황에 정우의 표정이 딱딱하게 굳어졌다.

10분 전, 수와 정우가 화장실로 들어가자 정우의 친구들이 여자들만 있는 테이블 쪽으로 다가가 합석을 요구했다. 처음엔 여희를 비롯한 몇몇이 조금 어색해했지만, 남자들의 적극적인 권유와 어차피 여자끼리만 술 마시는 데 남자 조금 같이 있는 것도 괜찮을 것 같다는 친구들의 말에 여희도 흔쾌히 승낙했다.

그리하여 정우의 친구 둘과 여희의 친구들 여섯은 함께 합석을 하게 되었다. 남자 둘은 저마다 자신이 찍었던 사람의 옆으로 가서 앉았다. 섞어서 앉는 것이 훨씬 더 빨리 친해질 수 있다는 핑계로 그렇게 앉은 것이다. 노란 머리의 긴 생머리 여자가 좋다던 한석이 빛나 옆에 앉아 있다가 혼자 맥주 500cc를 들이붓고 있는 여희를 보고는 자리를 옮겼다.

"우와, 술 진짜 잘 마시네요."

조금 전에는 눈에 띄지 않았던 여자다. 그러나 가까이서 보니 여기 이곳에 모인 여자들 중 수수하면서도 환하게 빛이 나는 여희가 훨씬 더 예뻐 보였다. 붉은 장미꽃들 사이에 혼자만 핀 흰색의 백합을 보는 그런 기분이었다. 거기다 주량도 세고, 성격도 화끈한 것 같고, 딱 자기 스타일이라 여기곤 한석이 작업을 걸기 시작했다.

여희는 별로 이상하게 생각하지도 않았다. 그저 오늘만큼은 마음껏 놀고 싶은 마음뿐이다. 그래서 적당히 받아주고, 적당히 거리를 두려고 했다.

한석이 여희의 잔에 자신의 잔을 부딪쳤다.

"전 김한석입니다."

"김여희예요."

"아, 여희 씨. 참 예쁜 이름이에요."

"그쪽 이름은 참 흔한 이름인데요?"

"칭찬인 거죠?"

"생각하기 나름이겠죠. 그래도 쉽게 잊혀지진 않을 것 같아요."

이제 보니 죽이 착착 맞는 느낌이다. 그 모습을 보고 있던 하니는 여희를 말리고 싶었지만 그건 어디까지나 평소에나 할 수 있는 행동이다. 고로 지금은 여희가 아무 생각 없이 마시고, 순간을 즐겼으면 싶어서 그냥 놓아두었다.

하지만 하니는 말렸어야 했다. 이 자리에 정우가 있음을 모르지 않았으니까. 화장실에서 나온 정우가 한석과 술잔을 부딪치며 술을 마시고 있는 여희를 발견하고는 돌처럼 굳어버렸다. 마침 정우의 다른 친구와 술을 마시고 있던 하니가 정우를 발견했다. 도정우는 오로지 김여희만 바라보고 있었다.

그는 자신의 친구와 함께 술잔을 부딪치며 웃고 있는 여희를 보자 화가 끓어올랐다. 드디어 정우가 걷기 시작했다. 그 모습이 마치 슬로우 모션처럼 비춰져 지켜보는 하니의 목울대가 꿀렁였다. 여희를 말려야 하나, 말아야 하나 싶지만 몸이 생각처럼 따라주지 않았다.

도정우는 집착이 심한 남자였다. 그래서 과거 여희가 다른 남자 사람 친구들과 함께 있는 모습만 봐도 눈에 불꽃이 일렁이는 남자였다. 그런 사실을 하니는 알고 있었기에 말리지 못하겠다. 지금 도정우의 눈빛이 열여덟, 열아홉 불타는 청춘이자 한 번 돌면 그 누구도 말리지 못하는 건장한 체력과 똘끼로 무장한 혈기왕성한 청소년 때와 같아서다.

하지만 실제로는 달랐다. 정우는 그녀가 자신의 친구와 술을 마셔서 화가 난 것이 아니었다. 물론 친구를 보면서 웃고 있는 모습에 살짝 화도 좀 났지만 그보다는 미친 척, 아무렇지 않은 척, 척척 하며 앉아서 즐거운 표정을 짓고 있는 여희 때문에 화가 난 것이었다. 정우가 여희를 향해 거침없이 걸어가는 사이 여희는 손을 들어 맥주 500cc를 한 잔 더 주문한다. 그 모습을 보며 한석은 여전히 웃음을 한껏 머금고 있다.

정우의 손이 아직 허공에 떠 있는 여희의 가느다란 손목을 꽉 움켜잡았다. 여희의 시선이 위로 향해 올라갔다.

"도정우?"

정우는 여희의 가느다란 팔뚝을 자신의 큰 손으로 휘어 감고선 자신을 올려다보는 그녀의 동그란 눈매를 훑었다. 그 시선이 여희에겐 따갑게 느껴졌다. 눈동자 안에 뭔지 모를 감정들이 담뿍 담겨 있어서다.

여희는 그를 불렀으나 정우는 그녀를 쳐다보기만 했다. 그들을 둘러싼 친구들의 표정은 이미 눈에 들어오지 않았다. 한참을 뚫어질 듯 쳐다보기만 하던 정우가 휙 돌아서자 여희가 그에 의해 끌려 나갔다. 그제야 백지였던 주변의 친구들이 두 눈이 휘둥그레져서는 그들을 돌아봤다.

"야, 아파."

계단을 올라가니 골목에 상가들이 훤히 드러났다. 상가 건물 앞에 와서 정우는 여희의 손목을 놓아주었다. 자신의 손이 감겼던 부분에 붉은 자국이 생긴 것을 본 정우는 스스로에게 화를 냈다.

'젠장. 좀만 살살 잡을 것을.'

찬바람이 훅 불어왔다. 초여름 날씨에 맞게 낮엔 한여름처럼 무덥고, 밤엔 초가을처럼 쌀쌀했다. 민소매 블라우스와 연한 청바지를 입고 있던 여희가 자신도 모르게 찬바람에 어깨를 움츠리니 보다 못한 정우가 걸치고 있던 양복 재킷을 벗어서 어깨에 걸쳐준다.

"술 좀 깨."

"술 안 취했는데."

"취했어."

"네가 어떻게 알아?"

정우는 대답 없이 하늘을 올려다봤다. 까만 밤하늘에 반짝이는 별이 드문드문 모여 있다. 여희도 따라서 하늘을 보다가 무릎을 굽혀 쪼그려 앉았다. 무릎에 팔을 놓곤 그 위에 얼굴을 올려놓는다. 하늘을 보다가 여희를 보니 정우는 속에서 자신도 모르는 한숨이 새어 나왔다. 힘들 것이다. 아마도 오늘 술자리는 파혼에 관해 친구들에게 이야기를 털어놓다가 생긴 자리일 것이다. 저 작은 체구로 그 모진 이야기를 혼자 감당해냈을 것을 생각하니 한쪽 가슴이 모두 헤지고 찢겨 너덜거리는 기분이다.

"도정우."

"왜?"

"……화났어?"

"아니. 안 났어."

"도정우."

"왜 자꾸 불러."

"나……"

까만 밤하늘에 박힌 저 별들, 7월 초의 날씨이지만 아직 밤엔 차갑게 부는 바람. 파혼한 지 어언 3일째, 그리고 옆에 있는 13년 전 첫사랑 도정우. 이 모든 상황들이 알맞게 흘러가지 않는 것 같은 느낌에 여희의 기분이 울적해졌다. 파혼했다고, 술기운에 중우에게 모두 털어놓으려던 여희를 대신해 정우가 입을 열었다.

"우리 아무도 없는 곳으로 갈래?"

여희는 무릎에 묻었던 얼굴을 들어 올려 정우를 올려다봤다. 정우는 여전히 무표정했지만 그 눈을 보면 알 수 있었다. 도정우는 김여희에게 이렇게 말하고 있었다.

'나한테 기대. 다 품어줄 테니까'라고. 여희는 고개를 끄덕였고, 정우는 곧바로 지하로 내려갔다. 바의 룸으로 들어가니 정우의 친구들과 여희의 친구들이 아직 어울리고 있는 모습이 보였다. 정우가 그 앞으로 다가가 아까 여희가 앉았던 자리, 의자에 놓인 가방을 꺼내니 하니가 정우의 팔을 붙잡았다.

"어디 가려고? 여희는?"

그제야 정우는 하니를 알아보고는 답했다. 하지만 인사를 할 겨를은 없었기 때문에 인사는 생략했다.

"여희는 내가 집까지 잘 데려다줄게."

서둘러 하니를 지나쳐 계단을 올라서는 정우를 하니가 또다시 붙잡았다. 계단 앞에 서서 정우의 귓가에 속삭였다.

"오늘 여희 기분 별로일 거야. 잘해줘."

"알아."

그 말을 끝으로 정우는 계단 위로 사라졌고, 하니는 그 모습을 바라보다가 속으로 생각했다.

'여희가 파혼했다는 얘긴 안 해줘도 되겠지? 안 하는 게 맞는 거겠지? 솔직히 박태준보다는 도정우가 훨씬 낫긴 한데. 여희를 생각하는 것도 더 크고. 말해줬어야 하나' 하지만 이미 도정우는 사라진 뒤라 하니는 다시 자리로 돌아갔다.

상가 건물로 올라온 정우는 여전히 바닥에 쪼그려 앉아 있는 여희에게로 다가갔다. 들리는 인기척에 돌아보는 여희의 시야에 정우가 서 있는 모습이 보였다. 정우는 그녀에게 다가서 말했다.

"일어나. 가자."

여희는 땅을 짚고 몸을 일으켰다. 정신은 또렷하니 취하지 않은 줄 알았는데, 자꾸만 몸이 기울어진다. 일어나려다 다시 걸음을 삐끗하니 결국 도정우가 재빨리 그녀의 팔뚝을 단단히 붙잡는다.

"조심해. 그러다 또 넘어진다."

제 팔뚝에 감싸진 그의 손은 참으로 컸다. 팔뚝을 휘감은 손바닥 안에 그녀의 팔이 모두 잡힐 정도로 크다. 그 모습에 괜스레 코끝이 찡해졌다. 도정우의 온기. 그 온기는 13년 전과 다를 바가 없었다.

"놔. 혼자 걸을 수 있어."

이대로 있다가는 왈칵 눈물이 터질 것 같아서 입술을 꾹 깨물고 그의 팔을 치워냈다. 그러자 도정우는 더 단단히 팔을 붙잡는다.

"혼자 걸을 수 있어도 잡고 가자."

"야, 도정우."

"13년 걸렸어."

"……."

소리도 없이 정우를 올려다보는 여희의 눈길을 내려다보던 정우는 진지해진 상태다.

"너한테 다시 오는 시간. 너랑 이렇게 마주 볼 수 있게 되기까지 자그마치 13년 걸렸다고. 네가 나라면 이 손 놓겠어?"

"……."

도정우의 뜨거운 눈길이 계속해서 여희에게 머물렀다. 13년이 걸렸다고 말하는 도정우. 여희는 도정우의 뜨거운 눈길을 보면서 어떤 생각을 할까? 잠시 그녀의 시선이 다른 곳으로 향한다. 그걸 알면서도 13년 동안 혼자 두었다는 사실은 절대 변하지 않는다. 그들의 마지막은 내리는 차가운 빗줄기만큼이나 무척이나 시렸다. 그 사실은 절대 변하지 않는다.

"……지금 어디 가려는 건데?"

여희는 일부러 다른 말을 건넸다. 이 얘기를 계속하다가는 자신도 모르는 과거의 김여희가 튀어나와 도정우에게 다른 무엇인가의 말을 전할 것 같아서다. 두려웠다. 도정우에게 또다시 끌려가 다신 빠져나올 수 없게 될까 봐, 여희는 자꾸만 겁이 났다.

그러나 여희도 알고 있다. 도정우는 브레이크가 고장 난 멈추지 못하는 자동차와 같아서, 자신에게 멈추지 않고 다가올 것이라는 것을. 그리고 언젠가 그의 기세에 결국 그의 마음을 받아주고 말

것이라는 것도.

정우는 여희가 일부러 다른 말을 한다는 것을 알아차렸지만 마음을 비우고 모른 척하기로 했다. 여기서 한 발자국 더 나아간다면 자신이 잡고 있는 이 팔뚝에 힘을 가해 당긴 다음 키스할지도 모르기 때문이다. 도정우도 안다. 아직은 아니라는 것을. 지금은 여희가 밀어내지 않는 것에 만족해야 한다는 것을.

정우와 여희는 술을 마셨기 때문에 운전할 수가 없었다. 정우가 택시를 잡았고, 여희를 태워서 아무도 없는 곳을 향해 출발했다. 어느새 그가 말한 행선지에 도착했고, 두 사람은 학교 앞에서 내렸다. 그들의 앞에 웅장한 흰색의 철문이 나타났다. 그리고 그 옆에 파란색의 칠갑을 한 문패가 걸려 있다. 그들의 모교이자 곧 그들이 다시 마주하게 될 곳, 영광 고등학교 앞이었다.

"여기야?"

네가 아는 아무도 없는 곳이? 이 말이 뒤를 따르지 못했다. 정우는 고개를 끄덕이는 대신 앞서 걸어가 철문을 열었다. 여희도 그의 뒤를 따랐다. 평소 매일 드나드는 곳이라 여희에겐 학교가 생소하진 않았다.

그러나 정우는 달랐다. 자신이 곧 이사장으로서 출근하게 될 학교이기 전에 이 학교는 자신과 여희가 함께 다녔던 곳이기도 했다. 그렇기 때문에 그에겐 남다른 의미가 있었다.

교정 안은 도시적인 느낌으로 가득했다. 총 세 건물이 학년별로 나뉘어 있고, 체육관과 식당이 또 따로 배치되어 있다. 13년 전의 학교엔 매화꽃이 매 계절마다 피었고, 숲을 연상시키는 아주 큰 정원이 있었다. 또한 학교 중앙으로 아주 큰 분수대가 있어 여름이면 그곳에서 학생들이 뛰어놀고는 했었다.

그 분수대는 여전히 비치되어 있었지만 그때만큼의 순수하고 깨끗함은 느껴지지 않았다. 또 바람이 불기라도 하면 흙먼지가 날아다녔던 13년 전과 다르게 바닥은 푸르른 인조 잔디가 깔려 있었다. 그 점이 참 안타까웠다. 불과 13년 전이라고 해도 강산이 한 번 바뀌니 느낌조차도 전과는 다르게 느껴진다.

도정우는 학교 주변을 걸어 다니며 옛 감상에 젖었다. 반면에 여희는 정우와 다섯 발자국쯤 떨어져 걸으며 학교가 원래 이런 느낌이었나, 생각해보며 걷는 중이다. 늘 항상 등교하던 그때와 별로 다를 바가 없는데, 그의 뒤에서 걸으니 또 다른 느낌이 든다. 매일 걷는 이 잔디가 어느새 흙먼지가 날아다니는 예전의 운동장으로 보이고, 교정 안으로 발을 디디면 양쪽으로 쫙 펼쳐진 매화나무가 꽃을 피워 흐드러져 있을 것만 같다. 도정우 효과인가 싶기도 하고. 어느새 여희의 입가에 기분 좋은 미소가 걸렸다. 울고 싶고, 우울하고, 슬펐던 감정들이 모두 사라진 기분이다.

그러다 여희의 시야에 정우의 뒷모습이 들어왔다. 큰 키에 긴 팔과 긴 다리, 넓다란 등, 학교를 이리저리 둘러보느라 좌우로 돌려진 옆모습은 콧날이 날카롭기 그지없다.

그때도 도정우는 참으로 잘생겼었다. 새 학기, 새 학년, 새 반의 모습을 간직하기 위해 이리저리 고개를 돌리다가 정우의 눈과 여희의 눈이 마주쳤었다. 그날 이후로 여희는 첫눈에 그에게 반하게 되었고, 정우 또한 여희와 우연히 자주 만나게 되면서 자연스레 그녀에게 끌리게 되었었다. 어렸다고 한다면 어린 시절이지만 그들에 겐 절대 잊을 수 없는 기억이자 추억이었다.

어느새 둘은 그때 그 감정을 느끼며 열여덟, 열아홉이 되어 있었다.

05. 열여덟, 열아홉

2003년 03월 03일. 영광 고등학교.

학교 교정 안은 철문을 지나면 매화꽃이 흐드러지게 피어 등교하는 학생들, 선생님들 머리 위로 꽃잎이 흩날렸다. 그 모습이 얼마나 예쁜지 지나가던 사람들조차 매화 꽃잎이 떨어지는 교정 안을 바라보다 시간이 흘렀음을 뒤늦게 알고는 재빨리 서둘러 걸음을 재촉하고는 했다.

학교를 지나쳐 걸어갈 때마다 사람들은 저마다 한 번씩 영광 고등학교 담벼락을 올려다보고는 한 번씩 보게 되는 이유가 뭘까 굳이 생각하기도 전에 매화꽃을 보고선 고개를 주억거리곤 했다. 그만큼 영광 고등학교에 매화는 없어선 안 될 상징이었다.

철문을 밀고 지나면 입고 있는 교복이 단정치 못하거나 명찰이 없다거나 머리에 염색을 했다거나 한 학생들이 일렬로 서서 학주 샘들로부터 벌을 받고 있다. 그 모습을 눈으로 슥 보다가 지나치는 한 여학생. 머리는 어깨선을 넘지 않고 그 위로 바람이라도 불면 부드럽게 머릿결이 살랑인다. 각진 교복 아래, 오른쪽 가슴엔 명찰 하나가 달려 있다. 2학년을 알리는 파란색 명찰엔 흰색으로 이름이 새겨져 있었다.

<김여희>

그 여학생이 바로 여희다. 13년 전, 열여덟의 김여희. 영광 고등학교는 초호화 사립 명문학교답게 그 명성 또한 대단했다. 한 부류는 영광 고등학교를 세운 영광재단이 있고, 영광재단을 세운 영광그룹이 있다. 대대로 이어온 가업이 곧 하나의 큰 회사를 만들었고, 그 큰 회사는 지주회사를 차려 여러 개의 다리를 연결하여 그룹을 만들어냈다. 그리하여 생겨난 영광그룹은 영광재단을 통해 학교를 운영 중이다.

고로 영광 고등학교에 다니는 학생들은 딱 두 부류로 나뉜다. 영광그룹에 없어선 안 될 다리에 속하는 임원의 자녀들과 매년 재단에서 뽑는 재단후원자 학생들로 이루어져 있다. 즉, 이 학교 학생들은 양반부터 시작해서 중인, 평민, 이하 천민이 있는 셈이다.

학교를 설립할 당시에는 신분제도 없이 모두에게 평등한 권리를 주고자 했지만 점차 피폐해지고, 설립 이념 자체를 등한시하게 되어 결국엔 현 시대에는 없는 신분제도가 생기고 말았다. 그러나 그 신분제도를 완벽히 폐지하게 된 계기가 생긴 것은 바로 2003년 그해부터다.

새 학년, 새 학기, 새 친구들. 모두가 새것으로 바꾸어 입는 시기인 3월 학기 초. 반으로 들어온 여희는 안쪽을 쭉 훑었다. 몇몇의 학생들이 앉아 있고, 그중엔 아는 친구들도 몇 명이 보였다. 그들과 간단한 인사를 나눈 뒤 의자에 앉아 반질반질한 책상을 손으로 슥 쓸었다. 먼지 하나 없이 깨끗하다. 학교가 명문이라 그런지 새 학기마다 책상과 의자를 새것으로 교체해주고는 했다. 그 점이 여희는 좋았다.

이때만큼은 깨끗하고 티 없이 공부하고 싶다는 마음이 들었다. 가방에서 새 필기도구를 꺼내 책상에 쫙 펼쳤다. 그리고 어젯밤에 서점에서 사 온 문제집을 펼쳐 풀어나가기 시작했다. 옆을 지나가던 친구들은 여희의 모습을 보고선 수군거리거나, 별 상관없다는 듯 지나쳐 갔다.

수학 문제를 열심히 풀어나가던 여희가 잠시 손깍지를 껴서 천장 위로 쭉 기지개를 폈다. 구부정하게 앉은 자세 때문에 어깨가 저렸다. 좌우로 목을 꺾어 스트레칭을 하니 그제야 주변이 훤히 보였다. 드문드문 앉아 있던 학생들이 어느새 자리를 가득 메운 상태였다. 고등학교 2학년. 수능 공부에 여념이 없는 고3 수험생들보다도 더 많은 준비를 해둬야 하는 이 시기. 대부분의 학생들이 공부에 집중하고 있다.

여희는 그때부터 팔에 턱을 괴고서 여기저기 두리번거렸다. 이번 친구들은 어떤 친구들이며, 아는 친구는 누구이며 선생님은 어떤 분일까, 그런 고민을 하면서 이런저런 잡생각으로 머릿속이 뒤죽박죽인데, 정말 우연히 내리깔았던 동공을 제자리로 올렸을 때, 누군가의 시선과 정면에서 딱 부딪쳤다. 느낌이 찌릿했다. 바로 여희의 대각선 방향에서 그동안 줄곧 그녀를 보고 있었다는 듯 그렇게 두 눈이 마주쳐버렸다.

매끄러운 턱 선과 날렵하면서도 부드럽게 곡선을 그리며 휘어질 것 같은 눈매, 하지만 웃지 않는 무표정이 조금 매섭기도 한 그런 눈매의 남학생과 눈이 마주쳤다. 그 순간 뒤죽박죽이던 머릿속 잡생각들이 모두 사라져버렸다. 알 수 없게 어질러진 것들이 모두 제자리를 찾아간 그런 느낌. 순간적으로 날아가버린 생각들과 그 남학생 주변으로 모든 것이 흰색의 투명한 백지가 된 느낌.

이 느낌이 뭘까, 생각하기도 전에 여희의 왼쪽 심장이 팔딱거리며 뛰기 시작했다. 이것은 감정이다. 한 사람에게서 생생히 느껴지는 감정. 두근거림, 떨림, 설렘. 이 모든 단어를 함축하는 한 단어는 바로 사랑.

여희가 첫사랑에 빠진 순간이었다.

여희의 눈매가 천천히 동그랗게 변해갔다. 그리고 그 남학생에게 고정되어 있던 시선이 아래로 내려가 가슴팍에 매달려 있는 파란색의 명찰에 고정되었다.

<도정우>

남학생의 이름을 본 순간 여희의 환상은 확 깨져버렸다. 그리고 다시 시선은 다른 자리를 향해 고정됐다. 도정우는 이 학교 이사장의 아들이자 영광재단을 세운 영광그룹 회장님의 아들이다. 평민, 기껏해야 양민 정도밖에 되지 않는 자신은 절대 올려다볼 수 없는 왕족인 셈이다. 그러나 이놈의 심장이 제멋대로 굴기 시작했다. 제어가 되지 않는다. 이런 느낌은 난생처음 겪는 것이라 어떻게 해야 할지 알 수가 없었다.

"아, 진짜……."

미간을 일그러트리고 괜히 잡고 있는 샤프를 털어본다. 그러나 머리카락이 따갑다. 한 남자아이의 시선에 의해서 얼굴이, 목덜미가 절로 붉어진다. 결국 여희는 그 자리에 있지 못하고 벌떡 일어나 뒷문으로 나갔다. 복도에 있는 열린 창문으로 바람이 훅 들어왔다. 그 선선함에 기분이 좋아진다.

다시 흰색의 바탕에 그 아이의 얼굴이 그려지니 여희가 고개를 흔들었다.

"김여희?"

바로 뒤에서 굵직한 목소리가 들려 고개를 돌렸더니 그곳엔 아까 마주친 남자아이, 도정우가 있었다. 그대로 여희는 굳어버렸다. 한참을 그 남자아이와 시선을 맞추고 있던 여희는 시선을 피하며 답했다.

"왜?"

"네가 김여희야?"

"응. 내가 김여희 맞는데."

정우는 한참 동안 여희를 응시했다. 대체 몇 번을 물어보려는지 여희도 궁금했다. 정우는 여희의 흰 뺨을 보다가 문득 어느 날을 떠올렸다.

정우의 집은 영광그룹 계열들이 함께 사는 부자 동네에 위치해 있다. 그 동네는 언덕이 심하면 심할수록 높은 직위를 가진 사람들이 사는 곳이라 정우의 집도 그만큼 높은 언덕에 있었다. 올려다보는 사람들은 거길 어떻게 올라가, 라고 하겠지만 그들은 언제나 늘 높은 곳에 있었기 때문에 내려가는 것이 오히려 더 어색하고, 이상했다. 정우도 항상 차를 타고 올랐다. 그 높은 언덕을 오르느라 힘들지 않아도 되었다. 늘 대기하고 태워다주는 기사와 차가 있었으니까.

평소와 마찬가지로 등교를 위해 차에 올랐다. 높은 언덕을 빠르게 내려오니 마침 리어카를 끌고 언덕을 내려가던 웬 할머니가 차를 막아섰다. 기사는 당연 기다리기보단 행여나 자신이 모시는 어른들의 눈에 가시가 될까 예의도 모른 채 클랙슨을 세게 울렸다.

"부자 동네에도 이런 일이 있긴 하네요."

울리면서도 기사는 정우의 눈치를 살폈다. 룸미러로 보이는 기사의 겁먹은 눈빛과 난감한 눈빛. 그런 눈빛을 정우는 늘 보면서 살았다. 자신보다 훨씬 어른이 아이인 자신의 눈치를 보는 것. 그것만큼 기분 나쁜 것은 없었다.

클랙슨을 세게 울려도 비켜주지 않으니 기사가 창문을 내려 할머니를 향해 좀 비키라고 말한다. 정우도 앞에 보이는 유리창으로 밖을 살펴봤다. 길은 좁았고, 불법주차를 한 차들 때문에 길이 확보되지 않았다. 딱 봐도 비킬 수가 없는 것이다. 그런 상황에서 비키라고 소리만 치는 어른이란. 정우의 눈살이 절로 찌푸려졌다.

그때였다. 어디선가 한 여학생이 책가방을 어깨에 메고 또 다른 여학생과 잽

싸게 언덕을 내려와 리어카 할머니를 돕기 시작한 것이다. 그 모습을 보면서 정우는 한시도 그 여학생에게서 눈을 떼지 못했다. 그녀는 할머니가 끌고 가는 리어카를 뒤에서 밀면서도 해맑은 웃음을 잃지 않는 모습이 참으로 예뻐 보였다. 차는 그들이 내려가는 뒤에서 천천히 따라 내려갔다.

정우는 계속 그 여학생을 바라봤다. 어깨에 늘어진 머리카락이 바람에 흩날리니 정우의 마음속에도 선선한 바람이 부는 것 같았다. 어느새 그들은 언덕을 완전히 내려왔고, 여학생들은 고마워하는 할머니에게 허리 숙여 인사한 뒤에 골목으로 사라져버렸다. 그 모습을 보면서 정우는 아쉬운 마음이 들었다. 조금만 더 보고 싶다는 생각이 들었다.

그 이후로 정우는 그 여학생이 입고 있던 교복을 떠올리려 했다. 하지만 그 얼굴을 보느라 교복은 잊어버리고 말았다. 아쉬움에 연속이던 어느 날, 정우는 학교에서 그 여학생을 다시 발견했다. 그 여학생은 영광 고등학교의 1학년 교복을 입고 있었다. 자신과 같은 동급생이란 것을 알았고, 곧 교장선생님으로부터 정우의 이름과 그 여학생의 이름이 함께 불렸다. 수석과 차석으로서 1학년을 대표하게 된 것이다. 정우는 여학생의 이름이 여희라는 것을 알게 되었고, 그날 이후로 쭉 여희를 눈여겨봐왔다.

"네가 김여희가 맞구나."

여희는 낮게 중얼거리는 정우를 이상한 눈길로 쳐다봤다. 갑자기 와서는 김여희가 맞느냐고 꼬치꼬치 캐묻더니 대뜸 저렇게 말하니 이상하게 생각할 수밖엔 없었다.

"내가 김여희는 맞는데, 왜 자꾸 물어봐? 나랑 같은 이름의 여학생이라도 찾는 거니?"

"아니. 그냥 네가 궁금했어."

"내가 궁금했다고?"

"어."

"왜?"

정우는 이상한 눈길로 자신을 바라보는 여희를 똑바로 응시했다. 여희의 얼굴을 꼼꼼히 훑어보던 정우는 자신의 생각을 거침없이 말하는 평소 성격처럼 궁금한 표정을 짓고 있는 여희를 향해 응답했다.

"네가 좋으니까."

대뜸 좋다고 말하는 정우를 더 이상한 눈길로 바라보던 여희는 기가 막혔지만, 아니 이놈의 심장은 아까부터 뭐가 그리 좋다고 뛰어대는지. 대뜸 고백 비슷한 어휘를 구사한 그의 말에 반응하는 이 심장이 기가 막혔단 뜻이다. 여희의 얼굴에 붉은 홍조 비슷한 것이 생겼다.

"내가 좋다고? 이렇게 갑자기? 우린 지금 처음 봤는데?"

설마. 의심스럽단 표정으로 보자 정우는 고개를 끄덕였다.

"처음 아니야."

"그게 무슨 뜻이야? 우리가 언제 봤는데?"

"그냥 봤어. 그날부터 계속, 쭉."

수석과 차석으로서 나란히 교단 앞에 섰을 때부터 정우는 계속 여희를 지켜봐왔다. 여희가 가는 곳곳마다 정우의 시선이 따라붙었지만 여희는 정작 아무것도 몰랐다. 여희는 지금 정우를 처음 봤으니까.

"너 좀 이상해."

"난 이런 나를 이해하는데."

"말하는 것도 좀 이상하고."

"문제는 너한테 있어."

"그건 또 무슨 말이니?"

"네가 시도 때도 없이 예쁘니까."

헐. 정말 거기서 여희는 경악하고 말았다. 갑자기 다가와서 이상한 말을 하더니 이젠 예쁘단다. 정말 예상치 못한 스타일의 남학생이다. 그러나 정우는 오히려 당당하고, 평소와 같이 평온한 표정이다. 내가 이런 스타일이니 네가 감수해라, 뭐 그런 것도 아니고 이건 평소의 나라는 듯 지극히 평온한 얼굴을 하고 있으니. 요즘 유행하는 개그도 아니고, 대뜸 저런 말을 아무렇지 않게 표현하니 여희는 그만 크게 웃음을 터트렸다.

창가에선 6월의 밝은 햇살이 비추고 선선한 바람이 그들 곁에 머무른다. 그리고 바로 앞에선 투명한 피부에 가지런한 속눈썹을 덮은 눈꺼풀이 반달로 휘어지게 웃는 여희가 있으니 그 어느 때보다도 맑은 기분이 들었다. 어쩌면 정우는 여희가 정우를 보고 첫눈에 반했던 그 순간보다 훨씬 이전부터 그녀를 마음속에 간직하고 있었을지도 모른다.

텅 빈 교정이 마치 다른 날의 어떤 것으로 보이던 정우의 시선이 점점 현실로 돌아왔다. 다시 눈을 떠 바라본 곳엔 텅 비어 있는 푸른 인조 잔디 운동장이 보였다. 고개를 바로 옆으로 돌리니 그곳엔

13년이 흐른 여희가 있다. 정우는 자신도 모르게 안도의 숨을 내쉰다.

"왜 그래?"

"아니야, 아무것도."

여희는 멍하니 스탠드석 자리에 앉아 푸른 인조 잔디를 바라보다 문득 고개를 들어 올려 학교 이곳저곳을 훑어보는 정우를 봤다. 정우는 학교가 신기한 것 같았다. 여기저기 기웃거리며 변한 것은 뭐가 있고, 변하지 않은 것은 뭐가 있나 살피는 모습을 보니 말이다. 그러다 여희의 시선이 학교 식당에 머물렀다. 그곳에서 정우와 함께 밥을 먹던 열여덟 살의 자신이 생각나 살짝 미소를 지었다. 그리고 정우가 웃고 있는 여희를 봤다. 여희는 무슨 생각을 하고 있을까. 아마도 열여덟 살의 우리를 생각하고 있겠지. 두 사람 사이에 오고 가는 말은 없지만 생각의 끝은 언제나 각각 서로를 떠올리는 것이었다. 생각의 연결고리엔 언제나 서로가 존재했으니까.

"아, 너 우리 학교 이사장으로 와?"

식당을 보다가 문득 낮에 석현이 했던 말이 떠올랐다. 그러자 정우가 고개를 끄덕였다.

"어. 다음 주부터 출근이야."

"헐. 야!"

설마가 진짜일 줄이야. 놀라는 여희를 보던 정우가 말했다.

"설마는 언제나 사람을 잡지."

"왜? 왜 여기로 오는 건데?"

"왜일 것 같은데?"

"내가 먼저 물었어."

"알면서 뭐하러 물어봐."

"……나 때문이라고?"

"난 늘 너 때문이었어. 네가 모르는 척하는 거지."

"그러니까 또 나 때문이라고?"

"그래, 모두 다 너 때문이야."

아버지인 도 회장에겐 영광재단으로 들어가는 돈의 흐름을 봐야 한다고 말하며 자연스럽게 손써보겠다고 했지만 사실 정우의 모든 계획은 여희를 잡기 위한 것이었다. 여희가 영광 고등학교에 있는 한 쭉 자신이 있겠다는 뜻이었다.

"미리 당부해두는 건데, 학교에서 너 모른 척할 거야."

"난 아는 척할 건데."

휙, 여희가 정우를 째려봤다. 끝까지, 저 직진. 진짜 당해보지 않은 사람이라면 알 수 없을 것이다. 13년이 지난 지금도 도정우는 여전히 직진이다. 능청스러움과 능글맞은 농담, 상대방이 답을 할 수 없게 만드는 저 말투.

"아까도 말했듯 내가 영광재단으로 들어가는 이유는 단 하나야. 너."

"그러니까 난 너 때문에 곤란해지고 싶지 않다고."

학교에서 정우가 여희에게 아는 척이라도 하는 날에는 학교 선생들이 죄다 모여들어 시시콜콜 묻고 또 물어볼 것이 틀림없다. 과거에도 저놈의 저 잘난 외모 때문에 어디를 가도 여자들의 시선이 따라붙곤 했는데, 그 꼴이 보기 싫어서라도 절대 아는 척은 안 할 것이다. 그런데 자신만 아는 척 안 하면 뭐하나. 저놈이 아는 척을 할 거라는데.

"근데, 김여희."

갑작스레 정우가 목소리를 쫙 깔았다. 여희를 내려다보는 정우의 시선이 다시 진지해졌다.

"넌 나 때문에 네가 곤란해지는 게 싫다면서 왜 여기 있는 거냐?"

실로 날카로운 질문이라 여희가 살짝 당황했다. 당황스러움이 잔뜩 묻어나는 얼굴로 긴 속눈썹이 가지런히 자리 잡은 눈꺼풀이 여러 번 떨렸다. 속마음이라도 꼭 들킨 것 같은 기분이 들어 인상을 팍 썼다.

"너 영광 고등학교 몰라? 명문 사립고등학교이자 모든 선생들의 로망이잖아."

말은 그렇게 했지만 사실 진실은 다르다. 정우는 아직 의심의 눈초리를 풀지 못했다.

"난 네가 한 말이 모두 거짓말이었으면 싶다."

"……."

"내심 바랐거든. 네가 나 때문에 여기 와 있는 거라고."

정우의 눈길이 다시 여희에게 머물렀다. 그러다 다시 앞의 풍경을 본다. 여희는 그 말을 듣는 순간에 속마음을 들키지 않았다는 것에 안도할 수 없었다. 말의 끝이 엄청 썼다.

"술 깼지?"

"……깼지."

"그만 가자."

정우가 스탠드석에서 한 계단을 먼저 내려갔다. 여희도 정우를 따라 일어서 제 어깨에 걸쳐져 있는 옷을 그에게 내밀었다. 그러자 정우는 다시 올라가 여희의 어깨에 자신의 옷을 툭 걸쳐주고는 꼼꼼히 옷매무새를 여며주었다.

"아직 밤엔 춥다."

동시에 정우가 여희의 머리칼을 손으로 마구 헝클였다. 또다시 여희의 마음에 아주 큰 바람이 분다. 갑작스런 터치와 말도 안 되게 고즈넉한 풍경, 그리고 우리가 가지고 있는 추억에 마음이 자꾸만 간질거렸다. 여희의 심장이 흔들린다. 또, 다시, 기어코 도정우는 꼼꼼히 닫아둔 여희의 마음을 툭툭 두드리는 것이다.

정우는 다시 계단을 내려갔다. 그러다 마음 한구석에서 자신도 모르는 용기가 샘솟았다. 손을 내밀어볼까, 말까. 망설이지 않고 단번에, 언제나, 늘 생각한 대로 행동에 옮기는 열여덟의 혈기 왕성했던 도정우처럼 정우는 계단을 내려서고 있는 여희에게 오른손을 내밀었다.

자신의 앞으로 내밀어진 손을 물끄러미 보다가 여희가 고개를 들어 올렸다. 여희와 정우의 시선이 허공에서 부딪쳤다. 그 시선은 서로를 끌어당기는 자석과도 같아서 떨어질 줄을 몰랐다. 하지만 여희는 그 손을 잡지 않고 천천히 지나쳐 내려갔다. 허공에 떠도는 손이 어색했지만 도정우는 괜찮다는 듯 여희의 뒤를 따른다.

도정우는 알고 있다. 여희가 조금씩, 천천히 흔들리고 있음을.

언젠가 하니가 물은 적이 있었다. 여희가 대학교를 수석으로 졸업하고 곧바로 취업 준비를 위해 나설 때였다. 그로부터 3개월이 지난 후에 여희는 사립인 영광 고등학교에 지원을 했고, 면접을 봤다.

'여희야. 왜 하필 영광 고등학교야? 네 모교이긴 해도 너한텐 별로 기억하고 싶지 않은 곳이 그 학교 아니었어? 지금도 도정우 때문에 힘들어하잖아. 그런데도 그 학교를 지원한 이유가 대체 뭐야?'

가만히 하니의 말을 경청하고 있던 여희는 한참 생각하다가 입을 열었다.

'그때의 나를 간직하고 싶어서.'

그 말은 사실이다. 그리고 그것이 전부는 아니었지만 정작 하고 싶은 말은 하지 않았다. 그때, 여희는 먼저 앞서 걷는 하니의 등을 보면서 속으로 하지 못한 말을 읊조렸었다.

'……내가 신기가 있는 건지 모르겠는데, 왠지 도정우가 올 것 같아서.'

그리고 몇 년 후 진짜로 정우는 여희가 다니는 학교로 왔다. 여희가 예감했던 대로 도정우는 그녀 곁에 머물고 있었다.

아침부터 미란은 서재의 문을 벌컥 열어젖혔다. 문이 벽과 부딪쳐 큰 소음이 생겨나자 책을 읽고 있던 도 회장이 미간을 좁히며 자신의 앞으로 걸어오는 미란을 보고도 외면했다. 그녀가 왜 저리 화가 난 표정으로 다가오고 있는지 알고 있기 때문이다. 그녀의 손에는 해고통지서가 들려 있었다.

미란은 오늘 아침 날아온 우편물로 인해 속이 뒤집어질 것만 같은 어지러움과 복통이 일었다. 하루아침에 날벼락도 유분수지, 해고통지서라니. 더 기가 막힌 것은 영광그룹 회장의 부인이자 영광재단의 이사장인 자신이 해고통지서를 우편물로 받게 되었다는 것이다. 남편이 일에 대해서는 아무리 공과 사를 구분한다고 해도 이런 식의 통보는 정말 용납할 수 없는 것이다.

미란은 허리춤에 손을 얹고서 도 회장이 앉아 있는 책상 위에 해고통지서를 내려놓았다. 흰 봉투 위로 미란의 고운 손이 올라갔다.

"당신, 지금 이게 말이 된다고 생각해요? 왜 차기 이사장이 그 아이냔 말이에요!"

새파랗게 어린놈이 자신의 자리를 빼앗겠다는 뜻을 선전포고라고 받아들일 수밖에 없다는 뜻이기도 했다.

"나더러 지금 그 어린놈한테 자리를 빼앗기라는 거냐구요!"

"빼앗긴 누가 자리를 빼앗아?"

"그게 아니면 뭐냐고요. 나랑 도대체 뭘 하자는 건데요!"

"미란아."

"영광재단, 기껏해야 2, 3년이었어요. 당신 부인이 다 망쳐놓은 재단을 살린 사람이 바로 나 양미란이라고."

"누가 그걸 몰라?"

"모르는 것 같아서 알려주는 거예요. 그리고 이왕 말이 나와서 하는 말인데, 우리 영광이도 있는데 왜 꼭 굳이 이 시기에, 정우를 한국에 데리고 온 이유가 뭐예요?"

"영광이는 아직 고등학생이고."

"법적으로는 엄연한 성인이에요. 부모 동의 없이 혼인도 가능한 나이라구요."

"아직 배울 것도 많고."

"여보."

말을 해도 통하지 않으니 도 회장이 참다못해서 근엄한 표정을 지었다.

"정우는 누가 뭐래도 내 아들이야."

"내가 정우는 아들이 아니래요?"

"꼭 아들이 아닌 것처럼 굴잖아."

"여보!"

"그리고 영광재단을 지금까지 있게 한 사람은 너야. 근데 1년 사이로 영광재단에 쏟아져 들어가는 돈이 영광그룹 사업에까지 막대한 지장을 주고 있는 것은 사실이잖아. 부실 경영이다 뭐다 해서 이 사회에서도 말이 많고. 또 당신이 지난 1, 2년 사이로 재단에 소홀했던 것도 사실이고."

"그래서 이런 식으로 날 해고하겠다고?"

"흥분하지 말고."

"내가 지금 흥분 안 하게 생겼어요?"

"왜 뺏긴다고 생각을 해. 영광이가 있긴 하지만 영광이는 아직 공부를 해야 하고, 난 하루아침에 어떻게 될지 모르고, 이사회는 압박을 하고……. 어쩔 수 없이 정우를 불러들인 거지."

"어쩔 수 없었다고요?"

그 말에 미란의 표정이 풀어졌다. 혹시나 남편이 재산을 모두 정우에게 주려는 것은 아닐까 내심 걱정했는데, 꼭 그런 것만은 아닌 것 같았다. 무엇보다 남편이 영광이와 자신을 생각해주는 것 같아서 마음이 풀렸다. 재단 운영에 있어 미란이 공이 크다고 인정해주니 기분이 좋은 것도 사실이었다.

"나한텐 너뿐이야."

"그래도 이건 너무하잖아요."

하지만 쉽게 풀리면 쉬워 보일 것 같아서 살짝 애교를 섞으며 투덜댔다. 그러자 도 회장이 그녀의 손목을 끌어당겨 자신의 무릎에 앉혔다.

"회사 방식이 그런 걸 어쩌겠어. 네가 이해해."

"맨날 회사 방식이라 하고, 몰라요."

"내가 영광이 안 알아준다고 서운했어?"

"당연하죠. 우리 영광이가 있는데, 갑자기 해외에서 공부 잘하고 있는 애를 불러들이니까 내가 안 놀라요?"

"그래도 정우는 내 아들이야. 비록 일이 이렇게 되어버리긴 했지만 내 아들 혼자 내버려둘 수는 없는 노릇이잖아."

하루하루 노쇠해져가는 자신의 아직 다 크지 못한 작은아들, 자신밖에 모르는 아내까지. 그 사이에서 도 회장은 고민이 많았다. 13년 전 헤어진 본부인의 큰아들에게 그동안 연락 한 번 없다가 불러들이는 것은 도 회장에게도 쉽지 않은 일이었다. 또한 작은아들이 제자리를 잃게 될까 노심초사해하는 미란에게 불안함을 주고 싶지도 않았다.

하지만 하루가 다르게 회사는 커가고, 자신은 늙고, 밑에서부터 치고 올라올 조짐도 보여서 큰아들인 정우에게 연락을 했고, 때마침 귀국했다는 아들을 보게 된 것이다.

비록 헤어진 부인에게서 낳은 아들이라 해도 도 회장의 핏줄이었고, 엄연히 영광그룹의 후계자이니 이후가 안정될 것 같았다. 또한 큰아들인 정우는 도 회장의 뜻을 아주 잘 따라주는 아들이자 회사에 없어선 안 될 존재로 성장해주었으니 놓칠 이유가 그에겐 없었다. 그러다가도 가끔 전부인이 궁금하긴 했다. 어떻게 살고 있을까. 고등학교 2학년이었던 정우가 지금은 30대 초반이니, 13년이라는 꽤 긴 시간을 이리 장성하게 키워준 것이 고마웠다.

하지만 어째서인지 아들은 그에게 쉽게 곁을 내주지 않았다. 가까이 있어도 멀리 있는 것 같고, 함께 말을 섞어도 항상 벽이 있는 것만 같이 본부인에 대해서도 말을 꺼내기가 쉽지 않았다. 아들에게 미안한 감정과 본부인에게 상처를 준 것에 대한 죄책감 탓도 있다. 쉽사리 입술이 떼어지지 않아서 묻진 못했지만 궁금했다. 하지만 옛말에 무소식이 희소식이란 말처럼 소식이 없으니 잘 살고 있겠지, 아들이 한국에 귀국했는데 언젠가 한 번쯤은 찾아오겠지, 하고 막연히 생각만 하고 있다.

"이미 다 큰 아들한테 무슨."

"어쨌든 이참에 회사 일도 배우면 내 뒤가 든든하잖아. 정우가 내 뒤를 잇는다고 영광이가 내 아들이 아니게 되는 것도 아니니까. 또 정우 다음으로 영광이한테 물려줘도 되는 일이고."

미란은 화들짝 경기를 하며 도 회장 무릎에서 내려왔다.

"미쳤나 봐! 왜 정우한테 회사를 물려줘요? 우리 영광이가 있는데!"

"말이 그렇다고."

"말이라고 해도 그런 말은 마요! 절대 그럴 일은 없어요. 만약에 그런 일이 생기게 되면 그땐 당신이랑 나 법적으로 할 말이 많아질 거예요."

"무슨 그런 말을 해."

"그러니까 제발 회사 경영은 우리 영광이한테 맡기라고요. 네?"

회유가 통하지 않으니 미란이 애원하듯 남편에게 기대었다. 미란은 알고 있다. 남편이 자신을 얼마나 아끼고 사랑하는지를. 비록 처음부터 맺어지지 못한 인연이지만 나중에 맺어졌다고 해서 잉꼬부부가 되지 말란 법은 없지 않은가. 그래서 미란은 매일 자신을 향한 애정이 식지 않도록 온갖 노력을 다 했다. 지금까지도 남편의 사랑을 듬뿍 받고 있는 것은 바로 아들을 낳은 일도 있지만 미란 스스로의 숱한 노력이 있기 때문이었다. 또한 미란은 나중에 모든 재산을 자신의 아들인 영광에게 줄 것이란 것도 아주 철저히 믿고 있다.

도 회장은 미란의 애교에 크게 웃음을 터트렸고, 정우가 재단을 운영하는 것으로 일단락되었다.

며칠이 지났다. 학교로 출근하는 길이 어쩐지 새롭게 느껴지는 하루다. 학교 가는 길은 아파트 단지를 끼고 골목 끝에 위치해 있다. 그 골목은 높은 담 사이로 두 가지의 마주 보는 길이 쭉 이어져 있다. 그리고 그 위론 벚꽃나무가 쫙 펼쳐져 있는데, 현재는 여름이라 푸릇한 나무들만 있었다.

눈부신 햇살이 꽃가지의 벌어진 틈 사이로 쨍쨍 비추는 그 길을 여희가 걷고 있는 중이었다. 차를 타고 등교했더라면 더 편했을 테지만 오랜만에 이렇게 걸으니 기분도 좋고, 없던 여유도 생기는 듯했다. 이어폰을 끼고서 콧노래를 부르며 걷고 있는데, 등굣길, 여희를 발견하고 달려온 영광이 그녀의 뒤를 바짝 따라붙었다.

기분이 좋은 듯 여희의 분홍빛 촉촉한 입술 사이로 콧노래가 흘러나왔다. 그 소리를 듣던 영광의 입꼬리도 살짝 위로 향한다. 그녀가 기분이 좋으니 저도 기분이 좋다. 이렇게 손을 뻗으면 닿을 거리에 그녀가 있다. 흰색의 블라우스와 분홍색의 스커트, 그 밑으로 쭉 뻗은 가늘고 흰 다리와 검정색의 구두가 유난히도 청아해 보였다. 무심코 시선이 그녀의 다리로 향하니 목 언저리가 붉어진다. 어깨 아래까지 닿는 머리카락이 자신의 손에 닿기라도 한다면 미칠지도 모른다. 그 정도로 영광은 두근거렸다. 심장에 발이라도 달려서 저 멀리 달아나버릴 것처럼 뛴다.

영광이 앞서 걷는 그녀의 발걸음에 맞춰 걸었다. 왼발, 오른발 번갈아 사뿐히 길을 걷는데, 바람에 살랑거리는 머릿결이 그녀의 발걸음에 따라 춤을 춘다. 왼쪽, 오른쪽. 영광이 손을 뻗었다. 손가락 사이에 그녀의 머릿결을 담고 싶었다. 살짝이라도 스치게 될 것을 기대하며 손을 뻗었으나 영광은 다시 손을 내려놓았다. 마음은 그녀에게 하루하루 용기를 내고 있지만 몸은 마음만큼 용감하지 못했다.

열아홉이지만 굵직한 손가락과 손등에 불퉁한 힘줄이 선생님이고 어른이고, 여자인 여희를 한 손에 안을 수 있을 만한 남자였다. 그럼에도 영광은 자꾸만 주저했다. 어른이고, 선생님이라는 감투 때문일까?

"샘."

영광이 그녀를 부르자 여희가 돌아봤다. 오늘따라 반짝이는 눈망울이 영광의 눈에 담기니 또다시 심장이 두근거린다. 재빨리 손으로 붉어질 제 목 언저리를 문지른다.

"영광아."

"기분 좋은 일 있으세요?"

"응. 밝잖아."

영광은 그녀 옆으로 가서 섰다. 그리고 천천히 두 발을 맞춰 걸었다. 나란히 걸으니 옆모습도 보고 좋았다.

"밝은 거 좋아하세요?"

"음, 그때그때 다른데. 오늘은 밝으니까 좋네. 밤 샜니?"

"항상 그렇죠."

"고3이니까 더 그럴 거야. 근데 영광이 넌 내신 관리도 잘했으니까 쉬엄쉬엄해도 좋을 것 같아."

이런저런 고민으로 힘들었을 영광에게 조금이라도 힘이 되고자 한 말이다. 하지만 영광에게 그 말은 귀에 들려오지 않았다. 언제쯤인가 이런 생각을 했었다. 이제 곧 어른이 되는데, 그녀에게 어울리는 사람이 되고 싶다. 그녀는 어떤 남자를 좋아할까? 학생과 제자가 아니라 여자와 남자가 되는 데 있어 여자를 가장 끌리게 하는 남자의 매력은 뭘까? 선생님은 어떤 남자를 좋아하고, 어떤 남자가 되길 바랄까?

"샘."

"응?"

"샘은 제가 어떤 공부를 했으면 좋겠어요?"

영광은 솔직함 대신 돌려서 말했다. 이 말은 즉 자신이 어떤 남자가 되었으면 하냐는 것이다. 물음에 대한 답을 기다리는 영광의 표정에서 초조함이 묻어났다.

"네가 하면 좋은 거."

그런 답이 나올 것이라 예상은 했다. 선생님이니까. 여자이기 전에 그녀는 자신의 담임이니까. 하지만 열아홉 남학생에게 한 가지 좋은 점은 있다. 기회가 많다는 것, 또 적당히 자신이 원하는 대로 들으면 된다는 것. 그리하여 영광은 자신이 듣고 싶은 답으로 알아들었다.

"네. 제가 하면 좋은 것으로 할게요."

"그게 뭔지 궁금하네."

"곧 아시게 될 거예요."

"그래, 기대할게."

여희는 영광의 질문에 굳이 따져 묻지 않았다. 무엇을 하고 싶고, 어떤 사람이 되고 싶고, 앞으로 어떻게 살고 싶으냐고 묻지 않는 이유는 자신 때문이다.

열아홉의 자신도 미래를 놓고 많은 고민을 했었다. 어떤 사람으로 살고 싶고, 어떤 직업을 선택하고, 어떤 대학을 가고. 하지만 인생이 계획대로 된다면 얼마나 좋겠는가. 살다 보니 계획대로 되는 것은 하나도 없었다. 하고 싶은 일이 있었고, 그 일을 이루면 계획 대로 되었다고 생각할 순 있다. 그러나 이룬 후의 미래는 얼마든지 변한다는 것이다. 하루하루 심장이 뛰는 일을 하면 좋겠지만 인생 은 어느 것 하나 정확히 보이는 것이 없어 모두 불투명하니까, 이왕 이면 즐거운 일을 하고 살라고 말해주고 싶었다.

지금 그 나이엔 하고 싶은 일을 고민하게 된다. 그러나 좋아하는 일은 무엇인지는 생각해본 적이 없을 것이다. 이 사회는 언제나, 늘 부모가 원하는 것을 아이에게 강요해왔고, 그런 시대가 반복되어 왔으니까. 그래서 여희는 선생님이 된다면 아이들에게 그 말을 해 주고 싶었다. 굳이 묻지도 않을 것이다. 그저 네가 하고 싶은 것을 해라. 그 말이면 충분하다 여겼다.

영광이 웃는 것을 보니 자신이 해준 답이 영광의 마음을 기분 좋 게 했나 보다. 여희도 빙긋 웃었다.

"수능, 앞으로 2개월 남았어요."

"그러네. 그동안 준비 잘했으니까 분명 좋은 결과가 있을 거야."

"아니요."

"응?"

"그게 아니라요, 샘."

여희의 걸음과 영광의 걸음이 동시에 멈춰졌다. 영광은 여희가 해준 말에 용기를 얻은 듯했다. 가슴이, 심장이 심하게 요동쳤다.

"2개월 후에 부탁드릴 것이 있어요."

"부탁?"

"네, 부탁이요. 꼭 들어주셔야 하는 부탁이요."

"그게 뭔데?"

"제가 하면 좋은 거요. 그러니까, 제가 하면 좋은 거 하라면서요."

"그랬지."

"그러니까 그때 들으시면 알아요. 그때 말할게요. 근데요, 샘. 제가 하면 좋은 거, 샘도 하면 좋은 거였으면 좋겠어요."

도대체 그게 무슨 말일까? 여희의 눈동자가 좌우로 굴러갔다. 뭐라고 하는 것인지 솔직히 이해가 안 갔다. 그치만 영광은 기분이 좋아 보였다. 무척이나 밝은 얼굴이다.

"무슨 말인지 지금은 이해가 안 가실 거예요. 그치만 제가 드릴 부탁은 제가 하면 좋은 거예요. 그러니까 그때 꼭 들어주세요."

"그래, 일단 알았어."

무슨 말인지 모르겠지만 일단 알았다고 했다. 여희는 다시 걸었고, 영광도 그 옆을 따라 걸었다. 3층 복도에서 영광은 교실로, 여희는 교무실로 들어섰다. 문을 열자 교무실 안이 소란스럽다. 아마도 정우가 학교에 온 모양이다. 아무렇지 않은 척 자리에 앉으니 석현이 의자를 타고 빠르게 다가왔다.

"오늘 이사장 새로 왔대."

"그래?"

"누군지 안 궁금해? 이 학교 출신이라던데. 너 혹시 몰라?"

"별로 안 궁금하니까 좀 저리 갈래?"

여희가 의자에 앉으며 석현이 타고 왔던 의자를 쭉 밀었다. 쭉 밀려난 의자를 타고 석현이 다시 다가온다.

"남자야, 그것도 엄청 잘생긴."

석현이 그녀의 귀에 바짝 대고 속삭이니 여희가 눈살을 찌푸렸다. 잘생겨? 하긴 도정우가 잘생기긴 잘생겼…… 하다가 고개를 힘차게 내저었다. 그 잘생긴 얼굴 때문에 한두 해 고생한 게 아니다. 이번엔 절대, 결코 넘어가지 않으리라. 그때 여희의 귓가에 정우의 목소리가 메아리처럼 들려왔다.

'보고 싶었어.'

'딱 열 번만 만나자.'

미친 소리다. 말도 안 되는 소리. 하늘이 두 쪽으로 갈라지고, 땅이 쩍쩍 갈라진다 해도 절대 통하지 않을 소리. 그런데 왜 자꾸 그 목소리가 떠오를까. 여희가 고개를 파바박 저었다. 그 모습을 석현이 이상하게 쳐다봤지만 이미 그녀의 시야엔 석현이 사라진 지 오래다.

"자, 선생님들 모여주세요."

교무실에 들어선 교장이 선생님들을 불러 모았다. 각자 업무를 보던 선생님들이 교장의 말에 한 곳에 둥글게 모였다. 아마도 정우를 소개할 모양이다. 예상처럼 교무실 문이 벌컥 열렸고, 정장을 쫙 빼입은 도정우가 들어왔다. 여희의 시선이 정우에게 머물렀다. 그 덕에 두 눈이 딱 마주쳤다. 재빨리 시선을 피하는 여희를 정우는 끈질기게 따라붙었다. 여희를 본 정우의 입가가 살짝 벌어진다. 입꼬리가 위로 올라가니 섹시해 보였다.

여 선생님들의 눈빛이 묘하게 달라졌다. 회장님의 아들이라 해도 그저 그렇겠지 생각했던 것이 이리도 잘생긴 훈남이라니. 키는

180은 훌쩍 넘고, 덩치도 좋고, 무엇보다 얼굴은 작은, 그러면서도 이목구비는 또렷한 훈남 중에 훈남이다.

"새로 오신 이사장님이십니다."

정우가 허리를 숙여 선생님들께 인사했다. 그리고 굵직한 목소리로 자신을 소개했다.

"도정우입니다."

짧고 간결한, 묵직한 중저음에 여 선생들의 마음에 콧바람이 실렸다. 그러나 단 한 사람의 눈에 도정우는 요정을 괴롭히기 위해 온 괴물, 혹은 미녀를 괴롭히는 야수에 불과했다. 키는 또 왜 이렇게 크고, 어깨는 또 왜 이렇게 넓은지. 그를 훑어보는 여선생들의 눈도 신경 쓰였다. 석현은 정우의 모습을 위, 아래로 훑어보고는 여희의 어깨에 바짝 붙어 섰다. 순간 정우의 시선이 그들에게 머무르며 미간이 살짝 좁혀졌다.

"저거 인조인간 아니냐?"

지나치게 수려하게 생긴 외모와 미국 명문대 출신, 게다가 영광그룹의 후계자라니. 석현은 현실과는 전혀 다른 세상 속에 사는 왕자님 같은 정우가 마음에 들지 않는 눈치다.

"인간 세상과는 너무 멀어."

석현이 또 한 번 중얼거렸다. 여희는 반은 듣고, 반은 무시했다. 이에 석현이 다시 그녀의 어깨를 툭 쳤다. 일부러 시선을 마주치지 않고 피하던 여희가 석현을 올려다봤다. 그러자 이를 보고 있던 정우의 미간에 미묘한 선이 그어졌다. 정우의 눈동자가 위에서 아래로 석현을 쭉 훑었다. 석현도 키는 컸다. 말랐지만 운동을 한 체격

154

이다. 듬직한 어깨와 쭉 뻗은 모델 같은 다리, 안경을 쓰긴 했지만 그래서 더 지적이게 보이는 훈남이다. 하지만 정우에 비하면 석현은 보통보다는 보통 위의 수준이었다. 정우는 현실 세계엔 없는 독보적 미남, 석현은 보통보다는 그 아래 1, 2급수의 남자다.

정우는 다시 여희를 똑바로 쳐다봤다. 여희도 정우를 보고 있던 터라 두 눈이 허공에서 부딪쳤다. 이번엔 여희도 피하지 않았다. 피할 이유가 없었다. 정우는 여희를 보며 말했다. 명령하듯.

"오늘 저녁에 시간 되시면 저와 함께하시죠. 제가 회식을 좋아하는 편이거든요."

그러자 모든 여선생들이 입을 모아 '고'를 외쳤다. 여선생들의 반응만 보면 여느 아이돌 콘서트장을 연상케 했다. 보통 때 같으면 저마다 핑계를 대느라 목이 벌게지고는 했는데, 오늘은 모두 대동단결이다.

"전 힘들 것 같은데요."

여희가 손을 들었다. 그러자 모든 선생들의 시선이 그녀를 주목했다. 정우가 눈살을 찌푸렸다. 그렇게 나온다 이거지? 정우의 표정이 묘하게 어긋나며 모두에게 통보했다.

"아뇨, 불참은 없습니다. 모두 참석하십시오. 참고로 전 뒤끝이 무척 깁니다."

물론 여희에게만 해당하는 사항이다. 여희의 입술이 뾰로통해졌다.

'너 일부러 그러는 거지?'

'말했잖아. 난 밀고 당기기 안 할 거라고. 당기기만 할 거라고.'

여희와 정우가 서로 눈을 맞추며 눈으로 얘기하듯 두 사람 사이에 불꽃이 튀었다.

"그럼 각자 업무 보시죠. 그리고 김여희 선생님."

"예, 예?"

갑작스레 정우가 여희의 이름을 불렀다. 깜짝 놀라서 어정쩡하게 답하니 정우가 통보한다.

"잠깐 제 방으로 오시죠."

그 말을 하자마자 휙 교무실을 나간다. 여희가 자리에서 일어나니 앞에 있던 여선생들이 여희를 향해 부러운 시선을 보이다가 속삭였다.

"어머, 어떡해. 그 황송한 얼굴을 또 마주 보겠네. 근데 이사장님 뒤끝이 좀 길긴 기신 것 같아. 어떡해, 김샘."

"하, 하하하. 뭐 길면 얼마나 길겠어요. 갔다 올게요."

어색한 웃음을 흘리며 정우가 나간 문을 통해 복도로 나왔다. 교무실 바로 옆이 그의 방이었다. 도정우의 방. 이사장실은 예전에도 드나들던 방이었는데, 오늘따라 유독 심장이 떨렸다. 왜 이렇게 떨리지? 죄 지은 것도 없는데. 용기를 내서 문고리를 잡고 밀자 누군가의 손이 불쑥 앞으로 튀어나와 여희의 손목을 꽉 부여잡고선 당겼다. 속절없이 끌려 들어가니 문이 꽉 닫혔다.

"……."

"……."

문에 등을 기대고 선 여희와 그 앞에 바짝 붙어선 정우. 곧 정우의 팔이 벽에 기대어졌다. 여희의 목울대가 꿀렁였다. 지금 이 상

156

황이 굉장히 묘하고 이상했다. 그의 불끈거리는 팔 아래로 여희의 작은 몸이 가두어진 채 한쪽 팔은 아직 도정우의 손에 잡혀 있다. 그 손을 아무리 빼려 해도 손힘이 어찌나 센지, 꿈쩍도 하지 않는다.

"이, 이거 놔."

"빠져나가봐."

여희의 말끝이 섬세하게 떨리기 시작했다. 심장은 제멋대로 요동치기 시작한 지 한참이었고, 심박 수도 급격히 올라간 상태라 두 뺨에는 홍조기도 살짝 올라왔을 것이다. 그 모습을 들키고 싶지 않은데, 그의 얼굴이 바로 앞에 있으니 정우도 알아차리고 말았다. 뺨이 뜨거워질 정도로 그의 시선이 너무도 강렬해서 요리조리 피하다가 이렇겐 안 되겠다고 생각한 여희가 두 눈을 부릅뜨고 그 시선과 마주했다. 그러자 당황한 것은 오히려 도정우다.

"뒤끝이 길다고? 빠져나가보라고?"

"그, 그래. 절대 너 힘으로는 못 빠져나갈걸."

"하나도 안 변했어."

개구진 것도, 힘 센 것도. 아니 그때보다 힘은 더 세졌다. 확실히 남자가 되어서 그런가. 여희가 그의 몸을 구석구석 시선으로 훑으니 정우의 눈빛이 살짝 흔들렸다. 그때, 정우가 방심을 했다. 여희가 놓치지 않고 그대로 정강이를 차버렸다.

퍽.

"악!"

둔탁한 소리와 함께 정우가 맞은 다리를 부여잡는 탓에 그의 손아귀에서 벗어날 수 있었다. 여희는 멍이 든 팔목을 좌우로 비틀어 통증을 달랜 뒤 고통에 신음하고 있는 정우를 우습다는 듯 내려다 봤다. 승리한 자의 표정이란 이런 것일까? 굉장히 고소해 보였다.

"세월이 가서 잊었나 본데, 도정우."

제대로 까인 정강이를 벅벅 문지르던 정우가 여희를 올려다봤다. 여희는 아직도 고소하단 표정이다.

"넌 아직도 김여희 밥이야."

창가 너머에서 반짝이는 햇살 너머로 그때 그 추억이 떠오른다. 눈부셨던 그날의 추억이.

06. 추억이 새록새록

경계선이 허물어지듯, 영광 고등학교에서 전해 내려오던 신분 제도가 사라지기 시작했다. 처음에 학생들은 영광그룹의 아들이 자 후계자인 정우를 멀리하는 듯하였으나 교우관계가 원만하고 선생님들께도 예쁨 받고 착하면서도 자기 할 일은 제대로 척척 해 내는 여희와 어울리게 되면서 주변 친구들과의 거리도 점점 좁혀 졌다. 정우는 생전 처음 친구들과의 우정이 무엇인지를 알게 되었 다.

그동안 친구들이 없던 것은 아니나 대부분 정우에게 잘 보이려 는 학생들뿐이었다. 정우에게 잘 보여서 어떻게 해서든 자기들이 이익을 보려고 튀는 행동을 하거나 눈치를 보거나 하는 그런 친구 들 사이에서 정우는 염증을 느껴왔다.

어릴 때부터 친구인 수가 있긴 했지만 수는 다른 반이라서 잘 놀지 못했다. 귀족 계급에 속하는 친구들은 모두 그에게 잘 보이려 했기 때문에 싫었고, 그 외의 학생들은 아예 그와는 말도 섞지 않으려 했다. 그러니 자연스럽게 가까워질 기회도 점점 멀어져갔다. 그런 그가 아무리 머리로는 꿀릴 것이 없다지만 평민이나 다름없는 여희와 친구가 되고, 그녀와 함께 어울리게 되니 주변에 다양한 학생들이 모여들기 시작했다. 또한 그를 색안경을 끼고 바라보던 친구들이 점차 변화하는 것을 보면서 정우는 점차 세상이 꽤 살 만하다는 것도 배웠다.

모두 여희의 덕이었다. 정우에게 여희는 못하는 것이 없는 친구였다. 여자애들이라면 사소한 것에도 겁먹고, 하기 싫은 것을 억지로 하지 못하고, 어떻게 해서든 남에게 기대려는 습성이 있다고만 생각해왔는데, 그 생각을 단번에 사라지게 만든 사람이 바로 여희였다. 시간이 지날수록 주변 친구들과의 경계도 사라지고, 여희의 장점들과 단점들을 발견하게 되면서 정우는 자꾸만 그녀가 좋아졌다.

어느 날의 체육 시간이었다. 영광 고등학교는 다른 학교완 달리 자신이 하고 싶은 운동 종목은 무엇이든 해도 상관없었다. 학비가 비싼 만큼 원하는 운동이라면 무엇이든 해도 좋았다. 하지만 그건 어디까지나 귀족 신분 계급을 가진 학생들에게만 해당되는 사항이었다. 그 외의 신분은 학교 운동장에서 한정된 운동만이 실시되었다. 그래서 다른 계급을 가진 학생들은 그것이 항상 불만이었다. 다른 운동도 해보고 싶고, 대한민국에서 가장 큰 스포츠 센터가 학교 내에 마련되어 있음에도 이용할 수 없다는 것에 절망하기도 했다.

그동안 정우는 계급에 따라 차별 받는다는 것을 알고 있었지만 관여할 생각이 없었다. 다른 학생들은 스포츠 센터를 이용할 수 없다는 것도, 신분제도가 결국 영광그룹에 이익을 주는 사람들의 자녀들이냐 그렇지 않은 일반 부모들의 자녀들이냐, 그 차이를 두고 구별된다는 것도. 또한 그러한 신분제도를 만들었으면서도 제대로 운영이 이루어지지 않고 있다는 것을 알고도 바꿔보자는 제안조차 하지 않았다. 정우의 생활에 있어서 불편함이 없었기 때문이다.

그러나 여희와 친구가 되고, 여희의 눈으로 학교를 보니 많은 문제점이 보였다. 그래서 자신은 그저 부모가 해주는 것만 하고 산 학생일 뿐이었다는 사실에 정우는 속이 상했다. 하여 학교 측에서 엄연한 규칙을 만들어 제대로 이용되도록 해야 한다고 생각했다. 이건 학교 측의 잘못된 이해로 벌어진 일이라 여기고, 신분제도를 아예 없애든지 제대로 운영되지 못할 바에는 아예 없애든지.

정우는 아예 없어지는 것을 원했기에 부모님께 끊임없이 어필했다. 제도를 파괴하자고 말이다. 하지만 부모님은 바쁘다는 핑계로 일개 고등학생인 정우의 말은 들어주지 않았다. 속이 상해서 스탠드석에 앉아 한숨을 쉬고 있는 그에게 그녀가 다가왔다.

"뭐 해? 운동 안 해?"

여희는 들고 있던 이온음료를 그에게 건넸다. 정우는 받지도 않고 그저 고개만 푹 숙이고 있었다.

"뭐 하냐니까?"

"답답해."

"뭐가?"

목 뒤를 어루만지며 답답하다고만 말하는 정우를 보면서 여희는 평소 그가 불편해하던 것에 대해 어림짐작했다. 정우가 이 학교에 세워진 신분 제도를 없애고 싶어 한다는 것을. 하지만 여희는 그건 별로 걱정할 문제가 아니라고 생각했다. 여희는 자신이 직접 몸으로 보여주고자 했다. 머리 좋은 정우는 분명 자신의 행동을 이해할 것이라고 믿었다.

"일단 경기하자."

"무슨 경기?"

여희는 정우의 손을 잡아끌어 운동장에 서게 했다. 그러고는 흙 바닥에 경기장을 그려넣고선 각자 놀고 있던 친구들에게 외쳤다. 그렇게 짝피구를 하게 되었다. 정우와 여희, 주변의 친구들까지 가담하기 시작하니 다른 친구들이 금방 모여들었다.

보통 짝피구는 남자와 여자가 한 조로 상대방 쪽에서 공을 던져 남자 뒤에 있는 여자를 맞추면 그 조는 죽는 게 되는 것인데, 그들의 짝피구는 어딘가 조금 달랐다. 그들은 반대였다. 여자와 남자로 한 팀을 이뤄 여자가 공격하고, 남자를 보호하는 것이다. 그리하여 그들은 두 팀으로 나누어 각자 조를 이루어 경기를 시작했다.

여희와 정우가 한 팀이 되었고, 자연스럽게 정우는 여희의 뒤에 가서 섰다. 여희의 허리춤에 손을 얹었고 여희는 자신의 허리를 잡고 있는 정우의 손등에 손을 감쌌다. 그것만으로도 정우는 심장이 두근거렸다. 쉴 새 없이, 아주 빠르게. 둘 사이에 묘한 공기가 감쌌고, 점차 마음은 깊어졌다.

상대 팀이 던지는 공에 맞지 않기 위해 여희는 열심히 뛰었다. 정우도 그에 맞춰서 열심히 다른 공간으로 옮겨 다녔다. 어느새 관람하는 친구들까지 모여들기 시작했다. 그리고 정우는 깨달았다. 열심히 공을 피하고, 잡고, 던지는 여희를 보면서 그녀가 왜 이 게임을 하자고 했는지를.

그로부터 며칠 후 귀족 계급 학생들의 스포츠 센터 방문이 뜸해지게 된다. 모두 같은 마음으로 운동장에 모여서 게임을 즐기게 된 것이다. 이들은 또 한 가지를 배웠다. 세상은 비로소 살아봐야 아는 것이라고. 살아보지 않고선 절대 모르는 것이고, 사람은 무릇 함께 어울려야만 행복해지는 것이라고.

신나게 땀을 빼고선 다시 스탠딩석으로 돌아온 두 사람은 지친 표정 가운데 밝은 미소를 짓고 있다. 턱 아래로 흐르는 땀을 가만히 보던 여희가 손으로 슥 닦아준다. 그러니 정우가 조금 놀란 표정을 지었다. 더러울 텐데도 아무렇지 않다는 듯 닦아내는 스킨십이 정우의 심장을 더욱 발작하게 만들었다.

왜? 여희가 입 모양으로 물으니 정우가 넋이 나간 듯 빤히 여희를 보다가 고개를 저었다. 순간 정우의 두 시야에 여희의 입술이 가득히 들어왔다. 저 입술에 닿으면 어떤 맛이 날까? 한 번도 생각해보지 않은 음란한 생각이 마구 튀어나왔다.

열여덟 남자 청소년에겐 흔히 일어나는 생리적 욕구이고, 본능적 욕구였다. 그걸 부끄러워할 이유는 없다. 하지만 정우는 자꾸만 부끄러운 생각이 들었다. 그녀에게 이런 마음을 들킬까 두려워진다.

자신도 모르게 두 뺨에 홍조가 어리니 여희가 그 모습을 보면서 '풉' 하고 웃음을 터트렸다.

"야, 너 얼굴 진짜 빨개!"

여희가 놀리듯 말하니 정우가 자리에서 벌떡 일어났다.

"어디 가? 세수해도 안 지워질 것 같은데!"

여희가 계속 놀리며 그의 뒤를 쫓아갔다. 정우는 계속 모른 척하며 수돗가로 향했다. 수돗가 앞에서 수도꼭지의 물을 세게 틀고 연거푸 세수를 했다. 사방에 물이 튀겼지만 아랑곳하지 않았다. 뺨에 생긴 홍조와 화끈거리는 피부의 느낌을 사라지게 만들고 싶단 생각뿐이었으므로. 몇 번을 연거푸 세수를 하고선 흐르는 물을 손으로 닦아내니 그의 앞으로 불쑥 수건이 내밀어졌다. 그 손수건을 따라 돌아보니 그곳에 여희가 서 있다.

"닦으라고."

멀뚱히 보고만 있으니 여희가 수건을 한 번 더 들어 보인다. 그런데도 쳐다보고만 있자 여희가 그의 얼굴을 조심스레 닦아준다. 이마부터 턱까지 모두 닦아주니 그녀의 얼굴이 바로 보였다. 맑은 피부에 큰 눈, 오똑한 콧날, 닿으면 부드러울 것같이 반짝이는 입술. 그리고 바로 옆에서 내리쬐는 햇살이 그녀의 얼굴을 비춰 보이니 세상 그녀만큼 예쁘고, 희고, 고운 것은 없을 것 같다.

"김여희."

물끄러미 보던 정우가 이름을 불렀다. 그녀가 눈을 바로 뜨니 정우의 얼굴이 불쑥 가까워진다. 그리고 입술에 뜨거운 감촉이 닿았다가 떨어진다. 그녀는 연신 두 눈을 깜빡거렸다.

예쁘다는 말로도 부족한 느낌이라 정우는 되려 말을 삼켜버렸다. 세상 그 무엇에도 그녀를 빗댈 수는 없었다. 지금 열여덟의 정우에겐 그랬다. 두 눈을 깜빡이니 그녀의 눈꺼풀이 파르르 떨리는 것이 보였다. 그 모습조차도 싱그럽게 보였다.

"나 첫 키스야."

정우는 담백하게 속삭였다. 아직도 멍해 있는 여희를 보면서 정우는 맑게 웃었다. 첫 키스를 여희와 하게 되다니, 행복했다. 지금이곳이 학교란 사실도 까맣게 잊을 만큼. 다시 정우의 표정이 진지해졌다. 그녀의 입술에 시선을 한 번 줬다가 두 눈을 바라봤다. 그리고 천천히 허리를 기울여 다시 한 번 입술로 다가갔다. 점차 그들의 사이가 가까워질 때쯤 정신을 차린 여희가 그의 정강이를 세게 발로 차버렸다.

"악!"

정강이가 찌릿하고, 고통이 온몸을 공격했다.

"누가 내 첫 키스 뺏어가래!"

예상치도 못한 첫 키스. 여희는 자신의 세상이 잠시 멈춘 틈을 타제대로 키스하려던 못된 열여덟 청소년을 응징했다. 한쪽 다리를 부여잡고 고통에 신음하는 정우를 내려다보던 그녀가 씩씩거리며 수돗가를 벗어났다. 그 모습을 보던 정우가 '푸하하' 웃음을 터트렸다. 너무 아파서 미쳤나, 라고 생각할 수 있지만 여희의 붉어진 뺨을 정우가 봤기 때문이었다. 여희는 말은 그렇게 하면서 공격했지만 내심 정우와의 입맞춤에 꽤나 오랜 여운을 느꼈다.

그들의 첫 키스는 아찔하면서도 싱그러웠다. 정강이를 세게 차인 정우는 먼저 휙 돌아서는 여희를 보면서 그날을 떠올렸다. 그날은 첫 키스라도 해봤지, 지금은……. 입맛을 쩝 다신 정우가 아픈 다리를 절뚝이며 자리로 가 앉았다.

그래도 만족했다. 13년 만에 찾아온 행복이 아니던가.

이사장실 문을 열고 나온 여희는 문을 닫자마자 힘이 쫙 풀리는 것 같았다. 하마터면 입술이 부딪칠 뻔했다. 곱디고운 입술이 여희의 시선에 한가득 담겼었다. 아찔하기만 했다. 심장이 밖으로 튀어나오는 것처럼 뛰었다. 그와 동시에 속이 상한다. 아직도, 여전히 그의 앞에 서면 심장이 뛰고 있다는 사실에.

다시 교무실로 돌아오니 여선생들이 기다렸다는 듯 여희의 곁에 모여들었다. 이사장실에서 무슨 이야기를 했냐는 둥, 뭐 했냐는 둥 꼬치꼬치 캐물으니 답할 수 있는 틈이 없을 정도였다. 한숨을 푹 내쉰 여희가 그들을 향해 손을 번쩍 들고는 자리에서 일어섰다. 궁금한 표정으로 자신을 보는 그들을 향해서 두 눈을 똑바로 뜨고 답했다.

"맞지는 않았습니다!"

엥, 그건 무슨 말일까? 그들의 눈이 휘둥그레져서는 여희를 쳐다봤다. 맞지 않았다는 것은 맞을 일이 있었다는 것 아닐까? 다시 말해서 맞을 뻔했다는 것인가? 모두가 웅성거리니 여희가 더욱 난감한 표정을 지었다. 말을 하려던 것이 어째 분위기가 이상하게 흘러간다.

또…… 사고 친 걸까?

이사장직에 임명되면서 정우는 그동안 재단에서 해온 일부터 검토했다. 영광재단은 정우의 어머니가 운영해왔던 곳이다. 영광그룹이 여러 계열사를 갖게 되어 사회에 좀 더 좋은 이미지를 쌓기 위해 재단을 만들었고, 재단을 만들면서 학교를 운영하게 되었다. 최초로 재단을 통해 학교를 운영하면서 난관이 많았지만 어려운 일을 극복하고서 영광그룹이 안정을 찾기 시작하니 그때부터 재단에도 평화가 찾아왔다.

어머니가 맡아서 해온 일을 아들인 본인이 하게 되니 여간 새롭지 않을 수가 없다. 어머니가 학교를 운영하면서도 가장 심혈을 기울여 하셨던 일이 있었는데, 바로 가난으로 인해 제대로 된 환경에서 제대로 된 교육을 받지 못하는 학생들을 위해 재단 측에서 후원을 하여 해당 학생들의 전반적인 교육을 책임지는 일이었다. 어머니는 그 일에 가장 큰 자부심과 기쁨을 느끼셨다.

그동안의 업적이 담긴 자료들이 한쪽 벽면 책장에 가득 꽂혀 있었다. 그것들을 눈으로 훑어보던 정우는 한 파일을 뽑아 들었다. '영광스런 우리들의 꿈'이라고 적힌 파일이다. 그 파일을 펼치니 재단에서 후원하는 아이들의 사진과 이름이 실려 있었다. 하나하나 정성스럽게 적혀 있었고, 후에 아이들이 무슨 일을 하고 있는지까지 꼼꼼히 적혀 있었다. 그것들을 보면서 정우의 입가에 미소가 지어졌다. 살아생전 어머니의 모습이 떠올랐기 때문이다.

어머니는 이 일을 참 좋아하셨다. 미국에 살면서도 어머니는 가끔 이 이야기를 하곤 하셨다. 재단에서 후원한 아이들이 훌륭한 어른이 되어 찾아온 적이 있다고, 늘 말씀하셨다. 그 이야기를 할 때면 어머니는 맑게 웃으셨다. 그 웃음이 좋아서 정우는 계속 그 이야기를 해달라고 조르기도 했었다. 그때를 생각하니 가슴 한쪽이 먹먹해진다. 창 너머로 밝은 햇살이 드리우니 정우의 눈가가 어느새 촉촉이 젖어들었다.

"어머니가 아시면 참 좋아하실 텐데."

자신이 당신의 뒤를 이어 이 일을 하게 되었다고 한다면 정말 기뻐하실 것이다. 그 모습이 눈에 선해서 정우는 더욱 슬퍼졌다. 파일을 꺼내 자신의 책상으로 가져온 정우는 파일 안에 담긴 아이들의 명단을 쭉 훑어보았다. 차례로 한 장, 한 장 넘기며 읽어가다가 어느덧 마지막 장이 나왔고, 그 마지막을 끝으로 빈 파일만이 남았다. 뒷면엔 아무것도 없었다. 그저 텅 빈 비닐만 있을 뿐이었다. 이상함을 느꼈다. 후원을 하지 않는 것인가 싶어서 그 파일을 가지고 교장실로 갔다. 교장실 문을 두드리니 교장이 그를 맞이했다. 교장은 콧잔등에 올려진 안경을 추켜올리며 답했다.

"후원은 13년 전이 마지막이었습니다."

"13년 전이요?"

"예."

"이유가 뭡니까?"

"마지막으로 후원을 했던 학생 다음으로 내정된 학생이 있었는데, 그 학생이 후원을 받기 전에 학교 내에서 후원자 명단이 유출되는 사건으로 인해 교우 관계가 악화되어 자살을 했습니다."

순간 말이 끊겼다. 교장의 목소리도 잘 들리지 않았다. 어머니가 한평생 자랑스럽게 여겼던 일이 한순간에 한 학생의 소중한 목숨을 앗아갔다는 말에 충격을 받지 않을 수가 없어서다. 겨우 입을 뗀 그에게 교장은 답해주었다.

"그래서 그 전에 받았던 학생이 마지막이 되었죠. 전전 이사장님께서 이 일을 참으로 좋아하셨습니다. 비록 비극적인 그 사건 때문에 더 이상 후원을 하진 않았지만 참 안타까워하셨어요."

"자살한 동기는요?"

"교우관계 악화가 시발점이었습니다. 그때 당시에 후원을 받게 된 학생들의 명단이 유출이 되었었어요. 그 전에도 비슷한 일이 있었고요."

교장 선생님은 그때 그 일을 회상하는 듯 시선이 아득해졌다.

"그 시기엔 특히나 아이들이 극도로 예민한 상태를 갖게 되지요. 사소한 행동이 결국 큰 사태를 불러일으키기도 하기 때문에 전전 이사장님께서는 늘 후원하는 학생들의 구체적인 명부는 비밀에 부치셨습니다. 그런데 학교 컴퓨터가 외부로부터 노출이 되었고, 후원 명단이 학생들에게 공개되었습니다. 그 일로 해당 후원 학생들은 큰 충격을 받았고, 몇몇의 학생들이 타 학생들의 불편한 시선으로 인해 전학을 가거나 학교를 그만두는 사태가 발생했죠. 그리고 그 일이 터진 것이죠."

13년 전이라면 정우와 여희가 함께 학교를 다녔던 그 시절이다. 그 시절엔 그런 일들이 종종 있었다는 걸, 이제야 그때 그 일이 떠오른 정우다. 그땐 자신의 일이 아니니 별로 신경 쓰지 않았다.

생각해보면 어머니가 그때 당시에 힘들어하셨던 이유는 단순히 병 때문은 아니었던 것이다. 어머니는 그 일 때문에 아프셨던 것이다. 평생을 몸 바쳐 헌신적으로 일했던 곳에서 선행이라 생각했던 것들이 악행이 되어버렸을 때, 과정이 어떻다 할지라도 결과가 참담할 땐 사람들은 절망한다. 자신이 맡은 일로 인해 결국 한 인생을 마감하게 만들었다는 것에 대한 죄책감. 어머니는 죄책감으로 힘드셨던 것이다. 안 좋았던 건강이 악화된 것은 단순히 병 때문이 아니라 바로 그 일 때문이었다.

"수사는 했습니까?"

"예. 하지만 범인은 밝혀내지 못했습니다."

"왜죠?"

"전전 이사장님께서 원하지 않으셨으니까요. 학교 내부에 그러한 일이 있었다고 외부에 노출이라도 된다면……."

대충 그때 상황을 짐작한 정우가 교장 선생님의 말을 가로챘다.

"영광그룹 내에 이미지 타격이 심각했겠죠."

교장 선생님은 고개를 주억거렸다. 그때 당시 영광그룹은 승승장구하고 있을 때였다. 그 와중에 영광재단에서 운영 중인 영광 고등학교에서 학생이 자살을 했고, 그 자살의 원인이 영광재단 후원이라면 기자들에게 맛있는 먹이를 먹기 좋게 나눠주는 것과 다름없었을 거니까. 정우는 기가 막혔다. 어머니가 그 일로 힘들어하고 있을 당시에, 아버지는 무엇을 하고 있었을까. 그 여자와 희희낙락하고 있었을까? 지금 영광이 열아홉이니까, 숫자를 헤아리던 정우의 가슴에 대못이 박혔다. 어머니가 그 일로 힘들어하기 훨씬 전부터 아버지는 외도를 했을 것으로 추측되었다.

어머니, 우리 어머니. 얼마나 힘드셨을까.

제 사무실로 돌아온 정우는 다시 파일을 집어 들었다. 그렇담 마지막 후원 학생은 바로 시내일 것이다.

안시내. 그와 13년지기로 우정을 주고받고 있는 친구.

미국 생활을 대충 정리하고 한국행 비행기에 오른 시내는 괜히 심장이 두근거림을 느꼈다. 오랜만에 가는 한국이다. 고국의 땅을 밟을 생각에 괜스레 심장이 두근거렸다. 거의 13년 만이다. 13년 동안, 그녀의 인생은 크게 바뀌었다. 영광 재단의 후원을 받고 친구인 정우를 따라 미국으로 건너갔고, 대학 과정과 미술 공부를 끝마침과 동시에 유명한 화가가 되었다.

이 모든 것은 정우가 아니었다면 해내지 못했을 것들이다. 정우가 있었기에 가능했고, 정우 어머니의 후원이 아니었다면 평생 가져볼 수 없는 것들이었다. 정우 어머니를 생각하니 괜스레 눈시울이 붉어졌다. 그러자 옆에 있던 한 승객이 시내에게 티슈를 건넸다. 돌아보니 아주 잘생긴 백인 남자다. 시내는 코끝을 찡긋하며 감사함을 표시한 뒤에 티슈를 받아 눈가를 닦았다. 이것이 변화한 가장 큰 이유이다. 한국에서는 평생 가져볼 수도, 꿈꿔볼 수도 없는 것들을 얻었다. 인생이 변했다.

돈이 없어 고등학교조차 갈 수 없던 자신을 성공이란 단어 앞에 데려다준 사람들이 바로 정우와 정우 어머니였다. 시내는 정우를 만나서 행복했다. 그리고 이젠 자신이 정우 옆에서 행복을 가져다

주는 여자가 되고 싶었다. 정우 어머니도 돌아가셨으니 자신이 그 옆자리를 꿈꿔도 된다고 생각했다. 그러나 어머니가 돌아가시고, 정우는 미련 없이 미국을 떠나 한국으로 떠나버렸다. 시내는 이해할 수가 없었다.

정우 옆에 있을 사람은 바로 자신뿐이었고 13년 전처럼 자신을 보호해줄 사람도, 그런 권한을 가진 사람도 정우뿐이라고 생각했건만 정우는 한 여자만을 생각해왔던 것이다. 어느 날은 그 여자를 생각하느라 자신과의 약속도 잊어버렸다는 걸 알게 되었을 때, 그때도 시내는 그를 이해하려 했지만 속으론 그 여자를 원망했다. 한국에 갔다는 정우의 말에 시내가 안심할 수 없던 이유도 바로 그 여자 때문이다.

도정우 마음속에 가득 들어차 있는 그 여자. 김여희.

13년 전의 자신과 비슷한 수준이나 도정우의 옆에서 언제나 대등하게 서 있던 바로 그 여자. 창가로 향해진 시내의 눈동자가 아득해져 그 먼 옛날로 돌아간다.

영광재단 후원의 밤 행사가 영광호텔에서 열렸다. 그동안 후원을 받은 학생들과 부모가 함께 모여 축하를 받고, 후원 이후로 변화한 것은 무엇이었는지 확인하는 그런 작은 행사였다. 이곳에 다음 후원자도 함께 참석할 예정이다.

열아홉 번째 후원자는 바로 고등학교 3학년의 재학 중인 남학생이었고, 그 다음이 바로 시내였다. 시내는 어려운 가정 형편에 학교도 제대로 다닐 수 없는 학생이었다. 하지만 중학교 측에서 학교 측에 재단 후원이 있다는 이유로 시내를 영광 고등학교로 진학하도록 도왔고, 1학년 때 재단의 후원을 받을 것을 요구했지만 시내가 이를 거부했다. 혹시라도 학교에서 친구들이 자신의 가정환경에 대해서 알게 될 것을 염려해서였다. 가정 형편이 어렵다는 것도 시내는 불만이었고, 불안함의 이유였다. 그런 와중에 재단의 후원까지 받게 된다면 그 뒷일이 무서웠던 것이다. 그 나이 때는 그러한 이유들이 가장 두렵지 않은가.

1년은 학교 측의 남모를 배려로 무사히 다닐 수 있었으나 2학년 때부터는 정식 후원이 아니라면 힘들다는 말에 그녀의 부모가 덜컥 후원할 것을 동의했다. 그래서 이 행사에 참여하게 된 것이다.

시내는 학교 측에서 마련해준 예쁜 드레스를 입고선 거울 앞에 섰다. 거울 속에 자신은 눈처럼 희고 고왔다. 하지만 표정은 그렇지 못했다. 울고 싶었다. 여기를 뛰쳐나가고 싶었으나 이미 후원을 받기로 한 이상 어쩔 수 없는 일이었다.

곧 행사가 시작되고, 대기실에서 앉아만 있던 시내가 밖으로 나왔다. 조금 있으면 단상에 올라가 후원 상패와 꽃을 받게 될 것이다. 정말 꿈이었으면 얼른 깨고 싶었다. 단상에 오른 사람들과 자신을 빗대어 바라봤다. 그들은 웃고 있다. 그러나 웃고 있는 사람들은 모두 마음이 아닌 머리와 몸으로 선행하는 사람들이다. 선행의 뜻을 정확히 알지 못하는 사람들. 바보 같았다. 그리고 자신도 이곳에 있으니 바보다. 기쁨보단 비참함이 먼저였다. 선행을 마음이 아닌 몸으로 하고 있는 사람들로 인해 한 번도 인정하지 못했던 자신의 가난이 이리도 비참하다는 것을 오늘에서야 깨닫는다.

열여덟. 하고 싶은 것도, 갖고 싶은 것도, 꿈꾸던 것도 많은 열여덟의 청춘. 그러나 지금 이 현실 앞에선 모든 것들이 그저 이룰 수 없는 꿈처럼 보였다. 시내는 단상에 올라선 자신을 상상해봤다. 끔찍하다. 역대 후원자들을 보다가 고개를 돌려버렸다. 그리고 시선을 아래에서 위로 올리는데, 그녀의 시선에 한 사람의 인영이 걸려들었다.

"도정우?"

영광 고등학교 학생이라면 절대 모를 리가 없는 영광의 황태자. 열여덟의 나이임에도 이미 성공한 인생을 살고 있는 금수저. 시내의 눈꺼풀이 미묘하게 떨렸다. 그러다 황태자의 얼굴도 자신처럼 일그러져 있음을 알아차린다. 그 모습을 보던 시내가 입가에 작은 미소를 짓는다. 태어날 때부터 모든 것을 다 가진 황태자, 금수저에게도 저들이 위선자처럼 보이나 보다. 그래서 묘한 안도감과 위로가 되었다. 미간에 잔뜩 금을 긋던 정우의 시선이 잠시 자신을 보고 있는 시내에게 미쳤다. 정우의 시선에 시내가 깜짝 놀라자 정우는 무심히 그녀에게서 시선을 돌렸다.

그때부터였을 것이다. 시내의 짝사랑은.

그날부터 시내는 정우를 마음에 품었다. 처음엔 호기심이었으나 점차 그 마음이 사랑으로 변해갔다. 하지만 시내가 짝사랑을 완전한 사랑으로 이루기엔 장애물이 많았다. 일단 자신의 처지가 걸렸고, 완벽한 그에게 완벽한 여자가 되려면 일단 가난부터 물리쳐야 할 것 같았다. 그러나 무엇보다 가장 마음에 걸렸던 건, 어딜 가나 도정우 옆의 그 아이였다.

김여희. 자신과 신분이 같은 그 아이는 처음부터 자신과 달랐다. 분명 신분은 같은데, 그 아이의 태도가 달랐던 것이다. 살아온 태생이 다르다는 느낌. 그 느낌은 틀리지 않았다. 어디를 가나 눈에 띄는 외모와 외모 가운데에서도 유난히 빛이 가득한 느낌에 시내는 마음이 뒤틀리는 기분을 느꼈다. 흔히 사람들은 그런 마음이 있지 않은가. 신분이 완전히 다르면 덜 기분 나쁜데, 신분은 같은데 자신보다는 훨씬 더 사랑받는 느낌이 들어 기분이 나쁜 그런 마음. 그런 마음을 사람들은 '열등감'이라고 불렀다.

시내는 여희에게 열등감을 가지게 되었다. 그래서 더 여희를 미워했던 것 같다. 그 당시엔 그 마음이 더욱더 자신을 초라하게 만든다는 것을 몰랐다. 어린 나이였으니까.

그로부터 어느 날, 매화꽃이 가득 피어 꽃잎이 떨어지던 날에 사건이 터졌다. 후원의 밤 행사의 주인공이 바로 시내였다는 소문이 교내 가득 퍼진 것이다. 여느 날과 마찬가지로 등교 중이던 시내는 아이들의 모진 눈빛을 알아차렸고, 점심시간에 시내는 친구들의 질문과 질타 어린 시선에 모멸감을 느꼈다. 태어나 처음으로 느낀 수치심이었다. 그 수치심에 죽고 싶다는 생각마저 들었다.

5교시가 시작되어갈 때까지 시내는 교실로 들어가지 못했다. 자신을 바라보는 아이들의 표정이 무서웠다. 이대로 죽어 사라지면 이 지독한 가난에서 벗어날 수 있을까. 시내의 작은 마음에 점차 슬픔과 원망, 분노가 동시에 소용돌이쳤다. 그때 시내의 앞으로 그림자가 드리워진다. 자신의 위로 그림자가 드리우니 시내가 고개를 들어 올렸다.

"도…… 정우?"

시내 앞에 선 사람은 정우였다. 정우는 천천히 허리를 굽히고 선 시내에게 투박한 손을 내밀었다. 시내는 그 손을 물끄러미 보고만 있다.

"잡고 일어나."

"……뭐 하는 거야?"

"도와주는 거잖아."

"그러니까 네가 왜 날 돕는데? 너도 날 동정하니?"

날이 선 시내의 질문에 정우는 당황하지 않고 오히려 피식 웃었다.

"위로가 필요한 사람한테 위로해주는 게 동정이야?"

"동정 아니면 뭔데?"

"그게 그렇게 중요해?"

중요하다고 말하고 싶었지만 시내는 입을 꼭 다물었다. 묵묵히 보고만 있는 시내의 손을 먼저 잡은 사람은 정우였다. 정우는 시내의 손을 잡고 일으켜 세웠다. 그러고선 짧은 한숨을 내쉰 뒤에 말했다.

"당당히 걸어. 네가 자꾸 땅을 보고 다니니까 딴 애들이 널 비웃는 거 아니야. 가난은 죄가 아니야, 안시내."

"하지만…… 죄가 아닌데 왜 죄인이 된 기분일까?"

"네가 네 스스로를 낮추니까."

"내가 내 스스로를 낮춘다고?"

"그래."

시내는 또다시 고개를 숙였다. 그러자 정우가 그녀의 얼굴을 양손으로 잡고 들어 올려 자신과 두 눈을 마주치게 했다. 그의 눈동자는 브라운으로 보였고, 시내는 이제부터 브라운을 좋아하기로 했다.

"이제부터 널 괴롭히는 사람이 있으면 내 이름을 대. 그럼 아무도 널 건드리지 못할 거야."

"……날 도와주는 이유가 뭐야?"

"이유 없어. 누군가가 누군가를 돕는 데는 이유가 없는 거거든."

"네 마음이 돕고 싶어서 돕는 거란 말이야?"

"그래."

정우는 시내가 안타까웠다. 선행의 바른 의미가 퇴색되어가는 것도 싫었고, 어머니가 좋은 뜻으로 베푼 일이 어느 한 소녀의 인생을 망가뜨리게 되는 계기가 될까 두렵기도 했다. 그래서 정우는 시내를 돕기로 했다. 그것이 아들인 자신이 할 수 있는 일이라 여겼다.

하지만 어린 정우는 몰랐다. 자신이 한 일이 한 사람의 인생을 구한 것이었을지 모르나 또 다른 사람의 인생을 망가트리게 된다는 것을. 이 일을 계기로 첫사랑과 영영 이별하게 된다는 것도.

회식이 이어졌다. 여희는 가고 싶지 않았지만 다른 선생님들이 그녀를 끌고 회식 장소로 간 덕분에 정우와 마주 앉게 되었다. 옆자리는 당연히 석현이 차지했다. 앞에 앉은 그녀를 뚫어질 듯 쳐다보는 정우의 시선을 석현이 계속 주시했다. 왜 자꾸 쳐다보는 것일까. 석현은 정우가 여희를 신경 쓰고 있다는 것을 느끼고는 혹여 여희에게 마음이 있는 것은 아닐까 싶어 자극해보고자 했다. 석현은 정우의 반응을 살피려 그녀 옆에 앉으려고 하는 정우를 물리치곤 그 자리를 차지해 앉았다.

정우는 그녀 옆자리를 꿰찬 김석현을 노려봤다. 능구렁이 같은 놈.

회식은 학교 근처 삼겹살집이었다. 불판에 노릇노릇 익어가는 고기를 보던 그녀가 고기를 집어 먹기도 전에 그녀가 집은 고기를 석현이 날름 집어 먹었다. 그러자 여희가 그의 어깨를 퍽 쳤다. 두 사람은 티격태격하면서도 서로를 곧잘 챙겨주었다. 특히나 석현이 그녀의 밥 위에 고기를 얹어주거나 물을 건네준다거나 하는 행동을 하며 정우의 신경을 묘하게 긁었다. 물론 석현은 어디까지나 정우를 자극해보고자 했던 행동이다. 그 행동들이 정우의 신경을 긁기에 충분했던 듯 정우는 애꿎은 물만 벌컥벌컥 마셔댔다. 그 모습을 유심히 보던 문학 선생이 정우를 향해 고기 한 점을 집어 밥 위에 놓아주었다. 모두가 그들을 지켜보는 상황이 되었다.

"물만 드시는 것 같아서요."

문학 선생은 특유 금사빠 기질로 정우를 공략하는 듯하다. 언제나 늘 석현만 바라보더니, 이젠 정우가 금사빠의 주인공이 된 듯했다.

"잘 먹겠습니다."

정우는 자신보다 나이가 지긋해 보이는 문학 선생의 호의를 거절할 수 없어 고기를 집어 먹었다. 그 모습을 물끄러미 보고 있던 여희는 정우와 눈이 마주치자 고개를 내저었다.

"김 샘은 물냉이지?"

삼겹살을 다 먹어갈 때쯤 석현이 여희에게 물었다. 여희는 고기를 씹으며 고개를 끄덕였다.

"비냉도."

"오, 웬일? 비냉을 다 먹고."

"아니. 김 샘 먹으라고."

"오, 나 챙겨주는 거야?"

"그냥 닥치고 먹어."

석현은 항상 회식 자리에서 여희를 신경 써왔다. 학교 다닐 때부터의 습관으로 주변 사람들은 두 사람의 사이를 오해하는 일이 많았다. 그러나 학교 때는 석현이 여희에게 마음이 있었기 때문에 신경 썼던 것이고, 현재는 그때 생긴 습관이 몸에 밴 것이었다.

확실히 여희에게 석현은 친구 그 이상도, 이하도 아니다. 하지만 정우는 여희를 살갑게 챙기는 그의 모습이 눈에 거슬렸다. 물끄러미 두 사람을 보던 정우가 석현에게 말을 건넸다.

"두 분께선 무척 친하신 것 같네요."

석현은 떨떠름한 표정을 짓다가 여유만만한 표정으로 답했다.

"학교 때부터 친구입니다."

"아, 친구."

고개를 끄덕이는 정우를 향해 문학 샘이 끼어들어 말을 덧붙였다.

"투 샘은 학교 때부터 유명했대요. 오해도 많이 받고. 우리도 처음엔 저 두 사람을 오해했었어요."

"무슨 오해요?"

"둘이 사귀는 사이인 줄 알았거든요."

정우는 깜짝 놀라 두 눈을 동그랗게 떴다. 문학 샘을 응시하던 눈이 바로 앞에 있는 여희에게 향했다. 하지만 여희는 놀라지도, 그 어떤 반응도 하지 않고 오히려 담담하게 답했다.

"그랬습니다. 이사장님."

헐. 정우의 입이 떡 벌어졌다. 그 말에 저렇게 대답하다니. 하지만 여희에겐 그 말이 워낙 학교 때부터 쭉 따라다니던 소문이라 별로 놀라운 일도 아니었다. 석현과는 아무런 감정도 느껴지지 않는 그저 친구의 관계였던 터라, 또 석현도 별로 신경 쓰지 않는 것 같아서 그냥 흘려듣고 말았다. 여기서 석현은 그저 친구사이일 뿐이라고 말하려 했으나 말하지 않았다. 이유는 계속 자신을 주시하는 이사장의 시선 때문이다. 어느새 석현은 자신을 노려보는 이사장의 시선을 은근 즐기고 있었다.

"그나저나 이사장님께선 인기 많으셨을 것 같아요. 이리도 출중한 외모를 가지고 계시니 학생 때도 인기 많으셨죠?"

운을 뗀 문학 선생의 질문에 모든 여선생들이 그에게 시선을 던졌다. 간혹 그에게 추파를 던지는 여선생들도 있었다. 그들의 질문에 난감할 법도 한데 정우는 능글맞게 웃으며 답했다.

"인기가 없었던 것은 아닙니다."

그러자 여선생들의 반응은 더욱더 가관이었다. 여선생들은 아줌마들처럼 그럴 것 같다며 푸하하하 웃음을 터트리곤 그의 능글맞음에 더없는 즐거움을 표했다. 그 모습을 보던 여희는 기가 막혔다. 인기는 얼어 죽을. 물론 부정할 수 없는 사실이긴 했다. 그에게 대놓고 좋아한다는 말은 하지 않았지만 내심 그를 짝사랑하는 여자아이들이 많았으니까.

하지만 그때 도정우는 김여희에게 빠져 있어 그들에게 그 어떤 일말의 희망도 주지 않았었다. 그뿐이다. 도정우는 몰랐던 것이 아니라 그들의 사랑을 무시했던 것이다. 도정우에겐 오로지 김여희만 있었으니까.

여희는 앞에 놓인 술잔에 술을 따랐다. 석현도 술을 따라서 자기들끼리 잔을 부딪쳤다. 그 모습에 정우는 심사가 뒤틀렸다.

"그럼 이사장님께선 첫사랑이 언제였어요? 사적인 질문이기는 하지만 궁금해서 원."

첫사랑 질문은 흔히 하는 질문이다. 누구에게나 가슴 시린 아련한 첫사랑은 있는 법이니까. 하지만 정우에게 첫사랑은 달랐다. 누구나 간직하고 있을 뿐인 첫사랑이지만 그들의 첫사랑은 아직 진행 중이었으니까.

정우의 눈길이 술을 마시던 여희에게 머물렀다. 여희는 아무렇지 않은 표정을 하고 있지만 필시 속은 아니었다. 자꾸만 들려올 그의 대답에 귓가가 간질거렸다. 어서 빨리 답하라는 마음의 소리도 들려왔다. 정우는 그 모습을 아련한 눈길로 보다가 대답했다.

"열여덟이었습니다."

탁. 대답과 동시에 여희의 술잔이 테이블과 부딪쳐 요란한 소음을 만들어냈다. 여희의 시선이 정우에게 머물렀고, 그들 또한 그 두 사람을 쳐다봤다.

정우는 여희에게 시선을 고정한 채로 말을 이었다. 질문은 계속 이어졌다.

"동갑이었나요?"

"예, 동갑이었습니다."

"예뻤어요?"

"네. 무척 예쁘고, 예쁘고…… 예뻤습니다."

하나도 틀린 말 하나 없이 여희는 여전히 예쁘고, 예쁘고, 또 예뻤다. 그땐 어려서 예뻤고, 지금은 미모가 하나도 변하지 않아서 예뻤다. 또 하나의 질문이 내려왔다.

"예뻐서 좋아한 건가요?"

"그 아이가 예뻤던 것은 제가 그 아이를 좋아하는 숱한 이유들 가운데 하나였습니다."

주변은 흰색의 백지로 변했는데, 소리는 야유와 환호성이 섞인

소리가 가득 울렸다. 여희는 귓가에 쏙쏙 박히는 정우의 목소리에 심장이 또다시 요동쳤다. 동시에 눈꺼풀도 파르르 떨렸다. 도정우는 정말이지 거부할 수 없는 남자였다. 13년이 지난 지금도 이렇게 심장을 떨리게 만드니까.

"현재도 그 아이를 만나고 있나요?"

"……네."

"아직 첫사랑은 진행 중인가요?"

"네."

일말의 망설임도 없었다. 돌직구 날리기가 취미인 듯 도정우는 변함없이 꿋꿋하게 속마음을 모두 털어놓는다. 여희는 지금 그를 마주 볼 용기가 없다. 다시 보게 된다면 영영 헤어 나올 수 없게 될까, 두렵다. 그러나 끝을 모르고 지치지 않고 앞만 보고 달려가던 열여덟의 도정우처럼 서른둘의 도정우는 여희를 돌아보게 만들 비장의 무기를 꺼내든다.

"제 첫사랑은 반드시 이루어지고 말 겁니다."

선전포고하듯 터트리는 그 말에 여희의 시선이 다시 정우에게 돌아갔다. 자신을 뚫어질 듯 바라보는 정우에게서 시선을 떨어트릴 수가 없다. 자석처럼 끌려갔고, 냉동된 것처럼 움직일 수가 없다. 그리고 알았다. 지금 여희가 두려워하는 것은 직구를 날리고, 직진하는 도정우가 아니라 그에게 끌려가고 있는 자신이라는 것을 말이다.

여희의 눈동자가 거침없이 흔들렸다. 그 흔들림을 본 정우가 서서히 웃었다. 그리고 마주한 두 눈으로 한차례 더 직구를 날린다.

'난 아직도, 여전히 너야. 김여희.'

그의 손아귀에서 벗어난 야구공은 빠르게 회전하며 거침없이 여희를 향해 날아들었다. 언제나, 변함없이 도정우는 김여희라는 공식처럼.

07. 13년 전이었다면……

회식이 끝났다. 모든 선생들이 고깃집 앞에 서서 상사에게 예의를 갖춘다. 여희도 석현의 옆에 나란히 섰다. 그 모습을 놓치지 않고 바라본 정우의 눈빛에 사악한 기운이 감돌았다. 아까부터 거슬리네, 진짜. 속으로 낮게 읊조린 정우가 그들을 노려봤다. 그때 교장이 이사장인 정우에게 예의를 갖춘다. 그 모습에 정우가 얼른 허리를 굽혀 자신이 먼저 예의를 갖추었다.

"이렇게 하지 않으셔도 됩니다. 불편합니다. 교장 선생님."

"아닙니다. 그래도 이사장님이신데……."

"아니요. 저보다 훨씬 더 선배님이시잖아요. 많이 가르쳐주시고, 알려주십시오. 뭐든지 빨리 배우는 편이라서요."

"아, 예, 그럼 그러겠습니다. 먼저 들어가보겠습니다."

교장을 배웅하는 예의 있고 젠틀한 그의 모습에 문학 샘이 반했는지 몸을 베베 꼬았다.

"어쩜, 저리도 젠틀하고 섹시할까."

여희는 도통 이해할 수 없다는 표정으로 문학 샘을 쳐다보다가 석현에게 시선을 옮겼다. 언제나 늘 회식이 끝나면 여희를 바래다주는 사람은 석현의 몫이었다. 그래서 오늘도 자연스럽게 석현과 함께 나란히 서서 샘들을 배웅했다. 차례차례 택시나 대리기사를 불러 회식 장소를 떠났다. 문학 샘은 끈질기게도 꼿꼿이 서서 정우를 기다렸다.

"먼저 가시죠. 이사장님."

석현이 먼저 정우를 보내려 했다. 그러나 여희를 두고는 절대 가지 못하는 남자가 바로 도정우였다. 정우는 대리기사가 도착하자 너무도 당연하게 여희를 보며 말했다.

"타시죠, 김여희 선생님. 제가 모셔다드리겠습니다."

정우는 제 차의 뒷좌석 문을 활짝 열면서 말했다. 이에 석현과 정우, 문학 샘 셋이 동시에 여희 쪽을 응시한다. 여희는 꼼짝도 하지 않고 눈으로 협박을 하고 있는 정우를 잠시 바라보다 본척만척하며 석현에게 말했다.

"아니요, 전 원래 김 샘 담당이라서요."

담당? 저건 또 뭔 소리인가. 정우가 놀란 눈으로 석현을 보니 석현이 의기양양한 표정을 짓고선 여희의 어깨에 슥 팔을 둘렀다. 그 모습에 정우의 눈에 불꽃이 튀었다.

"네. 가시죠, 김 샘."

석현은 먼저 돌아서는 여희를 따라 정우에게 인사를 하고선 그녀의 뒤를 따라붙었다. 정우는 점점 멀어져가는 두 사람을 보면서 꼼짝도 하지 못했다. 의문의 1패를 당한 기분이다. 무엇 하나 잘못한 것도 없는데. 잘못이라고는 그녀가 13년을 기다리게 한…… 죄인 맞네.

정우가 세게 문을 닫고선 뒷머리를 마구 헝클였다. 꼬여도 단단히 꼬인 기분이다. 더군다나 옆에서 정우의 어깨를 툭툭 두드리는 문학 샘으로 인해 더욱더 기분이 가라앉았다. 어쩔 수 없이 오늘 그의 옆자리는 문학 샘이 차지했다. 문학 샘도 여자인데, 여자를 두고 남자가 혼자 갈 수는 없지 않은가. 하지만 돌아서면서도 정우는 줄곧 멀어져가는 여희의 뒷모습을 따라가고 있었다.

여희와 나란히 걸으면서 석현은 계속 뒤를 돌아다봤다. 혹시나 이사장이 따라오는 것은 아닐까, 내내 그 눈길이 뒤에 가 있었다. 그 모습을 눈으로 한 번 슥 보고선 여희가 석현에게 말했다.

"안 와. 갔어."

석현의 두 눈이 휘둥그레졌다. 자신이 누구를 보고 경계하고 있었는지 안다는 소리다, 저 소리는.

"내가 이사장 보고 있는 거 어떻게 알았어?"

"바보냐? 다 보여. 네 시커먼 속."

"그래? 고맙다고 해라. 내가 아주 저놈 속을 확 뒤집어놨으니까."

"나도 알아. 걔 얼굴도 다 보여. 너보다 더 속이 시커멓게 탔을 거야."

시크하게 말하고선 제 갈 길을 걸어가는 여희를 보던 석현이 중얼거렸다.

"너 좀 무섭다."

"앞으로 더 무섭게 할 생각이야."

"뭐가 그렇게 미운데?"

가끔 석현은 속없는 말을 하다가도 지금처럼 다 안다는 듯 말을 하곤 한다. 그래서 석현은 알다가도 모를 친구였다. 언제나, 늘 맞는 말을 하다가도 곧 평소의 모습 그대로 돌아오곤 한다. 오늘의 석현은 더없이 진지했다.

"내가 미워하는 걸로 보여?"

"어, 아주. 엄청. 미워 죽겠단 표정이야, 너."

귀신 같은 놈. 여희가 속으로 한 말이다. 가끔 이렇게 돌직구를 날리곤 한다. 이놈도 보통은 아니었다.

"근데, 너 그거 알아?"

"뭐?"

"미움은 사랑의 반대말이라는 거."

"……."

"미워하는 것도 곧 사랑하는 거야."

"사랑은 무슨."

"너랑 이사장 동창인 거, 내가 모를 줄 아냐? 그리고 아까 이사장이 말한 첫사랑이 너란 것도 알아."

여희가 걸음을 딱 멈췄다. 그리고 자신을 따라 걸음을 멈춘 석현에게 물었다.

"네가 그걸 어떻게 아는데?"

"이사장, 줄곧 너만 보고 있었어."

회식 자리에서 석현은 보았다. 첫사랑에 관해서 말하던 이사장의 눈이 줄곧 여희를 향해 있었다는 것을. 또한 여희를 보면서 줄곧 웃고 있었다는 것도. 이사장으로 부임해 오면서 교무실에서 인사를 나눌 때도 정우의 시선은 역시나 여희에게 있었다.

그래서 알았다. 김여희의 첫사랑이 곧 도정우라는 것을. 역시 도정우의 첫사랑도 김여희라는 것을. 아직 두 사람이 서로를 사랑하고 있다는 것 또한. 그래서 석현은 계속 정우를 자극했던 것이다. 여희가 죽고 못 산다는 남자가 바로 도정우라는 것을 알게 되니 이상하게 기분이 나쁘고 골려주고 싶어졌다. 김여희와 지난 10년, 전부는 아니어도 절반을 함께했으니 그녀가 많이 힘들어했다는 것도 알고 있었다.

사실 석현은 대학교 시절 여희에게 고백한 적이 있었다. 좋아한다고. 그러나 여희는 석현을 거절했고, 좋은 친구로만 남게 된 것이다.

"너 그때 기억나?"

"뭐?"

"우리 대학 때. 내가 너한테 고백했었던 거."

여희의 기억 너머로 그때가 어렴풋이 떠올랐다. 여희에게 고백했던 김석현은 풋풋하고, 귀여웠다. 지금보다 훨씬 더 앳된 모습으로 기억하고 있다. 여희의 입가에도 기분 좋은 미소가 걸렸다.

"대차게 차였었지, 너."

"그래, 아주 놀려먹어라."

"귀여웠어, 그때 너."

"지금은?"

"지금은 느끼해졌지."

조금은 기분 나쁠 수도 있는 말을 그들은 농담처럼 가볍게 이야기했다. 그만큼 둘 사이는 사랑과 우정으로 나뉠 수 없는, 그 이상의 가치가 있다는 뜻이다. 사랑이 되진 않았지만 사랑 그 이상의 우정을 얻은 셈이다. 석현은 그것으로 만족했다. 여희는 정말 좋은 친구이니까.

"난 그래서 좋았어."

"그건 또 무슨 말이야? 넌 꼭 말을 할 때, 머리, 꼬리 다 잘라먹고 말하더라."

"상대방이 기분 나쁠 수 있는 말을 기분 좋게 바꿔서 말할 줄 아는 네 그 여유. 그 여유가 좋았어. 현명하고, 예쁘고."

"뭐야. 갑자기 무슨 칭찬?"

"지금도 좋아."

"김석현."

"친구로."

대학 때는 여희를 줄곧 좋아했지만 지금은 그저 친구이자 같은 학교에서 근무하는 동료 그 이상도 그 이하도 아니다. 사뭇 진지해질 것 같은 분위기에 여희가 어색하게 반응하니 석현은 한발 물러섰다.

"너랑 이사장 사이에 어떤 오해가 있는지 모르겠는데, 얼른 끝내

라. 그리고 대화를 해. 이사장한테 네 마음 고백하라고."

"……너 지금 이러는 거 멋있으려고 하는 거지?"

"진지하지를 못해요, 난."

또 한 번 어색해지려는 것을 여희가 먼저 농담처럼 받아치니 석현도 함께 농담처럼 주고받다가 웃어버렸다. 둘은 그렇게 한참을 이야기하며 여희의 집 앞까지 걸어갔다.

여희의 집 근처는 가로등 몇 개가 켜진 것 빼곤 모두 캄캄했다. 그곳에 먼저 도착해 여희를 기다리고 있던 사람은 바로 정우였다. 차에 기대어 서서 여희가 올 때까지 기다렸고, 골목을 돌아 석현과 함께 나란히 걸어오고 있는 여희를 발견했다. 골목 어귀에서 정우를 본 석현이 아직 정우를 발견하지 못한 여희를 두고 한 발 뒤로 물러서며 말했다.

"난 여기까지."

"가려고?"

"앞에 봐."

석현의 말에 따라 앞을 보니 붉은 가로등 불빛 아래 차에 기대 선 정우가 자신을 보고 있음이 눈에 들어왔다. 석현은 그대로 돌아서 걸어갔다. 석현의 등을 보던 여희가 정우 쪽으로 돌아서 걸음을 옮겼다. 점점 거리가 좁혀지니 정우도 차에 기대었던 몸을 떨어뜨린다. 그 긴 다리로 저벅저벅 단숨에 그녀 앞으로 다가왔다.

"왜 이제 와? 내가 얼마나 기다렸는지 모르지?"

화난 얼굴로 온통 불만이 가득한 표정을 짓는다. 반면에 여희는 여전히 퉁명스럽다.

"나 기다리라고 한 적 없어."

"야, 김여희."

"솔직히 말하면 나 너 불편해. 도정우."

"난 네가 뭐 편한 줄 알아?"

"편하니까 자꾸 다가오는 거 아니야?"

"아니야. 나 너 어렵고, 불편하고, 무서워."

처음부터 여희는 호락호락하지 않은 여자였다. 정우는 언제나 여희가 어렵고, 불편하고, 무서우면서도 좋았다. 이 감정이 시작되었을 때, 여희를 보면서 그 감정의 깊이를 헤아릴 수 없게 되었을 때. 정우는 늘 불안했다. 여희는 반짝거리는 보석과도 같아서 누구나 탐을 냈고, 누구나 여희를 좋아했으니까.

지금도 그렇다. 여희의 곁엔 남자들이 득실거린다. 석현만 보아도 친구라면서 옆에 붙어 있으니 정우는 불안했다. 특히나 눈앞에서 지켜본 오늘은 더욱 그랬다.

"불안해."

정우의 눈빛이 강렬하게 흔들렸다. 여희에게 정우의 이런 모습은 낯설기만 했다. 다시 만났을 때부터 정우는 줄곧 여희에게 자신의 마음을 고백했었다. 여희가 받아주지도, 듣지도 않았지만 그럼에도 정우는 줄곧 직진만을 선언했고, 다가왔다. 밀어내기만 하는 여희에게 자꾸만 다가갔던 것은 여희도 같은 마음일 것이라는 확신 때문이었다. 그런데, 오늘 그 확신이 흔들렸다.

잠시였지만 여희가 자신과 같은 마음이 아닐지도 모른다는 불안함에 견딜 수가 없었다.

"난 아직도 네가 어렵고, 불편하고, 불안해."

바람이 불지 않는 한 그 무엇도 흔들리지 않는다. 바람이 불어야 흔들림을 갖고 큰 바람이 불면 그 바람에 휩쓸려 간다. 여희도 그랬다. 그동안 도정우라는 바람이 없기 때문에 그녀 마음속에 깊이 뿌리박힌 그녀의 심장은 절대 흔들리지 않았다. 가끔씩 불어오는 잔잔한 바람에도 흔들림이 없던 것은 도정우라는 바람이 불지 않았기 때문이다.

그런데 지금, 도정우라는 바람이 그녀의 마음속 나무를 건드린다. 하지만 여기서 흔들릴 수는 없다.

"13년 전이었다면……."

여희가 어렵사리 입을 뗐다. 아직도 도정우는 갈피를 못 잡고 이리저리 흩날린다.

"네가 하는 그 말에 설레었을 거야."

그 말은 지금은 아니라는 뜻일까? 정우의 표정이 굳어졌다.

"13년이 지난 지금은 아니야."

"김여희."

"미안해."

제대로 까였다. 여태까지도 까였지만 지금은 진짜다. 그녀 마음속에서 불던 바람이 이내 멈추었다.

"김여희."

"그만 가."

냉정하게 돌아서는 그녀의 모습에 그의 마음엔 붉은 상처가 생겼다. 하지만 정우는 물러서지 않는다. 그럴 수가 없다. 그녀를 가지지 못한다면 자신이 한국에 온 이유가 사라지는 것이니까. 살아갈 이유 또한 없어지는 것과 마찬가지니까.

"너 나 알지?"

"……."

앞서 걸어가던 그녀의 걸음이 멈추었다. 이어서 도정우가 말했다.

"나 영광 고등학교 수석이었어. 그 말은 즉 내가 어떤 문제든 결국은 꼭 풀고야 만다는 뜻이야."

"……."

"그러니까 난 너라는 공식을 꼭 깰 거야. 공식을 깨우쳐서 널 가질 거야."

여희는 작은 한숨을 내쉬었다. 이젠 답해줄 가치도 못 느끼겠다. 하지만 몸과는 달리 마음엔 또다시 바람이 불었다. 쉴 새 없이, 미친 듯이 불어닥친다.

"……네 마음대로 해."

다시 여희가 땅바닥에서 발을 떼었다. 보폭을 크게 해서 두 발자국 걸으니 정우가 또다시 그녀를 붙잡았다.

"나랑 연애하자."

여희의 몸이 딱딱하게 굳었다. 발걸음은 이미 멈춘 뒤고, 마음속엔 도정우라는 바람이 또다시 세차게 불어닥쳐 이젠 거의 태풍급이다.

"야, 너 방금 나한테 까였거든?"

기가 막혔다. 까이고서 또 고백이라니. 하지만 정우는 자존심 따원 버린 지 오래였다. 자그마치 13년 만에 만난 첫사랑이다. 여전히 그의 마음속엔 김여희 한 여자뿐인데, 어떻게 자존심을 챙겨가며 붙잡을 수 있으랴. 13년 전엔 놓쳤지만 지금은 절대 놓치지 않을 것이다. 사랑 앞에 자존심은 없다. 그가 하는 사랑은 그랬다.

"넌 자존심도 없어?"

"없어. 그딴 거 13년 전에 버렸어."

"하, 진짜."

"김여희. 하자, 나랑. 연애."

"싫어. 안 할 거야."

"여희야."

정우가 그녀에게 다가서려 하니 여희가 날카롭게 외쳤다.

"거기 서. 움직이면 죽는다."

그러니 정우가 깨갱 하며 자리에서 멈춘다. 여전히 도정우는 김여희를 거부할 수 없는, 김여희의 밥인가 보다.

"그대로 돌아선다. 실시."

"아, 김여희."

"어허! 그대로 돌아선다, 실시!"

정우는 한숨을 내쉬며 여희 말대로 뒤를 돌아섰다.

"그대로 쭉 직진!"

뒤에서 여희가 하라는 대로 정우는 따랐다. 그래, 오늘은 일단 후퇴다. 내일 전진을 위한 일보 후퇴! 그대로 돌아서 차에 올라타 천천히 차를 출발시키면서도 줄곧 여희를 보고 있다. 여희는 서서히 멀어지는 그의 차를 보면서 휙 돌아섰다. 자신의 명령대로 움직였지만 그가 져주고 있을 뿐이라는 것을 안다. 한 걸음, 두 걸음 걸어 가던 여희는 결국 참지 못하고 웃음을 터트렸다.

"하여튼. 귀여워."

도정우는 예나 지금이나 귀엽긴 마찬가지다.

한국에 도착한 시내는 호텔에 대충 짐을 정리한 뒤 침대에 누워 정우에게 전화를 걸었다. 얼마 지나지 않아 정우의 힘없는 목소리 가 울렸다.

"정우야!"

-어…….

"뭐야, 목소리가 왜 그래?"

뭔가 걱정이 가득한 목소리에 시내가 몸을 발딱 일으켰다.

"왜 그래, 무슨 일이야? 내가 지금 갈까?"

-아니. 여길 어떻게 와.

정우는 집으로 돌아가는 길이었다. 얼마 전에 강남 근처 오피스 텔로 이사를 했고, 집으로 가려던 도중에 쓸쓸한 마음을 위로할 겸 편의점에서 맥주를 한 박스 사들고 가는 길이었다.

"나 갈 수 있는데."

-미국에서 여기까지 어떻게 와.

"왜 못 가. 나 지금 에스테라인데."

-에스테라? 에스테라 호텔? 너 한국이야?

"어, 나 한국이야. 오늘 왔어."

이게 대체 무슨 일인가 싶었다. 한국이라니. 정우는 놀란 표정으로 후진 주차를 한 뒤에 맥주 한 박스를 가지고 차에서 내렸다.

-너 전시회는?

"미뤘지."

-잠깐 온 거야?

"응. 일단은."

정우는 오피스텔 입구로 들어섰고, 시내는 창가로 다가서 문을 열어젖혔다. 시원한 바람이 불어오니 한국의 냄새가 확 느껴진다.

"그나저나 왜 이렇게 힘이 없는데? 무슨 일인데?"

-잠깐만.

정우는 비밀번호를 누르고 안으로 들어갔다. 비밀번호 누르는 소리에 귀를 기울이고 있던 시내가 물었다.

"이 시간에 집 도착한 거야?"

시간을 확인하니 벌써 새벽 12시를 넘기고 있었다. 이 시간까지 대체 무엇을 했단 말인가. 시내의 안색이 약간 안 좋게 변했다.

-회식 있었어.

"아. 회식."

-근데 시내.

"응?"

-나 피곤하다. 내일 연락하자.

"……아, 그래. 알았어."

시내는 더 통화하고 싶었지만 정우는 냉정히 전화를 끊은 뒤였다. 지금까지 회식이 있었다는 말은 사실인 것 같으나 정작 묻고 싶은 말은 묻지 못했다. 화려한 야경이 비추는 창가에 선 시내는 한참

동안 그곳을 서성이며 벗어나지 못했다.

시내와의 전화 통화를 마치고 정우는 휴대폰을 침대 위에 휙 던져둔 채로 크고 넓은 침대에 쓰러져버렸다. 대자로 뻗어서 두 눈을 감으니 또다시 여희의 얼굴로 캄캄한 눈앞이 가득 채워진다.

"아, 진짜 미쳤냐. 도정우."

그가 이마를 한 손으로 감쌌다. 정말 이젠 돌아버릴 지경이다. 밤마다 여희 생각에 잠 못 이루는 그 시절의 혈기 왕성했던 열여덟의 도정우는 없는데. 왜, 또, 다시, 기어코 열여덟의 도정우가 나타나는지. 밤이 무섭다. 눈을 감아도 무섭다. 여희는 꼼짝도 하지 않는데, 자신 혼자만 사랑에 빠져 허우적거리는 꼴이…… 하다가도 헤실헤실 웃는 도정우다.

자신이 정말 김여희에게 미쳐가는 것 같다. 13년 만에 우연처럼 찾아온 그녀와의 재회가 이토록 설렘을 주고, 살아 숨 쉬는 것에 고마움을 느끼게 해주다니. 그러나 웃다가도 집 앞에서 여희가 한 말이 목에 가시가 걸린 것처럼 매끄럽지 못했다.

어떻게 하면 여희가 자신의 마음을 알아줄까. 어떻게 해야 그녀 마음을 되돌릴 수 있을까. 고민하고 또 고민했지만 답은 하나였다. 다가가는 것. 계속해서 여희에게 마음을 이야기하는 것. 그것만이 자신이 할 수 있는 유일한 것이다.

어디 누가 버티나 두고 보자. 김여희.

출근하니 여희의 책상 위에 아이스 아메리카노 한 잔이 놓여 있었다. 누가 갖다 놓은 거지? 주변을 둘러보니 마침 앞에 있던 문학 샘이 여희를 보고선 답했다.

"이사장님께서 쏘신 거예요."

"아. 네."

가방을 내려놓고 의자에 앉아 커피를 물끄러미 바라봤다. 여희 는 커피를 물끄러미 보다가 손에 들고는 교무실을 나섰다. 1교시부 터 3교시까지는 수업이 없다. 고로 밖에 나가 바람이라도 쐬며 마 실 생각이다. 여름이라 교무실 밖은 더위로 위험하지만 교무실 안 에서 마시고 싶진 않았다.

수업 준비로 인해 와자지껄하던 복도는 학생 한 명 없이 텅 비어 있다. 휑한 복도를 걷다 보니 문득 그때 생각이 떠올랐다. 학창 시 절, 남들보다 일찍 교실에 가는 것이 여희의 낙이었다. 그게 왜 낙 인지 의문을 갖는 상대가 바로 정우였다. 정우는 여희 덕분에 이른 등교를 했고, 그때마다 매번 투덜거리곤 했다. 그때를 떠올리던 여 희는 입가에 미소를 살짝 띠었다. 그리고 또 어젯밤 집 앞에서 정우 와의 일이 떠올랐다.

'연애하자.'

그 말을 들었을 때, 여희는 설레었다. 솔직히 말하자면 좋았다. 아직도, 여전히, 그녀 한 사람뿐이라고 말하는 남자를 어느 여자가 좋아하지 않을 수 있으랴. 또 그 남자가 도정우인데. 단 한순간도 잊은 적 없던 도정우인데. 아직도 심장이 쿵 내려앉는 것만 같았 다.

한편 넓은 창가 아래에 앉아 쨍쨍 내리쬐는 햇볕을 보며 커피를 마시던 정우의 눈길이 복도에 머무른다. 여희가 그곳에 있다는 느낌이라도 왔던 모양인지 정우는 의자에서 발딱 일어나 이사장실 문을 벌컥 열었다. 그리고 복도로 나서자 거짓말처럼 기막힌 타이밍에 여희와 딱 마주쳤다. 김여희다. 내내 머릿속을 돌아다녀 일도 손에 잡히지 않게 만드는 장본인. 김여희.

"우연이 겹치네."

정우는 입가에 새는 웃음을 주체하지 못했다. 실없이 계속 웃으니 뻣뻣하기만 하던 여희의 입가에도 엷은 웃음이 어린다.

"커피 어때? 맛있지?"

둘이서 나란히 운동장 앞 스탠드석에 앉았다. 정우는 여희의 손에 들린 커피를 보면서 대놓고 반응을 묻는다. 그러나 여희는 호락호락하게 대답해주진 않았다.

"하여튼 뻣뻣해."

"내가 커피 좋아하는 건 어떻게 알았어?"

"그걸 내가 왜 몰라? 내가 네 첫사랑인데."

"그만 좀 하지."

"어필하는 거 아니야. 좀 봐주라. 넌 내가 안 불쌍하니?"

"하나도 안 불쌍해."

여희의 미간이 약간 좁혀졌다가 펴지니 그 모습이 하도 생경해서 정우가 뚫어질 듯 바라봤다. 아무리 봐도 질리지 않는 얼굴이다. 새롭고, 또 새롭고, 결국엔 이 얼굴이 머릿속을 온통 어지럽게 만든다. 그렇게 쳐다봐도 너무 보니 어색해진 여희가 고개를 확 정면으로 돌렸다. 끈질기게도 정우의 시선이 옆에 붙어 있어 옆얼굴이 화끈거렸다.

"여희야."

"그렇게 부르지 마. 옛날 생각 나."

"옛날 생각나면 좋지 않아?"

정말 모르는 걸까. 모른 척하는 걸까. 의문스러워서 여희의 시선이 잠깐 정우에게 닿았다. 조금 전에는 정우의 시선이 부담스러워 시선을 피해놓고선 이젠 오히려 그녀가 뚫어지게 보니 그의 뺨이 화르륵 불타는 것 같다. 이렇게 보면 시선을 회피하게 되는구나. 새삼 자신의 행동을 돌아보고 반성한다.

"너 혹시 기억상실증 걸렸니?"

그건 무슨 뚱딴지 같은 소리냐는 얼굴이다.

"그럼 정말 모르는 거구나."

"내가 뭘 모르는데?"

답은 딱 하나였다. 그는 정말 모르는 것이다. 정말 아무것도. 생각해보면 아무것도 모르기 때문에 저렇게 태연할 수 있고, 들이댈 수 있고, 다가올 수 있는 것이었다. 아무것도 모르는 정우도 정우지만 그걸 이제야 알아챈 스스로가 신기하다. 정우는 도통 알아들을 수 없는 말만 하는 여희가 답답한 눈치였다. 그러나 정우는 알까. 네가 더 답답하다는 것을?

"숙제야."

"숙제?"

"응, 숙제. 한번 잘 풀어봐. 너, 수석이었잖아. 못 푸는 수학 문제 없다며. 그래서 내 마음도 풀 거라며."

숙제라니. 웬 날벼락인가 싶어 정우가 억울한 표정을 지었다. 그러니 여희가 그의 어깨 위에 무심히 손을 툭 올려두었다.

"수석의 힘을 보여줘봐."

"보여주면 나한테 뭐가 생기는데?"

이런 상황을 딱, 떡 줄 사람은 생각도 않는데 김칫국부터 마신다고 하거늘. 여희가 표정을 구겼다.

"풀기도 전에 바라는 거야?"

"지금 세상이 어떤 세상인데, 자본주의 세상 아니야. 성과를 보이면 그에 맞는 타당한 상을 내려줘야지."

여희는 혀를 끌끌 찼다.

"넌 글렀다."

자리를 털고 일어나니 정우가 그녀의 가녀린 팔뚝을 붙잡는다. 잠시 본 그의 손은 무척이나 컸다.

"문제는 말해주고 가야지."

여희는 제 팔뚝을 잡고 있는 그의 손을 응시했다. 그러자 정우가 손을 떼어냈다.

"13년 전에 너랑 내가 헤어진 이유."

잠시 그들 사이에 침묵이 흘렀다. 그러다 정우는 자리에서 벌떡 일어나 의기양양한 표정을 지었다.

"야, 설마 내가 그 이유를 모르겠어?"

"뭔데, 이유?"

"내가 유하……."

정우가 말을 꺼내자마자 여희가 끼어들었다.

"네가 유학 가서라고 대답하기만 해봐. 죽여버릴라니까."

듣기에도 살벌한 말에 정우가 그대로 입을 다물었다. 이런 때 보면 아직도 도정우는 김여희 밥인 모양이다. 틀림없이 백퍼다. 여희는 먼저 자리를 털고 일어나 건물 내부로 들어갔고, 정우는 다시 자리에 앉았다.

헤어진 이유. 여희 옆에서 능글맞던 표정은 어디론가 사라지고 사뭇 진지한 모습만이 남았다. 헤어진 이유. 그 말을 곱씹던 정우는 낮은 한숨을 내쉬었다. 헤어진 이유가 유학 때문이 아니란 얘기다. 그렇다면 대체 뭘까? 내가 모르는 또 다른 이유가 있는 것일까? 정우는 골똘히 생각했다. 그날의 기억을 천천히 되짚어가던 정우는 여희에게 했던 말을 떠올렸다.

쉬는 시간에 잠시 여희를 따로 불러내던 때였다. 3학년 본관 후문을 나와 위치한 담벼락 밑이 그들의 밀회 장소였다.

'할 말 있다며. 해.'

그땐 다른 여유가 없었다. 왜 여희가 자신을 보지 않고 다른 곳에 시선을 둔 채였었는지, 왜 대화하는 내내 일방적으로 자신만 말을 하고 있었는지, 그녀 마음이 어떤 상태였는지, 자신을 둘러싼 소문이 교실 내에 자자했다는 것도, 신경 쓸 정신이 없었다. 믿었던 아버지의 불륜, 내연녀와 아버지 사이에서 낳은 이복동생, 어머니의 병, 아픈 어머니를 책임져야 한다는 강한 압박감과 도망치듯 유학길에 올라야 한다는 생각에 마음이 온통 상처투성이라 여희의 마음을 들여다볼 수가 없었다. 열아홉의 정우는 몸만 컸지 마음은 아직 어린 청소년이었던 것이다.

'나 유학 가.'

그 한마디에 여희의 얼굴이 파랗게 질렸다. 무엇인가 확인 선고라도 받은 양 굳어진 표정이 정우의 마음을 흔들었다. 여희는 그 말을 듣는 내내 이를 악물었고, 두 발을 땅에 딛고 서 있기 위해 버텼고, 눈물을 참기 위해 치맛자락을 꼭 손에 쥐었다. 그럼에도 푹 숙인 얼굴에선 눈물이 방울방울 맺혀 떨어졌다.

'갑작스러운 거 아는데, 일이 그렇게 됐어.'

'……'

'여희야.'

'……그래, 가.'

'어?'

'가라고. 가라고, 도정우. 근데!'

푹 숙이고 있던 얼굴을 들어 올리니 온 얼굴이 눈물자국이다. 정우의 동공이 커졌다.

'하나만 물어볼게. 너 무슨 일 있어?'

'……'

'나한테 알려주면 안 돼? 너한테 무슨 일이 생긴 건지 나는 알아야 하는 거잖아. 알려줘. 알려주면 보내줄게.'

'여희야.'

'지금 말하기 힘들면, 우리가 자주 가던 공원에서 기다릴게. 거긴 우리 말고 아무도 모르니까 네가 말해주기 편할 거 아니야. 응? 거기서 말해줘.'

여희는 묻고 싶은 것이 많았다. 그동안 학교는 왜 빠졌으며, 들려오는 흉흉한 소문들과 시내가 했던 말이 자꾸만 귓가에 맴돌아서 미칠 것만 같았다. 불안하고, 불안해서 미칠 것 같은데 정우는 아무런 말이 없으니 여희의 마음은 하루하루가 위태로웠다. 정우는 우선 눈물을 흘리는 여희를 달래야겠다는 생각에 알겠다고 답했다.

그러나 상황은 점점 악화되어갔다. 수능은 이미 훨씬 전에 끝났지만 어머니는 수면제 없이는 버티지 못했고, 하루하루가 지날수록 눈에 띄게 야위어갔다. 그 모습을 옆에서 보는 정우의 마음도 하루하루 메말라갔다. 이렇게 살다가는 어머니가 죽을 것 같았다. 그래서 정우는 더 늦기 전에 어머니의 치료와 요양을 위해 이모가 살고 있는 미국행을 선택했다.

학교는 담임 선생님께 사정을 말씀드렸고, 여희에게 하고 싶은 말, 여희가 물었던 말을 하고 떠나려 했다. 정우는 여희와 만나기로 한 공원으로 달려갔다. 그 공원 앞에서 비행기 시간을 확인하며 초조하게 기다렸으나 왜인지 여희가 나타나지 않았다. 그렇게 30분을 더 기다렸을 때, 휴대폰이 울렸다. 아버지는 결국 어머니와 이혼을 강행하셨다는 통보였고, 어머니의 눈물에 가슴이 찢어질 것 같던 정우는 그 길로 공원에서 달아났다.

그때 마침 여희는 약속된 장소로 가던 중이었다. 약속 시간보다 일찍 나와 버스를 타는데, 그날따라 버스가 늦게 왔고, 도착했을 때 이미 정우는 없었다.

사랑은 타이밍이라고 했다. 열여덟, 열아홉의 첫사랑을 앓던 정우와 여희의 타이밍은 절묘하게도 어긋나버렸다. 어긋난 시간은 다신 돌아오지 않았고, 그렇게 둘은 헤어지게 되었다. 그리고 그날 이후로 영영 끊어진 것이라고 생각했던 연결고리는 이제서야 우연으로 겹쳐 인연을 만들어냈다. 둘에게 연결된 운명의 실타래는 끊어지지 않았고, 그 시간은 다시 돌아와 여러 번의 우연을 겪게 했다.

그리고 또 한 번의 타이밍이 돌아올 것만 같다. 이 타이밍이 마지막일지도 모른다. 총 두 번의 타이밍이 있었다. 첫 번째의 타이밍은 미국으로 가야만 했던 정우와 정우를 만나러 오던 여희가 엇갈리면서 실패했고, 두 번째의 타이밍은 13년이 지난 후에 접촉 사고로 인해 만나게 되면서 성공했다. 그리고 이제 돌아올 마지막 타이밍은 여희는 알고, 정우는 몰랐던 그 비밀을 알게 된다면…… 바로 거기에 운명이 걸려 있다.

정우는 얼굴을 감싸 쥐며 그때 일을 떠올렸다. 여희는 무엇인가를 물어보려 했다. 가정사에 대한 물음이었을까? 그 이야기보다는 좀 더 심각한 문제였던 것도 같다. 그러나 기억은 끝까지 그날에 대한 일은 떠오르게 하지 않았다. 누군가가 막고 있는 듯한 기분도 든다. 머리를 감싸 쥐고 괴로워함에도 생각은 끝끝내 떠오르지 않았다.

1교시가 끝나고 잠시 건물 밖으로 나오던 영광은 운동장 스탠드석에 앉아 있는 여희와 정우의 뒷모습을 발견하고는 걸음을 멈췄다. 넓은 등판을 가진 남자는 분명 정우였고, 그 옆에 한 품에 넣으면 쏙 들어갈 것처럼 작은 여희가 있었다. 그 모습이 시야를 확 사로잡으니 영광은 숨이 멎는 것 같음을 느꼈다. 어쩐지 저 둘 사이가 심상치 않아 보인다.

언뜻 보이는 모습은 여희의 손이 정우의 어깨에 올라가 있는 것 같다. 또 정우가 환히 웃고 있다. 그런 정우를 바라보는 여희도 살짝 웃고 있다. 그 모습을 포착한 영광은 그대로 돌아섰다. 동공은 여전히 거침없이 흔들렸고, 나온 곳을 다시 들어가는 영광의 뒷모습이 한없이 축 늘어져 있다.

엄마는 언제나 형을 이기라고 했다. 그런 자신은 형이 있느냐고, 어디에 있냐고 물었었다. 그럼 엄마는 형이 있으나 반쪽 피만 흐르는 형이니 경계하라고 할 뿐이었다. 그러나 영광은 형이 있다는 말이 좋았다. 돈은 많으나 나이 든 아버지, 그런 아버지보다는 훨씬 어린 엄마, 그리고 자신. 거기에 형이 있다는 그 사실만으로도 영광은 좋기만 했다. 먹고, 자고, 입고, 그런 것들은 언제나 늘 풍족했고 갖고 싶은 것이 있으면 모두 손에 넣고 가질 수 있었기에 결핍도 없었다. 그러나 함께할 형제나 자매가 없다는 것엔 늘 결핍이 있었다. 유치원에서도 형제가 있는 친구들이 제일 부러웠고, 부러움에 손을 내밀어 놀다가도 싸움이 일어나면 자기 형제 편을 드는 친구들이 얄미우면서도 부러웠다.

그러니 그런 자신에게 형이 있었다니, 정말 좋았다. 완전한 친족 형과 아빠 피만 같은 이복 형, 그런 의미는 어린 영광에게 필요 없는 말이고, 그에 대한 거부감도 없었다. 알고 싶지도, 알려고도 하지 않았다. 지금도, 여전히 형은 형일 뿐이다.

점심시간이 가까워질 때까지도 영광은 그 생각에 사로잡혀 있었다. 그동안 수업 같은 건 모두 기억에서 지워버렸고, 머릿속에 들어오지도 않았다. 수업이 끝나고, 영광은 자리에서 벌떡 일어나 교실을 제일 먼저 뛰쳐나갔다. 그리고 정신을 차렸을 땐 이사장실 문 앞에 서 있는 자신을 발견할 수 있었다.

돌아갈까, 아님 들어갈까. 그 질문을 수십 번은 더 했을 거다. 들어가려고 주먹을 쥐었을 때도, 문 앞에서 노크를 하려다 멈췄을 때도 이 행동이 맞는 행동인지를 먼저 물었다. 그러다 자신은 아직 혈기 왕성한 청소년이기에 사고를 쳐도 된다고 생각해서 문을 두드렸다. 안에서 굵직한 남자의 목소리가 들렸다.

"네."

문을 여니 열린 문을 보고 있는 정우와 시선이 딱 마주쳤다. 약간 놀란 표정이다. 다른 사람도 아니고 학생이라 놀랐고, 그 학생이 자신의 이복동생이라 두 번 놀랐다.

"어…… 들어와라."

들어오라고는 했으나 어떻게 대해야 할지 막막하긴 정우도 마찬가지였다. 적막한 이사장실 안에 사내 두 놈이 마주 앉았다. 무슨 말이라도 해야 할 것 같았다. 그런 묘한 압박감이 그들 앞에 도사리고 있었다. 결국 입을 먼저 뗀 것은 형인 정우였다.

"어, 그래, 점심은 먹었니?"

사무적인 말보다는 그 말이 먼저 나왔다. 그래도 형은 형인 모양이다. 동생 밥걱정도 해주는 것을 보면. 하지만 별달리 생각이 있어서 한 말은 아니다. 그냥 어색하고, 예의상 해야 할 것 같았다.

"음, 무슨 일로 온 거야?"

영광은 그저 묵비권을 행사 중이었다. 그러니 꼭 이곳이 심문하는 경찰서 같은 느낌이다. 한참 묵비권을 행사하던 영광이 드디어 입을 열었다.

"저랑 농구 한 게임 하실래요?"

참으로 어처구니가 없는 일이다. 갑작스레 찾아와 사람을 놀라게 하더니 이젠 농구를 하잔다. 첫 마디가 농구하자는 말이라니.

당황스럽기는 영광 역시 마찬가지였다. 형을 찾아간 것이 아니라 남자 대 남자로 찾아갔던 것인데, 왜 그 순간에 농구하자는 말이 튀어나왔는지는 자신도 의문스러웠다. 하지만 생각해보면 영광은 형과 처음 농구를 하는 것이었고, 그것은 형이 있다면 함께해보고 싶어 어린 시절 늘 소원하던 것이었다.

남자 둘은 체육관 안으로 들어와 농구대 앞에 섰다. 농구장은 텅 비어 있었지만 어디선가 소문이라도 들었는지, 혹은 체육관을 향하는 그들을 따라온 것인지 여학생들 몇몇이 체육관 안으로 들어왔다. 정우는 오랜만에 밟아보는 넓은 코트와 여학생들의 비명에 어깨를 으쓱해 보였다. 때마침 코트 안으로 들어오는 영광을 보며 정우가 겉옷을 벗었다.

도정우와 도영광이 형제라는 사실은 이미 영광 고등학교 내부에 소문이 쫙 돌았었다. 어느 누구에게나 흥겨운 점심시간, 새로 온 이사장이 미치게 잘생긴 훈남이라는 사실까지 공공연히 알려져 그 소문을 사실로 확인하고 싶어 하는 학생들이 많았다. 지금이 딱 확인할 수 있는 절묘한 타이밍이었던 것이다.

소문은 짧은 시간에 퍼져 온 학교를 뒤집어 놓았고, 선생들까지도 여희를 끌고 체육관을 찾았다. 여희는 여러 선생들의 등에 떠밀려 체육관 안으로 들어갔으나 궁금하긴 했다. 대체 농구를 이리도 떠들썩하게 하는 이유가 무엇인지, 아니 그보다 오랜만에 도정우의 농구 실력이 보고 싶었다. 농구하는 도정우가 보고 싶었던 것이다. 학교 때도 정우는 못하는 것이 없는 학생이었다. 독보적인 미남이었고, 거기다 머리 좋은 수석, 영광그룹 후계자라는 타이틀, 못하는 운동이 없는 만능 스포츠맨이었다. 특히 여희는 농구하는 도정우를 좋아했었다.

어느새 여희의 시선도 농구하는 도정우에게 향했다. 영광은 코트 위에 마련된 스탠드석에 여희가 나타났음을 발견했다. 여학생들은 잘생긴 이사장의 팬클럽이라도 만들 것처럼 떠들썩하게 응원하기 시작했다. 나름 영광이도 학교에서 유명했기에 영광이를 따르는 여학생들도 질세라 열띤 응원을 했다. 정우는 흰 와이셔츠 소매 단추를 풀며 스탠딩석을 쭉 훑었다. 그리고 여희와 눈이 딱 마주치니 씨익 웃는다. 그 모습에 여학생들이 까르르 웃었다.

도정우는 자신이 잘생김을 알고 있다. 소매 단추를 풀어 소매 단을 접어 올리면 남성의 상징인 굵직한 팔뚝이 드러나고, 그 위에 선명한 굵은 핏줄이 드러난다는 것을 알고 있는 서른이 넘는 어른 남자였다. 그 매력을 여기서 또 한 번 어필하는 그다. 여기저기서 환호성이 터졌다. 문학 샘도 덩달아 여희의 팔을 툭툭 치면서 환호했다.

"어머, 웬일이니. 이사장님 운동 진짜 많이 하시나 봐."

"그러게. 팔뚝이 실하네."

"진짜 이번엔 꼭 싱글 탈출할 거야. 기필코!"

"싱글 탈출의 주인공이 설마 이사장님은 아니지?"

"골키퍼 있다고 골 안 들어가나요? 드리블 하다 보면 골이 들어가는 거지."

"이사장님, 아직 첫사랑 진행 중이라고 하지 않았어?"

"상관없어요. 어차피 첫사랑은 이루어지지 않으니까."

"첫사랑 이루어지는 거 봤는데……."

문학 샘과 역사 샘이 서로 이야기를 나누다가 역사 샘이 문 학샘 말에 받아칠 여력이 마땅치 않으니 여희에게 도움을 요청했다. 그러나 여희는 정우에게서 시선을 떼지 못하고서 혼잣말하듯 중얼거렸다.

"첫사랑이 꼭 안 이뤄지란 법은 없어요."

여희의 답변에 모두가 의외란 표정으로 그녀를 바라봤다.

정우는 농구공을 튕기며 슬쩍 스탠딩석을 봤고, 그곳에 아직 여희가 있다는 것을 알고는 다시 영광을 바라봤다.

"내기할까?"

영광도 스탠딩석에 여희를 보다가 고개를 끄덕였다.

"근데 너, 나한테 찾아온 이유 따로 있지?"

"네."

"그게 혹시 김여희 선생님과 관련된 거야?"

짐작은 했지만 잠시 망설이는 영광을 보니 확신이 들었다. 코트장에 들어옴과 동시에 영광은 계속 누군가를 찾고 있었다. 그리고 스탠딩석에 있던 여희를 발견한 영광의 눈빛은 남자라면 알 수 있었다. 그가 여희를 짝사랑하고 있다는 것을.

"눈치, 빠르시네요."

"네 눈을 보면 그렇게 말 못할걸."

"그러는 이사장님도 같은 눈빛이시잖아요."

"김여희는 알까? 두 남자가 지금 열일하는 이유가 바로 자기 때문인걸."

"몰라야죠. 아직은."

당돌한 대답에 정우가 피식 웃었다. 그러자 영광은 정우의 손에서 농구공을 빼앗아 튕겼다.

"그럼 내기는 이렇게 하자. 10점을 먼저 내는 사람이 김여희한테 먼저 고백하기."

"아니요. 지금 이 경기에서 진 사람은 무조건 김여희 선생님 포기하기. 그걸로 하죠. 그래야 승부 근성이 생기지 않겠어요?"

"너 꽤 대범하다."

"그 아버지에 그 아들, 그 형에 그 동생 아니겠어요?"

"형?"

"형이잖아요."

시크하게 말한 뒤에 바로 돌아서 골대에 공을 던져 넣었다. 그러자 스탠딩 석에 학생들이 환호했다.

"지금부터 시작해요."

곧 그들의 농구 경기는 시작되었다. 정우와 영광은 형제답게 운동신경 또한 남달랐다. 정우가 공을 가지면 바로 슛을 날려 골대에 넣었고, 영광도 공을 잡자마자 점프해서 덩크슛을 날렸다. 곧바로 점수에 획획 연결되었다. 경기가 점점 치열해질수록 그들의 옷은 땀으로 젖어갔다. 이마에는 땀으로 번들거렸고, 경기는 막바지로 접어들었다.

마지막 1점을 남기고 그들은 공을 뺏고, 빼앗기고, 다시 뺏고를 반복했다. 공은 정우가 가졌고, 영광은 큰 덩치로 열심히 그를 막았다. 틈을 발견하고 슛을 날리려던 순간에 영광이 그 공을 빼앗았다. 반대로 정우가 영광을 막아섰다. 두 팔을 위로 올리니 다시 영광이 공을 튕기며 상대의 빈틈을 읽어냈다. 정우는 경계 태세를 늦추지 않았고, 기필코 이기리라는 승부욕을 발동시켰다. 영광은 계속해서 정우의 빈틈을 찾다가 정우가 먼저 영광에게 공을 빼앗으려는 순간에 영광이 공을 튕기며 돌파했고, 발돋움 한 번에 점프를 해서 골대에 공을 넣었다.

영광이 점프를 해서 공을 넣는 장면이 영화 속 한 장면처럼 느리게 변화했다. 관람하던 모두가 숨을 죽였다. 여희도 그 모습을 숨죽여 지켜봤다. 영광이 던진 공은 그대로 골대에 들어갔다.

"와우!"

영광은 이겼음에 포효했다. 그러자 모든 학생들이 영광을 향해서 환호성을 내질렀다. 몇몇은 이사장이 이길 줄 알았으나 반대의 결과가 나오니 구경하던 선생님들과 학생들이 하나같이 아쉬운 소리를 내었다. 여희도 속으로 남몰래 아쉬워했다. 하지만 두 형제가 함께 농구를 하는 모습을 보니 한결 마음이 편해졌다.

항상 이겨왔기에 이긴다는 것에 큰 동요를 하지 않던 영광이 승리감과 성취감에 두 손을 번쩍 들어 세레머니하는 모습을 보니 코끝이 찡해졌다.

영광은 여희가 생각했던 것처럼 처음으로 이겼다는 기분에 도취되었다. 1등이 아니면 안 된다는 세상 속에서 늘 1등만 해왔던 영광이다. 그래서 성취감도, 승리했다는 자아도취도 그에겐 별 의미가 없는 감정들이었다. 그러나 오늘은 너무나도 기분이 좋았다. 이겼다는 승리감과 자아도취도 처음 느껴보지만 그보다 형을 이겼다는 생각, 그리고 여희에게 고백할 수 있다는 기쁨. 그것만으로도 미치게 좋았다.

정우는 졌다는 패자의 기분을 느끼며 자리에 주저앉았다. 셔츠는 이미 땀으로 흠뻑 젖은 상태였다. 그래서인지 근육이 더욱 잘 드러났다. 그 모습에 여학생들과 다른 선생들이 얼굴을 붉혔다. 반면에 정우는 아무렇지 않은 표정이다. 그보다는 여희를 이대로 포기해야 하나 싶은 생각에 머리가 복잡해져 자리에 드러누웠다.

영광도 그의 옆에 따라 누웠다. 때마침 5교시를 알리는 종이 울렸고, 체육관에 몰려 있던 학생들과 선생들이 모두 제자리로 돌아갔다. 여희도 그 두 사람을 잠시 지켜보다 먼저 교무실로 돌아갔다. 체육관 안에 남은 두 형제.

두 형제는 바튼 숨을 몰아쉬며 천장을 바라봤다.

"지셨어요."

"알아."

"먼저 내기하자고도 하셨고요."

"안다고."

"그럼 포기하시는 거예요?"

"······생각 좀 해보고."

"내기잖아요."

정우는 몸을 일으켰다. 그러자 영광이도 몸을 일으킨다. 그는 이마를 긁적이다가 대뜸 물었다.

"내가 이긴 걸로 해주면 안 되겠냐?"

08. 기막힌 재회

정우가 먼저 떠난 자리에서 영광은 가만히 생각에 잠겼다. 고3이라 학업에 전념하기도 바쁜 시기이지만 항상 1등을 놓치지 않았던지라 여유가 있었다. 영광은 팔을 바닥에 지탱하고서 몸을 뒤쪽으로 기대었다. 그리고 천장을 보며 가만히 생각했다.

지금 이 시점에서 자신이 할 수 있는 일은 무엇일까.

사무실로 돌아가던 정우는 수돗가에서 세수를 했다. 땀에 잔뜩 젖은 셔츠 바깥으로 단단한 상체가 드러나 지나가는 여학생들이나 여선생들이 그를 힐끔 쳐다보고는 빠른 걸음을 한다.

정우는 물을 세게 틀어놓고서 연거푸 세수를 했다. 셔츠도 갈아입어야 할 것 같고, 지금이라도 사우나에 가서 샤워라도 했으면 싶은 생각이 절실했다. 그때 정우의 뒤로 여희가 다가왔다. 한 손에는 수건을 들고 그의 뒤에 붙어 섰다. 아직 여희를 보지 못한 정우는 계속 얼굴에 물만 뿌렸다.

"아, 깜짝이야."

불쑥. 그의 얼굴 앞으로 수건이 다가오니 깜짝 놀랐다.

"이거 과잉 친절인데."

"닦기나 하셔."

날카로운 턱 선 아래로 물이 뚝뚝 떨어졌다. 그 모습에 괜시리 마음이 이상해진다. 가슴이 요동치기도 하고, 눈동자도 흔들린다. 어째서인지 아까의 남자다움을 일부러 어필하려는 모습보다 지금이 더 남자답게 느껴지는 걸까. 수건을 닦아내면서 고개를 위로 올리니 날카로운 턱 선 아래로 굵직한 목과 남자답게 튀어나온 목젖이 이상하게 느껴졌다.

"영광이…… 동생이지?"

정우는 수건으로 손을 닦으며 고개를 끄덕였다. 조심스럽게 물은 여희와 달리 그의 반응은 의외로 쿨했다.

"어. 동생."

"이복동생?"

이복동생이라. 정우가 피식 웃었다. 그 웃음에 쳐다보니 그가 말했다.

"난 한 번도 걔가 이복동생이라고 느껴본 적이 없는데."

"무슨 뜻이야?"

"그냥 내 동생이란 뜻이야. 이복…… 은 좀."

그가 고개를 까딱했다. 그 모습에 여희가 몸을 꿈틀 움직였다. 웬

일인지 자꾸만 그가 다르게 보였다. 뭔가 좀 더 섹시하달까?

"근데 김여희."

"어⋯⋯. 어, 어?"

잠깐 딴생각을 하다가 그가 부르는 탓에 깜짝 놀란 행동을 보였다.

"뭘 그렇게 놀라?"

"아니, 그냥. 왜?"

"너 여기 기억 안 나?"

"여기가 뭐?"

모르겠다는 표정을 짓는 여희에게 정우는 눈을 찡긋하며 얼굴을 가까이 붙였다. 조금 놀란 여희가 뒤로 주춤 물러났다.

"여기. 우리가 그거 했던 곳."

"그, 그거라니?"

못 알아듣는 여희를 향해 정우가 눈을 흘기다가 입술을 쭉 내밀며 뽀뽀하는 시늉을 냈다.

"기억 안 나?"

기억이 어떻게 안 날 수가 있을까. 첫 키스를 했던 장소이거늘. 지금 생각해도 그땐 정말 당했다는 것이 분하고, 억울했다. 지금도 그 분이 풀리지 않는다. 그래서 여희는 점점 더 가까이 다가오는 정우의 가슴팍을 팍 밀어버렸다. 얼마나 세게 밀었는지 그의 걸음이 몇 발자국 뒤로 물러났다.

"너 한 번만 그거 말해봐. 진짜 죽는다."

"진짜 힘 세."

"네가 약한 거거든!"

하다 보니 뭔가 유치해졌다. 꼭 열여덟 살의 김여희와 도정우로 돌아간 듯한 기분이 들어서 여희가 먼저 돌아섰다. 그 모습을 보던 정우가 혼잣말로 '약하긴' 하면서 여희 쪽으로 손을 뻗었다. 여희는 걸음을 떼려는데, 별안간 기습적으로 정우가 그녀의 손목을 붙잡아 확 당겼다. 덕분에 여희는 반항 한 번 못하고 끌려가 어느새 정우의 품에 안겨 있는 자신을 발견했다.

넓은 시야가 한번에 확 좁아지니 제일 먼저 그의 가슴팍이 보였다. 시선을 조금 올리니 정우의 입술이 보였고, 조금 더 위로 올리자 정우의 코와 자신을 뚫어질 듯 바라보고 있는 두 눈이 보였다. 여희의 심장은 쿵쾅쿵쾅 뛰었고, 눈동자가 이리저리 바쁘게 움직이며 눈꺼풀은 미세하게 떨리고 있었다.

"야……. 야, 도정우."

"우리가 스킨십이 너무 없었지?"

"하면 죽어."

겉으론 퉁명스럽게 말했지만 정우가 자꾸만 앞으로 다가오니 여희가 주춤 뒤로 물러섰다.

"정말 죽일 거야?"

"야, 야. 그만 와. 야, 도정우!"

잔뜩 당황한 여희가 뒤로 물러나며 소리쳤다. 하지만 정우는 멈출 생각이 없어 보였다. 계속 다가오던 정우가 여희의 손을 붙잡아 그대로 당겨 안았다. 여희의 눈꺼풀이 파르르 떨렸다.

정우가 품에 안긴 그녀를 위에서 아래로 내려다봤다. 한 품에 폭

안긴 그녀의 가슴에서 심장이 요동치는 소리가 아주 미세하게 들렸다. 그 미세한 소리에 정우의 입가가 한껏 위로 당겨 올라갔다. 안심이다. 짐작한 대로 김여희는 흔들리고 있었다.

"여기서 하면…… 좀 그런가?"

도정우는 계속 여희를 품에 안고서 말을 붙여왔다. 이제야 학교 수돗가라는 사실을 인식한 여희가 그의 손에 잡혀 있는 손목을 비틀며 가슴팍을 한껏 밀어냈다. 하지만 그는 꼼짝도 하지 않았다. 옛날과는 전혀 다른 느낌이다. 밀어도, 밀어도 자신은 아직도 그의 품에 안겨 있는 상태다. 힘으로 안 된다. 도정우가 남자라는, 그것도 아주 강한 힘을 가진 남자라는 사실을 인지하는 순간이었다.

"힘으로 안 돼, 이제."

"그럼."

여희가 한껏 발을 들어 올렸다. 그리고 단번에 확 차버리려는 순간에 정우가 잡고 있던 그녀의 손을 확 풀어주었다. 올라갔던 다리가 제자리를 찾아가고, 풀려난 손목엔 약간의 통증이 느껴졌다.

"봐주는 건 여기까지."

정우는 거침없이 단번에 그녀 앞으로 다가와 허리를 숙였다. 정우의 얼굴이 바로 앞으로 다가오니 본능적으로 뒷걸음질을 치게된다. 그는 애초에 키스하려고 하지 않았다는 듯 눈웃음을 보인 뒤에 그녀를 지나쳐 운동장을 가로질렀다.

폭풍이 몰아친 뒤에 고요함만이 그녀 곁을 맴돌았다.

교무실로 돌아온 여희가 자리에 앉으니 앞에 있던 문학 샘이 여희를 보고선 걱정 어린 시선으로 물었다.

"어머, 김 샘. 열나요?"

"아니요."

"얼굴이 심하게 빨간데."

여희는 손거울로 얼굴 상태를 확인했다. 두 뺨이 모두 붉은색으로 변해 있다. 아까까지만 해도 괜찮았는데. 이게 다 도정우 탓이다.

"이사장 때문이지?"

어느 틈엔가 다가온 석현이 귓가에 대고 속삭였다. 여희는 잠깐 그를 흘겨보다가 귓가에 대고 속삭였다.

"아니거든."

"아니긴 뭐가 아니야. 얼굴에 다 쓰여 있는데. 왜, 키스라도 했어?"

"야!"

깜짝 놀라서 여희가 석현의 어깨를 세게 쳤다. 의자까지 뒤로 밀려날 정도로 강도가 셌고, 덕분에 모든 선생들이 그들을 쳐다봤다. 하지만 그들은 곧 고개를 돌려 자기 할 일을 했다. 투 샘은 항상 이러고 노니까. 석현은 다시 발로 의자를 끌고선 다가와 귓가에 대고 또 속삭였다.

"비밀스럽고, 은밀한 장소를 알고 싶으면 말해. 내가 아주 좋은 장소 알고 있으니까."

"귀엽긴."

이사장실로 돌아오면서도 정우는 내내 그 생각에 빠져 있었다.

손목을 잡고 키스할 듯 다가가니 당황해하는 모습, 품에 안겨서 눈 꺼풀을 파르르 떠는 모습, 자꾸 놀리니 화를 내는 모습. 조금 전 여희의 모습을 떠올리며 정우는 환하게 웃고 있었다. 조금씩 관계가 진전되는 느낌이다. 밀어내고, 막고, 철벽만 치던 여희가 조금씩 변화하고 있는 모습이 보여서 내심 좋았다. 정말로 키스할 생각은 아니었지만 여희가 당황하는 모습을 보니 그 모습이 귀엽고 더 보고 싶어서 더욱 짓궂은 장난을 쳤던 것 같다. 그래서 한결 편안해진 것도 같다.

사무실로 돌아와 의자에 앉았다. 서류를 보다가 또다시 여희가 떠오르자 정우가 고개를 저었다. 계속해서 여희를 떠올리다가는 제대로 일을 하지 못할 것 같아 잠시 생각을 정리한 정우는 다시 자세를 고쳐 앉아 영광재단 후원사업 내역을 쭉 훑었다. 어머니가 하셨던 일을 정우가 다시 이어가려면 13년 전에 일어났던 그 일에 대해서 정확하게 알아야 했기에 당시 행적에 대해 조사하던 중이었다.

정우는 시내 다음으로 예정된 학생의 자살과 시내가 연관성이 있을 수도 있다는 생각에 과거 담당이었던 교사의 업무 일지를 찾았다. 파일에 기록된 것은 후원 사업에 대한 좋은 의도가 후원자 명단 유출 사건으로 인하여 왜곡되었다고 적혀 있었다. 하지만 수사는 진행되지 않았고, 그 사건 이후로 후원 사업은 종결.

가만히 서류를 읽어가던 정우가 파일을 덮었다. 모두가 좋을 수 있는 사업은 없지만 그 사업으로 인하여 많은 아이들이 꿈을 꾸게 되었다는 자부심을 어머니는 갖고 있었다. 그런 와중에 생긴 비극적인 사건으로 정우는 어머니의 마음을 돌아볼 수 있었다. 현재 후원 사업은 모두 종료된 채로 남아 있다. 정우는 답답한 듯 숨을 크게 내쉬었다. 생각이 많아졌다. 복잡한 표정으로 그 파일을 바라보던 정우가 다시 마음을 다스렸다. 지금 현 상황에 대해서만 생각하고자 했다. 재단 운영은 어머니와 정우가 미국으로 떠난 후에도 계속해서 운영되어 왔다. 그럼에도 후원 사업만이 현 시점까지 종료된 채로 남아 있다는 것은 납득하기 어려운 부분이 있었다. 어머니가 생전에 하셨던 일이자 이젠 그가 하려는 이 일이 다시 운영될 수 있게 하기 위해서는 재단 운영에 또 다른 문제점은 없었는지를 먼저 살펴봐야 할 것이었다. 혹자는 이런 말을 했다. 그 마음이 변하지 않는 한 진실은 왜곡되지 않는다. 그 말을 정우는 믿었다. 어머니가 꿈꾸었던 그 밝음을, 정우는 되찾고 싶었다.

사업 계획안을 꾸려나가다 보니 어느새 시간은 8시를 가리키고 있었다. 지금쯤이면 모두가 퇴근할 시간이다. 아직 고3 학생들 반은 야자를 할 시간이지만. 퇴근할 준비를 마치고 이사장실을 나오니 정우는 자동적으로 3학년 교무실 창가를 두리번거렸다. 그때 화장실에 갔다 오던 석현이 창가를 기웃거리는 정우를 발견하고 그 옆에 가서 같이 기웃거렸다.

"김 샘 찾으세요?"

뒤에서 들리는 굵직한 남자 목소리에 그가 흠칫 놀랐다. 석현은 안경을 추켜올리며 직설적으로 말했다.

"제가 키스하기 아주 좋은 장소를 아는데요."

"네. 네?"

"왜 이렇게 놀라세요?"

"아, 아니. 갑자기 그런 말씀을 하시니까."

"하고 싶으셨잖아요."

"아…… 아닙니다."

"그러세요? 아니 김 샘은 무척 하고 싶어 하는 것 같던데……"

서둘러 자리를 피하려던 정우에게 석현이 말을 살짝 흘렸다. 그 말을 정확히 알아들은 정우가 석현 쪽으로 등을 돌려 황급히 다가왔다.

"그랬습니까?"

"제가 김 샘을 잘 알아서 말인데요."

다른 건 다 좋았다. 그런데 김 샘을 잘 알아서 말인데, 저 말이 상당히 거슬렸다. 어느새 기분이 나빠진 정우가 석현을 흘겨보며 물었다.

"어디까지 압니까?"

몇 초 사이로 감정이 확확 변하는 정우를 물끄러미 보던 석현이 교무실 문 쪽으로 다가가 섰다.

"체육관 뒤쪽이 으슥합니다."

그 말과 함께 석현은 교무실 안으로 모습을 감춰버린다. 정우는 석현이 마음에 들지 않았지만 나름 좋은 정보를 줘서 고마웠다. 어느덧 기분이 좋아진 정우는 콧노래를 흥얼거리며 체육관 뒤쪽 으슥한 곳을 마음에 새겼다.

때마침 회사 쪽에서 제안한 콜라보 프로젝트에 대한 프레젠테

이션을 마치고 나온 시내가 휴대폰을 꺼내 정우에게 전화를 걸었다. 그러나 일하는 중인지 전화를 받지 않았다. 곰곰이 생각하던 시내는 결국 정우의 학교로 찾아가기로 마음먹고 차를 출발시켰다.

정우는 이제 막 교문을 통과하던 중이었다. 바로 앞을 보니 어디선가 많이 본 듯한 뒷모습이 보였다. 단번에 여희라는 것을 알아차린 정우가 그녀의 뒤로 다가서려던 때, 학교 앞에서 기다리고 있던 시내가 정우를 먼저 발견하고는 밝게 웃으며 손을 흔들었다.

"정우야!"

시내의 밝은 인사로 인해 두 사람이 동시에 소리가 나는 방향으로 고개를 틀었다. 이윽고 시내를 본 여희가 굳은 표정으로 뒤를 돌아다봤다. 정우는 예기치 않은 시내의 방문으로 인해 당황했고, 시내는 곧 대각선 방향에서 자신을 보고 있는 여희를 발견하고는 표정이 딱딱하게 굳어갔다.

"안시내!"

정우가 시내를 부르며 그들 곁으로 다가갔다. 여희는 그런 정우를 위아래로 훑었다. 시내가 굳은 표정을 풀고 최대한 자연스럽게 행동하려 노력했지만 그 부자연스런 행동이 여희 눈에는 훤히 다 보였다.

"오랜만이다, 여희야."

"그러네."

"아, 둘이 알지?"

간단한 인사를 나누는 두 사람에게 다가선 정우가 물었다. 시내는 밝게 답했고, 여희는 떨떠름한 표정을 숨기지 못하고 답하지 않았다.

"어떻게 같이 있어?"

도정우와도 13년 만이고, 안시내와도 13년 만이다. 그러나 반응은 전혀 달랐다. 13년 만에 나타난 도정우도 싫었지만 안시내는 더더욱 싫었다. 그것도 이런 곳에서, 이런 만남이라니. 기가 막힐 노릇이다. 여희가 시내를 반가워하지 않는 것처럼 시내도 여희가 썩 반갑지 않았다. 반가움보다는 어떻게, 여기, 왜 이곳에서 같이 퇴근을 하고 있는지가 궁금했다.

"아, 우리 같이 일해."

"……같이?"

"응."

아무것도 모르는 도정우는 바보처럼 안시내의 말에 따박따박 대답하고 있었다. 그 모습이 아니꼽고, 오후까지만 해도 설레었던 마음이 단번에 사라져 여희는 먼저 그들을 지나쳤다. 그러니 정우가 서둘러 여희를 붙잡는다. 그 모습을 바라보는 시내는 싫다는 표정을 가득히 드러내고 있었다.

"벌써 가려고?"

"그럼. 그럼 뭘 하는데?"

"아니. 그래도 우리 오랜만에 만난 건데."

"야, 도정우."

여희의 굳은 표정을 보고서야 이 상황이 유쾌한 재회의 장면은 아니라는 것을 파악했다. 정우의 표정 또한 함께 굳어졌다.

"난 진짜 이해를 못하겠다."

"……왜 그래, 갑자기?"

"아무리 13년이 지났다고 해서 어떻게 그때 일어났던 그 일에 대해선 하나도 기억을 못하니? 너 수석 맞아?"

"……여희야."

"날 아직도 좋아한다고 했지?"

"……."

"그래, 솔직히 말하면 나도 흔들렸어. 13년 만에 돌아와서 아직도, 여전히 내가 좋다는 너한테 생각 없이 좋아했어. 근데 이젠 생각을 해야 할 것 같아."

"갑자기 무슨 말이야?"

"내가 왜 널 끝까지 밀어내는지, 그 이유에 대해서 너도 생각을 좀 해봐. 무식하게 좋다고 들이대지만 말고. 내가 왜 널 밀어내는지 생각을 해보라고. 전에 내가 내줬던 숙제와 지금이 연관이 있는지도 잘 생각해봐. 그게 아니면…… 해결이 안 되면 나 너랑 다시는 안 만나."

여희는 차갑게 돌아서 걸어갔다. 정우는 그 뒷모습을 한없이 바라만 봤다. 그녀의 뒷모습을 지켜보면서, 정우는 깨달았다. 여희는 그 일이 해결되지 않으면 절대로 자신의 곁으로 돌아오지 않을 것이라는 것을. 대체 그 일이 뭘까. 이 세상에 혼자 남겨진 기분이다. 그녀를 만나고 처음으로 외로움이란 감정이 그의 마음속 한가운데를 차지한다. 그는 주먹을 말아 쥐었다. 피가 통하지 않을 것처럼 아주 꽉. 시선을 바닥에 고정한 채로 천천히 돌아서니 시내가 그의 곁으로 겁 없이 다가섰다.

"정우야."

"……넌 알아?"

"어…… 어?"

바닥에 고정되어 있던 그의 얼굴이 천천히 올라가 시내를 마주 봤다. 마주친 시선 안에 시내가 당황하는 모습이 포착된다. 13년 전……. 13년 전. 13년 전에 이 아이와 관련이 있는 걸까? 안시내와 나, 그리고 여희.

"안시내."

"……정, 정우야."

"13년 전에 나와 여희에게 일어난 일이 혹시 너랑 관련된 거야?"

물으면서도 정우는 아니길 바랐다. 아니 맞길 바랐다. 아니, 아니다. 머릿속이 엉망이 되었다. 대체 무슨 일이 있었던 것일까?

정우는 천천히 돌아섰다. 당황하는 기색이 역력한 시내를 두고 빠르게 그곳을 벗어났다.

일단 그는 하니에게 연락을 했다. 여희와 가장 친한 친구. 그리고 곧장 하니를 만나 처음 시내에게 의도치 않게 베풀었던 친절과 동정이 오해의 씨앗이 되었음을 알게 되었다.

'이제부터 널 괴롭히는 사람이 있으면 내 이름을 대. 그럼 아무도 널 건드리지 못할 거야.'

하니에게서 정우 자신은 모르고, 여희만 아는 그 일들까지 모두 듣게 되었다. 시내는 정우의 친절과 동정을 이용해 자신을 보호하려 했다. 그 보호는 정우도 동의했던 것이었다. 그래서 곤란한 일이 있을 경우에만 그렇게 하도록 했던 것이다. 그러나 시내는 의도적으로 오해를 만들어냈고, 그 오해는 결국 정우와 여희를 13년 동안이나 헤어지게 만든 계기가 되었다. 하니가 정우에게 해준 말은 이러했다.

"어느 날에 학교에 이상한 소문이 돌더래. 너랑 안시내가 함께 유학을 간다고. 그래서 여희는 확인하고 싶었던 거지. 정말인지."

그날 여희는 곧바로 시내에게 물었다. 자신이 들은 바가 확실히 맞는지. 시내는 맞다고 했다.

"시내는 예상대로 맞다고 했고, 여희는 큰 충격을 받았었어."

하니의 말을 가만히 듣고만 있던 정우는 아찔해졌다. 그저 도움을 주고 싶었을 뿐이었는데, 그 말을 나쁜 의도로 사용할 줄은 정말 예상도 하지 못했다.

"근데 여희가 더 화가 났던 것은 그 말 때문만은 아니었어."

"그럼…… 또 뭐가 더 있어?"

떨리는 목소리로 정우가 하니에게 물었다. 이보다 더 심각하고, 더 무섭고, 더 잔인한 사건이 또 있다는 말인가. 이젠 가만히 듣고 있기가 너무 힘이 들었다.

"넌 그때 네가 왜 힘들어하는지에 대해 여희에게 한마디 언질도 하지 않았다는 거. 시내가 너 요즘 엄청 힘드니까 확인할 필요도 없다고 했었어. 그 말은 시내에겐 왜 힘든지 말해줬는데, 정작 여희에겐 해주지 않았다는 뜻이지."

정우는 누군가로부터 뒤통수를 세게 얻어맞은 충격을 받았다. 정우는 단 한 번도 자신의 힘든 마음을 시내에게 말한 적이 없었다.

거짓말을 하면서까지 여희를 아프게 하고 싶었던 것일까?

모든 이야기를 전한 뒤에 하니는 정우에게 물었다. 그런 오해를 만들어놓고 왜 몰랐느냐고. 또 미국으로 갔어도 연락 정도는 할 수 있지 않았느냐고. 하니는 원망스럽다는 듯 정우를 노려봤다.

정우는 하니의 물음에 변명이라도 할 수가 없었다. 이 모든 것이 결국 자신 때문이었다는 사실에 충격적이면서도 그 당시 어쩌면 자신보다 더 힘들었을 여희 생각에 가슴이 아렸다.

하니와 헤어지고 거리를 터덜터덜 걷던 정우는 걷다 말고 깊은 한숨을 내쉬었다. 작은 선행이 결국엔 그들을 13년이나 갈라놓게 만든 씨앗이 되었다니.

정우가 자신의 집 앞 골목 모퉁이를 돌자 익숙한 인영이 서 있는 것이 보였다. 시내였다. 가까이 다가가니 시내의 시야에도 정우의 얼굴이 보였다. 정우의 꼴은 말이 아니었다. 시내는 두려움과 슬픔을 담은, 어떻게 해야 할지 모르겠다는 듯한 눈으로 정우를 바라봤다. 반면에 정우는 붉어진 눈동자로 시내를 차갑게 응시했다. 지금 이 순간 그 누구보다 시내가 가장 미웠다.

"뭐가 어쨌든 간에 지금 난 네가 원망스럽다."

"정우야!"

"너랑 나, 할 얘기가 많을 것 같은데. 오늘은 네 얼굴 보기 싫다. 나중에 내가 연락할게. 그 전까지 연락하지 마."

"도정우!"

정우는 그대로 차갑게 돌아서 집 안으로 모습을 감추었다. 시내는 그대로 차가운 길바닥에 주저앉아 눈물을 글썽였다.

"나…… 한국에 괜히 온 것 같아."

시내는 얼굴을 감싸 쥐고서 서러운 눈물을 토해냈다.

힘없이 걸음을 옮기던 여희가 현관문을 힘없이 열어젖혔다. 이
제 막 현관에서 구두를 벗고 있는 여희의 앞에 엄마가 와다다 달려
나왔다. 그리고 그녀의 손목을 턱 붙잡고선 거실로 끌고 들어갔다.
여느 때와 다르게 그녀는 힘없이 엄마의 손에 붙들려 소파에 앉혔
다. 엄마는 여희의 현 상태를 모르고서 테이블 위로 남자들의 사진
을 쫙 펼쳤다.

"이 사람들 누구야?"

"누구긴 누구야. 너랑 선볼 놈들이지."

"선?"

"요놈들 중에서 골라봐. 내가 이 동네 아줌마들 중에서도 가장
괜찮은 아줌마한테서 물어온 것들이니까."

"이 와중에 무슨 선이야."

눈앞에 펼쳐진 남자들을 생선 가게에서 생선 고르듯 골라보라는
엄마의 말에 여희가 팍 짜증을 냈다. 안 그래도 힘들어 죽겠는 딸내
미한테 선을 보라니. 아무것도 모르니 그럴 수도 있다고 다독여보
지만 상황이 너무나 힘들어서 여희는 엄마를 배려할 수가 없었다.

"엄마!"

"아, 깜짝이야. 왜 갑자기 소리를 질러!"

"나 진짜 피곤해. 엄마가 아니라도 신경 쓸 게 너무 많다고. 그러
니까 나 좀 그만 내버려둬줘. 부탁이야, 엄마."

엄마는 툭 치면 울 것 같은 딸의 표정에 결국 입을 다물었다. 들고 있던 사진도 치워버렸다. 그래, 이 와중에 선은 무슨 선. 주희는 무엇보다 딸이 먼저라고 생각해야 했다며 자신을 질책했다. 그래도 한 번씩 속이 뒤집어질 것 같아 무엇이라도 해주고 싶은 마음을 딸이 알아주길 바랐다.

여희도 엄마한테 소리 지르고, 짜증 냈던 것이 내심 미안했다. 신경이 어찌 안 쓰일 수가 있을까. 자신만큼이나 부모님도 상처 받았을 것인데, 아무렇지 않은 척하는 엄마가 무척이나 고맙게 여겨졌었다. 여희는 엄마를 품에 꼭 끌어안았다. 그리고 속에 있던 말을 꺼냈다.

"미안해. 엄마."

어깨에 둘러진 여희의 손을 꼭 잡아주며 답을 대신했다.

욕실에서 샤워를 하던 여희는 참을 수 없는 답답함에 머리도 대충 말리고 옷도 대충 입고서 집을 뛰쳐나와 무작정 같은 동네에 사는 하니네 집 골목으로 들어섰다.

마침 하니도 정우를 만나고 집으로 들어오던 길이었다. 이제 막 골목 모퉁이를 돌아선 직후에 오고 있던 여희와 딱 마주쳤다. 여희와 하니는 서로 깜짝 놀랐다. 그러다 여희가 먼저 눈시울을 붉히며 하니에게로 달려가 와락 안겼다. 그리고 펑펑 서러운 눈물을 흘렸다. 모든 상황을 정우에게 말해주고 오늘 있었던 일들을 정우에게서 듣고 오는 길이라 말하지 않아도 짐작할 수 있었다. 하니는 우는 여희의 등을 가만가만 쓰다듬어주었다.

하니네 집으로 들어오자마자 하니는 여희에게 오늘 정우를 만났고, 모든 사실을 이야기해주었다고 말했다. 그리고 13년 전의 진실을 이야기하며 이처럼 말했다.

"타이밍이 지랄이긴 했어."

하니는 캔맥주를 바닥에 탁 내려놓으며 말했다. 두 사람은 캔맥주를 마시며 오늘, 또 그날 있었던 일들을 늘어놓으며 대화를 나누었다.

진실은 결코 묻히지 않는다는 사실을 오늘 깨달았다. 진실이란 언제 어느 틈에 확 튀어나올지 모른다. 또 그 모양이 어떤 모양인지도 모른다. 그저 묻어뒀던 진실, 묻힌 진실, 본의 아니게 몰랐던 진실까지도 모두 밝혀진다는 것만 안다. 이 세상에 비밀은 없다고 했던 말처럼 이 세상에 정말 비밀은 없는 모양이다.

하니는 그들의 이야기를 여희에게서 듣고 알고 있었다. 여희가 바로 이야기해준 것은 아니었다. 한참 시간이 지난 후에 여희가 하니에게 말을 해주었었다. 그 이야기를 듣고 왜 가만히 있었냐고 물었지만 여희가 얼마나 힘들어했는지 알기에 대신 욕해주는 것으로 끝냈었다. 진실은 그렇게 묻히는 것 같았다. 그러나 도정우는 다시 돌아왔고, 여희를 흔들었고, 13년이나 묵혀뒀던 일이 밝혀졌다. 이것도 모두 타이밍 때문일까? 운명은 돌고 돌아서 우연을 만들어 그들을 다시 만나게 했다.

하니는 운명을 믿는 사람 중 한 사람이었다. 그리고 오늘 그 운명을 확실하게 믿게 되었다. 바로 김여희와 도정우를 보면서. 두 사람은 운명임이 확실하다. 그렇지 않고서는 이런 일이 연속적으로 터질 수는 없는 것이다. 우연처럼 사고로 이 둘의 만남은 다시 시작되었다. 13년 동안이나 잠잠하던 타이밍은 돌고 돌아 이들을 다시 만나게 했으니 분명 둘은 운명이다.

"그래도 참 신기해."

세 번째 캔을 따서 마시던 여희가 하니의 말에 귀를 기울였다.

"너네 다시 만난 거잖아. 13년이나 지나서. 운명처럼."

"운명은 무슨."

그러나 여희는 아직도 운명을 믿지 않았다. 도정우를 만나게 된 것은 운명이라 말할 수 있음에도 그렇게 말하지 않았다. 아직도 여희는 정우를 용서할 수 없는 것일까?

"근데 여희야."

하니는 맥주를 한 모금 들이켠 뒤에 여희를 불렀다. 하니의 눈동자가 반짝거렸다. 역시 운명론자다.

"솔직하게 말해봐. 다시 만난 도정우한테 흔들린 적은 있어?"

그 물음에 대해 답변을 하려던 여희는 오히려 입을 다물었다. 흔들린 적이 왜 없을까. 생각해보면 여희는 항상 흔들렸었다. 정우가 떠난 지 10년이 지났었지만 그건 시간일 뿐이었다. 사고로 우연처럼 다시 만나게 되었을 때, 자꾸만 마주치게 되었을 때, 매번 항상 도정우에게 흔들렸다. 단 한 번도 잊어본 적이 없는 사람처럼.

"말해봐."

하니는 여희의 진심이 듣고 싶었다. 지금 이렇게 힘들어하는 이유도 그것과 관련되어 있을 거라고 확신하고 있었다. 드디어 여희의 입이 열렸다.

"……항상, 매번, 매 순간마다. 늘 보고 싶었어."

처음으로 털어놓는 진심의 순간이었다. 하니는 흔들리는 여희의 눈동자를 보면서 진심인 것을 느꼈다. 박태준과 사귀면서도 여희는 그다지 행복해 보이진 않았다. 박태준이 잘해주니 그것에 맞춰서 즐거워 보이긴 했으나 어딘가 많이 외롭고, 쓸쓸해 보였다.

박태준도 그걸 몰랐을 리는 없을 것이다. 어쩌면, 그래서 다른 사람에게 마음을 주지 않았을까. 그렇다 해서 박태준을 용서할 수 있는 건 아니었다. 여희가 마음을 주지 않았다고 해서, 설령 그렇다 하더라도 박태준이 여희의 마음을 자신에게만 향하도록 노력했어야 했다. 사랑에도 노력이 필요하다는 말처럼 노력만 했더라면 그 두 사람이 행복하지 않았을까. 그러나 박태준은 노력하지 않고 바람을 피는 배신을 때렸다. 그 사실은 절대 변하지 않는다.

하니는 차라리 박태준보다는 도정우랑 행복한 것이 더 낫다고 생각하게 되었다. 김여희 옆엔 도정우가 가장 어울린다.

"그럼 만나고 싶은 마음은 있고?"

만나고 싶은 마음……. 한참을 되뇌던 여희가 고개를 끄덕였다.

"아직도 좋아하고?"

이번엔 망설이지 않고 답했다.

"한 번도 잊어본 적이 없었던 것 같아."

하니는 여희의 말에 귀를 기울였다. 차분한 말투 속에 진심이 담겨 있어 그 마음이 더 와닿았다.

"잊는다고 백번쯤 말하다가 한 번 만남에 와르르 무너진 건데, 그런데도 그 애가 좋았어. 그런 말이 있잖아. 몸과 몸이 떨어지고 시간이 지나면 해결된다는 말. 근데 안 되는 건 안 되는 거였어. 시간이 지나도 해결되지 못하는 것이 있더라고. 우리가 결국 이렇게 만났으니까. 근데……."

여희는 잠시 망설였다. 다가가고 싶은 마음은 굴뚝같았다. 사고처럼 우연히 만났던 그 순간부터 여희는 줄곧 정우에게 흔들리고 있었다. 그와 함께하고 싶다는 생각이 점점 커져갈 때, 시내를 다시 만나게 되었다. 시내를 보면서 활짝 웃던 정우의 모습이 머릿속에 선명히 떠올랐다.

여희는 아직도 두려운 마음이 있었다. 또 상처 받을까, 두 번의 연애가 모두 실패로 끝났던 것처럼 13년 만에 다시 마주하게 된 첫사랑과도 끝이 날까 봐 겁이 난다. 이번에도 또 실패한다면…… 여희는 다시 사랑 따위 할 수 없게 될 것이다. 도정우가 아닌 사람과 또 다른 연애를 할 수도 없다. 그만큼 정우에게 가는 마음이 너무도 커져 있었다.

하지만 하니의 생각은 달랐다. 여희가 아직 정우를 좋아하고, 정우도 여희를 좋아하고, 13년이 지나서 오해도 풀렸는데 망설일 이유가 없다고 생각했다.

"그럼 뭐가 문제야?"

"어?"

"만나면 되잖아. 13년이나 지난 일이지만 그 숙제가 풀어진 거잖아. 도정우는 13년이나 안시내를 곁에 두긴 했지만 그건 어디까지나 친구였고, 걔 혼자 삽질한 거였으니까. 이제라도 만나면 되잖아."

하니는 진심을 다해 충고했다. 이제라도 행복하라고. 13년을 돌고 돌아온 인연을 놓치기엔 네 세월이, 시간이, 마음이 아깝지 않으냐고. 하니의 진심 어린 충고와 더 많은 생각을 하지 않게 만드는 묘한 힘에 여희의 눈동자가 차츰 엷어졌다. 그 말에 이상하게 눈물이 흘러내렸다.

"부모님, 친구, 안시내, 이런 외부적인 상황들 때문에 망설이고 있는 거라면, 안 그래도 돼. 네 마음대로 살아도 돼. 뭐 어때, 네 인생인데. 네 인생에서 네가 행복해야지. 남이 행복한 거 보면 뭐할 거야. 네가 행복해야지. 네 마음이 중요한 거야. 13년이나 돌고 돌아온 인연인데. 잡아야지."

하니는 여희가 망설이고 있음을 알아차리고 조언했다. 13년 전을 둘러싸고 있던 소문, 정우의 지위, 자신의 직업, 박태준으로 인해 심한 상처를 받은 부모님 등등. 이러한 외부적인 상황들 때문에 망설이고 있었던 것도 사실이다. 사람들이 자신을 어떻게 볼까, 그런 염려 때문에 도정우를 밀어냈던 것이다. 그러나 여희는 잠시 잊고 있었던 것이다. 삶의 주인공은 결국 그 삶을 살고 있는 자신이라는 것을. 누구든지 원하는 사람과 행복해질 권리가 있다는 것. 그녀는 그것을 간과하고 있었다.

그 말을 들으니 여희의 마음이 편안해지면서 그동안 고민했던 것들이 와르르 무너지고 뜨거운 눈물이 주체할 수 없이 흘러내렸다.

하니는 여희를 꼭 끌어안고 등을 토닥여주었다. 그녀의 어깨에 기대어 울음을 토해내던 여희가 붉어진 눈으로, 떨리는 목소리로 말했다.

"잡고 싶어."

"그럼 잡아."

하니는 1초도 고민하지 않고 답해주었다. 그 답을 들은 여희는 자리에서 벌떡 일어나 하니네 집을 뛰쳐나갔다.

여희네 집 앞 골목길. 담벼락 위로 붉은 가로등이 거리를 비추고 있다. 그 아래에서 담벼락에 기대어 휴대폰 잠금화면을 풀었다 껐다, 계속 망설이고 있는 정우가 있다. 당장이라도 여희를 불러 와락 안고서 미안하다고, 오해였다고 모든 이야기를 해주고 싶었다. 사랑한다고도 말하고 싶다. 그러나 13년이나 지나서야 여희의 일을 알게 된 자신을 용서할 수가 없어서 용기마저 모두 사라졌다. 자신 스스로도 이렇게나 저가 미운데, 그녀는 그런 자신을 용서할 수 있을까. 담벼락 아래 스르르 무너지듯 주저앉은 정우는 머리를 감싸 쥐었다.

"보고 싶다. 김여희."

계속 혼잣말로 중얼거려본다. 이렇게라도 하지 않으면 미쳐버릴 것 같아서다. 땅에 시선을 박아두고선 여희의 이름을 불렀다.

골목은 텅 비어 있었다. 지나는 사람 한 명 없이, 어떤 소리조차 들리지 않아 고요함이 적막하기까지 했다. 그런 곳에서 언덕을 내려오는 거친 발걸음 소리가 희미하게 들려오기 시작한다.

쿵, 쿵, 쿵. 타닥, 타닥, 타닥.

정우는 시선을 땅에 박아두고 있어 그저 누군가 뛰어오는 소리이겠거니 생각하는 모양이다. 하지만 소리는 점점 그에게로 가까워지고 있었고, 어느새 담벼락 밑에 주저앉은 그의 앞으로 운동화가 보임과 더불어 소리도 끊겼다. 요란하게 울리던 소리가 끊기고 그의 머리 앞으로 그림자가 지니 정우가 천천히 고개를 들어 올렸다. 크게 숨을 몰아쉬고 있는 여희를 올려다본 정우는 깜짝 놀라 두 눈이 휘둥그레졌다. 분명 여희다. 화장은 지워져 민낯이고, 편안한 옷차림에 구두는 운동화로 바뀌었고, 머리는 죄다 흐트러져 있지만 그 모습 자체만으로도 빛이 나는 여희가 앞에 서 있다.

정우는 너무 놀라 말문이 막힌 채 자리에서 일어섰다. 놀란 것은 여희도 마찬가지였다. 무작정 뛰쳐나오긴 했지만 도정우가 사는 곳을 모르니 어디로 갈까, 학교로 갈까, 몇 번을 고민했는지 모른다. 고민 끝에 일단 집을 뛰쳐나와 근처 골목길을 무작정 내달리는데, 붉은 가로등 조명 아래 담벼락에 몸을 기대고 서 있는 키 큰 남자를 보고선 여희의 심장이 딱 멈추는 줄 알았다. 도정우다. 그 확신에 천천히 걷던 걸음이 점차 빨라져 그의 앞에 섰던 것이다.

그에게 내딛는 발걸음이 얼마나 가볍던지, 자칫하다간 하늘로 튕겨져 날아오를 것만 같았다. 마음 안에 담긴 사랑이 넘쳐흘러서 감당할 수가 없다. 당장 달려가 그에게 13년 동안 품어온 마음을 전부 털어놓고 싶다. 가슴이 벅차오르기 시작한다.

정우는 제 앞에 선 여희를 보면서 정지한 것처럼 굳어졌다. 보다 못한 여희가 숨을 모두 고른 뒤에 말했다.

"도정우. 나야. 김여희."

자신을 보는 정우의 눈빛이 '정말 김여희야?'라고 묻는 듯해 그리 답했다. 그럼에도 정우가 멈칫하니 여희가 먼저 두 팔을 쫙 펼쳤다. 마치 자기에게 안기라는 듯.

"와서 안겨."

"……."

믿겨지지 않는 광경이었다. 제 앞에 펼쳐진 작은 품이 그에겐 세상보다도 더 넓고, 한여름의 태양보다도 더 뜨겁게 느껴졌다. 정우의 눈동자에도 곧 습기가 어렸다. 여희는 한 번 더 정우를 향해 말했다.

"안기라니까. 이번이 아니면 기회 없어."

정우의 걸음이 천천히 움직이기 시작한다. 확인시켜주듯 쫙 펼친 팔을 한 번 튕기고선 그녀를 향해 정우가 빠르게 다가갔다. 심장이 뛰기 시작했다. 그들을 향해 멈춰진 시계가 천천히 다시 흐르기 시작한다.

여희의 앞으로 확 가까워진 정우가 고개를 숙여 그녀의 양 뺨을 감싸 쥐고선 그대로 입을 맞췄다. 작은 입술이 정우로 하여금 삼켜지니 여희의 두 눈이 커졌다. 눈앞에는 정우의 감은 두 눈이 보이고, 입술에선 불처럼 뜨거운 기운이 확 느껴지니 그녀의 두 눈도 스르르 감겼다. 쫙 펼쳐진 손이 내려가 그의 허리를 감싸니 그가 손을 내려 그녀를 꼭 끌어안았다. 각도를 기울여 더욱 거리를 좁혀들어가 아랫입술을 살짝 깨물었다. 작은 신음과 함께 입술이 벌어지니 안으로 뜨거운 혀를 와락 넣었다. 여린 입술부터 볼 안쪽 살을 쭉 훑어내면서 뜨거운 숨이 확 불어닥치니 여희가 허리춤을 꼭 쥐었다. 뜨겁고 뜨겁다. 온몸이 으스러질 듯 안긴 채 입술이 먹히니 그것만으로도 온몸에 전율이 느껴졌다.

붉은 가로등 조명 아래 그들의 입맞춤은 한동안 계속되었다. 잠시 입술을 떨어트린 정우는 살짝 눈을 떴다가 참았던 숨을 몰아쉬는 여희의 작은 입술을 또 한 번 삼켰다. 왼쪽으로 기울어진 정우의 얼굴엔 황홀함이 가득하다. 여희도 이번엔 적극적으로 그를 받아들였다.

13년 만에 이루어진 첫 키스. 어른이 된 그들답게 화끈한 딥키스였다. 그는 천천히 그녀를 담벼락 아래로 밀어붙였고, 벽에 팔을 기대고서 턱을 잡고 키스했다. 정우의 키스는 한층 더 농도 짙었고, 그걸 받아들이는 여희 또한 그의 목에 팔을 둘러 애절하게 끌어당겼다.

가슴을 가득 채운 진득한 느낌과 그동안 참고 참았던 사랑을 터트리니 그들의 몸은 더욱 뜨겁게 불타올랐다. 턱을 잡고 있던 그의 손이 내려가 목덜미에 둘러진 그녀의 팔을 떨어트려 손깍지를 끼었다. 손깍지를 낀 손을 벽에 압박하니 묘한 긴장감과 짜릿함이 더해진다. 그들은 원없이 서로를 탐하고, 탐하고, 또 탐했다. 세상이 멸망해도 절대 떨어지지 않겠다는 듯 집요하게 파고들었다.

"으흠."

입술 안이 서로의 열기로 끈적해지고, 깍지를 낀 손에 땀이 배어들었다. 그의 큰 몸이 앞에 가로막혀 있으니 폐쇄감이 느껴져 자신도 모르게 신음을 흘렸다. 그 소리를 들은 정우는 이대로 그녀를 안고 싶어졌다. 입술에 머물러 있던 입술을 떼어내고선 목덜미 아래 깊숙한 곳으로 내려가 얼굴을 묻었다. 자연스레 그녀가 그를 꽉 껴안았다.

"정우…… 야."

목덜미에 얼굴을 묻고 있던 정우가 놀라서 몸을 떼어냈다. 눈을 뜨니 놀란 표정에 정우가 앞에 있었다.

"왜?"

"다시 해봐."

그는 그녀를 뚫어질 듯 보다가 말했다.

"다시 말해보라고."

"뭐?"

"정우라고 불러줘."

얼마 만에 들어보는 이름이란 말인가. 여희가 자신을 부를 때면 항상 까칠함과 퉁명스러움, 차가움이 묻어나왔었다. 그러나 지금은 달콤함과 애정이 뚝뚝 묻어나오니, 여희가 부르는 자신의 이름을 계속 듣고 싶었다. 13년 전에는 늘 그렇게 불렀고 불려왔는데, 새삼 그게 뭐라고 심장이 떨렸다.

"정우야."

"다시."

"정우야."

"다시 불러줘."

"야, 정우야."

와락. 그가 그녀를 아주 소중히 껴안았다. 품에 그녀를 가득 안고 선 머리를 쓰다듬으며 귓가에 대고 속삭였다.

"평생 그렇게 불러줘. 듣고 싶어. 네 목소리. 날 부르는 네 그 목소리. 평생 불러줘."

그의 품에 가두어진 채로 그녀가 고개를 끄덕였다. 감격스런 말투로 평생 불러달라는 그 말은 그 어떤 사랑 고백보다도 더 진정성 있고, 가슴에 와 닿았다.

"미안해. 13년이나 몰랐던 거. 그날 그렇게 가버린 거. 널 아프게 했던 거. 모두 다, 다 미안해."

"응, 미안해해. 넌 계속 미안해해."

"미안해."

"알아. 13년이나 지난 일이지만, 그러니까 앞으로 13년은 미안해 해야 돼."

"알았어, 그럴게."

"응, 그럼 난 13년을 미안해하는 널 대신해서 사랑해줄게."

"……어?"

듣고도 이해하지 못한 듯 정우가 그녀를 품에서 떼어놓았다. 두 눈을 마주 보니 여희가 그를 보며 속삭였다.

"네가 나한테 미안해하는 대신에 내가 널 사랑해준다고."

"사랑……?"

"응. 사랑해주겠다고."

"사랑한다고 한 거지? 나한테 방금? 방금 나한테 사랑한다고 한 거 맞지?"

"아니. 사랑해주겠다고."

"그 말이 그 말이지!"

"야, 도정우! 꺅!"

정우는 그대로 그녀를 안아 올려 몇 바퀴를 빙그르 돌았다. 그러자 여희가 까르륵 웃으며 정우의 가슴팍을 툭툭 쳤다.

정우는 행복해서 미칠 것만 같았다. 이대로 세상이 끝나는 것은 아닐까, 걱정이 될 정도로 행복하다. 여희도 행복하다. 여태까지 외부적인 상황을 고려해서 밀어내기만 했던 정우를 받아들이니 마음이 더없이 편안해졌다. 더불어 여희가 사랑하고, 여희를 사랑하는 정우가 있기에 좋다.

09. 잔인하지만 이게 최선이야

"헤어지기 싫다."

새벽이 지나고 아침이 밝아오기 직전까지 담벼락 밑에서 키스를 나누던 그들이 두 손을 마주 잡은 채 여희의 집 앞에 섰다. 이 손을 놓아야 출근할 수 있을 것인데, 정우는 좀처럼 잡은 손을 놓지 않았다.

"너 잊은 거 있어."

"뭐?"

"우리 같은 학교로 출근하잖아."

"아, 맞다! 그렇지!"

집 앞에서 또다시 한참 이야기를 나누는 두 사람이었다.

같이 출근한다는 사실에 마냥 기뻐하는 정우를 보면서 여희는 함박웃음을 지었다. 누군가를 사랑한다는 것은 참으로 행복한 일이다. 두 손을 마주 잡고 사랑하고 있음에 여희도, 정우도 가슴에 사랑이 넘쳐나는 것 같다.

"여희야."

"응?"

"사랑한다."

뜬금없지만 그래서 더 좋다. 여희의 양 뺨이 붉어졌다. 낯설면서도 신기하고 좋아서 몸을 베베 꼬자 정우가 그런 그녀의 붉어진 뺨을 쓰다듬다가 입술에 키스를 했다.

"흔들려줘서 고마워."

"나도…… 흔들어줘서 고마워."

여희는 먼저 다가가 그의 허리에 팔을 둘러 품에 꼭 안겼다. 그의 심장 소리가 들린다. 쿵. 쿵. 쿵. 빠르게 뛰는 소리에 미소가 지어졌다. 그녀를 안고서 활짝 웃음 짓던 정우는 이대로 그녀를 안고 싶었지만 지금은 그저 이렇게 있는 것만으로도 좋다고 생각했다.

각자 집으로 돌아가면서, 정우는 여희와 다시 시작하게 되었다는 기쁨에 행복이 최대치에 달해 있었다. 그러다가도 진지한 얼굴로 휴대폰을 꺼내 들고 어느 번호 앞에서 망설이곤 했다.

그래도 일단 들어는 봐야겠지. 번호를 터치하니 화면에 시내의 이름이 뜬다. 신호음이 얼마 가지 않고 뒤이어 시내의 가라앉은 목소리가 들려왔다.

다음 날, 정우는 시내와 만나기로 한 약속 장소를 찾았다. 아직 호텔에서 지내는 모양인지 호텔 로비 커피숍에서 시내를 만났다. 차가운 아이스 아메리카노를 앞에 둔 두 사람은 마주 앉아 아무런 말이 없다. 시내는 무릎 위에 올린 손으로 손톱만 뜯었다. 그가 어떤 말을 할까, 벌써부터 두려움이 가득했다. 13년 전 그 일에 대해서 물으면 묻는 대로 솔직하게 답할 수 있을까. 여희와 셋이서 마주쳤던 지난밤에 자신을 보며 원망 어린 눈길로 바라보던 그의 두 눈이 마음속 깊숙이 박혔었다. 13년을 그와 함께 지내는 동안 단 한 번도 본 적 없던 눈빛이라 더욱 상처가 되었다.

미국에서도 정우는 단 한 순간도 자신에게 곁을 내준 적은 없었다. 어머니의 간병으로 인해 힘들어하는 모습도 자그마치 5년이 지나서야 보여주었을 정도로 힘든 내색을 보이기 싫어했던 그였다. 게다가 그 모습을 보고 위로를 해주고 싶어도 그가 싫어했기에 하지 못했다.

줄곧 시내는 정우의 주변을 맴돌았다. 하지만 정우에게 시내는 '여자 안시내'가 아닌 '친구 안시내'였을 뿐이었다. 정우가 여희를 다시 만났고, 여전히 사랑하고 있다는 것을 알게 되었으니 이제 더더욱 시내의 자리는 없을 것이다. 처음부터 없었던 것이었는데. 시내의 얼굴에 씁쓸한 미소가 걸리니 그 모습을 본 정우가 먼저 무거운 입을 열었다.

"네 탓만 하려는 거 아니야."

정우도 책임을 느끼고 있었다. 일이 꼬이려면 원인을 제공한 사람이 있을 것이고, 그 사람이 자신이었으니 자신에게도 책임이 있었다.

"내 잘못도 있어."

하지만 그 말이 시내에겐 이상하게 들렸다. 자신에게 도움을 줬던 일을 그가 후회하고 있는 것인지, 시내의 미간이 좁아져 일그러졌다.

"그날 일이 잘못이었다고 얘기하고 싶은 거야?"

"아니."

"그럼 네가 말하는 잘못한 건 뭔데?"

"널 오해하게 만든 거."

"……오해? 뭐가 오해였는데?"

"널 도와줬던 일이 동정이 아니라고 했던 거."

순간 시내의 안색이 푸르게 변해갔다. 원망보다, 아픈 소리를 듣는 것보다 이편이 훨씬 아팠다. 그때 일을 정정하는 것. 동정이 아니라고 했던 말이 아니라는 것을 알게 되니 마음이 와르르 무너져 내리는 것만 같다.

"동정이 맞았어. 의도가 어쨌든 내 어머니가 하시는 일로 네가 피해를 보게 된 거니까, 나한테도 책임이 있지. 그래서 돕고 싶었어. 조금이라도 내 죄책감을 덜어보려고 널 도와줬던 거야."

"정우야."

"미안하다. 안시내."

사실 정우는 묻고 싶었다. 왜 그렇게까지 거짓말을 하면서 여희에게 상처를 줬고, 왜 오해를 만들어야만 했는지. 그러나 정우는 더이상 묻지 않았다. 시내는 고개를 떨구었다. 그러자 눈꼬리에 매달려 있던 눈물이 방울로 맺혀 투둑 떨어졌다.

깊게 심호흡을 한 시내가 다시 고개를 들어 정우와 시선을 마주했다. 그 눈물을 보는 정우의 마음도 편하지는 않았다. 정우의 미간 또한 깊은 주름이 생겨났다.

"날 욕하고, 소리치고, 원망하고 그런 것보다 모든 게 동정이었다고 말하는 네 모습을 보는 게 더 아프다, 난."

"……미안하다."

"그래, 너도 정정하니까 나도 정정할게."

시내는 그동안 묵혀왔던 그 일에 대해서 모두 털어놓았다. 시내도 알고 있다. 자신이 한 짓이 두 사람을 13년간이나 갈라놓게 한 계기를 만들어준 것이란 것을. 분명 처음에는 아니었으나 여희에게 정우와 함께 유학 간다는 말을 했던 것은 분명 의도적으로 했던 말이었기에. 그 부분에 대해서는 할 말이 없지만 처음 그런 의도를 갖고서 정우를 이용한 것은 아니란 사실을 알려주고 싶었다.

"동정이든 아니든 난 네 말에 다시 용기를 얻었어. 지긋지긋한 가난이 싫었고, 벗어나고 싶었는데, 상황은 끝까지 나를 놓아주지 않더라. 그러던 와중에 그 사건이 터졌고, 명단이 유출되는 덕에 친구들한테까지 내 모든 상황이 알려졌지. 그래서 죽을 생각까지 했는데, 그때 네가 나타났어. 네가 한 그 말이 너무 달콤해서 놓치기 싫었어."

"……"

"그래서 네가 한 그 말을 이용했어. 넌 나를 이기적이라고 생각하겠지만 그때의 난 그럴 수밖에 없었어. 변명처럼 들리겠지만 이제까지 왜 말을 하지 않았느냐고 물으면 나도 그 이유에 대해선 정확하게 말해줄 수가 없어. 그냥 시간이 흘러 나조차도 잊고 살았으니까."

시간은 참으로 무섭다. 우리는 시간을 이용해 살아가지만 가끔 시간은 우리가 하는 잘못된 행동을 스스로 잊게 만드는 재주가 있다. 행복했던 기억도, 슬펐던 기억도, 잊고 싶은 기억도 모두 잊도록 만든다. 그러다가도 어느 순간에 그 기억들이 떠오르고, 모르고 지나쳤던 일들도 다시 일어나 되돌리고, 잘못한 순간도, 지금처럼 13년을 감춰둔 진실이 밝혀지는 것도 모두 시간이 하는 일이다. 인간이기에 망각하고, 시간이 모든 기억을 잊게 해도 언젠가는 다시 밝혀진다. 그러니 인생이 재미없다고 말할 수는 없는 것이다.

"한 번도 하지 못한 고백이지만…… 나 너 많이 좋아했어. 좋아해서 그런 것도 있어. 넌 너무 여희만 봤으니까. 미국에서도 어머니 간병하면서도 줄곧 여희만 생각했고, 사랑했잖아. 그게 너무 싫었어. 질투가 났어."

정우는 시내의 솔직한 말을 들으면서도 전혀 동요되지 않았다. 그저 안타깝기만 했다. 시내의 감정을 모르는 것은 아니었다. 알면서도 모른 척했고, 곁에 두었다. 먼 타국에서 마음을 털어놓고, 아니 어쩌면 같은 추억을 갖고 있기에 추억을 공유할 수 있는 친구가 필요했던 것도 같다. 시내는 정우가 했던 말을 이용했다고 했다. 하지만 어쩌면 정우도 시내의 마음을 이용했던 것은 아닐까?

"안시내."

어느덧 울음을 그치고 그 일에 대해서 속 시원히 털어놓는 시내를 보던 정우가 그녀를 불렀다. 그러자 시내가 정우를 바라봤다.

"넌 이제 가난하지 않아. 열여덟의 가난한 안시내가 아니잖아. 미국에서도, 한국에서도 유명한 화가가 되었으니까 이제 네가 행복한 대로, 마음이 가는 대로 살아. 난 그랬으면 좋겠어."

시내를 바라보는 정우의 시선이 따뜻하니 진심이 느껴져 시내의 눈동자가 붉어졌다. 잔뜩 잠긴 목소리로 힘겹게 말을 내뱉었다.

"넌 내가 원망스럽지 않니?"

왜 원망스럽지 않을까. 왜 그랬느냐고 소리치고 싶기도 했지만 정우는 그러지 않았다. 13년 만에 고국으로 돌아와 우연한 사고로 여희를 만났고, 그 사고로 인해 다시 엮이면서 몇 번의 우연이 겹쳐 결국 서로가 서로에게 운명임을 확인했다. 또한 정우는 그 오해가 없었다고 하더라도 여희와 지금까지 계속 만날 수 있으리란 보장은 없었을지 모른다 생각했다.

당시 정우는 너무도 급박했고, 미국에 꼭 가야만 하는 상황이었다. 그 상황 속에서 지금처럼 뜨거운 마음 그대로 사랑할 수 있었을까? 아니. 아마 둘 다 지쳐서 결국 헤어지고 말았을 것이다. 13년이란 시간을 돌고 돌아왔지만 결국엔 서로의 마음이 가장 중요하다는 것을 깨달았으니 그걸로 족했다.

"원망스러워. 미워. 근데 이로써 마지막이니까."

"……마, 마지막?"

"응. 마지막. 나 여희랑 결혼할 거야."

"……!"

"13년이나 마음고생시켜서 미안하다. 이 말을 진즉에 해줬어야 하는 건데, 이것도 미안해. 이제 보니까 미안한 일투성이네."

떨리는 손으로 글라스를 쥐니 잔까지 떨렸다. 그 모습을 본 정우는 아무런 말 없이 자리에서 먼저 일어섰다. 냉정하지만 어쩔 수 없다. 모든 진실이 밝혀졌으니 망설일 이유도 없어졌다. 이제라도 모든 비밀이 밝혀져서 다행이고, 그 일로 인해 오해가 생기긴 했지만 그 오해로 시내가 다른 인생을 살 수 있게 된다면 자신의 마음도 편하지 않을까 생각했다.

"앞으로 잘 살기를 바라. 진심이야."

"……"

아무런 말도 하지 못하는 시내를 두고서 정우는 먼저 자리를 떴다. 밖으로 나와 통유리로 비치는 시내의 뒷모습을 애잔히 보던 정우는 그대로 돌아서 천천히 걸어갔다.

정우가 가고 나서 시내는 글라스에 담긴 커피를 마시다가 실수로 잔을 떨어트렸다. 대리석 바닥과 부딪친 글라스가 깨져 커피와 유리조각이 사방으로 튀었다. 카페에 있던 모든 사람들이 깜짝 놀라 시내 쪽을 바라보지만 그녀는 신경 쓸 여력이 없었다. 시야가 희뿌연 색으로 변해서 아무것도 보이지 않았다. 정말 한국에 오지 말았어야 했나 보다.

아침 일찍 출근을 하자마자 여희는 이사장실 문 앞에 섰다. 노크를 하고 들어가니 텅 빈 교실이 보인다. 아직 출근을 안 한 건가. 혼잣말로 중얼거리며 문을 닫고 돌아서니 바로 뒤에 석현이 음흉한 표정을 하고 서 있었다. 깜짝 놀라는 여희를 보며 석현이 능글거렸다.

"아주 대놓고 연애질이다?"

아무리 표정을 감추려 해도 저놈 앞에선 절대 무리다. 그래서 대놓고 말했다.

"어. 나 연애해."

그러자 오히려 석현이 더 놀랐다.

"설마가 진짜네."

"알고 있던 거 아니었어?"

"썸 타는 정도로만 알았지. 언제 어느 틈에 발전한 거야?"

"뭘 그런 걸 알려고 그래."

"뭐야. 이젠 나한테도 비밀 만들려는 거야?"

"비밀은 무슨."

교무실로 들어가는 여희의 뒤를 졸졸 쫓던 석현은 문득 영광을 떠올렸다. 이사장이랑 여희가 사귀면, 영광이는?

그 영광이는 형과 농구경기를 했던 날 이후로 깊은 고민에 빠져 있는 참이다. 일단 이겼으니까 고백을 하긴 해야 할 건데. 그는 고백을 해도 될까, 하지 말아야 할까를 놓고 고민하고 있었다. 이유는 농구장에서 형과 나눈 이야기 때문이다.

'김여희 선생님이랑 언제 만나셨어요?'

'고등학교 때 내 첫사랑이었어.'

'첫사랑이요?'

'응.'

'김여희 선생님도 이사장님이 첫사랑이에요?'

'응.'

그때 본 형의 표정은 과거가 아니었다.

'그럼 지금도⋯⋯?'

'넌 내 대답이 싫을 수도 있는데, 그래도 물어볼 거야?'

영광은 말하지 말라고 답하고 싶었다. 차라리 안 듣고, 모른 체로 고백하는 편이 훨씬 나으니까. 하지만 그럼에도 영광은 고개를 끄덕였다.

'우린 아직도, 여전히, 늘⋯⋯.'

형은 '우리'라고 했다. 자기 혼자가 아니라 아직도, 여전히, 늘 '우리가' 사랑하고 있다고. 그 말을 듣고서 영광은 생각했다. 혼자 남게 된 농구 코트에서 천장을 올려다보며 중얼거렸다.

"난 쨉도 안 되겠네."

시내를 만나고 늦은 출근을 한 정우가 이사장실이 아닌 교무실로 들어갔다. 교무실 앞에 서서 쭉 둘러보는데 여희 자리에 여희가 없다. 어디 갔지? 시간을 확인하니 점심시간이었다. 정우는 곧바로 학생식당으로 향했다. 식당엔 많은 학생들과 선생들이 있었다. 이사장이 나타나니 식사를 하고 있던 선생들이 자리에서 일어나 인사를 한다. 여희도 정우를 발견했다. 반가웠지만 그동안 내내 어디에 있다가 나타난 것인지, 연락도 없어서 뾰로통해 있던 참이었다.

자신을 보고도 모른 척하는 여희를 보던 정우가 음식이 담긴 식판을 들고 그녀의 앞자리로 갔다. 앞자리는 마침 석현이 앉아 있었고, 석현은 굳이 자신의 옆으로 다가온 이사장을 멀뚱히 올려다봤다.

"남은 자리도 많은데 왜 여길 굳이……."

알면서도 석현은 그렇게 물어봤다. 그러자 모든 선생들의 시선이 그쪽을 향해 있었다. 이에 문학 샘이 정우에게 자기 옆자리를 가리키며 소리쳤다.

"여기 앉으세요, 이사장님!"

하지만 정우는 그쪽은 쳐다도 보지 않고 저리 가라는 눈짓을 보내고 있는 여희를 보다가 대뜸 답했다.

"김여희 선생님 옆에 앉고 싶습니다. 김석현 선생님."

허걱스. 모든 선생들이 밥을 먹다 말고는 입을 떡 벌리며 정우를 바라봤다. 정우는 이제 거리낄 것이 없었다. 그녀 앞에 당당할 수 있기에. 난처한 표정의 여희를 앞에 두고, 정우는 석현이 자리를 비켜주질 않으니 그녀의 손목을 잡고 일으켰다.

"그럼 나랑 다른 곳에서 먹읍시다. 김여희 선생님."

여희는 두 눈만 끔벅거리다가 그를 따라 식당 밖으로 나섰다. 이에 상황을 파악한 문학 샘이 식판도 챙기지 못하고 자리에서 일어나 식당을 빠져나갔다. 정우와 여희는 학교 근처 한식당집으로 들어갔다. 각자 주문한 음식이 상에 한가득 차려졌다. 웃으며 밥을 먹는 정우에게 여희는 숟가락으로 밥그릇을 툭 쳐 주의를 끌었다.

"어디 갔었어?"

"시내 만났어."

"안시내?"

"어. 왜, 신경 쓰여?"

"그럼 쓰이지, 안 쓰이겠어?"

"질투는 아니고?"

"질투도 하고, 다 할 거야."

"웬일이야. 부정도 안 하고."

"왜 부정해야 하는데? 이제 넌 내 건데."

솔직, 당당한 여희가 너무 예뻐 새는 웃음을 주체하지 못했다.

"아, 진짜. 넌 안 예쁜 곳이 없냐."

"이제 알았어?"

여희는 흘러내리는 머리칼을 귀 뒤에 꽂으며 새초롬한 표정을 지었다. 그 모습이 너무도 예뻐서 정우는 활짝 웃었다.

"그러게. 그때보다 지금이 더 예쁜 것 같다."

"응. 나 예뻐. 근데 앞으로는 더더 예쁠 거야."

"왜?"

"그래야 네가 한눈 안 팔지."

"걱정돼? 내가 한눈팔까 봐?"

"아니. 알아. 넌 절대 한눈 안 팔아."

"여희야."

"응?"

국을 떠먹던 여희가 눈을 동그랗게 떠 바라봤다. 그러자 정우는 심장이 내려앉은 듯, 더 참지 못하고 속에 있는 말을 꺼냈다.

"우리 연애…… 결혼하고 하자."

"……결혼?"

"응. 나 너랑 결혼하고 싶어. 같이 살고 싶어. 13년 동안 떨어져 있었던 거 모두 보상받으려면 그 길밖엔 없을 것 같아. 하루라도 더

같이 있고 싶어."

정우의 눈을 보니 그 말은 진심이다. 물끄러미 그를 보던 여희의 두 눈동자가 흔들렸다. 박태준과의 결혼이 깨진 지 얼마 되지도 않았는데, 바로 결혼을 한다고 한다면 엄마와 아빠는 뭐라고 하실까? 그 생각이 제일 먼저 떠올랐다. 그러나 정우와의 결혼을 상상하니 더없이 행복할 것만 같다. 여기서 청혼을 했다는 게 살짝 마음에 들지 않았지만 13년의 세월이 걸렸던 만큼 더 이상 망설일 이유는 없을 것 같았다.

초조한 마음으로 여희의 답을 기다리던 정우는 한 손을 바지 주머니에 넣었다. 주머니에는 미리 준비해두었던 반지가 들어 있었다. 그 반지를 손으로 연신 만지작거리던 정우는 여희가 대답하기 전에 다른 쪽 손바닥을 펴 내밀었다. 여희는 정우의 손바닥을 보면서 눈을 동그랗게 떴다.

"손."

여희가 오른손을 내밀자 네 번째 손가락에 반지를 끼워주었다. 희고 긴 손가락에 은색의 반지가 끼워지니 여희는 아까보다 더 놀란 눈으로 반지와 정우를 번갈아 응시했다. 눈물이 날 것 같았다. 13년이란 긴 시간이 흘러 정말 사랑하는 사람에게 청혼을 받게 되니 감동이 파도처럼 밀려들었다. 정우는 떨리는 마음을 가득 안고서 여희에게 다시 청혼했다.

"나랑 결혼해줘. 여희야."

달콤하고도 가슴이 터질 것 같은 청혼을 받은 여희의 눈시울이 점차 붉어져 옥구슬 같은 눈물이 후두둑 뺨을 타고 흘러내렸다. 정우는 여희의 눈물에 당황하면서도 손을 뻗어 눈물을 닦아주었다. 여희는 고개를 끄덕이며 말했다.

"하자, 결혼."

정우와 여희는 서로를 보며 활짝 웃었다. 그리고 먼저 정우가 벌떡 자리에서 일어났고, 밥을 먹으려던 여희의 손목을 붙잡고 일으켜 세워 식당을 빠져나갔다. 정우는 여희의 손을 꼭 잡고서 곧장 학교로 데리고 갔다.

정우의 손에 이끌려 도착한 곳은 체육관 뒤편이다. 일전에 석현이 알려준, CCTV마저도 닿지 않는 완벽한 사각지대였다. 벽과 벽에 가로막힌 밀실 비슷한 장소에서 정우는 여희를 벽에 몰아세웠다. 평소 다른 여자들과 달리 강단 있고 호불호가 정확해 거침없는 성격의 여희였지만, 정우의 앞에서 그녀는 여자가 될 수밖에 없었다. 특히 달라진 공기와 눈빛부터 남자로 변신한 그의 앞에서는. 점점 거리를 좁혀 오는 정우의 가슴팍을 살짝 터치한 여희는 심장이 두근대서 튀어나올 것만 같다. 그 느낌은 정우도 마찬가지다.

"여기 학교인데."

"그래서 더 짜릿하잖아."

"그렇긴 해도……."

"김여희."

"응?"

"너 아직 나한테 그 말 안 했어."

"무슨 말?"

알면서도 여희는 모른 척했다. 청혼을 학교 급식실에서 하는 남자가 과연 몇이나 될까. 골탕을 좀 먹이고 싶었는데, 오히려 그 말이 목구멍 밖까지 마중을 나와 있으니 하지 않고는 못 배기게 만들고 있었다.

"안 하면 키스할 거야."

"협박하는 거야?"

"어, 협박하는 거야. 그러니까……"

"사랑해."

여희가 먼저 터트렸다. 그러자 정우가 멈칫한다. 심장이 쉴 새 없이 두근거렸다. 둘밖에 없는 상황에서 이리 붙어 있으니 서로의 심장박동 소리까지도 나누는 것만 같다. 목 언저리를 붉힌 정우가 시선을 다른 곳으로 돌렸다. 그 모습을 물끄러미 올려다본 여희는 먼저 다가가 입술을 겹쳤다. 깜짝 놀라 그대로 얼어붙은 정우가 두 눈을 감지도 못한 채로 입술에 와닿는 여희를 바라본다. 입술에서도 떨림이 가득히 느껴졌다. 몇 분간의 입맞춤 뒤로 여희가 입술을 떼어내니 이번엔 정우가 여희를 벽에 가둔 채 키스했다.

두 손은 깍지를 껴서 벽에 압박하며 입술은 틈 없이 여희의 입 안을 헤집는다. 혀를 왈칵 밀어 넣고서 이리저리 휘두르며 샅샅이 훑어내니 여희는 숨이 턱 막히는 것만 같았다. 그럼에도 입술을 떼지 않고 오히려 그의 몸에 달라붙어 혀를 움직였다. 움직임이 있는 혀를 낚아챈 정우가 잡아먹을 것처럼 입술을 더 벌려 안으로 밀어붙였다. 짜릿한 움직임에 여희가 전율을 느끼며 몸을 떨었다. 그 모습을 몸으로 느낀 정우가 황급히 입술을 떼어내고선 깊은 숨을 몰아쉬는 여희에게 말했다.

"오늘, 나랑 같이 있자."

깊어진 눈으로 여희를 내려다보는 그의 시선에 여희가 웃으며 고개를 끄덕였다.

"내가 하고 싶은 말이었어. 도정우."

그리고 다시 입술을 부딪쳤다. 격렬하게, 또 아주 사랑스럽게. 시간이 가는 줄도 모르고 두 사람은 떨어질 줄을 몰랐다.

어느덧 차는 정우의 집 앞에 멈춰 섰고, 두 사람은 차 안에서 두근대는 가슴만 진정시키려 하고 있다. 정우는 여희의 손을 잡았다. 그러자 여희가 정우를 바라봤다.

"들어가자."

"응."

정우가 먼저 차에서 내려 조수석 문을 열어주었다. 여희가 내리자 손을 꼭 잡고 오피스텔 입구 안으로 들어갔다. 설레는 마음과 긴장되는 마음이 동시에 들이닥쳐 심장을 움켜쥐고 흔들었다. 쉽게 진정이 되지를 않았다. 속에선 어떡하지, 어떻게 하지 하는데, 사실 어떻게 한다기보다는 마음이 가는 대로, 몸이 가는 대로 움직이면 될 뿐이다. 비밀번호를 누르는데, 손에 땀이 한가득이다. 마주 잡은 여희의 손도 땀으로 축축이 젖어들었다. 문이 열리자 누가 먼저라고 할 것 없이 시선이 마주쳤다. 정우의 목젖이 꿀렁거렸다. 여희도 긴장으로 몸을 잔뜩 움츠렸다.

"집이 좋네."

"김여희."

"응?"

먼저 들어간 여희가 부름에 뒤를 도니 그의 얼굴이 확 가까워졌다. 문이 닫혔고, 센서 등이 켜지며 두 사람을 비추었다. 그 아래에서 정우는 그녀의 뺨을 쓰다듬었다. 그윽한 눈길과 함께 그녀를 꽉 안았다. 안은 가슴에서 정우의 오르락내리락하는 숨소리가 들렸다. 그와 함께 숨결도 느껴졌다. 그가 얼마나 긴장하고 있는지 알 수 있을 정도였다. 여희는 갑작스레 웃음이 터져 나왔다. 긴장하고 있는 모습이 귀여워서 자기도 모르게 웃음이 나온 것이다. 갑자기 웃는 여희를 떼어놓고 물었다.

"왜 웃어?"

"귀여워서."

정우는 여전히 입가에 미소를 가득 짓고 있는 여희를 물끄러미 바라봤다. 정우가 웃지 않고 계속 자신만 쳐다보고 있으니 여희의 입가가 천천히 굳어졌다.

"……왜 그래?"

"김여희."

여희의 말간 눈동자가 정우에게 향했다. 그 눈을 보면서 정우가 말했다.

"내가 아직도 귀엽게 보여?"

별안간 태도가 갑작스럽게 변하는 정우를 본 여희가 조금 놀란 표정을 지었다. 귀여워서 귀엽다고 한 것뿐인데, 좋은 의도로 한 말이었는데.

눈동자를 요리조리 굴리며 당황해하고 있는 여희를 보던 정우가 손을 뻗어 뺨을 그러쥐고서 허리를 숙였다. 고개를 살짝 비틀어 여희의 붉은 입술에 입을 맞추었다. 입술이 겹쳐지니 또다시 심장이 말할 수 없을 만큼 뛰었다. 너무 뛰어서 이러다 부정맥으로 숨이라도 멎을 것 같았다. 순간적으로 힘이 풀려 주저앉으려 하니 정우의 남자다운 손이 그녀의 양팔을 붙잡았다. 입술을 떼고서 정우가 걱정스레 물었다.

"괜찮아?"

여희는 고개를 끄덕이면서도 시선은 줄곧 그의 입술에 머물렀다. 탐스런 붉은 입술이 자꾸만 시야에 비쳐졌다. 결국 참다못한 여희가 정우의 멱살을 움켜잡고서 끌어당겨 입을 맞추었다. 아직 눈을 감지 못한 정우의 시선 안으로 파르르 떨고 있는 여희의 눈꺼풀이 들어오니 그도 그만 웃음이 터졌다. 그녀도 자신만큼이나 떨고 있었다.

입술을 움직이며 먼저 리드하는 여희에게 맞춰주다가 허리를 안고 끌어당겨 입술을 쭉 빨았다. 연한 살갗이 휩쓸리며 벌어지니 정우의 혀가 안으로 비집고 들어왔다. 불에 타는 것처럼 입술이 뜨거웠고, 숨을 쉬기가 힘들었으나 떼고 싶지 않은 강렬한 충동이 느껴졌다. 여희는 열심히 입맞춤을 했다. 이 마음을 모두 전하고 싶었다. 이 사랑을 모두, 남김없이 정우에게 주고 싶었다. 그 마음은 여희뿐만이 아니었다. 정우도 자기 안에 있는 모든 사랑을 주고 싶었다.

13년을 가슴속에 품어왔던 사랑을 남김없이 주고, 고백하고 싶었다. 정우는 더욱더 그녀를 당겨 안았다. 두 사람의 몸이 빈틈없이 꽉 맞닿으니 몸 안에서 아우성치던 사랑이 폭발했다. 여희가 손을 움직여 정우의 와이셔츠 단추를 풀었다. 정우도 여희의 블라우스 단추를 풀었고, 그들의 옷가지가 발아래 차곡차곡 쌓였다. 짙은 눈길로 그녀의 얼굴을 꼼꼼히 훑어보던 정우가 속삭였다.

"내 곁으로 와줘서 고맙고, 13년을 혼자 기다리게 해서 미안해. 상처준 것도 미안해. 여희야."

여희는 고개를 끄덕이며 어느새 눈가에 물기가 어린 채로 답했다.

"나도 자꾸만 밀어내서 미안해. 먼저 다가가지 못해서 미안해."

정우도 고개를 끄덕이며 여희의 맨어깨 위로 흐트러진 머리칼을 손으로 쓸어 넘겼다. 머리칼이 손 틈 사이로 부드럽게 빠져나가니 다시 머리칼을 쓸어 넘겨주면서 그가 천천히 다가가 둥근 이마에 입을 맞추었다. 그리고 품에 꼭 안았다. 맞닿은 가슴 안에서 서로의 사랑을 느끼며 두 눈을 감았다. 다신 없을 사랑. 13년을 기다려왔던 사랑. 그 사랑을 비로소 되찾았다.

"사랑한다."

"응, 나도 사랑해."

정우는 그녀를 품에서 떼어낸 뒤에 번쩍 안아 들고 방으로 들어갔다. 여희는 얼굴을 감싸며 부끄러워하다가 맨등에 닿는 부드러운 촉감에 손을 내려 가까이 와 있는 정우를 사랑스럽게 바라봤다. 정우는 손을 뻗어 그녀의 뺨에 입을 맞추고, 다시 입술을 머금었다. 부드러운 감촉과 함께 향긋한 향기가 느껴졌다. 입술을 떼고서 여희를 내려다보다가 흐트러진 머리칼을 만지며 다시 입을 맞추었다.

이번엔 아주 진한 키스였다. 여희도 그의 목에 두 팔을 감싸고 끌어 당겨 깊은 키스를 했다. 입 안 이곳저곳으로 헤엄치며 유유히 자신의 흔적을 곳곳에 새겼다. 진득한 사랑을 느끼며 두 사람은 서로를 더욱 더 꼭 끌어안았다.

"정우야."

"응?"

한 침대에 나란히 누운 두 사람은 그동안 하지 못했던 이야기들을 풀어나갔다. 정우는 여희에게 팔베개를 해주었고, 정우의 팔에 누운 여희가 몸을 뒤척여 옆으로 돌려 누웠다.

"안시내 말인데……."

"궁금하구나."

"응."

정우는 배에 올라가 있던 여희의 손을 꼭 쥐고선 주무르면서 답했다.

"내가 시내한테 했던 말이 있었어. 어머니가 하시던 일이 잘못돼서 시내가 피해를 봤던 일이 있었거든."

흐려진 기억 속 너머로 그때 일이 떠오른 여희가 고개를 끄덕였다.

"나도 알아."

"응. 그때 친구들에게서 괄시받고, 무시받는 시내가 불쌍해서 도와줬었어. 근데 그 애한테는 그게 힘이 됐나 봐. 그래서 결국 그런 오해가 생긴 것 같은데……. 어쨌든 이젠 안 만날 거야. 절대로."

여희가 고개를 끄덕였다. 지난 일은 지난 일일 뿐. 13년을 묻어뒀던 진실이 13년이 지나서 밝혀졌는데, 밝혀지고 나니 참으로 진실은 어이가 없던 것이었다. 그럼에도 오해가 오해였다는 것이 참으로 다행이란 생각이 들었다.

"정우야."

여희의 목소리가 잠결에 나른해진다. 정우 또한 나른한 목소리로 답한다.

"응."

"우리가 13년 전에 오해가 오해였다는 게 밝혀졌더라면 우린 계속 만났을까?"

"……음."

정우는 곰곰이 생각하다가 고개를 저었다.

"아니. 만났다고 하더라도 얼마 못 가서 헤어졌을 거야."

그 대답을 들은 여희가 머리 바로 위에 있는 정우를 올려다봤다.

"왜 그렇게 생각하는데?"

"난 미국에 가야 했으니까."

생각해보니 정우가 왜 미국에 갔어야 했는지에 대한 말은 들어본 적이 없었다. 그럼에도 굳이 따져 묻지 않는 이유는 미국이란 말에 눈동자가 쉼 없이 흔들리는 정우를 보았기에 물을 수가 없었다. 정우의 가족 관계는 무척이나 복잡했고, 서로 편해지기 어려웠다. 영광그룹이란 막대한 자산을 소유한 아버지와 새 어머니, 그리고 이복동생 영광이까지. 복잡한 가족 관계로 인해 많은 상처를 받았을 테다. 그러니 자신까지 보태고 싶진 않았다.

"어머니가 많이 아프셨어."

그러나 정우도 알고 있다. 여희가 궁금한 것은 왜 미국에 갔어야 하느냐, 또 오해를 만들면서까지 왜 말하지 못했느냐. 그 정도일 것이다. 그날에 대한 이야기를 꺼내는 것이 정우에겐 유쾌하지 않은 일이었다. 미국에서 마냥 행복했던 것도, 마냥 슬펐던 것도, 마냥 울었던 것도 아니었으니까. 그저 흐르는 시간 속에서 살았고, 매 순간마다 찾아오는 여희와 함께했던 추억들이 그를 괴롭혔다. 괴로움과 외로움. 어쩌면 혼자가 될지도 모르겠다는 두려움 때문에 내내 아파했다. 그런 자신을 여희에게 보여주고 싶지 않았다. 과거엔 좋은 모습만 보여주고 싶었다면 지금은 모든 모습을 보여주고 싶다. 사랑하는 사람과 행복함, 기쁨, 아픔, 고통, 이 모든 순간을 함께 나누고 싶기 때문이다.

"열아홉살 때, 부모님이 이혼을 하시게 되었어."

정우는 그때의 기억을 떠올리며 미간을 좁혔다. 여희는 그의 말을 가만히 들어주었다.

"기업의 총수가 이혼을 하게 되면 모두가 그렇듯 재산 분할을 놓고 이혼 소송을 하게 되는데, 어머니는 합의 이혼을 해주셨어. 그때 당시에 아버지는 이미 비서와 내연 관계였는데, 그걸 알고도 어머니는 아버지가 원하는 대로 합의 이혼을 해주셨지."

부모님이 이혼을 하시게 된 당시에 정우도 큰 충격을 받았고, 무엇보다 아버지의 외도가 있었다는 점에서 큰 상처를 받았다.

"이혼 소송을 하게 되면 언론에 노출이 되는데, 어머니는 그것도 원하지 않으셨지. 세상에 아버지의 내연 관계가 들통나길 원하지 않으셨던 거지. 그래서 조용히 합의 이혼을 해주셨고, 그때 어머니의 건강이 악화돼서 미국에 계신 이모 댁에 갈 수밖에 없었어."

"그랬구나……."

그렇게 떠나온 한국. 모든 것을 놓고 미국으로 떠나왔지만 정우는 더 큰 그리움을 느끼며 13년 여를 살아왔다. 그 긴 시간 동안 정말 많은 우여곡절을 견뎌야만 했다.

"미국에 가자마자 어머니가 암 진단을 받으셨고, 곧바로 치료에 들어가셨지. 치료가 원활하진 않았어. 어머니는 늘 아버지를 그리워하셨고, 아버지 생각으로 인해 많이 괴로워하셨어. 난 그때마다 어머니를 원망했어. 아버지는 다른 여자와 행복할 텐데 어머니는 왜 그런 아버지를 그리워하느냐고. 그때는 이해하지 못했어."

아버지를 이해하기엔 그는 너무도 어렸다. 10대의 끝자락을 이제 막 벗어난 청춘에게 부모님의 이혼에 이어서 사랑하는 어머니의 암투병까지 견뎌내기엔 한계가 있었다.

"어머니는 모든 고통을 아버지 대신 짊어지고자 하셨어. 그래서 어머니는 아버지 명예를 위해서 소송이 아닌 합의를 해줬고, 그 여자와 함께 행복하게 살기를 진심으로 바라셨어. 고통은 모두 본인 몫이었고. 그 정도로 어머니는 아버지를 사랑하셨던 거야. 그 사랑으로 인해 하루하루 말라가는 어머니 곁을 난 지켜야 했고, 그래서 너한테 연락할 수가 없었어. 미국에 있는 동안 단 하루도 행복한 순간이 없었거든."

여희는 조용히 눈물을 흘렸다. 미국에 있는 동안 단 한 순간도 행복한 적이 없었다는 말에 가슴이 아파왔다. 그래서 연락할 수가 없었다는 말에 모두 이해가 되었다. 나였어도 그 상황에서 연락할 수가 없었을 것 같았다. 아니 나였다면 그 모든 순간을 견뎌낼 수가 없었을 것이다.

여희는 제 손을 잡고 있는 정우의 손을 꼭 잡아주었다. 부디 지금은 행복한 순간만 함께하기를. 진심으로 바랐다. 정우는 여희가 잡아주는 손길에서 따뜻한 위로를 받았다. 정우는 빙긋 웃으며 이야기를 이어갔다.

"거의 십여 년을 투병하셨는데, 2년 전에 재발하셨지."

정우는 그날을 떠올렸다. 2년 전, 한 해의 끝자락에서 크리스마스였던 그날에, 정우는 한국에 왔다. 여희는 박태준과 연애 중이었고, 그와 함께 첫 크리스마스를 보낼 생각에 마냥 들떠 있었다. 정우는 횡단보도 맞은편에서 여희를 봤다. 보고서도 정우는 지나칠 수밖에 없었다. 미국에서 어머니 주치의로부터 충격적 사실을 전해 듣고는 정신이 없었던 것이다. 여희를 지나치면서도, 정우는 돌아서 그녀를 잡고 싶었다. 그러나 절망적인 현실 앞에 그는 그 꿈을 찾아갈 수가 없었다. 그저 받아들여야 했을 뿐. 정우가 돌아왔던 이유는 당연 여희를 만나기 위해서였다.

"그래서 우린 그때 만났더라면 영원히 남남이 되었을 거야."

"차라리 지금이 훨씬 낫다. 같이 있잖아."

"응."

여희는 그의 품에 더욱더 파고들었다. 정우도 그녀를 꼭 품에 안았다. 둘은 함께이다. 언제나 함께였던 것처럼. 그래서 두 사람은 미래를 약속하지 않기로 했다. 과거도, 현재도, 미래도. 그저 함께 있는 지금 이 순간에 서로를 아낌없이 사랑하자고 말이다. 어차피 시간은 흐르고, 그 시간 속에서 지금 두 사람이 함께이고, 함께 있을 것이니 당연 미래는 올 것이라고. 그러니 미래를 약속하기보단 현재를 약속하고, 사랑하자고.

"사랑해, 정말로."

"나도 사랑해. 진짜로."

10. 모든 일이 술술~

어두컴컴한 학교 운동장에서 누군가의 숨 찬 목소리가 들려온다. 벌써 몇 바퀴를 돌았는지 모를 만큼 영광의 셔츠는 온통 땀으로 범벅이다. 이마는 땀이 송골송골 맺혀 있고, 등 뒤는 땀이 흐르고 있다. 하지만 아무리 달려도 힘들지가 않았다. 그저 마음이 찢어질 듯 아프고, 시작도 해보지 못하고 끝나게 생긴 첫사랑이 불쌍할 뿐이었다. 사랑이 이토록 아픈 거였다면 시작도 해보지 않았을 것인데.

격한 숨을 터트리며 쉼 없이 달리던 영광의 다리가 느려지다가 천천히 멈췄다. 무릎에 몸을 기대고서 바튼 숨을 몰아쉬던 영광이 버럭 소리를 내질렀다.

"아프니까 청춘은 무슨!"

어린 영광에겐 그 말이 이해가 가지 않을 것이다. 하지만 지금 이때를 돌이켜 생각하다 보면 그 말에 의미를 알게 될 것이다. 아프기에 청춘이다. 아프지 않으면 청춘이 아니다.

수돗가에서 물을 세게 틀어놓고 꼭지에 입을 대고 물을 마시다가 머리에 물을 뿌렸다. 닿기만 해도 소름이 돋을 것처럼 차가운 물이 머리서부터 아래로 주르륵 흘러내린다. 밤바람도 곧 차가워져 젖은 셔츠 사이를 파고든다. 그렇게 한참을 차가운 물줄기에 머리를 내놓다가 굽혔던 허리를 폈다.

까만 밤하늘에 거리를 두고 떨어져 있는 별이 보였다. 그 별을 한참 동안 올려다보던 영광이 천천히 돌아서 학교를 빠져나갔다. 이미 답은 정해져 있다. 아무리 멋진 남자가 된다고 해도 여희에게 자신은 그저 제자일 뿐임을.

영광 고등학교 근처에 차 한 대가 멈춰 섰다. 조수석에 앉은 여희가 벨트를 풀고는 운전석에 앉은 정우를 돌아다봤다.

"학교 앞까지 가자니깐."

"학생들이며 선생들까지 같은 시간 대에 등교하는 거 몰라?"

"그게 무슨 상관이라고."

"넌 상관없어도 난 있어. 괜히 학교에 이상한 소문 돌면 어떻게 해."

"이미 이상한 소문은 돌고 있었거든. 그리고 나랑 이상한 소문 좀 나면 어때? 어차피 결혼할 건데."

"어차피 결혼을 해도 지금은 아니야."

"하여튼. 고민은 뭐 그리 많아서는."

여희는 정우를 흘겨봤다. 학교 앞이 아니라 조금 떨어진 곳에 거리를 두고서 따로 가야 한다는 것이 불만인가 보다. 하지만 정우는 나름 배려를 한 것이었다. 어차피 결혼할 사이라고 해도 여희는 선생님이고, 얼마 전엔 결혼까지 앞둔 예비 신부였다. 그런 그녀가 갑작스럽게 이사장 차에서 떡하니 내리면 다른 사람들이 얼마나 여희를 이상한 여자로 볼까 싶었던 것이다. 그녀에게 자신이 호감을 표현하는 것과는 별개의 문제였다.

"그래, 나 고민 많다. 고민이 많아서 어떻게 하면 네가 덜 피해를 볼까, 나 때문에 불편함 생기지 않도록 어떻게 해야 할까. 매일 그생각만 한다네. 여자 친구님."

"넌 진짜 답 없어."

"그건 또 무슨 말이야?"

"어쩜 이리도 예쁠까."

"네가 더 예뻐."

"알아. 그래서 네가 날 좋아하는 거잖아."

여희가 정우의 말을 농으로 받아치자 그들 입가엔 함박웃음이 터져 나왔다. 까르르 웃느라 차에서 내리는 것도 잊은 두 사람이다. 정우는 여희를 품에 꼭 안았다.

"내가 알아서 할 거야. 우리 결혼하려면 정리해야 할 것도 있으니까. 걱정 마. 내가 알아서 잘 할게."

"응. 걱정 안 해. 너 똑똑하잖아."

먼저 차에서 내린 여희가 아직 운전석에 앉아 있는 유리창 너머의 정우에게 웃으며 손을 흔들어 보인 뒤에 학교 정문으로 향했다. 그 뒷모습을 빤히 쳐다보고 있던 정우도 차에서 내렸다. 함께 등교하면 좋으련만. 가방을 가지고 차에서 내리고, 휴대폰이 울리며 문자 한 통이 날아와 있었다. 내용을 확인하던 정우의 입매가 다부지게 굳어졌다. 시내였다.

[정우야. 나야, 시내. 네가 날 다신 안 본다고 했지만 그래도 난 문자를 보내고 싶었어.

너희들에게 그런 오해를 만들었고, 13년을 떨어지게 만들어서 미안해. 하지만 네가 했던 말에 용기를 얻고, 새 삶을 시작해보자고 마음먹었던 것에 대해서는 사과하지 않을게. 너한테 그것까지 사과하면 여태까지 살아온 내 삶의 이유가 단숨에 사라져버리는 것과 같으니까.

그래도 행복하게 잘 살길 바라. 잃어버린 13년의 시간, 함께하면서 꼭 되찾길 바랄게. 진심이야.

그리고 나 다음 주에 미국으로 돌아가. 미국 집도 이사 갈 예정이야. 나 피해서 이사 가지 않아도 된다는 뜻이야.

그럼 이것으로 마지막이겠구나. 잘 지내. 고마웠고, 미안했어.]

긴 문자를 읽어 내려가던 정우는 그대로 휴대폰을 꺼 가방에 넣었다. 정우 또한 시내가 잘 살기를 진심으로 바라고 있었다.

교무실에 들어와 출석부와 교무수첩을 꺼내 든 여희는 책상에 앉았다. 때마침 수북하게 쌓인 모의고사지를 정리하던 석현이 의자를 타고 다가왔다.

"오늘 같이 출근했어?"

"응."

"오호, 속전속결. 불 붙었네, 아주."

"하고 싶은 말이 뭔데?"

"아니. 그냥 언제쯤 이사장이랑 사귀는 거 커밍아웃할지 궁금해서."

"너 이거 딥한 거 알지?"

"딥? 아아, 오지랖이라고."

"그래. 오지랖."

"그럼 네가 여자 친구라도 좀 소개시켜주든가."

은근슬쩍 바라고 한 말에 여희가 반색해서 석현을 돌아봤다.

"너 소개팅하고 싶어?"

석현은 정우와 여희가 알콩달콩 잘 지내는 모습을 보니 자신도 사랑하는 사람을 만나고 싶다는 생각이 더욱 간절해졌다. 반색하는 여희가 서운해진 석현이 눈을 흘겼다.

"너무 반긴다?"

"반가워서 그렇지."

"이제야 혹이 떨어져 나가네, 이 뜻이지?"

"설마."

"언제나……."

"언제나 설마는 사람을 잡는다고? 그래. 네 말이 맞다."

석현의 말을 장난스레 받아친 여희가 먼저 자리에서 일어났다. 교무실 문밖을 나서니 석현도 뒤를 따랐다.

"모의고사 내일부터인데. 너네 반 애들은 다들 준비 잘했대냐?"

"뭐 알아서들 잘 했겠지. 영광 고등학교 출신 꼬리표가 평생 따라다닐 텐데, 안 하면 안 되지."

"그렇긴 해. 근데 너 커밍아웃할 때, 문학 샘 조심해라. 문학 샘이 이사장한테 눈길 주는 거 장난 없더라."

"그래도 내가 이겨."

석현의 걱정에 여희는 농담을 하며 씩 웃었고, 석현은 그 자리에서 우뚝 멈춰 섰다. 먼저 앞서 걷던 여희가 교실로 들어가니 석현이 한쪽 심장을 붙들고선 깊은 심호흡을 한다.

언제나 여희는 사람의 마음 안으로 훅 들어오는 재주가 있었다. 대학 때도 그래서 석현이 여희를 좋아했던 것이다. 장난스레 웃는 그 미소가 너무 예뻐서 마음 안으로 김여희라는 바람이 훅 불어닥쳤었다.

"여우야, 여우."

석현은 장난스럽게 웃으며 제 교실로 들어갔다.

교실로 들어서니 역시나 학생들은 영광 고등학교 재학생들답게 공부에 열중하는 중이다. 내일이 모의고사라서 그런지 학생들의 분위기가 꼭 전쟁터에 나갈 법한 분위기여서 여희의 몸도 절로 움츠러들었다. 학생들을 쭉 훑어보던 여희의 시야에 걸리는 빈자리. 그 자리는 영광이의 자리였다.

"어? 영광이는?"

"아직 안 왔어요."

"안 왔다고?"

"네."

예상치 못한 영광이의 부재에 학생들도 의아했다. 단 한 번도 결석이 없던 학생이었던 터라 그의 부재가 눈에 확 드러났다. 아침 조례 후 다시 교무실로 돌아온 여희는 곧바로 전화번호부 목록을 뒤져 영광에게 전화를 걸었다. 하지만 신호음만 길어질 뿐 영광이의 목소리는 들려오지 않았다.

"이상하네."

전화를 내려놓은 그녀가 이번엔 영광이의 집으로 전화를 걸었다. 분명 영광에게 전화를 거는 것인데 왜 이리 떨리는지. 몇 차례의 신호음 뒤로 상대편 목소리가 들려왔다.

-여보세요?

"네, 여긴 영광 고등학교입니다. 영광이 담임인데요, 혹시 영광이에게 무슨 일이 있는 건가요? 학교에 오지 않아서 연락드렸습니다."

-아. 영광 군 오늘 아파서 학교에 등교할 수 없을 것 같아요.

"아파요? 어디가, 얼마나 아픈가요?"

-모르겠어요. 아, 잠시만요.

때마침 2층에서 내려온 미란을 본 아주머니가 전화를 바꿔주었다.

-아, 김 샘?

미란의 목소리를 알아들은 여희가 잠시 긴장하여 답했다.

"네. 이사장님."

-김 샘, 영광이가 오늘은 학교에 갈 수 없을 것 같네요. 지금 많

이 아프거든요.

"많이 아픈가요?"

-오전에 박사님께서 다녀가셨는데, 다행히 몸살이라고 해요. 나도 속상하네요. 이런 적이 없던 아이였는데, 요즘 며칠 무리한 모양이에요.

"아, 네. 알겠습니다. 이사장님."

-학교에는 알아서 잘 처리해주세요.

"네, 그러겠습니다."

전화를 끊은 여희의 표정도, 2층을 올려다보던 미란의 표정도 좋지 못했다. 2층 제일 큰 방이 바로 영광의 방이다. 흰 벽과 블랙의 가구들이 깔끔한 조화를 이루는 방 안엔 그가 좋아하는 자동차 사진과 모형이 놓여 있다. 그리고 가장 안쪽 방에 놓인 침대에 영광이 수액을 맞으며 누워 있었다.

지난밤 혼자 운동장을 돌았던 탓인지 감기에 걸린 것이다. 숨을 쉴 때마다 오르락내리락하는 가슴이 지금 얼마나 아픈지 잘 보여주고 있다. 학교도 가지 못할 만큼 열이 올라 온몸은 이미 불덩이다.

하지만 영광은 알고 있다. 현재 이 병이, 열이 오르는 이유가 그저 찬바람을 쐬어서 그런 것만은 아니란 것을. 현재 영광은 첫사랑에 빠졌고, 첫사랑의 아픔이 열병으로 찾아온 것이란 것을. 이 또한 견뎌야 하는 것이 바로 사랑이라는 감정이라는 것을.

영광그룹 회장실에 앉은 도 회장은 아까부터 깊은 고민을 하고 있었다. 휴대폰을 앞에 두고서 몇 번을 고민하고 또 고민했는지 모르겠다. 결국 휴대폰을 집어 든 도 회장은 빠르게 번호를 눌렀고, 몇 번의 신호음 끝에 상대방 너머로 한 여자의 목소리가 들려왔다. 통화를 나누던 도 회장의 표정이 급격히 변해갔고, 통화 후 휴대폰을 밑으로 떨어뜨리듯 내려놓았다.

입술이 바짝바짝 타들어가는 것만 같다. 눈동자가 빠르게 흔들렸고, 심박수는 급격히 상승하는 것 같았다. 정우를 만나야 할 것 같다. 아니 일단 먼저 비서를 불렀다. 급히 지시를 한 뒤에 도 회장은 정우를 불러들였다.

아버지의 연락을 받고 정우는 여희를 잠시 운동장으로 불러냈다. 스탠딩석에 나란히 앉은 두 사람 손에는 차가운 음료수가 들려 있다.

"왜 보자고 했어?"

"보고 싶어서."

따뜻한 말에 여희가 씩 웃었다. 그러자 정우도 웃으며 아무것도 들고 있지 않은 여희의 손을 꼭 잡았다.

"아버지가 잠깐 집으로 오라셔."

"회장님이?"

"응. 할 이야기가 있으신가 봐."

"우리…… 얘기도 할 거야?"

"해야지. 그래도 아버지니까."

여희는 고개를 끄덕이다가 퍼뜩 떠오른 생각에 입을 열었다.

"아, 오늘 영광이가 안 왔어."

"영광이가?"

"응. 집에 전화해봤더니 많이 아프다던데."

"얼마나?"

"감기라고 하는데. 집에 간다니까 가서 좀 보고 오라고."

"그래, 알았어."

"한 번도 그런 적이 없던 애인데. 요며칠 신경 쓰이는 일이라도 있었나."

기억을 뒤져봐도 그런 모습은 보인 적이 없던 아이인데, 영광이가 아프다고 하니 뭔가 신경이 쓰였다. 그래서 정우를 슬쩍 보다가 다시 시선이 정면을 향했다.

"아무래도 네 동생이라서 그런가 보다."

"네가 걔 담임이라 그런 거겠지."

"응. 그런 것도 있어. 영광이는 조금 특별한 제자거든."

"특별해?"

"응. 생각해보면 내가 기분이 울적하거나 슬플 땐 영광이가 알게 모르게 많이 챙겨줬었어."

"어떻게 챙겨줬는데?"

"뭐, 밴드를 챙겨준다거나 같이 길을 걷는다거나, 뭐 그런?"

유난히 자신을 잘 챙겨줬던 영광이가 여희는 참으로 기특하고 고마웠다. 지금 와서 생각하니 영광이는 처음부터 그녀에게 특별한 아이였다. 정우의 동생이었으니까. 미리 형수와 도련님 사이임을 알아차렸던 것은 아닐까.

그러나 정우는 알고 있다. 지금 동생이 힘든 시간을 보내고 있음을. 첫사랑에게 당당히 고백할 거라고 했지만 고백은 정우가 먼저 했고, 여희를 쟁취했기에 그 둘이 했던 내기는 아무런 소용이 없게 된 것이다. 지금 여희가 아무것도 모르는 것도 영광의 배려인 것만 같다.

영광의 깊은 속을 어림짐작한 정우가 씁쓸히 웃었다. 영광이에게 고맙기도 하고, 미안하기도 한데, 그래도 포기해준다니 다행스러워서 씁쓸했다.

먼저 집으로 돌아온 도 회장은 겨우 버티고 선 몸으로 힘겹게 소파에 앉았다. 미란은 도 회장의 갑작스런 이른 귀가에 혹여나 영광이가 걱정돼서일까, 내심 기대하고 있었다. 그러나 도 회장은 영광이가 아픈 것도 모르고 있었다. 도 회장은 다짜고짜 정우를 찾았다.

"정우 왔어?"

실망한 기색이 역력한 채 미란이 착 가라앉은 목소리로 답했다.

"아니요. 정우 오기로 했어요?"

"어. 왜 이렇게 늦는 거야?"

"왜요? 무슨 말 하려고요?"

평소 같았으면 미란의 비위를 맞춰줬을 도 회장이었지만 지금 그는 그럴 마음의 여력 따위는 없었다. 그저 마음속 깊은 곳에서 터지고 있는 활화산으로 인해 어느 누구에게라도 화산재를 덮어씌우고만 싶었다. 첫 번째 타겟이 바로 미란이 되었다.

"왜라니. 내 아들, 내가 부르겠다는데, 왜라니!"

"여, 여보."

갑작스럽게 화를 내는 탓에 미란이 당황했다. 그러나 한 성격 하는 미란답게 지지 않고 바락바락 대들었다.

"지금 우리 영광이가 어떤 상태인지 알아요?"

"영광이는 또 왜?"

"새벽 내내 아파서 박 박사님도 다녀가셨다고요!"

"사내 녀석이 아플 수도 있는 거지, 뭘 그런 것 가지고!"

"여보, 말이면 다인 줄 알아요? 지금 우리 영광이 서자라고 박대하는 거죠! 그렇죠!"

"내가 적자, 서자 따졌으면 지금 당신은 내 옆에 못 있어! 영광이도 마찬가지고!"

"여보!"

"그만해! 안 그래도 머리가 터질 것 같으니까."

두 사람의 말다툼 소리가 바깥까지 들려왔다. 현관문을 잡고 선 정우는 순간 아찔해졌다. 정녕 이 집에 또 들어가야 하는 것일까. 한편 내심 이 부부가 마냥 행복한 것은 아니구나, 싶어서 마음에 안도감까지 생겨났다. 마냥 행복했다면 또 어쩌고, 마냥 행복하지 않다면 또 어쩔 것이냐. 그 마음이 금방 안도감이 생긴 마음을 치워버렸지만.

문을 열고 안으로 들어서니 미란이 현관으로 다가오고 있었다. 미란은 눈앞에 서 있던 정우의 뺨을 다짜고짜 쳐버렸다. 귓가에 가냘픈 여인의 손길이라고 할 수 없을 만큼의 강도가 뺨을 스치는 소리와 함께 붉게 물들였다. 거실을 울리는 굉장한 소리에 도 회장이 자리에서 벌떡 일어섰다.

"너만 아니었으면 되는 거였어!"

귓가에 들리는 미란의 고함 소리와 분노한 도 회장의 소리가 한데 섞여 귓가를 아찔하게 파고들었다.

"너만! 너만 돌아오지 않았으면 되는 거였다고!"

"미란아!"

"왜 돌아왔니! 왜 돌아와서 평탄했던 우리 가족을 이렇게 만드느냐 말이야!"

"……."

미란의 찢어질 듯한 고함 소리가 2층까지 쩌렁쩌렁 울리자 영광이 잠에서 깨어 몸을 일으켰다.

"이제라도 네 가족을 찾고 싶단 생각이라면 버려! 네 가족은 이제 여기 없어. 그러니까 제발 그만하고 좀 사라져!"

"……."

"이러려고 돌아온 거지, 어? 우리 영광이 자리 빼앗으려고 돌아온 거지!"

"엄마!"

2층에서 모두 듣고 있던 영광이 계단을 힘겹게 내려서면서 미란을 불렀다. 그러자 미란의 시선이 정우에게서 영광에게로 옮겨졌다.

"우리 영광이, 마냥 행복했던 것만은 아니야. 네 아버지가 나만 사랑했던 것 같니? 나만 사랑했으면 진즉에 이혼하고 나와 영광이 호적에 올려줬을 거라고!"

"이게 모두 우리 어머니 탓이란 말입니까?"

그제야 입을 뗀 정우의 목소리가 쩍쩍 갈라졌다. 며칠째 비가 내리지 않은 샘이 모두 말라비틀어져 쩍쩍 갈라진 것처럼 아픈 소리가 거실 내에 가득 울려 퍼졌다.

"당신과 당신 아들을 일찍 호적에 올리지 못한 것이 우리 어머니 때문이란 말처럼 들리네요."

미란도 처음엔 그런 의도는 아니었다. 말을 하려다 보니 최대한 아픈 소리를 해야 정우의 가슴팍에 비수가 꽂힐 테니, 그래서 꺼낸 말이었다. 어쨌든 미란이 의도했던 대로 정우의 심장에 아주 큰 대못이 푹 박혀버렸다.

"그럼 우리 어머니는 누구를 원망해야 하는 겁니까? 아버지입니까, 아님 젊은 나이에 아버지를 꼬여낸 당신입니까?"

"뭐, 뭐라고? 꼬여내?"

"꼬여낸 것이 아니면 뭔데요? 아버지 재산이 탐났던 것 아닙니까!"

최대한 참아보려고 했다. 영광을 봐서라도 참으려고 했지만 어머니를 생각하면 참을 수 없었다. 그에겐 언제나 어머니가 1순위였다. 아픈 어머니를 보살피기 위해 혼자 어린 나이에 미국으로 건너갔던 것도, 미국에서도 아버지를 그리워하는 어머니를 보호한 것도 모두 어린 그였다. 그는 지켜내고 싶었다. 끝까지 어머니를 위한 아들이 되고 싶었다.

그런데 그런 어머니를 되려 원망하는 저 여자가 미치게 원망스러웠다. 이 일을 만든 장본인이 바로 자신이면서 뉘우침 하나 없이 오히려 어머니를 탓하는 저 여자가, 저 여자의 아들인 영광이까지 미워 보였다. 그러나 그중에서도 가장 미운 사람은 바로 아버지이다.

"기가 막히네요. 참 가관이네요, 당신이란 사람."

"도정우!"

"내가 돌아온 이유가 그렇게 궁금했습니까?"

"그래, 이제라도 네 본색을 드러내라고! 왜 돌아왔어! 왜!"

"아버지 재산이 탐나서 돌아왔습니다! 됐습니까?"

"이, 이 자식이!"

다시 뺨을 치기 위해 손을 번쩍 올리는 미란을 향해 영광이 소리쳤다.

"엄마!"

세 사람이 모두 영광을 올려다봤다. 영광은 아픈 기색이 역력한 채로 계단을 뛰어내려와 정우의 앞에 섰다.

"그만해, 엄마. 제발, 그만해!"

영광의 등을 빤히 쳐다보던 정우가 시선을 외면했다. 차마 영광을 볼 수가 없었다. 영광의 아픈 모습을 보던 미란은 눈시울이 붉어진 채로 아직 식은땀을 흘리고 있는 아들을 올려다봤다.

"영광아."

"제발 그만하라고, 좀! 형 좀 그만 괴롭히라고!"

"도영광."

"형은 그냥 형이야. 형이 왜 왔겠어. 아버지가 계시니까, 우리 형이니까. 우리 가족이니까 왔겠지."

"네가 뭘 안다고 나서! 얼른 올라가!"

"엄마가 왜 그러는지 나도 다 알아. 나 때문이란 것도 알아. 근데 엄마, 이건 내가 바란 게 아니야. 이건 내가 그리던 가족이 아니라고."

정우의 눈시울이 점차 붉어졌다. 영광의 눈동자 또한 붉어진 상태다. 영광이 그토록 형을 바랐던 것은 따뜻한 가족에 대한 사랑 때문이었다. 그 사랑이 그리워서 늘 형을 원했던 것이었다.

누구보다 그 마음이 잘 느껴진 정우의 마음이 무거운 추를 매단 것처럼 한없이 무거워졌다.

한바탕 소란스러움이 끝나고 서재에 단둘이 남은 도 회장과 정우의 앞에는 무거운 침묵만이 얼기설기 얽혀 있었다. 그 무거운 침묵을 먼저 끝낸 사람은 바로 도 회장이었다.

"네 엄마 얘기 들었다."

미국에 전화를 걸었던 도 회장은 전부인의 부고 소식을 듣고 크게 놀랐다. 비서를 통해 그녀가 잠들어 있다는 납골당 주소도 알아냈다. 무소식이 희소식일 줄만 알았는데, 무소식은 그저 안일했던 자신을 비아냥거릴 뿐이었다. 처음엔 화도 났다. 그런 사실을 왜 말하지 않았는지, 그 이유에 대해서 따져 물을 참이었다. 그러나 미란이 화를 내면서, 또 정우의 마음을 알게 된 덕에 도 회장은 이성을 찾을 수 있었다. 화를 낸다고 해서 되는 문제가 아니었다. 정우는 아버지인 자신을 원망해도 되는 아들이었다.

"결국 알게 되셨네요."

"끝까지 모른 척할 생각이었냐?"

"……어머니가 바라지 않으셨으니까요."

"급히 미국에 갔던 이유도, 그 때문이었냐?"

"……네."

도 회장은 무거운 눈꺼풀을 닫아버렸다. 아찔했다. 13년 전에 급히 미국으로 떠난 이유가 자신과의 이혼 때문이 아니었단 사실에 도 회장의 안색이 급격히 질려갔다.

정우는 이를 악물었다. 정신을 집중해서, 악에 받쳐 우는 모습을 보여주고 싶지 않기에 온몸에 힘을 주었다.

"왜 말하지 않았느냐고 묻지 마세요. 그때 말했다고 하더라도 변할 일은 없었어요."

"그래도, 그래도 좀만 더 일찍……."

"그런 말도 마세요. 듣고 싶지 않습니다."

정우의 눈빛이 변해갔다. 물빛으로 촉촉하던 눈망울이 사납게 변해갔다. 말해봤자 변하는 것은 없었다. 어머니는 상처 받았고, 어렸던 그와 상처받은 어머니를 버린 사람은 바로 아버지 당신이었기에. 지금 와서 그런 말투와 그런 눈빛으로 바라보는 것조차 허락할 수 없기에.

"그런 눈으로 보지도 마세요. 보고 싶지 않습니다."

"정우야."

"제가 돌아온 이유는 그저 어머니의 바람 때문이었습니다. 어머니는 끝까지 아버지를 의지하셨거든요."

"……이런 나를 의지했다고?"

"네. 전 어머니를 이해할 수 없었지만 지금은 알 것도 같네요."

"무슨 뜻이냐?"

"사랑했으니까요. 어머니는 아버지를 진심으로 사랑하셨어요. 아버지가 배신하시긴 했지만 그 배신마저도 사랑하셨습니다."

그때는 이해하지 못할 어머니의 마음이 현재는 조금이나마 이해할 수 있었다. 이유는 현재 그가 사랑을 하고 있기 때문일 것이다. 죄를 미워하되 죄인은 사랑하라는 말처럼 어머니는 아버지를 끝까지 사랑하셨을 뿐이다. 그 말에 도 회장의 눈가에 물기가 서렸다.

"미안하구나, 정말."

"미안하다는 말은 그때 하셨어야죠. 지금은 늦었습니다."

"정우야."

"냉정하게 들리시겠지만 전 아버지에 대해 그 어떤 마음도 갖고 있지 않습니다. 그저 어머니의 바람 때문에 한국에 온 것이고, 제가 꼭 되찾아야 할 사람 때문에 온 것입니다."

"그래도 이제부턴 내 대를 이어야 하지 않겠니?"

"아니요. 아버지는 지금까지 하신 것처럼 그렇게 사세요. 전 제가 하고 있는 일에 최선을 다할 생각입니다. 제가 재단에 있는 이유 또한 아버지와는 아무런 상관이 없으니 지금 하고 있는 일만 계속하도록 하겠습니다."

정우의 눈빛에선 흔들림이 없었다. 여기까지만 하라는 뜻이었다. 아버지로서의 책임감 또한 바라지 않는다는 눈빛이다. 그 눈빛을 읽은 도 회장은 입을 다물었다. 할 말이 없었다. 그 어떤 것으로도 용서받지 못할 것을 자기 자신이 제일 잘 아는 법이니까.

"그리고 저 결혼합니다."

"결혼?"

"네. 될 수 있으면 빠른 시일 내에 식 올릴 겁니다."

정우는 먼저 자리에서 일어섰다. 뒤도 돌아보지 않고 서재를 나섰다. 서재를 빠져나가는 정우의 뒷모습을 아련한 눈길로 보던 도회장은 고개를 푹 숙였다. 이로써 아들 하나를 잃었다.

저택을 빠져나가려던 정우의 발길이 2층으로 이어졌다. 2층에 올라서니 제일 큰 방에서 기침 소리가 들려왔다. 그 방문 앞에 선 정우는 잠시 망설였다. 들어갈까, 말까. 몇 번을 망설이던 끝에 노크를 하니 안쪽에서 영광이의 목소리가 들렸고, 문을 여니 침대에 앉아 조금 놀란 눈으로 정우가 들어서는 것을 바라보는 그가 보였다. 안으로 들어서니 영광이 덮고 있던 이불을 확 젖혔다.

"아프다며?"

예상치 못한 정우의 방문에 제일 놀란 사람은 다름아닌 영광이다. 조금 전까지만 해도 다신 안 볼 사람 같았다. 자신이었어도 그랬을 거다. 그러나 정우는 그것과는 아무런 상관없다는 얼굴로 자신을 마주 보고 있으니 새삼 신기하면서도 이상했다. 이 느낌이 형제애라는 것인가. 내심 기분이 편안해진다.

"감기예요."

"오뉴월에 개도 안 걸린다는 감기에 사람인 네가 걸리면 어떻게 하냐?"

"그러게요. 벌받나 보죠, 뭐."

"벌? 무슨 벌?"

뜬금없는 대답에 정우가 되물으니 영광이 어색하게 뒷머리를 긁적이며 답했다.

"……형수님을 사랑한 벌."

그 대답 직후에 영광은 피식 웃었다. 하지만 정우는 웃을 수가 없었다. 누구보다 영광의 마음을 알 것 같기에 웃을 수가 없었다. 하지만 지금은 웃어야 했다. 그래서 정우도 살짝 입가에 옅은 미소를 짓는 것으로 답해주었다.

"잊기로 한 거야?"

"애초에 안 될 사랑이었어요."

"애초에 안 될 사랑 같은 건 없어."

"저도 그렇게 생각했는데, 있더라고요."

이 세상에 수많은 사람이 존재하듯 사랑도 여러 가지가 존재했고, 다양한 사랑의 종류로 존재한다. 부모의 사랑, 자식의 사랑, 남녀의 사랑 등. 그 수많은 사랑의 종류 중 하나를 이제 알게 된 것일 뿐이다. 그렇기 때문에 영광은 이것이 끝이 아니라 시작임을 알 수 있었다.

깊어진 눈빛과 한층 더 성숙해진 영광이 정우의 눈에는 보였다. 이 모든 변화가 바로 사랑 때문일 것이다. 정우는 영광의 어깨를 터치했다.

"힘내라는 뜻이죠?"

"아니. 포기해줘서 고맙다는 뜻인데."

정우의 농담에 결국 영광이도 크게 웃었다.

"제가 포기 안 했으면요? 위협적일 거라는 뜻이에요?"

"위협적이지."

"제가요?"

"나이가 어리잖아."

"뭐예요, 그게. 난 빨리 어른 되고 싶은데."

"어른 그거 좋은 거 아니야."

영광이 두 눈을 크게 뜨고 바라봤다. 그게 무슨 뜻인지 알 수가 없는 모양이다.

"어리다는 것은 네가 가진 특권이야. 어리니까 뭐든 할 수 있다는 뜻이고. 누구에게나 가질 수 있는 권리이지만 그 권리를 어떻게 쓰느냐에 따라 네 인생이 달라질 수 있어."

"난 내 인생이 그리 만족스럽진 못해요."

"그래서 어른이 되고 싶다는 거야?"

"뭐, 이것저것. 어른이 되면 자유로울 수 있을 것 같아서."

"자유롭고 싶어?"

"사람은 누구나 자유롭고 싶어 하잖아요. 막상 자유로워지면 구속되고 싶어 하고. 그래서 사람의 욕심은 끝도 없다고 하는 거구요."

어느새 두 사람은 조금 전에 일은 떠올리지 않게 되었다. 오로지 서로에 대한 꿈과 미래, 그런 이야기만 늘어놓고 있다. 그 점이 영광에게도, 정우에게도 좋았다.

"하고 싶은 거 있어?"

"생각 중이에요."

"그래. 잘 생각해봐. 무엇을 하든 네가 하고 싶은 일을 했으면 좋겠다."

그러니 영광이의 어깨가 한층 더 축 늘어졌다. 꿈에 대해 고민하는 것은 어느 청춘에게나 있는 일이다. 하지만 다른 세상에 사는 영광에겐 할 수 없는 일이었다. 고민해도 결국엔 자기가 하고 싶은 일이 아닌 해야만 하는 일을 해야 하고, 지켜야 하는 것을 지켜내야만 한다.

"하고 싶은 일보다는 해야 할 일이 먼저예요. 지켜야 하는 것들이 많으니까."

영광이 하는 말을 주의 깊게 들은 정우도 알 수 있었다. 서로가 형제이기에 할 수 있는 고민들. 그래서 좀 더 솔직한 조언을 해줄 수가 있었다. 두 사람은 형제이니까.

"근데 아직 아버지는 건재하셔. 네가 하고 싶은 공부를 한다고 하면 네 자리는 너를 기다려줄 거야."

"형은요?"

"난 관심 없어. 자리 같은 건."

"나도 관심 없어요."

"그래, 지금은 그럴 거야. 근데 넌 계속 아버지 곁에 있어드릴 거잖아."

"형도 있으면 되잖아요."

"……난 해야 할 일이 있고, 하고 싶은 일을 하고 있고, 더 이상 욕심도 없어."

"선생님과 떠날 건가요?"

"아니. 나도 선생님도 그 자리에 있을 거야. 다만 함께할 거야. 평생."

"부럽네요. 사랑하는 사람과 함께라니."

"그렇다고 뺏을 생각 하면 안 된다. 네 형수야."

"알아요."

"어쨌든 고맙다. 곁에 있어줘서. 든든해."

정우는 영광의 어깨를 다부지게 꽉 붙잡았다. 그 손길이 억세지 않고, 부드러워서 더 눈물이 날 것 같았다. 눈물이 핑 돌아 영광이 두 눈을 크게 떴다. 정우는 협탁에 놓인 영광의 휴대폰을 집어 들고 번호를 저장해주었다.

"언제든 연락해라. 너 고등학교 졸업하면 형이 술 사줄게."

"꼭이에요."

"그래. 그렇다고 아무 때나 전화하진 말고."

"다 알거든요."

"얼른 털고 일어나. 누워 있는 거, 별로 안 멋져."

"네, 그럴게요."

"간다."

정우가 방을 나가고 나서 영광은 자리에 앉아 가만히 생각에 잠겼다. 그가 해준 말이 힘이 된다. 하고자 하는 일, 마냥 아버지 일을 해야만 하는 것인가 고민했었는데 처음으로 자기가 하고 싶은 일에 대해서 깊이 고민할 수 있게 되었다.

오후 7시. 퇴근 준비를 하던 여희의 가방 속에서 휴대폰이 요란하게 진동음을 냈다. 액정에 뜬 번호는 모르는 번호였고, 전화를 받아드니 상대편에선 깊은 한숨 소리만 들릴 뿐이다.

잘못 건 전화인가 싶어 통화를 종료하고 가방에 넣으니 싱숭생숭한 느낌이 들었다. 이후 귀가하는 학생들로 요란한 소음이 가득한 복도를 쭉 걸으니 휴대폰이 또 울렸다. 이번에도 모르는 번호다.

"여보세요?"

⋯⋯나야. 안시내.

귓가를 때리는 익숙한 소리에 복도 안에 있던 모든 소음이 멈춰진다. 안시내의 목소리만이 귓가에 웅웅거릴 뿐이다.

여희는 시내가 말한 카페로 들어섰다. 카페 안쪽 창가 자리에 앉아 있는 긴 머리의 안시내가 보였다. 그 앞으로 가니 창가를 응시하고 있던 시내의 눈동자가 여희를 향해 올려졌다.

그들 앞에 투명한 글라스에 꽉 잠긴 얼음이 들어간 아이스 아메리카노가 놓였다. 한참 동안 말없이 글라스만 매만지던 두 사람 사이에 처음으로 말들이 오고 갔다.

"오랜만이다."

"오랜만이란 인사는 그때 했잖아. 본론만 얘기해."

"성격은 그대로네."

"정우한테 얘긴 다 들었어. 오해를 만든 사람이 바로 너였다고."

"정우가 그렇게 얘기했니? 나 때문이라고?"

"⋯⋯아니."

"너도 알듯이 나도 정우에 대해서 잘 알아."

여희는 잠자코 시내의 말을 들었지만, 그 말이 무척이나 거슬렸다. 너보다 내가 더 정우에 대해서 잘 안다고 자신하는 것 같아서 기분이 나빴다. 미간이 묘하게 일그러지니 시내가 지금과는 어울리지 않는 미소를 지었다.

"기분 나쁘니? 정우에 대해서 그렇게 말하니까."

"솔직히 유쾌하진 않네."

"나도 그때 그랬어."

"……무슨 말이니?"

"너랑 난 다른 점이 하나도 없는데, 왜 넌 항상 그 애와 함께인 걸까?"

시내는 그동안 하지 못한 말들을 모두 털어놓을 참이었다. 그 많은 말들 중에서 그 말이 가장 하고 싶었다. 자신과 다를 바가 없는 아이인데, 왜 넌 늘 그 아이 곁에 있을 수 있었을까?

"굳이 다른 점을 찾자면 난 가난하고, 넌 가난하지 않았다는 거. 그거 하나뿐인데."

이런 감정이 남들이 말하는 자격지심인 것일까? 그렇다고 해도 상관없다. 자격지심이든 아니든 지금의 감정은 그때의 감정과 다른 것이 하나도 없었다.

"그래서 좀 달라지고 싶었어. 그리고 그 아이 곁에 있는 네가 꼴 보기 싫었고."

"그래서 그랬니? 우리가 서로를 오해하게 만들었던 이유가?"

"넌 겨우 13년 힘들었잖아. 난 18년을 가난에 허덕였어."

"네 가난을 내가 만든 건 아니잖아. 네 팔자가 그런 건데, 그렇다고 나까지 고통 속에 몰아넣은 거니?"

"넌 참 독해. 그때나 지금이나."

"너도 참 나빠. 그때나 지금이나. 변한 것은 아무것도 없고, 그저 네 팔자만 탓하고 있는 거잖아."

"뭐?"

"너처럼 가난한 사람은 많아. 너보다 훨씬 더 가난한 사람도 많고. 그런데 그 사람들이 모두 너 같진 않을 거야."

"무슨 뜻이야?"

"넌 네가 처한 상황만 고려해. 네가 처한 상황만 아프고, 남이 아프건 말건 상관도 하지 않아. 그래서 정우가 널 선택하지 않은 거야. 13년을 정우와 함께 있었으면서도 그의 마음을 얻어내지 못한 건 모두 네 그 마음 때문이란 뜻이야."

"……."

"지금 넌 가난하지 않아. 근데 네 마음은 여전히 가난하다. 그때나 지금이나."

크게 한 방 먹었다. 한 방 먹이려고 나온 것인데, 도리어 한 방 먹은 사람은 바로 시내 본인이었다. 여희의 말이 비수가 되어 가슴에 꽂혔다. 하나도 다르지 않은 말이라서 그녀는 꿀 먹은 벙어리가 되었다.

"누군가를 사랑하고, 사랑 받으려면 그 마음부터 고쳐. 그 마음을 고치지 않는 한 넌 절대 누구를 사랑하지도, 받지도 못할 거야. 네 마음이 가난한데, 누가 네 마음을 받아들이겠니."

"야, 김여희."

"이러려고 나온 거라면 안 만났던 게 나았을 것 같다. 안시내."

"……미안하단 말, 안 하고 싶었어."

"네 표정 보니 알 것도 같아. 넌 절대 미안하단 말 안 할 거야."

"아니, 근데 하려고."

시내는 여희를 똑바로 쳐다봤다. 여희도 지지 않고 그녀의 눈을 마주 봤다.

"미안했어. 정말 미안해."

"……네 그 마음이, 말이 진심이길 바란다."

"진심이야."

"그럼 다행이고. 미국 가니?"

"응. 정우한테도 문자 보냈어. 미국 간다고."

"정우는 안 나갈 거야. 내가 안 보낼 거거든."

"알고 있어."

"근데 네 전시회는 가라고 할 생각이야."

시내가 두 눈을 크게 뜨고 여희를 봤다. 문득 인터넷 신문에 나온 시내의 기사를 본 기억이 떠올랐다. 겉만 화려하고 속은 하나도 변하지 못한 가난한 안시내가 조금 가여워 보이기도 했다.

"유명해졌더라고. 네가."

"……."

"그리고 우린 곧 결혼할 거야. 행복하게 살고 싶어. 행복하게 살 거고. 우리가 행복하게 사는 모습, 너한테도 꼭 보여주고 싶다. 그러려면 나도 진심으로 네가 행복해지길 바라야 할 것 같아서, 행복하길 바랄게. 진심이야."

여희는 그대로 돌아서 카페를 빠져나갔다. 혼자 남은 시내는 눈물을 흘렸다. 마음이 텅 비어 있다. 그 말이 너무도 와닿아서 시내는 울지 않을 수가 없었다.

혼자 거리를 걷는 내내 여희는 욕을 중얼거렸다. 아무리 생각해도 괘씸하다. 더 복수해주는 것인데. 그래도 나름 성공한 것 같아서 뿌듯한 마음으로 걷다 보니 어느새 집 앞에 다다라 있었다. 그런데 집엔 들어가지 않고 앞에 선 여희가 가로등 불빛 아래서 담벼락에 몸을 기대고 하늘을 올려다봤다.

"도대체 도정우는 어디 가서 뭘 하는 거야. 하루 종일 연락도 안 되고."

그때 정우는 바에서 술을 진탕 먹고 있었다. 잊고 싶었는데, 도저히 잊히지가 않았다. 미란이 했던 말이 가슴에 콕 박혀서 빠지질 않았다. 독한 양주를 병째로 들이켜니 보다 못한 바텐더가 그를 뜯어 말렸다. 결국 이기지도 못하는 술을 모두 비운 뒤에 테이블 위로 뻗어버렸다.

새벽이 가까운 시각에 휴대폰이 요란하게 울려댔다. 잠결에 손을 뻗어 휴대폰을 집은 여희가 전화를 받아 들었다. 바텐더가 전한 내용에 몸을 발딱 일으켜 허겁지겁 지갑만 가지고 집을 뛰쳐나갔다. 문이 닫히는 소리에 안방에 있던 주희가 이상한 낌새를 느끼고 잠에서 깼지만, 여희는 눈치채지 못한 채 헐레벌떡 바로 갔고, 계단에 앉아 있는 정우를 보고는 한숨을 잔뜩 내쉬었다.

"야, 도정우!"

바텐더의 도움으로 그를 조수석에 앉히고선 차를 몰았다. 대체

술을 얼마나 마신 것인지 그는 인사불성이 되어 취해 있었다. 그의 집 앞에 차를 세우고선 뻗어 있는 도정우를 흔들었다.

"야. 도정우. 일어나 봐. 나 여기선 너 못 들고 간다고! 야!"

정말 꼼짝도 하지 않는다. 남자를 여자의 몸으로 업고 들어갈 수 있을 리도 없고, 그렇다고 여기에 마냥 있자니 그럴 수도 없어서 시트에 몸을 기대어 한숨을 푹 내쉬었다.

"나한테 왜 이러냐, 넌 또."

신세 한탄을 하다가 버럭 소리를 질러버렸다. 그러자 그 소리에 정우가 반응을 한다. 몸을 꿈틀거리며 감았던 눈을 뜨는 정우의 앞으로 그녀가 불쑥 고개를 내밀었다.

"일어났어? 일어난 거야? 내가 보이긴 해?"

"……"

그러나 아무리 흔들고, 깨워도 그는 묵묵부답이다. 이로써 정우를 깨우기란 무리일 것 같아서 여희는 그냥 놓아두기로 했다. 이렇게 있다 보면 알아서 일어나겠지. 그런 마음으로 바로 앞에 창으로 눈길을 돌렸다. 새카만 밤하늘에 군데군데 떠 있는 별을 보니 자신도 모르는 한숨이 푹 새어 나왔다. 이 와중에 무슨 낭만이람. 다시 시선을 정우에게로 돌렸다.

오늘 아버지를 뵈러 간다더니 무슨 일이 있었길래 이토록 술을 많이 마신 것일까? 무슨 일이 있었길래 이리도 인사불성이 된 것인지. 자면서도 찡그린 미간이며, 잠깐씩 새어드는 깊은 숨소리에 여희의 마음도 걱정스럽게 변해갔다. 그렇게 정우를 지켜보다가 어느새 여희도 그만 잠들어버렸다.

푸른빛을 띤 하늘은 아직 해가 떠오르기 전이다. 주변은 이미 이른 출근을 하는 사람들이 드문드문 보였다. 부스스하게 눈을 뜬 정우가 시야 속으로 보이는 바깥의 풍경에 깜짝 놀라 사방을 둘러봤다. 바로 옆에서 곤히 잠든 여희를 발견하고는 그제야 어젯밤 일들이 떠올랐다. 여희가 자신을 이곳으로 데려온 것임을 짐작하고는 물끄러미 여희를 바라봤다. 여희는 묻고 싶을 것이다. 틀림없이 자신이 왜 그리도 술에 취해 있었는지. 하지만 여희는 끝내 물어보지 않을 것이다. 상처를 건드려봤자 좋을 것이 없다고 생각할 테니까.

그래서 정우는 여희가 깨어나면 말해주기로 마음먹었다. 자신이 먼저 여희에게 모든 것을 털어놓을 것이다. 여희를 사랑하고, 그들은 곧 부부가 될 것이니까. 정우는 손을 뻗어 흐트러진 머리칼을 정리해주었다. 그 손길이 너무도 조심스러우면서 사랑스러움이 뚝뚝 묻어났다.

"고맙다, 여희야. 내 옆에 함께 있어줘서."

정우는 혼자 중얼거린 뒤에 먼저 차에서 내려 여희 쪽 문을 열었다. 조심스럽게 그녀를 안고서 집 안으로 들어갔다.

눈을 떴을 때, 여희는 낯설면서도 익숙한 천장을 보고는 벌떡 몸을 일으켰다. 어디선가 많이 본 가구들이 눈에 들어오니 그곳이 곧 정우의 집이고, 자고 일어난 침대가 정우의 침대라는 사실을 알았다. 왜 내가 여기에 있는 거지?

생각할 겨를도 없이 방 밖에서 부스럭거리는 소리가 요란스레 들려왔다. 쨍그랑, 그릇이 떨어지는 소리에 깜짝 놀라서 방을 뛰쳐나가 보니 주방에서 덩치 큰 남자의 뒷모습이 보였다. 앞치마를 매고서 땀을 뻘뻘 흘리며 아침을 준비하는 모습에 여희는 그만 웃음이 빵 터지고 말았다. 정신 없이 웃는 소리에 정우가 뒤를 돌아봤다.

"일어났어?"

이마에서 흐르는 땀을 닦던 정우가 어색하게 웃으니 여희가 앞으로 다가왔다.

"너 뭐 해? 밥 해?"

"어. 밥 먹고 출근해야 하잖아."

"그래서 아침을 한다고?"

"응. 근데 뭐가 잘 안 되네. 뭐 이렇게 어려워."

"어렵지. 요리가 뭐 쉬운 줄 알았어?"

"막상 해보니까 그 마음을 알겠더라."

"그러니까 엄마들한테 잘해야 해."

'엄마'라는 단어에 급격히 시무룩해진 사람은 다름 아닌 여희였다. 그 말을 하자마자 아차 싶어서 입을 다물자 정우가 아무렇지 않은 목소리로 답했다.

"네 말이 맞아. 엄마들 마음을 좀 더 일찍 알았어야 해."

"정우야."

"그냥 안아주기만 해. 그런 눈으로 안 봐도 돼. 나 안 아파, 하나도."

여희는 가슴이 아팠다. 그 말에 담긴 의미가 너무도 아파서 그의 허리를 두 팔로 둘러 꽉 안았다. 아프지 않다고 한다면 무조건 거짓말일 거라고 생각했다. 한 번 생채기가 생긴 곳은 연고를 잘 바르지 않고 그냥 두면 흉터가 되기 마련이다. 이제껏 제대로 약 한 번 바르지 않았으니 그 상처는 흉터가 되었을 것이다.

등 뒤에서 느껴지는 따스한 체온과 상처를 사랑으로 끌어안아주는 여희의 마음에 따끔거리던 상처가 조금은 아무는 것 같은 느낌이다. 허리에 둘러진 여희의 손등을 꼭 감싸 쥐었다. 이제야 내내 아프던 상처가 조금씩 치유가 되는 것 같다.

"고마워. 김여희."

"나도 고마워. 근데 아프면 아프다고 말했으면 좋겠어. 난 이제 네 아내가 될 사람이잖아. 아내한테 못할 이야기는 없어야지."

"응…… 나, 사실 좀 많이 아파. 마음이 많이 아파."

자꾸만 어머니가 떠올랐다. 아버지를 내내 그리워하던 어머니의 모습이 아직도 눈에 선하다. 그러나 지금 어머니는 없다. 아버지를 사랑하고 그리워하던 어머니는 이제 자신의 곁에 없다. 이미 받아들인 사실이었지만 가끔 불현듯 찾아오는 어머니의 부재가 느껴질 때면 견디기가 너무도 힘이 들었다.

언제나 넓게만 느껴지던 정우의 등이 오늘만큼은 세상에서 가장 아파 보였다. 아픔에 축 처진 어깨가 안쓰러웠다. 여희는 정우를 돌려세워 까치발을 들고는 그의 어깨에 팔을 둘러 꽉 안아주었다.

"괜찮아. 이제 정말 괜찮아질 거야. 내가 옆에 있어줄게. 평생 지켜줄게. 많이 아끼고, 사랑해줄게."

듣기만 해도 아릿하고, 포근해져서 정우가 두 눈을 감았다. 여희

또한 그를 품에 안고서 두 눈을 감았다. 서로에게 기댄 가슴이 너무도 포근해서 이대로 떨어지고 싶지 않았다.

출근을 하기 위해 집으로 들어온 여희를 안방으로 끌고 들어온 주희가 버럭 소리를 질렀다.

"너 이제까지 뭐 하고 이제 들어와!"

"아, 엄마. 아파."

"어디 있었어? 행여나 집에 있었다고 하지 마. 벌써 확인했으니까."

"아, 진짜. 나 서른 넘었어. 서른 넘은 딸이 외박 한 번 했다고 이러는 건 아니지, 좀!"

"아니긴 뭐가 아니야! 결혼도 파토 난 마당에 외박하고 돌아다니면 동네 사람들이 뭐라고 생각하겠어! 헤픈 여자로 볼 거 아니야!"

"엄마가 날 그렇게 만들고 있거든!"

"이 계집애가 어디 와서 큰 소리야! 바른대로 말해. 너, 남자 생겼지?"

"하여튼 귀신이야. 아님 내 뒤에 CCTV라도 설치했어?"

"누구야. 어떤 놈이야!"

"놈은 무슨! 아주 멋지고, 잘생기고, 세상에서 제일 착한 사람이거든!"

"놈들이 다 똑같은 놈이지. 누구야? 대체 누군데 이 시간까지 외박을 하고 다녀!"

"나 결혼할 거야."

"뭐?"

"결혼할 사람이야. 지금 내가 만나고 있는 남자."

주희는 딸의 강한 한마디에 하려던 말도 잊은 채 그대로 굳어버렸다. 결혼이 깨진 지 얼마나 됐다고 벌써 결혼을 한다고 할까. 그러다가도 얼마 전에 선을 보라고 했던 자신이 한 말을 떠올리고는 그 말은 하지 않기로 했다. 그저 어떤 놈인지가 궁금했다. 벌써부터 외박하고 들여보내는 놈이니 분명 좋은 놈은 아닐 거 같아서, 제발 박태준 같은 놈은 아니길, 하고 생각했다.

"그래서 누군데?"

"엄마도 아는 사람이야."

여희의 눈빛이 달라졌다. 박태준 때와는 다르게 자신감에 찬 눈빛이었다.

"누군데? 아, 빨리 말해봐!"

"내 첫사랑. 도정우."

"네 첫사랑? 네가 그런 것도 있었어?"

"아, 엄마. 엄마 내 엄마 맞아?"

"네가 나한텐 그런 말 안 해줬잖아."

"하여튼 있어. 다시 만났거든. 몇 달 전에 아주 우연히."

사랑은 교통사고처럼 우연히 만나게 된다는 영화 속의 그 뻔한 장면들처럼 그 둘은 그렇게 만났다. 접촉 사고로 아주 우연히. 서로의 기억 속에 그대로 남아 있던 추억 속 한 자락처럼.

그때부터 주희는 성화였다. 어서 빨리 그놈을 데려오라는 말만 하루 종일, 내내 했다. 엄마의 잔소리로부터 벗어날 수 있는 시간은 바로 출근 시간. 그녀는 출근을 서둘렀다.

그런데 옷을 갈아입고 나오니 웬 차가 집 앞에 떡하니 서 있었다. 누구지? 못 보던 차였다. 그 차 앞에 가만히 서 있으니 문이 열리며 근사한 정장 차림의 한 남자가 모습을 드러냈다. 여희는 그 신사를 눈으로 보다가 얼굴이 누군가와 굉장히 닮았다는 느낌을 받고선 급히 허리를 숙였다. 바로 정우의 아버지인 도 회장이었다.

"출근길이었던 모양이군요."

"아, 네, 회장님."

"잠시 이야기를 했으면 하는데……."

여희가 얼른 도 회장을 모시고 근처 카페로 향했다.

"내가 이 시간이 아니면 만나지 못할 것 같아 이렇게 찾아왔습니다. 이해하시구려."

"아닙니다. 괜찮습니다."

"우리 정우와는 결혼할 사이라고 들었습니다."

"……맞습니다."

도 회장은 여희를 샅샅이 훑어보다가 찻잔으로 시선을 옮겼다. 차 한 모금을 마시는 도 회장에 비해서 여희는 물 한 모금 마시지 못했다. 너무도 떨려서, 왜 이리도 긴장이 되는 것인지 알 수가 없다. 겨우 찻잔을 손에 쥐었지만 도 회장이 고개를 들어 시선을 맞추는 덕에 잡았던 찻잔을 내려놓아야 했다.

"정우가 결혼을 한다고 해서 놀랐습니다. 그리고 정신을 차려 조사를 좀 했소."

"조사요?"

TV 속 드라마나 영화에서처럼 뒷조사를 말하는 것 같았다. 여희가 마른 입술을 축였다.

"또 내가 성미가 급한 사람이라 궁금한 것은 잘 못 참아서. 미안합니다."

"아닙니다. 그러실 수 있으세요."

"윤리 선생이라고."

"네. 현재 영광 고등학교 3학년 반을 맡고 있습니다."

"흠. 아주 엘리트군요. 영광 고등학교 졸업생이기도 하다고."

"네. 학교에서 처음 만났습니다. ……정우 씨를요."

호칭이 상당히 어색했지만 회장님 앞에서 마음대로 이름을 부를 수가 없었다. 만약 정우를 학교가 아닌 다른 곳에서 만났더라면 아마 지금 이 호칭처럼 부를 것이었다. 그 생각을 하니 낯간지러워서도 회장을 앞에 두고도 자신도 모르게 웃음이 새어 나왔다. 갑자기 웃으니 도 회장이 미간을 좁혔다. 그 모습에 여희가 얼른 고개를 조아렸다.

"죄송합니다. 말씀하세요, 회장님."

"부모님은 모두 생존해 계시고?"

"네, 잘 계십니다."

"우리 정우와는 얼마나 만났습니까?"

"정식으로 사귄 기간은 몇 달 안 되었습니다. 알고 지낸 기간은 13년입니다."

"13년……."

횟수를 헤아리던 도 회장이 엷은 한숨을 내쉬었다. 그 모습이 정우의 모습과 겹쳐 보여 여희의 오지랖이 다시 꿈틀거렸다.

"회장님. 괜찮으세요?"

"뭐가, 말입니까?"

갑작스럽게 괜찮으냐는 말에 도 회장이 내심 뜨끔해서 쳐다봤다.

"정우 씨는 누구보다 가족을 사랑하는 사람입니다. 하지만 지금은 어릴 적에 받았던 상처와 어머니를 잃은 슬픔으로 회장님을 이해하진 못하고 있습니다. 그건 어쩌면 당연한 부분이고, 이해해야 되는 부분이라고 생각합니다. 제가 이렇게 말씀드리면 버릇없다고 생각하실지 모르겠지만 앞으로 정우 씨와 함께 살아갈 동반자로서 할 수 있는 충고라고 생각합니다. 용서해주신다면 한 말씀 더 드려도 될까요?"

여희가 공손하게 말하니 도 회장이 고개를 끄덕였다. 여희는 참으로 강단 있는 여자였다. 반듯한 이목구비와 단아한 얼굴이 꽤나 마음에 들었다.

"정우 씨는 시간이 필요합니다. 아버님께 받은 상처가 치유되려면 아마 오랜 시간이 필요할지도 모르겠습니다. 그 시간 동안 기다려주세요. 또 기다리는 동안에도 회장님께선 정우 씨와 어머님께 용서를 구하세요. 정우 씨도 오랜 시간 회장님을 미워만 하진 않을 거예요. 회장님께선 가족에게 용서받지 못할 큰 죄를 지셨지만 아버지이고, 또 회장님께서 오랜 시간 불행하게 살기를 바라진 않을 거니까요. 하지만 용서는 꼭 구하셨으면 합니다. 완전한 가정을 이루지 못한 죄, 사랑을 받기만 한 죄, 회장님을 사랑한 가족들에게 큰 상처를 준 죄에 대한 용서를 꼭 구하세요."

어느새 도 회장은 여희의 충고를 마음속으로 새겨듣고 있었다. 용서를 구하라고 했다. 그 말이 자칫하면 어른께 공손하지 못한 발언이라고 크게 꾸짖음을 들을 수도 있다. 하지만 도 회장에겐 그럴 명분이 없었다. 모두 맞는 말이었고, 그래야 함이 마땅했으니까. 도 회장은 고개를 끄덕였고, 용서를 빌어야겠다고 생각했다.

11. 사고쳤어요. 아주, 제대로

정우의 아버지를 만나 뵙고 조금 늦게 출근을 하니 이미 모의고
사가 시작된 후라 교무실 안에는 아무도 없었다. 자리로 가서 가방
을 놓고 부랴부랴 짐을 챙겨 교실로 가니 창밖 너머에서 석현이 대
신 감독 선생으로 들어가 있는 모습이 포착되었다.

단정하고 깔끔한 셔츠 차림으로 교탁 앞에 서 있던 석현이 창밖
너머에서 자신을 보고 있던 여희를 발견하고는 눈썹을 꿈틀거렸다.
여희는 손을 들어 엄지손가락을 조용히 펼쳤다. 그러고는 씩 웃어
보였다.

모의고사 1교시가 끝나자마자 석현은 앞문으로 나와 여희의 머
리통을 쥐어박는 시늉을 한다. 여희는 눈을 깜빡였다.

"역시 너밖에 없어, 김석현!"

"됐거든. 아주 연애하느라 학교 일은 나 몰라라 하지?"

"사정이 있었어."

"뭔 사정? 뭐, 회장님이랑 독대라도 했냐?"

여희가 눈을 동그랗게 떴다. 설마, 진짜 맞힐 줄이야. 석현도 이를 알아채고선 두 눈을 동그랗게 떴다. 어느새 그 둘은 교무실을 향해서 쭉 뻗은 복도를 거닐었다.

"엄청 떨렸겠구먼."

"어, 완전."

이마에 맺힌 땀을 닦아내는 여희를 보면서 석현이 의외라는 표정을 지었다.

"의외네."

"뭐가?"

"너 강심장이잖아."

"야, 아무리 강심장이라고 해도 이제 시아버님인데 당연히 떨리지. 난 뭐 인조인간이냐?"

"인조까지는 아니지만 인간이라고 하기엔 너무 시크하니까."

"죽어볼래?"

"장가도 못 가보고 죽고 싶진 않은데."

둘은 농담을 주고받다가 웃음을 터트렸다. 석현과의 대화에 도회장과 만났을 때의 긴장이 풀어졌다. 항상 이렇게 편안한 분위기를 만들어주는 한결같은 석현이 마음에 들었다. 이래서 친구 녀석 하나는 잘 두었다고 생각하는 여희였다. 여희는 내심 배려해주고, 챙겨주는 석현이 좋았고, 자신만 챙김 받는 것 같아서 미안했다.

"결혼 날짜는 잡았어?"

"아직. 정우가 우리 집에 인사 오고 하면 잡을 것 같아."

"그래. 하루빨리 날 잡자고 해. 너 없을 때면 이사장이 하루에도 몇 번을 교무실에 들락거리는지, 넌 모를 거다."

"들락거렸어?"

"그래. 오늘 오전에도 교무실에 와서 네 자리 힐끔거리고 난리도 아니었지."

여희가 도 회장과 인사를 나누고 있을 때, 일찍 출근한 정우는 곧장 교무실로 직행했다. 일 때문에 왔다는 핑계 아닌 핑계를 대면서 여희의 자리를 힐끔거리는데, 그 모습이 아니꼽다 못해 이젠 내심 귀엽기까지 했다. 문학 샘이 왜 자꾸 돌아다니시냐고 묻는데도 정우의 눈길은 여희밖에 모르고, 여희의 빈자리에만 향해 있었다.

호랑이도 제 말하면 온다는 말처럼 그들 앞으로 정우가 다가왔다. 아직 정우를 발견하지 못한 여희의 옆구리를 쿡 찔렀다.

"네가 확인해봐. 내 말이 틀린지 아닌지."

"무슨 말이야?"

석현이 보고 있던 곳으로 시선을 돌리니 여희의 말똥한 눈망울에도 정우의 모습이 가득 들어찼다. 서로를 바라보고 있는 두 사람의 표정은 행복만이 가득한 연인, 결혼을 앞둔 부부의 모습이었다. 석현이 자리를 피해주려니 정우가 먼저 그들 앞으로 다가왔다.

"무슨 비밀 이야기라도 하시나 봅니다. 김석현 선생님."

언젠가부터 거슬렸던 석현을 이제야 경계를 풀고 바로 볼 수 있었다. 회식 자리에서도 여희의 보호자 역할을 하더니 지금 또 둘이 같이 있으니 신경이 쓰이지만 이젠 그러지 않아도 될 것 같다는 확신이 생겼다. 어느새 제 옆에 서서 슬쩍 손을 잡는 여희로 인해 정우의 걱정은 말끔히 사라졌다. 은근슬쩍 손을 잡는 둘을 지켜보던 석현이 장난기 가득한 눈으로 비아냥거렸다.

"비밀 연애하시는 이사장님께서 하실 말은 아닌 것 같네요."

"그럼 눈치껏 비켜주시죠."

"아, 예. 눈치가 좀 없었죠?"

둘 사이는 깨소금으로 가득했다. 그 모습을 더는 두고 볼 수가 없어서 석현이 먼저 등을 돌려 걸어왔던 복도를 다시 돌아갔다. 여희와 정우는 돌아서 가는 석현을 눈으로 좇다가 다시 서로에게 시선을 돌렸다.

정우의 동공에 여희가 가득 찬다. 손에는 여희의 여린 손이 잡혀 있다. 손을 뻗지 않아도 될 정도로 가깝게 자리한 애인을 더는 두고 볼 수가 없었다. 정우는 황급히 여희를 데리고 이사장실 안으로 들어갔다. 문이 닫히고, 그 문 앞에 선 둘은 복도에서보다 더욱 가깝게 붙어 섰다. 숨소리도 가깝다. 높낮이가 달라지는 숨소리에 정우의 체온이 높아진다. 가끔씩 숨을 내쉬는 소리에도 반응할 만큼 몸이 달아올라 있었다.

정우는 손을 뻗어 창문 틈새로 새어드는 바람결에 흩날리는 여희의 머리칼을 쓰다듬었다. 둥근 이마 선 위로 뻗어 있는 잔머리까지도 사랑스럽다.

"오늘 어디 갔었어?"

회장님을 만났다는 사실을 아직 알리고 싶진 않았다. 그는 분명

화를 낼 것이다. 부자의 사이가 좋지 않음을 알고 있기에 확신할 수 있었다. 아버지를 만났다는 소리에 지금 머릿결을 가르고 있는 그의 손길이 사라질 것 같아서 여희는 발칙한 꾀를 내었다. 어차피 알게 될 일이라면 굳이 이 좋은 분위기를 깨면서까지 알리고 싶진 않다. 지금 이 손길을 더 느끼고 싶다.

"도정우."

영화나 드라마에서 보면 여자를 유혹하거나 키스를 하기 전, 뭔가 급 발전되는 계기를 만드는 것은 거의 대부분이 남자 쪽이었다. 이런 야릇한 상황에선 남자가 먼저 다가가고, 여자는 당하는 쪽이었다. 여희는 그런 공식이 싫었다. 연약하고 유연한 여자보단 강하고, 늘은 아니지만 가끔씩이라도 남자를 확 끌어당기고 사로잡는 여자들이 훨씬 더 매력적이고, 한 번씩 색다른 모습을 보여줘야 연애도 길게, 오래 갈 수 있다고 생각했다. 그러려면 남자를 끌어들일 수 있는 향수나 자극적인 화장과 옷차림이 필요하겠지만 그보다는 평소의 모습 그대로 유혹하는 방법이 좀 더 자극적이라고 생각해 제 머리를 쓰다듬고 있던 그의 손을 감쌌다.

갑작스런 터치에 정우가 깜짝 놀랐다. 손등을 감쌌을 뿐인데도 심박수가 제멋대로 움직이기 시작했다. 서로의 손이 겹쳐져 내려가니 그 방향을 따라 둘의 시선도 내려갔다. 정우는 다시 시선을 올려 여희를 바라봤다.

손으로 향해 있는 시선, 내리깔린 시선 위로 가지런히 자리 잡은 속눈썹과 오뚝 솟은 콧날과 둥근 콧방울, 그 아래로 얇으면서도 웃을 때면 참으로 예쁜 분홍빛 입매에 정우가 또다시 홀리기 시작했다. 바로 앞에서 자신의 얼굴을 꼼꼼히 훑어보는 그의 시선을 느낀 여희가 눈을 똑바로 떴다. 덕분에 마주친 시선에 깜짝 놀라는 모습이 귀여워서 웃음이 나려고 했지만 꾹 참고 한 걸음 다가갔다.

자연스럽게 정우가 뒷걸음질을 쳤고, 여희는 계속 앞으로 걸어갔다. 점차 둘 사이에 거리가 좁혀졌고, 어느덧 정우가 벽에 달라붙어 있다. 바로 앞엔 그녀가 있다. 자신의 가슴팍 아래쯤에 서 있지만 절대 작아 보이지 않는다. 오히려 커 보였다. 남자인 자신이 되려 작아 보이는 기이한 상황이다.

"정우야."

그녀의 작은 키만큼이나 작은 손이 그의 어깨를 쓸어 내린다. 그가 마른침을 꿀꺽 삼켰다. 바지춤을 콱 움켜잡은 손에서 굵은 힘줄이 도드라졌다. 죽을힘을 다해 참았지만 당장에라도 그녀를 안고만 싶었다. 그러나 여기는 직장이고, CCTV가 있을지도 모르는데.

그때 여희의 입술에만 신경 쓰고 있던 정우의 시선이 천장에 매달려 있을지 모르는 CCTV로 향했다.

"여, 여희야. CCTV가 있어."

"그런데?"

"여기서 이러면 상당히 곤란해질 것 같은데."

"그걸 몰라서 먼저 유혹하려고 데려온 거야?"

"그래서 나 벌주려고 이러는 거라고?"

"응. 벌 받을 사람은 받아야지."

"야, 김여희."

"나 꽤 대범하지?"

정우가 상냥하게 고개를 끄덕였다. 그 모습이 꼭 겁먹은 강아지 같아서 또다시 웃음이 터지려 했다.

"그러게 먼저 유혹하지 말았어야지."

정우는 '여긴 학교야!'라고 말하고 싶었지만 머리완 다르게 몸은 조금씩 다가오는 여희를 밀어내지 못했다. 여희는 한 걸음 더 가까이 다가가서 그의 키와 맞추기 위해 까치발을 들었다. 그리고 그대로 정우의 입술에 진한 입맞춤을 했다. 가볍게 쪽, 하고 떨어지는 뽀뽀보다는 조금 어른스런 뽀뽀였다. 살짝 혀를 내밀어 입술을 쓸었다가 쪽, 소리 나게 떨어지니 정우의 얼굴이 붉게 변해 있다. 그대로 굳어 있다가 잠깐 다리가 풀려 휘청거렸다.

"괜찮아?"

정우는 그대로 멍해진 채 여희를 보며 넋이 나간 얼굴로 중얼거렸다.

"너, 너 선수지?"

"뭘 이 정도로."

여희가 어깨를 으쓱했다. 그러다가 경고하듯 살벌하게 귓가에 대고 속삭였다.

"이제부터가 시작이야. 결혼해서도 네가 내 밥이 아닐 줄 알았지? 넌 이제 평생 내 밥이야."

정우는 입을 떡 벌렸다. 앞으로 제대로 숨을 쉬고 살 수가 있을까. 저 여자의 변신으로 인해 하루하루가 행복해서 제 명대로 살지 못하는 것은 아닐까. 심히 염려스럽다. 그렇게 생각하던 정우는 크게 웃어버렸다.

모의고사가 끝이 났다. 학생들 모두가 힘겨운 시험으로 인해 지친 표정이었다. 종례를 하기 위해 교탁에 선 여희가 지친 학생들에게 얘기했다.

"마지막 모의고사였는데, 표정을 보니 만족하진 못한 것 같네. 근데, 세상에 만족하는 결과는 없어. 만족스런 결과는 최선을 다했다는 것이고, 그만큼 노력을 했기에 얻을 수 있는 기쁨이라고 하지만 만족이라는 결과엔 각자 다른 기준이 있어서 누구나 조금씩 아쉬움은 있는 거고, 그래서 샘은 정정하고 싶어. 만족하지 못한 표정이 아니라 아쉬움이 남는 표정인 것 같다고. 즉 너희들은 너희들이 얻게 될 결과물에 최선을 다했다고 말하고 싶다. 최선을 다했으니까 그 다음을 생각하자. 남은 공부도 최선을 다해서 수능에서도 지금의 아쉬움을 느꼈으면 좋겠고, 결과물에 만족할 수 있기를 진심으로 바랄게. 수고했어."

학생들은 여희의 말에 금방 활기를 되찾고는 서둘러 교실을 빠져나갔다. 여희는 끝까지 남아서 학생들 한 명, 한 명을 보다가 영광이와 눈이 마주쳤다. 영광은 그녀를 보면서 활짝 웃었다. 그 밝은 웃음에 컨디션이 회복됨을 느끼고는 여희도 엷게 웃었다. 먼저 교실을 나선 여희의 뒤를 쫓아온 영광이 옆에 서서 복도를 거닐었다.

"컨디션 좋아 보인다."

"네, 좋아요."

"그래. 건강관리도 중요해. 곧 시험이잖아."

"네."

영광은 말없이 여희의 옆을 따라 걸었다. 여희도 말없이 그의 곁에서 따라 걸었다. 말은 없지만 마음에선 끊임없이 서로를 향해 말을 하고 있었다. 진심으로 영광이가 잘되기를 바라는 여희와 비록 첫사랑이 짝사랑으로 끝나겠지만 진심으로 두 사람이 행복하기를 바라는 영광은 서로 같은 마음이었다. 서로가 진심으로 행복하기를 바라는 마음. 그 마음은 언제나 사람을 따뜻하게 만드는 힘이 있다.

영광은 깊은 고민을 하기 시작했다. 영광에겐 다른 학생들은 꿈꿀 수 없는 보장된 미래가 있었다. 높은 하늘과 맑은 날씨에 앞이 뻥 뚫린 고속도로 같은 미래. 그 미래를 그는 단 한 번의 노력도 없이 가질 수 있다. 아버지가 노력으로 일구신 회사에 입사해 말단사원으로 시작해도 승승장구할 것이란 예상은 초등학생들도 할 수 있을 정도로 탄탄대로인 삶.

그러나 영광은 그 미래를 자신이 가지기엔 욕심이란 생각이 들었다. 사랑이라 하더라도 평탄했던 한 가정을 파괴하고 만든 가정이 아니던가. 자신이 가지기엔 너무도 벅찬 삶이고, 감당하기엔 무리가 있다. 무엇보다 자신이 스스로를 용납할 수가 없을 것 같았다. 또한 자신이 원하던 삶이 아니란 생각이 굉장히 강하게 들기 시작했다. 철이 들기 시작하면서 뜻 모를 반항이 도사리기 시작하던 시기를 벗어난 후로 영광은 좀 더 멋진 어른이 되고 싶어졌다.

이 마음이 어디서부터 시작된 것인지 모르지만 누구보다 건강한 자신이 건강한 삶에서 원하는 꿈을 꾸고, 다른 평범한 청년들처럼 살기란 힘들지 모르지만 세월이 흐른 후에 자식들에게 아빠는 이런 사람이었다고 말해줘도 떳떳한 자신을 만들고 싶어졌다. 그 꿈을 꾸기 시작한 것은 어쩌면 첫사랑을 아름답게 끝내자고 마음먹은 것이 계기였던 것도 같다. 한 여자를 진심으로 사랑해봤으니 그다음도 진심을 다해 사랑할 수 있지 않을까.

무언가 결심한 영광은 컴퓨터 앞에 앉았지만 몇 번을 망설였다. 이유는 바로 엄마. 엄마 때문이다. 그 누구보다 탄탄대로의 삶을, 미래를 자신에게 주고 싶어 한다는 것도 알기에 선뜻 마음 가는 대로 선택할 수가 없었다.

그럼에도 영광은 더 이상 지체할 수가 없었다. 지금이 아니라면 그 선택을 하기까지 점점 더 어려워질지 모른다. 결국 자신이 원하던 것을 선택하기로 한 영광은 모니터 화면을 뚫어질 듯 보다가 자리에서 일어나 방을 나갔다. 주인 없이 컴퓨터 화면만 밝혀져 있었다. 밝은 화면 속엔 비행기 표를 예매한 흔적으로 가득했다.

"이번 주 금요일, 소개시켜드릴 사람이 있어요."

그날 저녁, 일찍 퇴근한 여희는 가족들과 함께하는 식사 자리에서 이와 같이 선포했다. 자신이 끓여놓고도 맛있다며 된장찌개를 떠먹던 주희가 깜짝 놀라 먹던 숟가락을 던지듯 소리쳤다.

"드디어 그놈을 소개시키겠다는 거야?"

묵묵히 이야기를 듣고 있던 수환도 내심 기대하는 한편 박태준

같은 놈은 아닐까 염려스러웠다.

"확실한 거야?"

주희와 여희의 시선이 아버지에게 향했다. 표정을 딱 보니 걱정하는 모습이 역력하다.

"뭐가요, 아빠?"

"확실히 괜찮은 놈인 거냐고."

혹시라도 또 상처 받는 일이 생기는 것은 아닐지 걱정이 되었다. 하지만 여희는 당당히 대답했다.

"내가 아주 사랑하는 사람이에요."

여희는 활짝 웃었다. 거기서 여희의 아버지는 안심할 수 있었다. 아직 정식으로 인사하지는 않았지만 여희의 표정이 더없이 밝았고, 편안했고, 당당해서 안심이 되었다. 어떤 놈인지 몰라도 여희를 저렇게 밝게, 편안하게, 당당하게 만들었으니 그것만으로도 믿음직한 놈이라는 것을 알 수 있었다.

다음 날이 밝았다. 드디어 금요일. 정우가 여희의 집으로 인사 가는 날이었다. 아침부터 긴장한 티가 역력한 정우는 출근하는 길에 약국에 들러 청심환 세 개를 샀다. 아침, 점심, 저녁 모두 청심환을 먹고서야 조금 기운을 차린 정우가 꽃집에서 장미 꽃다발을 한 아름 포장했고, 장인어른께서 좋아하신다는 막걸리를 종류별로 구입하여 여희네 집 앞에서 내렸다. 조수석에서 내린 여희가 긴장한 표정인 정우를 툭 쳤다.

"긴장돼?"

"어. 완전."

정우는 식은땀까지 뻘뻘 흘리고 있었다. 태어나 처음 겪어보는 이 미칠 듯한 긴장감에 온몸이 녹아내릴 지경이다. 그런 정우를 보면서 웃고는 있었지만 여희도 긴장되기는 마찬가지다. 파혼한 지가 엊그제인데, 벌써 두 번째 결혼 상대자를 맞이하니 이상한 기분이 들었다. 하지만 지금은 그 누구보다 정우가 가장 긴장해 있을 것을 알고서 이마에 송골송골 맺힌 땀을 닦아주었다.

"내가 옆에 있을게."

여희는 먼저 그의 손에 깍지를 꼈다. 옆에서 함께 있어주는 애인이 있어 잠시나마 여유 띤 미소가 나왔다. 둘은 손을 꽉 잡고서 여희네 집 안으로 들어갔다.

양손 가득 선물을 내려놓기도 전에 부모는 다짜고짜 그를 거실 중앙에 꿇어 앉혔다. 갑작스런 상황에 정우의 동공이 크게 흔들리기 시작했다. 여희도 이 상황을 받아들이기 힘들어 말려보려 했지만 두 사람은 20여 년을 살아온 부부답게 오히려 제 딸을 옆에 앉혀둔다.

"절, 절부터 받으……."

"과거가 있나?"

"예, 예?"

수환은 대뜸 그것부터 물었다. 박태준 때 일을 생각하며 침을 꿀꺽 삼켰다. 긴장하고 있었다. 아니 벼르고 있었다. 그와 같은 부류인지 아닌지, 그것부터 확인하고 싶은 것이다.

"아빠, 지금 뭐 하는 거예요?"

"넌 가만히 있어봐. 자네, 과거가 있는가?"

"전…… 천연기념물입니다."

어떻게 말을 할까, 깊이 생각할 정신이 없어 대뜸 생각난 대로 답했다. 자신이 해놓고도 이상한 말이라서 등 뒤가 서늘했다. 저 말을 부모님이 이해하실 수 있을까? 눈치를 보니 벙찐 표정의 장인장모를 보면서 정우는 속으로 자신을 욕했다. 이해는 무슨. 너 진짜 미친 거냐? 슬쩍 정우의 시선이 여희에게 향해졌다. 여희는 지금 웃음을 꽉 참고 있느라 표정이 요상했다. 웃으면 안 된다고 생각하면서도 자꾸만 입술 사이를 비집고 나오려는 웃음으로 인해 꽤나 난감해하고 있는데, 주희가 먼저 박장대소를 터트렸다.

'푸하하하하하하하' 한 번 웃기 시작하자 수환도 웃음을 참지 못하고 함께 박장대소했다. 결국 여희도 비집고 나오려는 웃음을 막지 않고 터트렸다. 어느새 그들은 웃고 있었다. 긴장해서 나온 천연기념물이란 말뜻을 이해하고선 웃음 속에 그동안 염려되었던 마음을 모두 털어내었다.

꽤나 이상하고도 어색하지만 어느새 한 가족이 되어가는 첫 인사 일정을 마친 두 사람은 밖으로 나왔다. 여희는 정우를 배웅한다는 목적으로 나와서 벌써 20분째 집 앞에 서성거리고 있다. 이제 곧 각자의 집으로 돌아가야 한다는 것을 알지만 아쉽기는 마찬가지다. 애정 어린 표정으로 서로를 바라보는 두 사람은 깍지 낀 손을 놓을 줄을 몰랐다.

"오늘 합격인 거 같지?"

"응. 완전. 백퍼."

"좋은 분들이시더라."

정우의 발칙한 발언 덕분에 그들과의 자리는 계속해서 화기애애했다. 아버지는 계속해서 술을 주셨고, 어머니는 술 말고 밥부터 먹으라며 한시도 가만히 앉아 있지 않고 계속 음식을 주셨다. 어릴 적에 그런 말을 들은 적이 있다. 어른들은 마음에 드는 사람에겐 맛난 음식을 주신다고. 그 말에 힘을 얻은 정우는 한시름 놓을 수 있었다. 여희도 제법 그와 가족이 된 느낌이 들어 행복했다.

"잠깐 걸을까?"

정우와 여희는 공원을 쭉 거닐었다. 두 손을 마주 잡고서 공원 한 바퀴를 도는데, 여희도 정우도 말이 없다. 정우는 여희와 함께하는 요 몇 달이 참으로 행복하고, 살아 있음에 감사하며, 이 모든 순간이 생생하게 느낄 수 있어서 다행이고, 좋았다.

다만 여희는 다른 생각에 고민이 생겼다. 이제 곧 부부가 되고, 가정이 생기는데, 여희네 집으로 인사도 왔으니 자신도 정우네 집에 인사를 가야 할 터이다. 또한 지금처럼 남남으로 살아갈 수는 없기에 결단이 필요하다. 그리하여 여희는 며칠 전에 만난 회장님 이야기를 어렵사리 꺼냈다.

"나 사실 며칠 전에 회장님 뵀어."

그의 걸음이 멈춰지며 한층 굳어진 입매가 여희의 눈에 들어왔다.

"언제?"

확연히 굳어진 표정과 말투에 잠깐 화가 났음을 짐작할 수 있었다.

"궁금하셨던 것 같아. 그래서 말씀드렸어. 궁금해하신 부분도 모두 말씀드렸어."

"뭘 궁금해하셨는데? 뭘 물어봤는데?"

"아버지가 아들 여자친구에 대해서 궁금해하시는 딱 그 정도."

"왜 말 안 했어?"

"지금 하잖아."

"그때 했어야지. 잠깐만 있어봐. 내가 아버지한테……."

휴대폰부터 꺼내 사실 확인을 하려고 드는 정우를 여희가 막았다. 잔뜩 굳은 표정에는 두려움이 깃들어 있었다. 혹시나 아버지가 무슨 말로 상처를 준 것은 아닐까, 혹여 신경에 거슬리는 말을 한 것은 아닐까 등등, 그러한 걱정들로 가득했다. 그 마음을 읽은 여희가 눈을 맞추고는 고개를 가로저었다.

"뭐가 아닌데?"

"별말씀 안 하셨어. 걱정하셨던 것 같아. 그냥 궁금하셔서 온 거라고 하셨어."

"하아."

그가 이마를 짚으며 가까운 벤치에 엉덩이를 붙여 앉았다. 여희도 그 옆에 따라 앉았다.

"미안하다."

"뭘?"

"예고도 없이 불쑥 찾아가셨을 것 아니야. 많이 당황했겠다."

"당황은 했지만 오히려 내가 더 죄송스럽지."

"왜?"

"진즉에 찾아뵈었어야 했던 거잖아."

"찾아갈 필요 없어. 어차피 안 보고 살 사람들이야."

"정우야."

"좋게, 좋게 말했지만 사실 아버지가 미워. 아주 많이 미워. 엄마를 버리면서까지 왜 그 여자를 선택했는지 아직도 솔직히 이해 안 가."

13년을 어떻게 살아왔는지 아버지는 감히 짐작할 수 있을까? 어머니가 얼마나 고통 받았는지, 얼마나 그리워하셨는지 감히 짐작이라도 할 수 있을까? 결단코 아버지는 짐작할 수 없다. 그 옆에서 어머니를 지켜온 사람만이 알 수 있다.

어머니는 아버지를 용서하라고 하셨지만 아들인 그는 그럴 수가 없다. 아버지에게도 가정이 있기에 큰 소란을 일으키지 않는 것뿐. 있는 가정을 없는 가정으로 만들 수는 없기에 가만히 있는 것뿐이다. 그래서 정우는 자신이 할 수 있는 일을 선택했다. 아버지 곁에서 살지 않는 것. 안 보고 살 수는 없겠지만 최대한의 왕래는 하지 않겠다는 것. 무엇하나 잃어보지 않은 사람이 아버지이니 아들 하나 잃었다고 해서 끄떡도 하지 않겠지만 그럼에도 정우는 아버지를 보고 살지 않기로 한 것이다.

여희는 정우의 마음을 다는 아니더라도 조금은 이해할 수 있었다. 그래서 도 회장에게 그런 충고를 했던 것이다. 아들의 상처를 생각해서 이제라도 용서를 빌기를 원했다. 그래야 정우가 조금이나마 아버지를 이해하려는 노력을 해보이지 않을까. 또한 하늘에 계신 어머니도 정우가 아버지를 안 보고 살지 않기를 바라셨을 것이다. 아버지 없이 태어나는 자식은 없기에 결단코 그런 상황을 어머니는 바라지 않으실 것이다.

"솔직히 난 네 마음을 다는 이해할 수 없어. 냉정히 말하지만 난 네가 아니니까. 겪어보지 않은 일이니까."

그래서 여희는 솔직하게 말했다. 그의 마음을 전부 이해할 수는 없지만 평생 함께할 사람이기에 솔직함으로 다가가 조금이나마 마음에 남은 짐을 덜어주고자 했다.

"그런데 어머니는 다를 거야."

"……"

"어머니께서 왜 아버지를 그리워하셨을 것이라고 생각해?"

"……"

"사랑 때문이라고 생각해?"

정우는 대답 없이 고개만 주억거렸다. 어머니는 아버지를 진심으로 사랑하셨다. 그러니 아버지 마음이 변했다고 해도 어머니는 끝까지 아버지를 기다렸다.

"사랑하셨을 거야. 하지만 그 이유가 다는 아니라고 생각해."

정우가 고개를 돌려 그녀를 바라봤다.

"너. 너 때문이셨을 거야. 어쩌면 자신으로 인해 평생 아버지를 이해하지 못하고, 안 보고 살 아들, 너 때문에."

"……"

"아들인 네가 조금이라도 아버지를 미워하는 마음을 갖고 살지 않기를 바라는 마음이 제일 크셨을 거야. 또 그 아들이 아들을 낳았을 때, 아버지로서 큰 사랑을 주지 못할지도 모르겠다는 그런 두려움 때문이셨을지도 모르지. 아버지를 이해하지 못하는 아들이 아들을 낳아서 건강한 사랑을 주지 못하는 것은 아닐까. 그 걱정 때문에라도 널 아버지 곁으로 돌아가게 만드셨던 걸지도 몰라."

그랬던 걸까. 어머니는 유언으로 아버지 곁으로 돌아가는 말을 남기셨다. 아버지 곁에 있어드리라던 어머니의 유언은 결국 아들이 아버지를 업신여기며 살게 될까 봐 걱정이 되어 남기셨던 걸까. 마주친 여희의 맑은 눈동자에서 어쩌면 그럴지도 모르겠다는 확신이 생겨나기 시작했다.

"아버지를 이해하라고 말하진 않을게. 하지만 어머니의 바람과 마음은 한 번쯤 이해하려고 노력했으면 좋겠어. 넌 언젠가 태어날 우리 아이의 아버지가 될 사람이니까."

조금씩 흔들리기 시작하는 정우를 물끄러미 바라보던 여희가 다가가 그를 품에 안아주었다. 언제나 크게만 느껴지던 그가 작게 느껴지니 가슴이 더욱 뭉클해졌다. 정우 또한 따스한 그녀의 품이 포근하게 느껴졌다. 아직 상처가 아물지 못한 흉터 자국이 새살로 채워지는 기분이 든다. 어머니의 마음이 정말 그러셨던 것 같아서 아버지 마음은 이해하지 못하겠지만 어머니의 마음은 한 번쯤 이해하려 할 수 있지 않을까.

늦은 저녁 시간. 저마다 각자 시간을 보내던 가족들을 불러 모은 영광은 궁금한 표정을 하고 있는 부모에게 일전에 예약한 비행기 E 티켓을 내놓았다. 그것을 본 미란은 놀라움과 말도 안 된다는 표정으로 시시각각 변했고, 도 회장마저 굳은 표정을 짓고 있었다.

"이, 이게 뭐야? 영광아, 캐나다라니. 이게 뭐야!"

"영광아."

"저 공부하고 싶어요."

"공부는 여기서도 할 수 있잖아."

"부모님 도움 없이 하고 싶어요."

"그, 그게 무슨 말이야!"

팔딱 뛰는 미란과 다르게 도 회장은 굳은 표정으로 아들 영광을 바라봤다.

"저, 여태까지 남들은 누릴 수 없는 것들을 누려왔어요. 고급 과외에 호화로운 생활, 모두 아버지가 주신 것들이죠. 그런데 이제 곧 성인이 되는데, 솔직한 말로 제 미래는 이미 보장되어 있잖아요."

"그런데?"

"보장된 미래보다 불투명하지만 그래도 끊임없이 부딪치고, 노력하고, 힘든 날도 있겠지만 그러면서도 얻는 것들이 지금보단 더 많을 것 같아요."

"도영광!"

"……가만히 있어봐."

"여보! 애가 그냥 답답해서 한 말이잖아요. 뭘 그렇게 진지하게 듣고 있어요! 얼른 말려야지!"

"계속해봐라."

말리려는 미란과 계속 말해보라는 도 회장 사이에 작은 언쟁이 있었지만 결국 도 회장의 뜻대로 영광은 말을 이어갈 수 있었다.

"솔직히 많은 고민을 했어요. 아버지가 주신 미래대로 살까, 아님 내가 개척해서 살까. 편안한 미래. 솔직히 탐나더라고요. 남들은 갈 수 없는 곳까지 난 마음대로 올라갈 수 있으니까. 그게 더 달콤하니까. 근데요, 아버지. 전 미래에 제 아들에게 누구보다 떳떳한 아버지가 되고 싶어요. 내 아들에게 아빠는 여기까지도 해봤다, 할아버지 백이 아니라 내 힘으로 이룬 것도 있다고 말해주고 싶어요. 그렇게 말할 수 있는 아버지가 되고 싶어. 나중에 아버지 뜻대로 아버지가 원하는 미래를 이어나갈 수도 있겠지만 지금은 그냥 가만히 앉아서 아버지가 주시는 미래를 얻고 싶진 않아요. 제가 할게요. 제가 아버지 곁으로 좀 더 떳떳한 사람이 되어서 갈게요."

도 회장은 영광을 보면서 마음이 울컥해졌다. 어느덧 아들은 자신보다 더 놀라운 성장을 했고, 젊을 적의 자신보다 훨씬 더 멋진 인생을 살고 있다는 것을 깨달았다. 주는 것만 받아먹고 살지 않겠다. 실업자들이 날마다 최고 기록을 쌓아가고 있는 요즘, 누군가는 그것 또한 사치고 세상을 몰라서 하는 말이라고, 다 가진 자들의 여유일 뿐이라고 야유하겠지만 자기 인생을 스스로 개척하며 살겠다는 한 청년의 진심은 놀랄 만큼, 또 부러울 만큼 멋졌다.

허나 미란은 생각이 달랐다. 이제까지 자신이 견뎌온 삶은 모두 영광을 위한 것이었다. 그 누구보다 멋진 아들로 키워서 그 누가 감히 우러러볼 수 없게 만들고 싶었던 어쩌면 지난날을 힘들게 견뎌온 꿈과도 같은 것이었다. 한데 하루아침에 꿈을 잃게 생겼으니 난리부르스는 당연한 순리였다.

"전 형이 좋아요. 비록 엄마는 다르지만 그래도 전 형을 보면서 깨달은 것도 많고, 형이 있어서 참 좋아요. 아버지. 형이 그러더라고요. 미래를 앞두고 고민하는 제게 아버지는 아직 건재하시다고. 아직은 아버지를 용서할 수는 없는 것 같지만, 언젠가는 아버지를 용서할 수 있는 날이 오지 않을까요? 또 아버지가 형이 아버지를 용서할 때까지 기다리지만 마시고 다가가주세요. 그럼 어쩌면 그날은 아버지가 생각했던 것보다 훨씬 더 가깝게 다가올 거예요."

아버지는 건재하다. 그 말에 도 회장은 가슴이 찌릿거렸다. 아들 둘은 어느새 제 품을 벗어나 어엿한 성인이 되었고, 되어가고 있었다. 젊을 적에 자신보다 더 건장하고, 건강한 남자가 되어 있었다. 그 모습을 보니 뿌듯하기도 하고, 커서 제 손을 벗어나니 두 어깨가 쓸쓸해지기도 했다. 가장 아픈 손가락이었던 큰아들은 제 뜻과는 상관없이 행복을 위해 나아갔고, 작은아들은 어느새 불쑥 커서 제 마음을 울리니 도 회장의 눈가에 물기가 어렸다.

도 회장은 결국 고개를 끄덕였다. 이로써 도 회장 곁에 아들들은 없다. 남부럽지 않은 인생을 살아왔다고 자부했지만 결국 남은 것은 돈과 명예뿐이니. 살아온 인생이 참으로 보잘 것 없어지는 기분이다. 그 기분이 표정에서도 보였는지 영광이 덧붙였다.

"그래도 전 아버지 아들이에요. 누가 뭐라고 해도 전 아버지가 자랑스럽습니다."

"영광아."

"그러니 제가 돌아올 때까지 건강하세요. 또 저희 엄마 부탁드릴게요."

영광은 도 회장에게 큰절을 올린 뒤에 2층으로 올라갔고, 미란도 따라 올라갔다. 방문을 닫지도 않고 들어온 미란이 아들에게 따져 물었다.

"너 미쳤어? 왜 준다는 미래를 네 발로 걷어차고 난리야! 없이 사는 사람들한테 넌 꿈같은 존재라고! 그런 놈이 제 복을 발로 차면 그 누가 널 이해하겠느냔 말이야! 절대 곱게 안 봐줘! 세상이 그리 호락호락한 줄 알아?"

"호락호락한 세상이 아니니까 내 힘으로 살아보겠다는 거잖아."

"도영광! 넌 몰라. 엄마가 어떻게 살았고, 견뎌왔는지! 넌 모른다고!"

"엄마."

어느새 미란의 눈가에도 눈물이 어렸다. 영광이 6살이 될 때 처음으로 이곳에 올 수 있었다. 그 모진 세월을 견뎌온 것은 모두 영광 때문이다. 한 남자를 사랑했지만 그 댓가는 처절했고, 몇 년의 세월이 지나서야 호적에도 오를 수 있었다. 그러니 더욱 아들에 대한 집착은 커져갔고, 아들이 제 인생을 보상해주리라 철썩같이 믿어왔다. 그런 아들이 오히려 뒤통수를 치니 멍해지면서도 분하고, 화가 났다.

"다시 생각해봐. 이건 아니야. 내가 어떻게 살았는데. 그날을 어떻게 견디면서 살아왔는데!"

"엄마."

"아니야. 이건 아니야. 절대 안 돼."

돌아서 나가려는 엄마를 다시 붙잡은 영광은 그녀를 침대에 앉혔다. 그리고 그 앞에 무릎을 꿇고 앉아서 엄마의 손을 꼭 잡았다.

"나 이대로 포기하는 건 아니야. 아버지 아직 건재하시고, 그래서 기회가 있을 때 마음 편하게 살아보고 싶은 대로 살아보려는 거야."

"그러니까 왜 그걸 지금 하냐고. 왜 지금 굳이 하느냐 말이야. 여행이라면 가. 근데, 캐나다 가서 사는 건 안 돼. 그건 안 되는 일이라고."

"엄마, 아버지 사랑해서 여기 있는 것 아니었어?"

"……모든 부부가 사랑으로 사는 건 아니야."

"또 나 때문이라는 거잖아. 엄마가 인생을 잘못 산 건 아니야. 내가 있으니까. 근데 엄마. 엄마의 결혼 생활은 건강하진 못했어."

"도영광!"

"엄마한텐 아버지가 있잖아. 이제라도 엄만 아버지를 사랑하려고 노력해봐. 그래야 돼. 이제까지 나를 위해 살았다면, 이젠 아버지를 위해 살아봐. 나도 떠나고 형도 없는데. 봐, 결국 마지막에 남는 사람은 부부뿐이잖아."

"영광아. 도영광."

"나도 장가가면 끝이야. 근데 엄마, 엄마한텐 평생 엄마를 든든히 지켜줄 남자가 있잖아. 결국 남은 사람은 아버지 하나잖아. 그러니까 지금이라도 건강한 가정을 이루려면 돈이 아니라 사랑으로 아버지 곁에 있어줘. 그래야 나도 안심할 거고, 나도 행복한 가정을 꾸릴 수 있을 테니까."

눈물을 글썽이며 애원하지만 영광은 끄떡도 하지 않았다. 가만히 그의 말을 듣다 보니 미란은 할 말을 찾지 못했다. 결국 모두 맞는 말인 듯했다. 결국 영광을 설득하는 데 실패했다.

영광은 예정대로 떠날 채비를 했고, 미란은 하루하루 시름에 빠졌다. 그렇게 시간은 흘렀고, 어느덧 2주의 시간이 흘러 정우와 여희의 결혼 소식이 학교 내에 빠르게 퍼져갔다. 아침 일찍 출근한 선생들의 책상에 청첩장이 놓여 있었다. 출근을 한 선생들은 그 청첩장을 펼쳐보고는 깜짝 놀랐다. 김여희 선생과 도정우 이사장의 이름이 청첩장에 적혀 있으니 모두가 놀랄밖에. 그 누구보다 놀란 사람은 은근 이사장에게 흑심을 품고 있던 문학 선생이었다. 보자마자 기절할 것처럼 몸을 떨더니 결국 보건실에 실려가고야 말았다.

아직 여희가 출근 전이란 것을 알고 선생들은 삼삼오오 모여 수군거렸다. 그곳엔 석현도 함께였다.

"와, 근데 김 선생 파혼당하지 않았었어?"

"그니까. 파혼당한 지 얼마 안 돼서 초고속 결혼이네. 설마 사고 친 건 아니겠지?"

"에이. 김 샘이 그래도 윤리 교사인데."

"파격적이긴 해. 윤리 교사가 파혼당하지, 얼마 안 돼서 초고속 결혼까지 하고."

"김 샘 원래 파격적이잖아. 성격도 그에 못지않게 쿨하고. 시크하고."

"그렇긴 해도, 이거 학교 내에 쫙 퍼졌으면 애들 학부들도 알 텐데."

"알면 뭐 어때? 인생이 다 그렇고 그런 거지."

"그나저나 결혼 상대자가 무려 영광그룹 후계자인데, 와, 인생 폈네. 폈어."

그 모든 이야기를 가만히 잠자코 듣고 있던 석현이 눈썹을 움직였다. 말이 좀 상당히 쎄하다.

"조례 가시죠?"

꽤나 가시 돋친 석현의 말에 모두가 그쪽을 바라봤다.

"아직 조례 시간 아닌데."

"그래도 선생들이 이건 좀 아니지 않습니까?"

"뭐가?"

"새싹들을 교육하는 교육자가 뒷담화라니요. 옳지 못합니다."

"아니, 워낙 핫이슈니까. 이슈 갖고 말도 못하나?"

"아무리 핫이슈라 해도 당사자가 없는 자리지 않습니까?"

"그러는 김 샘은 뭐 이 둘이 계속 만나오던 사이라는 것 알고 있었던 모양 같네."

수학 선생이 한마디를 거드는 그때 뒤쪽에서 불쑥 여자의 목소리가 튀어나왔다.

"13년 만났어요."

모두가 그 목소리의 진원지를 찾아 두리번대다가 뒤를 돌아봤다. 그곳엔 지금 막 출근한 여희와 정우가 있었다.

"저희, 첫사랑이거든요. 13년 전에 만났던 첫사랑."

모든 선생들이 사색이 되었다. 여희 옆엔 이사장도 함께였다. 여희는 모두에게 공표하듯 말했다. 뒤에서 수군거리며 궁금해하던 모든 것들을 얘기해줄 것처럼.

"다행히 사고는 안 쳤어요. 고로 속도위반은 아니……."

당당하게 말하던 중이었으나 그때 무엇인가가 여희의 머릿속을 반짝 하고 스쳐 지나갔다. 그러곤 말을 하다 말고 재빨리 자기 자리로 가서 달력을 확인하는 여희를 모두가 지켜봤다.

날짜. 일단 날짜를 셌다. 달력엔 체크된 것이 없었다. 휴대폰을 꺼내 어플을 찾았다. 지난달에 저장해둔 날짜를 찾는데, 지난달에 분명 5일에 생리를 했다. 그리고 다시 날짜를 확인하니 그때로부터 벌써 5일이 훨씬 지나 있다. 여희의 얼굴이 사색이 되어가자 정우가 그녀 옆으로 다가왔다.

"왜 그래?"

모두가 왜 저러냐는 표정이다. 여희의 얼굴이 점점 더 사색으로 변해가더니 휴대폰을 든 채 굳어버렸다.

이, 이건 아니야. 이건 절대 아니야. 이건 안 되는 일이야.

속으로 오만 가지 생각을 하다가 그날이 떠올랐다. 정신없이 정우와 함께 불타는 밤을 보냈던 그날. 그때 분명 피임, 피임을 하지 않았다. 몇 번을 생각해도 피임을 한 기억이 없다. 워낙 서로에게 몰입되어 있어서 생각도 못 한 것이다. 그걸 바보처럼 이제 생각하다니.

"왜 그러냐니까. 야, 김여희."

"정우야."

"어, 말해. 왜 그래?"

"우, 우리……."

"우리, 뭐?"

"결혼 앞당겨야 돼."

"앞당겨? 얼마나? 왜?"

"진짜 사고 쳤어."

이 둘이 점점 그 말을 알아듣고 표정이 급격히 변해가기 시작하니 모든 선생들이 그들을 보고 있다가 자신들끼리 수군거리던 일이 현실화가 되었음을 알아챘다.

사고쳤다. 아주, 제대로.

"이게 지금 말이 된다고 생각해?"

"아니."

"나도."

"우리 이제 뭐부터 해야 하지?"

"결혼 날짜부터 앞당겨야지."

"예정일이 언제랬지?"

"내년 3월."

둘은 서로가 지금 무슨 이야기를 하고 있는지 가늠조차 되지 않았다. 사고를 쳐도 아주 제대로 쳤다는 것밖엔 아무런 생각이 떠오르지 않았다. 병원에서 확인을 하고 나오는 순간조차도 자신들이 부모가 된다는 사실을 믿지 못했다. 아기가 생겼다니. 의사로부터 축하한다는 이야기에 정신이 멍해졌다. 결혼을 앞두고 혼수로 아기가 생기니 정신이 없어졌다. 그저 멍하니 앉아만 있다가 진료실을 나왔다. 산모수첩이 생기고서부터 실감이 나기 시작했다.

예정일은 내년 3월 12일이고, 현재 임신 6주 6일째란다.

"나 아빠 된다는 거지?"

"응. 넌 아빠, 난 엄마."

"그럼 이거 좋아해야 하는 거잖아."

"그렇지."

"너 좋아?"

"이상해. 싱숭생숭해."

"나도."

"근데, 정우야."

"어?"

"나 너 한 대만 패자."

"뭐……?"

순간, 앞서 걷던 여희가 돌아서 정우의 정강이를 있는 힘껏 차버렸다. 정강이를 까인 정우는 까인 곳을 붙잡고 한 발로 깡충깡충 뛰었다. 그 와중에도 좁혀진 미간 사이로 그는 웃고 있었다. 맞아도 아프지 않다. 기쁘기까지 하다. 생각보다 부모가 된다는 기쁨은 싱숭생숭하면서도 오묘하고, 오묘하면서도 기뻤다. 이 세상에 자신들을 닮은 아기가 탄생한다는 것은 참으로 축복할 만한 일이고, 기쁜 일이었다.

"내가 생각을 못하면 너라도 생각을 했어야 하는 거잖아!"

"야. 생각할 겨를이 어디 있어. 마음보다 몸이 먼저 가 있었구만."

"넌 더 맞아야 돼."

구부린 등을 마구 치던 여희에게 맞으면서도 웃던 정우가 한 번에 확 제압하더니 그녀를 번쩍 안아 들었다.

"야, 너 미쳤어? 안 내려놔?"

"나 안 그래도 좋아서 미칠 것 같으니까. 가만히 있어봐."

"야, 아가 놀랜다고!"

장난치듯 하던 정우가 그 말에 바로 여희를 땅에 내려놓는다. 그리고 조심스럽게 여희의 배를 쓰다듬는데, 반대로 여희가 정우의 목을 조르기 시작했다.

"알아서 잘 했어야지! 아 진짜 어쩔 거야!"

"어쩌긴 뭘 어째. 빨리 같이 살아야지."

"악! 도정우!"

레슬링 선수가 상대 선수의 목을 조르는 것처럼 조르더니 상대적으로 힘이 약한 여희가 먼저 팔을 풀자 정우가 빠져나왔다. 고개를 양옆으로 꺾다가 함박웃음을 지으며 씩씩거리는 여희를 불렀다.

"여희야."

"아, 뭐!"

한 번 불러도 화부터 버럭 내는 여희의 양 볼을 감싸고서 입을 맞췄다. 이젠 놀라지도 않고 정우를 흘겨보기만 한다. 세상 가장 귀여운 표정으로. 다시 한 번 길게 입을 맞춘 정우가 감격한 표정으로 말했다.

"나 평생 네 밥이야."

"알거든."

"내가 평생 밥 할게."

"무슨 뜻이야? 그 밥이야? 아님 저 밥이야?"

평생 밥을 하겠다는 뜻에는 두 가지가 있다. 한 가지는 평생 져준다는 뜻, 다른 한 가지는 평생 네 밥을 해주겠다는 뜻. 어느 밥인지 묻는 말에 정우는 아주 현명하게 답했다.

"둘 다."

그 말을 듣는 순간 여희는 코끝이 찡해왔다. 결혼도 하기 전에 찾아온 행운. 접촉 사고로 우연처럼 정우를 다시 만났고, 사랑하게 되었고, 오해가 풀리면서 평생 사랑을 약속했는데, 이젠 아기까지 생겼다. 갑작스러움에 정우를 원망해보기도 했지만, 다시 보면 참으로 운명이라고 말하지 않을 수가 없다. 정우를 만나고서부터 행복한 일만 가득이니 여희는 웃지 않을 수가 없었다.

"오늘부터 같이 살자."

"뭐?"

갑작스런 동거 제안에 깜짝 놀란 여희가 되물었다. 그러나 정우는 능청스럽게, 아무렇지 않게 답했다.

"순서만 바뀌는 것뿐이야. 결혼을 해서 사느냐, 살고 결혼을 하느냐. 결국 우린 같이 살 거고, 아기까지 생긴 마당에 더 이상 선택권은 없을 것 같고."

"같이 살자고?"

"응. 같이 살자. 살림 합치고 예정보다 빨리 결혼식 치르면 되는 거지."

"야. 너 우리 부모님한테 맞아 죽어."

"맞아 죽지, 뭐. 너랑 같이 사는데 그 정도도 못 참을까 봐?"

"죽으면 안 돼. 나 너 없이 못 살아."

"나도야."

"근데 이게 프러포즈야? 너 프러포즈 안 했어."

"했잖아. 식당에서."

"그게 프로포즈야? 아주 능구렁이 다 됐다니까. 도정우."

"이렇게 잘생기고, 예쁜 능구렁이 본 적 없잖아."

"어쭈."

"사랑한다, 김여희."

진심을 다한 고백은 이처럼 달콤하고, 사랑스럽다. 불쑥, 갑자기 하는 고백은 상대에게 더 큰 사랑과 기쁨을 느끼게 한다. 마치 마법처럼 온 마음이 행복으로 가득 들어찬다.

"비록 아주 멋지고, 환상적인 프러포즈는 못했지만 살면서 하루 한 번, 매일매일 프러포즈할게. 난 네 평생 밥이야."

어느덧 여희의 눈가에 눈물이 가득 고였다. 행복으로 넘치는 눈물이 결국 밑으로 톡 떨어진다. 멋들어진 프러포즈는 아니지만 세상 가장 기억에 남는 프러포즈일 것 같다. 더군다나 하루 한 번, 매일매일 프러포즈를 하겠다는 그 말과 평생 네 밥이라는 말은 세상 그 어떤 여자가 들어보기나 할 법한 대사란 말인가. 전 세계에 그녀 한 사람밖엔 없을 것이다.

여희는 흔한 답 대신 먼저 그의 품으로 안겨들었다. 세상 가장 넓고, 포근한 품에서 그녀는 세상에 둘도 없을 진한 사랑을 느꼈다.

12. 사랑합시다. 모두

여희의 부모님은 의외로 임신 사실을 알고도 크게 노발대발하지 않았다. 어차피 결혼할 사이이고, 나이도 있으니 아이가 생겼다는 사실에 크게 노하진 않는 분위기였다. 그럼에도 가끔씩 새어 나오는 한숨엔 여희의 어깨가 절로 움츠러들기는 했다. 마냥 반기는 분위기는 아니란 뜻이다. 같이 살겠다는 뜻에 반대하진 않았다. 하루 빨리 나가라는 아니지만 정우의 사정을 말씀드려 알고 있던 터라 시댁을 신경 쓰지 않을 수는 없었다.

결국 주희는 도 회장을 만나 두 사람의 결혼 전 동거를 허락하셨다. 그리고 바로 오늘, 여희가 정우의 집으로 이사를 가는 날이다. 여희의 짐은 이미 이삿짐센터를 불러 모두 실어날랐고, 여희만 가면 되었다. 여희를 데리러 온 정우와 여희를 앞에 나란히 세워두고서 주희가 눈물을 글썽였다. 부디 잘 살라는 말을 하면서 대성통곡했고, 여희도 함께 울었다. 눈물뿐인 작별 인사를 끝내고 여희와 정우는 함께 살 집으로 떠났다.

집의 분위기는 며칠 사이에 확 바뀌어 있었다. 신혼이니 좀 더 모던하고, 부드럽게 바뀌어 있었다. 무엇보다 침실이 가장 마음에 들었다. 중앙에 더블 침대가 놓여 있고, 그 옆으로 아기 침대가 놓여 있으니 새삼 두 사람에게 아기가 태어난다는 사실이 더 확 와 닿았다. 아기 침대 옆에서 연신 좋아라 하는 여희 앞으로 정우가 준비한 꽃다발을 건네었다.

"오늘 무슨 날이야?"

"우리가 처음 함께 살게 된 날을 기념하는 거지."

"흠, 그럼 기념일 날에만 꽃 사주겠다는 거야?"

"아니. 가끔씩, 불쑥 사줄게."

"하여튼 여자 마음은 잘 알아가지고. 너 여자 한 번도 안 사귀어 봤다는 거 거짓말이지?"

"아닌데. 난 평생 너밖에 없었는데. 그리고 넌 그 말 해봤자 너한테 득 될 거 하나도 없다니까?"

"아, 맞다."

여희는 제 입을 탁 막았다. 해봤자 좋을 것은 없다는 말에 백번 공감했다. 50송이의 장미꽃은 활짝 피어 있었다. 장미의 향을 맡으니 기분도 한층 더 업 되었다.

"아가 침대 예쁘다. 언제 준비했어?"

"백화점 가서 샀지. 이젠 어딜 가도 아가 옷밖엔 안 보이더라."

"내 옷은 없어?"

"질투하는 거야?"

"당연하지. 아가 태어나면 내 순위 바뀌는 거 아니야?"

"그건 당연한 거지."

"그러기만 해. 국물도 없어."

주먹을 말아 쥐고서 눈앞에 보여주니 정우가 웃으며 그녀의 어깨를 살며시 감싸 안았다.

"평생 그럴 일 없어. 언제나 나한텐 네가 1순위니까."

"거짓말."

내심 좋으면서도 여희는 장난스레 눈을 흘겼다.

"난 거짓말은 안 해. 어차피 들통 날 거짓말을 왜 해?"

"말은 청산유수지."

"진짜야. 넌 언제나 내게 1순위야."

어떻게 얻게 된 여자인데, 감히 아이가 태어난다고 하여 그 순위가 바뀔까. 다른 남자들에겐 통할 이야기라도 정우에겐 통하지 않는 이야기였다. 반짝임 가득한 눈망울로 확신하는 정우에게 여희는 엷은 미소를 지어 보이며 눈물 그렁그렁한 눈으로 벅차오르는 가슴에 가득한 사랑을 고백한다.

"사랑해."

느닷없는 고백이라 더욱더 행복하다. 정우는 고개를 끄덕이며 답했다.

"나도 사랑해."

"고마워."

"나도. 고마워."

"우리 잘 살자."

"응. 노력할게. 매일매일 이 순간을 기억하면서, 널 얻기까지 내가 했던 숱한 노력과 직구를 기억하면서 사랑하고, 살아갈게."

"응. 나도 그럴게. 네가 내게 오기 위해 그 많은 노력을, 상처 받았으면서도 그 상처들을 무시하면서 달려왔던 시간들을 평생 기억할게."

정우는 여희에게 다가와 입을 맞추었다. 서로의 사랑을 원없이 느끼며 둘은 서로가 함께 있음에 감사했다.

함께 살기 시작한 두 사람의 매일매일은 행복으로 가득했다. 일단 눈치 보면서 출퇴근을 했던 두 사람은 이제 눈치 보지 않고 같이 출퇴근을 했다. 교무실로 들어서는 여희는 표정이 한 결 편안해졌고, 사랑스러움이 두 눈에 가득했다. 선생들도 모두 그들의 결혼을 축하했고, 임신 사실에 축하를 전했다. 여희가 들어와 자리에 앉는 것을 본 석현이 한결같이 의자를 타고 쭉 다가왔다.

"예정일이 언제라고?"

"내년 3월 12일."

"태명은?"

"사랑이."

"아주 사랑이 가득하시겠네요."

"왜, 또 뭐가 꼬였는데?"

"내 소개팅은 언제 해줄 건데?"

"아, 맞다. 소개팅."

그동안 신경 써야 할 것이 산더미라 미처 석현의 소개팅 알선은 생각하지 못했다. 얼른 해주겠다며 휴대폰을 꺼내 드는데, 때마침 모르는 번호로 전화 한 통이 왔다. 누구지?

"여보세요?"

…….

"여보세요? 누구세요? 전화를 거셨으면 말씀을 하세요."

……저, 나야.

"나? 나가 누구예요?"

불쑥 나라고 말하는 탓에 알아듣지 못한 여희가 다시 한 번 되물으니 상대방 너머에서 깊은 한숨 소리가 새어 나왔다. 그 한숨과 잔뜩 가라앉은 목소리에서 언뜻 낯익음을 느끼고는 여희가 먼저 물었다.

"박태준?"

……어. 나야. 박태준.

그 목소리의 주인공은 박태준이었다. 그녀와 결혼을 두 달 앞두고 바람을 펴서 파혼을 하게 만들었던 그 개자식. 박태준의 목소리에 여희의 표정이 잔뜩 굳어졌다. 여희는 태준의 만나자는 제안에 알겠다고 답한 뒤에 서둘러 학교를 나섰다.

한편, 정우는 13년 전에 어머니께서 하셨던 후원 사업이 종료가 된 채 현재까지 이행되지 않았던 이유가 결국 후원자 명단의 유출과 관련하여 학생의 자살로 인해 또 다른 희생자를 만들지 않기 위함임을 알았다. 그밖에 다른 이유들은 발견되지 않았다. 정우는 그 사실을 다시 한 번 확인함으로써 일전에 써두었던 후원 사업 계획서를 다시 검토하여 교장을 호출했다. 이사장실로 들어온 교장은 정우에게 짧은 목례를 하고선 가까이 다가왔다. 정우는 깍듯이 대하는 교장의 태도가 불편했으나 이 모든 것이 자신의 직위 때문이란 것을 알고 감내하기로 했다. 정우는 웃으며 교장에게 검토하던 기획안을 건네주었다. 교장은 기획안을 받아 들고선 의아한 얼굴로 정우를 봤다.

"이건 전전 이사장님께서 하셨던 일이지 않습니까?"

"네. 맞습니다. 어머니가 하셨던 일이죠."

"이걸 다시 하시겠다는 뜻입니까?"

"예. 그때는 이 학교에서만 해당하는 학생들을 후원했다면 지금은 좀 더 나아가 모든 학생들이 후원을 받을 수 있도록 할 생각입니다. 지금 정부에서 하고 있는 학자금 지원처럼 현재 중, 고등학교 수업조차 제대로 받지 못하고 있는 학생들을 기반으로 해볼 생각입니다. 그러려면 아마 정부의 확인도 필요하고, 교육청 및 지원 사업도 확대해야 할 겁니다. 제가 기획한 것이긴 해도 교장 선생님께 말씀드리고, 도움을 청해야 할 것 같아서요. 도와주실 거죠?"

교장은 흐뭇한 표정과 함께 너무도 당연하다는 듯 고개를 끄덕였다. 과거 이 후원 사업이 막 시작되던 초에는 영광 고등학교 학생들 내에서만 이루어지던 사업이었다. 그 작은 일이 더 큰 일이 되어 더 많은 학생들에게 기회를 제공해주고, 그 학생들은 더 넓고 좋은 세상을 보며 기회를 제공받을 수 있다는 생각에 교장의 가슴은 벌써부터 벅차오르고 있었다.

"그럼요. 열심히 돕겠습니다. 이사장님."

정우와 교장은 서로를 마주 보며 활짝 웃었다. 앞으로 해야 할 일은 지금보다 훨씬 더 많겠지만 기꺼이 행할 것이다. 어머니가 하셨던 일이 불행한 사건으로 인해 바른 의미가 바르지 못한 의미로 퇴색되어 끝나지 않도록, 이 계기로 더 많은 학생들이 가난에서 벗어나 더 큰 꿈을 꿀 수 있도록 해줄 것이다.

여희는 박태준을 만나러 나서기 전에 이사장실에 들렸다. 먼저 말을 해주고 나가야 할 것 같았다. 혹시 모를 오해도, 소문도 만들고 싶지 않았다. 이를 들은 정우의 표정이 굳어지며 여희의 손을 붙들었다. 가지 말라는 말보다는 함께 나가자는 말을 했다.

"너 기분 나쁠 거야."

"상관없어. 너 혼자 나가는 게 더 기분 나쁠 것 같으니까."

결국 정우와 여희는 함께 나섰다. 박태준이 있다는 카페에 도착한 여희는 창문으로 비치는 박태준의 모습에 숨이 턱 막히는 기분이 들어 뒤돌아 정우를 올려다봤다.

"역시 잘생겼다, 내 남편."

"기 죽지 마. 네 옆엔 내가 있어. 저딴 새끼 내가 죽여버릴 수도 있는데, 예쁜 내 마누라 봐서 참는 거니까."

"응. 고마워."

정우도 창가에 비치는 한 남자를 물끄러미 보다가 여희의 이마에 입을 맞추었다. 아마 박태준도 보았을 것이다. 보라고 한 것은 아니지만 봤으니 어떤 기분일까. 뼈아픈 고통이 있었으면 좋겠다.

둘은 서로의 잡은 손을 놓지 않고 안으로 들어갔다.

들어서는 순간 여희를 알아본 박태준이 여희와 정우가 서로 잡고 있는 손으로 시선이 향했다. 박태준은 둘의 모습을 보면서 이상한 기분을 느꼈다. 그러나 자신은 화를 낼 자격조차 되지 않는 사람임을 알고 있었다.

정우는 여희의 손을 놓고 옆 테이블에 앉았고, 여희는 박태준 앞에 앉았다. 곧이어 카페 점원이 정우와 여희 앞에 주문한 커피를 놓아주었다. 그 전까지 세 사람은 말이 없었다.

"만나자고 한 이유가 뭐야?"

운을 뗀 사람은 여희였고, 박태준은 한동안 침묵을 지키다가 입을 열었다.

"사과…… 하고 싶어서."

"사과는 그때 했어야지. 시간이 얼마나 지났는지 알기나 해?"

"미안하다."

"됐어. 이미 끝난 일이야."

"나에 대한 화가 조금이라도 있다면……."

"없어. 잊었어."

남은 화가 없다면 거짓말이라고 생각할지도 모르겠다. 하지만 진짜 남은 화가 없었다. 박태준이라는 이름 세 글자가 영원히 지워지지 않을 것이라고 생각했던 것은 불과 몇 달 전. 하지만 거짓말처럼 정우를 만나고 박태준이라는 이름의 상처는 거의 사라졌다. 과거에 박태준이라는 남자가 있었나 할 정도로.

"그러니까 당신도 날 잊었으면 좋겠어. 서로 불편할 일 없이 각자 살자. 다신 전화하지 말고. 잘 살아. 진심이야."

"……여희야."

보다 못한 정우는 자리에서 일어나 여희 옆으로 섰다. 그러자 박태준이 여희 옆에 선 정우를 올려다본다. 정우는 좁혀진 미간으로 박태준을 보다가 여희의 손을 잡고 일으켰다.

"가자."

여희와 정우는 카페를 나가려 방향을 틀었다. 그런 두 사람을 지켜보던 박태준이 여희를 다시 불러세웠다.

"여희야."

이번엔 여희 대신 정우가 돌아섰다.

"당신, 참으로 여자 보는 눈 없는 놈이야. 그래도 당신이 놓쳐준 덕에 내가 여희 잡았으니까, 그걸로 용서해주지. 다신 우리 눈에 띄지 마."

그 둘은 가차 없이 밖으로 빠져나갔다. 혼자 카페에 남은 박태준은 앞에 놓인 찻잔을 물끄러미 내려다봤다. 아마도 그녀 옆에 있는 남자가 그녀가 그토록 기다렸던, 잊지 못했던 남자겠지.

그동안 박태준은 내연녀에게마저 차였다. 그 여자를 사랑한다고 생각하진 않았지만 적어도 외사랑은 아닐 것이라고 믿고 싶었지만 그 여자도 바람이 나 보기 좋게 차인 것이다. 여자는 철저히 자신을 버렸고, 그 여자마저 떠나니 그는 혼자가 되었다. 이미 친구들 사이에서도 소문이 나서 아무도 그를 만나주려 하지 않았다. 회사 또한 그를 받아주지 않았다. 이제 인생에서 여자는 없을 것만 같다. 인과응보. 세상으로부터 제대로 밟혔다.

"나 멋있었어?"

카페를 나오고 가로수길을 말없이 걷는 여희의 표정이 마음에 걸려서 정우가 내심 그녀의 마음을 두드려 풀어주고자 했다. 울적한 기분 따위 털어내버리라는 뜻으로 말이다.

"나, 밉지 않아?"

"왜 미워?"

"너 말고 그 남자 만났었잖아."

"우리가 만나기 전이잖아."

"그래도."

"그래서 지금 이렇게 기분이 울적한 거야?"

"너한테 미안하니까."

"미안해할 필요 전혀 없는데. 난 네가 날 데리고 와줘서 더 고마운데."

"고맙긴."

속 깊은 정우의 말에 결국 그녀가 웃음을 지었다. 기분이 확 가라앉은 여희의 기분을 살아나게 하기 위해 잡고 있던 손을 위에서 아래로 세차게 흔들었다.

"우린 우리 앞날만 생각하면 되는 거야. 지나간 과거 따위는 잊고."

"그만 흔들어."

"왜. 날씨도 좋고, 바람도 좋고, 또 너도 좋은데."

"푸흡. 진짜 못 말리겠다."

"매일같이 보고, 자고, 밥 먹고. 너무 좋다."

"나도 좋아."

"우리 사랑이도 태어나면 지금보다 더 좋을 거야. 그치?"

여희가 격하게 고개를 끄덕였다.

"그럼, 더 좋지."

정우는 잡았던 손을 제 허리에 두르게 한 뒤에 다른 손으로는 그녀 어깨를 감싸 안았다. 둘은 서로에게 기대어 걷고, 또 걸었다.

영광은 고민 끝에 결국 교무실로 향했다. 학교를 졸업하고 가면 좋겠지만 수능이 끝난 직후 막바지 캐나다행 비행기에 탑승해야 했기에 더 이상 늦출 수가 없었다. 교무실로 가는 내내 발걸음이 가볍지 않고 무거웠다. 막상 그녀를 못 보게 된다고 생각하니 한쪽 가슴이 찌르르 아파왔다. 열린 문틈으로 일하고 있는 여희의 얼굴이 보였다. 영광이 다가가자 시선을 위로 들어 올린 여희가 영광을 알아보고는 반색했다.

"어? 영광아."

영광이 할 말이 있을 거라는 사실을 알아차리고선 맞은편 의자에 앉게 했다. 평소와 다르게 뜸을 들이는 영광을 보고는 여희가 먼저 제안을 했다. 학교 앞 정원에 나온 두 사람은 손에 시원한 음료를 들고선 벤치에 앉았다.

"무슨 얘기인데?"

"저, 선생님."

입을 떼기까지 약간의 시간이 걸렸다. 깊은 고민 끝에 내린 결정이지만 쉽사리 입이 떼어지지 않았다.

"수능 끝나고 제가 하려던 얘기가 있었다고 한 말, 기억하세요?"

"응, 기억하지."

"지금 그 말을 하려고요."

"아직 수능도 안 끝났는데?"

"저 캐나다 가기로 했어요."

"캐나다? 갑자기?"

"네."

갑작스럽게 캐나다에 가게 되었다는 말에 여희가 말을 잠깐 멈추었다. 캐나다에 가게 되었다는 영광의 말에 잠깐 생각하던 여희가 다시 입을 떼었다.

"부모님은 허락하셨니?"

"네."

"수능 끝나고 바로 가게 될 것 같아서요. 졸업식은 가지 못할 것 같아 미리 말씀드리는 거예요."

"그래……. 근데 좀 갑작스럽다."

"그러실 것 같았어요. 그리고 샘."

"응?"

"결혼…… 축하드립니다."

이 말을 꺼내기까지 참 어려웠다. 영광에게 여희는 그냥 선생님이 아니라 첫사랑이기 때문이고, 언젠가 꿈꿔온 미래였기 때문이다. 한낱 지나가는 사랑이라 하더라도 영광에겐 그저 선생님과 제자, 그 이상의 관계라 생각되었기 때문에 더 쉽지 않았다. 하지만 말하고 나니 속이 조금은 후련해지는 기분이다. 이젠 받아들여야 할 것이다. 평생 안 보고 살 관계가 아니기에 영광은 씁쓸한 속내를 애써 감추고선 그들의 행복을 축하했다.

여희는 축하한다는 영광의 말에 어떤 표정을 지어야 할지 몰라 했다. 영광은 소중한 제자였지만 때때로 제자 이상의 묘한 친근감이 있었고, 정우의 동생이자 이제 곧 도련님이 될 관계이니 신경이 쓰이지 않을 수는 없었다.

"일단 축하해줘서 고마워. 미리 말했어야 했는데, 많이 놀랐니?"

"솔직히 조금 놀랐어요. 그렇지만 축하드리고 싶었어요. 또 한 명의 가족이 생기는 것이니까 전 기뻐요."

기쁘다는 말에 여희가 활짝 웃으며 편안하게 말했다.

"나도 솔직히 좀 부담스럽긴 했었어. 근데 네가 솔직히 말해주니 무겁던 마음이 조금은 편해진다."

"네, 저도요."

"졸업식은 하고 가면 좋을 텐데. 아쉽네."

"샘."

"응?"

영광은 여희를 불러놓고 빤히 바라보기만 했다. 그러니 여희가 다시 한 번 되물었고, 영광은 그저 여희를 빤히 보다가 마음속으로 말을 건넸다.

'저 샘 많이 좋아했어요. 선생님이 아닌 여자로서. 선생님은 흔한 감정이고, 선생님에 대한 동경이라고 웃어넘길 수 있을지 모르지만 전 진심이었어요. 진심으로 선생님을 좋아했습니다.'

영광은 어느 때처럼 씩 웃었다. 그 미소를 보면서 영광의 속마음은 알 수 없었겠지만, 여희도 웃어주었다. 그리고 그 웃음이 정우와 아주 많이 닮았다는 것을 발견했다.

결혼식 당일. 영광그룹의 맏아들인 정우와 여희의 결혼식엔 애당초 많은 하객들이 초청될 것으로 알려졌으나 예상과 다르게 그들은 식 없는 조촐한 결혼을 올렸다. 두 사람은 결혼에 대한 로망보다는 현실에 맞게 살기로 합의했고, 떠들썩한 결혼식보다는 서로의 가정에 충실하기로 했기 때문에 양가 가족들과 친구, 지인들과 간단한 절차를 밟는 것으로서 결혼식을 진행하기로 했다.

새하얀 웨딩드레스를 입은 여희와 멋있는 턱시도를 갖춰 입은 정우가 서로의 손을 맞잡고 가족들 및 지인분들을 모셔놓고 연회장에 펼쳐진 버진 로드를 쭉 걸었다. 그들의 앞엔 언제나 꽃길만이 가득하길 바라는 마음에 지인들이 꽃을 뿌리며 그들을 축하했다. 둘은 서로의 손을 맞잡고 사랑의 서약을 맹세했다.

"신랑 도정우와 신부 김여희는 부부가 되어 영원히 사랑할 것을 맹세합니다. 앞으로 우리가 걸어가게 될 길이 꽃길만이 가득하다면 좋겠지만 꽃길이 아닌 다른 길이라 하더라도 그 길을 걸으며 서로에게 서로가 힘이 되어주고, 아픈 곳이 있다면 보듬어주고, 서로만 생각하며 행복한 가정을 이루도록 열심히 노력하겠습니다."

그로써 두 사람은 부부가 되었고, 서로에게 반지를 나눠 끼워주고선 사랑의 입맞춤으로 결혼식은 끝이 났다. 그리고 현재 두 사람은 정우의 어머니가 잠들어 있는 곳 앞에 서 있다. 꼭 마주 잡은 손에는 두 사람의 서약 증표인 반지가 나눠 끼워져 있었다.

"어? 꽃이 있는데?"

준비해온 꽃을 내려놓던 여희가 정우를 보며 말했다. 그 꽃은 정우에게도 낯선 꽃이었다. 붉은색의 다알리아 꽃이 놓여 있었다. 적색의 다알리아는 사과, 즉 용서의 꽃말을 갖고 있다.

그 꽃을 말없이 응시하던 정우의 표정이 조금 굳어졌다.

"아버지가 다녀가신 모양이야."

꽃이라도 미안함, 용서를 구해본다는 뜻 같았다. 그 꽃을 보면서 정우는 코끝이 시큰해졌다. 살아 계실 때 찾아왔더라면 정말 용서를 할 수 있었을 텐데. 어머니는 이제 곁에 없으니 정우는 쉽게 마음을 결정할 수가 없었다. 여희는 말 대신 잡은 손을 꽉 잡으며 고개를 끄덕였다.

"엄마. 저 오늘 결혼했어요. 제 옆에 있는 사람이 제 아내예요. 또 우리 아이를 가진 아기 엄마이기도 하고요. 어떠세요? 엄마가 좋아하는 스타일이죠? 얼굴도 예쁘고, 마음도 예뻐요. 요리는 잘 못하지만."

"야."

여희는 정우의 옆구리를 툭 찔렀다. 정우는 웃다가 다시 표정을 굳히며 말을 이었다.

"그렇지만 제가 선택한 여자예요. 그리고 제 아내가 그러는데, 엄마가 나를 아버지 곁으로 보낸 것은 아버지의 마음을 이해하지 못하고, 평생 원망하며 내 자식에게 건강한 사랑을 줄 수 없을까 봐 걱정이 돼서 그런 거라고 해요. 근데, 그 말이 맞는 것 같아요. 아니,

맞아. 그랬던 거죠? 내가 걱정돼서. 근데 어머니, 이제 그 걱정 안 해도 될 것 같아요. 나, 곧 태어날 우리 아이한테 많은 사랑을 줄 거니까요. 그럴 수 있을 것 같아요. 아직 아버지를 완전히 다 이해 못하지만 그래도 노력은 해보려고요. 어머니를 위해서, 또 우리 가정을 위해서. 이제 걱정은 덜고 편히 쉬세요."

살짝 울먹이며 말하는 정우의 옆모습을 보던 여희가 그의 손을 꽉 붙잡아 깍지를 꼈다. 정우가 여희를 돌아보며 살짝 웃으니 이번엔 여희가 말했다.

"어머니. 감사합니다. 이렇게 번듯하고 훌륭한 아드님을 저에게 주셔서 정말 감사드리고, 또 감사합니다. 잘 살겠습니다. 정우와 행복하게 잘 살게요. 우리 사랑이에게도 더 많은 사랑과 행복을 줄 수 있도록 노력하겠습니다. 지켜봐주세요."

두 사람은 서로를 보며 활짝 웃었다. 이제 그들의 앞엔 완전한 사랑과 건강한 사랑을 만들 수 있도록 노력할 것들이 놓여 있다. 많은 사랑과 행복을 주기 위해선 아마 두 사람이 한 마음으로 노력해야 할 것이다. 하지만 서로가 함께이기에 그 무엇도 두렵지 않았다. 함께라면 무슨 일이든 해낼 수 있으니까.

4개월 후.

11월의 수능이 끝난 직후 영광은 캐나다로 떠났다. 텅 빈 방에 벌써부터 차가운 공기가 감도는 것만 같아 미란은 흐느껴 울었다. 아들은 영영 떠나지 않았음에도 영영 떠난 기분이 들었다. 아들에게 더 좋은 미래를 물려주고 싶었던 엄마 미란은 그제야 자신의 생각이 잘못되었음을 깨달았다.

완전하고도 건강한 사랑은 완전하고, 건강한 가정일 때만 지켜진다는 것. 미란은 그 깨달음이 혹여 늦은 것은 아닐까 걱정스러웠다. 그때 미란의 휴대폰으로 영광의 문자 메시지가 날아왔다.

[엄마, 사랑해요. 또 고맙습니다.]

그 문자에 미란은 펑펑 울었다. 영광의 방 앞에 선 또 한 명의 사람은 바로 도 회장이었다. 그도 작은 아들의 부재에 여간 마음이 서운하지 않을 수가 없었다. 때마침 도 회장에게도 영광의 문자가 날아왔다.

[아버지. 사랑합니다. 고맙습니다.]

도 회장 또한 눈시울이 붉어졌다.

4개월이 흘러 더운 여름에서 겨울이 되었다. 어느덧 배가 조금씩 나오기 시작했고, 하던 일도 그만두게 될 시점이 되었다. 모든 것을 정리한 여희가 물건들이 담긴 박스를 들려고 하니 석현이 이를 대신 번쩍 들어주었다.

"어?"

박스를 들던 석현의 손가락에 반짝이는 반지를 발견한 여희가 놀란 반응을을 내니 석현이 어깨를 으쓱했다.

"뭐야. 커플링이야?"

"아니. 결혼 반지."

"결혼 반지? 청혼했어?"

"어. 받아줬고."

"웬일이야! 이제 곧 결혼하는 거야?"

"아마도?"

여희는 석현에게 하니를 소개시켜주었다. 석현과 하니는 이미 서로 알고 있었기 때문에 쉽게 친해질 수는 있었지만 처음엔 서로에 대해 어색함과 설렘이 없어 친구 같은 관계였다고 했다. 하지만 예기치 않게 두 사람은 약속을 하지 않아도 자주 만나게 되었고, 운명론자인 하니는 석현과 의도치 않게 자꾸 마주치니 서로가 운명이라 여기게 되면서 결혼까지 약속하게 되었다. 석현과 함께 복도로 나오니 마침 기다리고 있던 정우가 얼른 다가와 여희를 먼저 부축했다. 그 모습에 석현의 표정이 딱딱하게 굳었다.

"왜 내 손에 들린 박스는 안 가져가시고……."

"들고 계시니까."

"와, 진짜."

"조심해, 조심. 계단도 조심하고."

먼저 앞서 걷는 정우를 돌아다보던 석현이 씩 웃으며 그들 뒤를 따랐다.

여희와 함께 집으로 돌아가는 길에 여희가 운전하는 정우의 팔뚝을 잡으며 석현과의 일을 말해주었다.

"잘됐네. 하니 씨도 좋아하겠다."

"응응. 진짜 잘된 것 같아. 근데 나한텐 연락 한 통 안 하고……."

"바빴으니까. 또 너 스트레스 안 받게 하려고 그런 거지."

"그게 어떻게 스트레스야. 기쁜 일이지."

여희는 섭섭함에 뾰로통한 표정을 지었다. 그 모습이 귀여워 정

차한 틈을 타서 그녀 뺨에 쪽 뽀뽀를 했다. 그러자 놀란 마음에 여
희가 그의 팔뚝을 툭 쳤다.

"야. 여기 밖이야. 누가 보면 어쩌려고."

"보면 어때? 행복한 신혼부부인가 보다 하는 거지."

"아이, 그래도."

"너 요즘 그거 알아? 내가 하루에 몇 번을 참는지."

"참다니?"

"모르는 표정 짓지 말고. 너 임신해서 내가 얼마나 조심하고 있
는데. 진짜 안고 싶어 밤마다 미친다고, 내가."

"아, 진짜. 그런 말을 왜 또 해."

"그러니까 계속 예쁘지 좀 말든가."

"야, 도정우."

"지금도 봐. 그냥 앉아만 있는데도 미치겠네."

그가 인상을 팍 쓰며 참을 수가 없다는 듯 말하니 여희가 민망함
에 그만 웃음을 터뜨렸다. 그러자 자기는 심각한데, 너는 웃느냐며
표정이 굳어지다가 집 앞에 다다르니 그가 먼저 안전벨트를 풀고
선 그녀의 손목을 덥석 움켜잡았다.

"왜 그래?"

"오늘은 안 돼."

"뭐?"

"일단 들어가자."

"너 미쳤어?"

그 소리에도 그는 먼저 내려서 그녀를 끌고는 안으로 들어갔다.

현관을 벗어나자마자 그녀의 뜻과는 상관없이 그는 그녀에게로 돌진했고, 어느새 두 사람은 침대 안으로 들어가 있었다.

"출근은?"

"조퇴한 걸로 치지, 뭐."

"아우, 야."

"가만히 있으라니까."

정우는 여희의 옷을 모두 벗기고선 제 옷도 벗어 던졌다. 그리고 나온 배를 조심히 다루며 옆에서 그녀를 꽉 안았다. 이미 야릇한 숨소리가 나왔고, 침대 밖으로는 두 사람의 발이 삐죽 나와 있다. 서로의 혀가 얽히고 진득하게 키스한 끝에야 그는 말했다.

"사랑한다. 김여희."

"나도 사랑해. 도정우."

"사랑한다. 사랑아."

"엄마가 아주 많이 사랑해. 사랑아."

"우리 앞으로도 아주 오래 사랑하자."

"응, 그러자."

정우는 다시 그녀를 끌어안고선 입을 맞추었다. 두 사람은 아주 오랫동안 서로의 사랑을 속삭였다. 사랑은 오래 나누어도 사라지지 않고 그저 더해만 간다.

정우와 여희는 13년 전 서로에게 첫사랑이었다. 하지만 뜻하지 않은 오해로 13년을 떨어져야 했고, 사랑이 완전히 끝났다고 생각할 쯤 사고로 우연히 다시 만나게 되었다. 그러면서 그들의 사랑은 다시 시작되었고, 결국엔 오래도록 사랑하게 되었다.

어느 누가 말했다. 첫사랑은 이루어지지 않는다고. 그래서 더욱 애틋한 것이라고. 하지만 첫사랑이 때로는 이루어질 수도 있다. 이루어졌기에 그들은 더욱 애틋해졌다. 언제나 사랑을 표현했고, 그렇기 때문에 사랑이 더욱 충만해졌다. 사랑은 나눌수록 행복해지고, 더해만 간다. 모두가 서로를 사랑하여 마음이 더욱더 사랑으로 충만해져가기를 진심으로 바란다.

13년 만에 첫사랑을 이룬 바로 그들처럼.

에필로그. 5년 후의 이야기

5년 후. 캐나다 밴쿠버.

높은 빌딩들이 밀집된 지역은 너무도 이국적인 풍경을 자랑하고 있다. 그곳과 조금 떨어진 외곽에 자리 잡은 영광의 집에선 아직 사람의 온기가 느껴지지 않았다. 죽은 듯 잠들어 있는 것인지, 아님 아직 집에 들어오지 않은 것인지 사람의 기척 소리가 들리지 않았다. 대신 욕실에서 샤워기 물소리가 들려왔다.

그는 아침 일찍부터 깨어 있었다. 일찍 일어나 공원에서 조깅을 한 뒤에 다시 들어와 샤워를 하는 것이 어느새 일상이 되어버렸다. 시원하게 나오는 물줄기에 몸을 맡기고 있노라면 그 어떤 잡념도 떠오르지 않았다. 샤워 가운이 아닌 반바지 차림에 때가 묻은 수건을 머리에 걸치고 나와 냉장고에서 오렌지 쥬스를 꺼내 벌컥 들이

켰다. 시원하게 들이켠 뒤 다시 방으로 들어오니 침대뿐만 아니라 모든 물건들이 박스에 담겨 흐트러져 있었다. 방 안의 모습은 마치 이사 갈 준비라도 하는 것처럼 보였다.

그는 젖은 머리를 수건으로 털며 책상 옆에 자리를 차지하고 있던 큰 캐리어를 끌어다가 중앙에 펼쳐두었다. 어느 정도 말랐다고 생각해서 젖은 머리를 털던 수건을 침대 위에 놓아두고 흰 티셔츠를 꺼내 입었다. 그리고 곧장 그는 짐을 싸기 시작했다.

캐리어에 옷가지와 바지, 필요한 물품들을 모두 넣었다. 텅 비어 있던 캐리어 안이 물건들로 가득 차서 닫히지도 않을 것 같았지만 마지막으로 책상 위 탑처럼 놓인 액자를 맨 위에 놓았다. 캐리어를 닫으려다가 다시 열어 그 액자를 집어 들고 한참을 뚫어질 듯 바라봤다. 액자를 바라보는 영광의 표정이 참으로 애틋해 보였다.

액자에는 단 한 명의 주인공이 담겨 있었다. 그 주인공은 바로 올해 다섯 살이 된 영광의 조카였다. 영광이 떠난 지 4개월 후 조카가 태어났고, 그때부터 영광은 형이 보내준 사진을 모아 액자에 넣어두고 매일 챙겨봤다. 가끔 영상통화로 조카의 얼굴을 보기도 했다. 그러나 직접 한국으로 돌아가 얼굴을 마주 보는 것은 아마 내일이 처음이 될 것이다.

그동안 시간은 빠르게 흘러갔다. 처음 1년은 학기에만 매달렸다. 정신 없이, 아무 생각 없이 그저 공부에만 매달렸다. 마치 틈을 주면 안 될 것처럼 파고 또 팠다. 친구들은 그를 보며 공부에 미친 것 같다고 했었지만 공부에 미쳐서 그런 것은 아니었다. 그저 다른 생각에 빠지고 싶지 않아서다.

그러면서 공허함과 무력함이 그를 찾아왔고, 도중에 학기를 포기하고 싶던 순간도 찾아들었다. 무기력한 생활을 이어가던 중 한국으로 돌아가고 싶다는 생각이 들었던 때도 있었다. 여희가 보고 싶었다. 가서 한 시간만이라도 보고 오자고 생각해서 짐을 싸기도 했다. 그러다 여희가 현재 혼자가 아니라 형과 함께이며 더 이상 짝사랑의 상대였던 선생님이 아니라 형수님이라는 것을 깨닫고 또한 번 절망해야 했다.

그 순간은 시도 때도 없이 찾아와 영광을 무력하게 만들었다. 쉽게 생각했었다. 몸이 멀어지면 마음도 멀어질 것이라고, 잊을 수 있다고 생각했지만 마음은 그렇지 못했다. 습관처럼 여희를 생각했고, 생각하다가 현실을 깨닫고 힘들어했다.

도저히 안 되겠어서 무작정 짐을 싸서 여행을 했다. 그동안 미란이 보내준 돈으로 여행을 했다면 편하고 좋았겠지만 그는 틈틈이 아르바이트를 해서 번 돈으로 여행을 했다. 학기 중엔 주말을 이용했고, 방학엔 새로운 도시에서 한 달씩을 머무르기도 했다. 그렇게 여행을 하고 또 하면서 여러 가지 생각을 하게 됐고, 좀처럼 들끓기만 하고 멈추지 못하던 마음이 점차 수그러들었다.

여희를 잊기 위해 수많은 노력을 행하던 밤, 정우에게서 전화가 걸려왔고, 영상통화로 첫 조카 사랑이를 보는 순간 영광은 남아 있던 미련들을 모두 털어낼 수 있는 힘을 얻었다. 미련이 남는다는 것은 일말의 희망이 있기 때문이었고, 일말의 희망도 없다면 미련은 생기지 않는다는 것을 깨달았다.

사랑이. 바로 형과 형수의 사랑스런 아이였다. 사랑이가 태어난 이후로 영광은 더 이상 여희를 가슴속에 품어두지 않았다.

사랑이가 두 살이 되던 해에 정우는 학교 일을 모두 정리했다. 정우가 원하지 않았으나 아버지, 도 회장은 그를 곁에 두려 했고, 몇 번의 삼고초려 끝에 그를 설득하는 데 성공했다. 그리하여 정우는 영광그룹의 부회장으로 취임하였다. 이에 미란은 별말을 하지 않았다. 물론 반기는 것은 아니었으나 영광이 떠나기 전과 후가 많이 달라진 것은 틀림없는 사실이었다.

정우가 취임식을 하자마자 매스컴에는 대서특필로 기사를 내보냈고, 전 세계가 떠들썩했다. 또한 몇 개의 신문사에선 적자와 서자의 파벌싸움이라는 형식의 기사를 보도하였는데, 소수의 사람들이 그것을 사실로 받아들여 잠시 주가가 상승과 폭락을 주고받기도 했다. 하지만 그것은 영광그룹의 파워가 대한민국을 들썩하게 만든다는 사실을 다시 한 번 반증하는 해프닝일 뿐이었다.

이사회에서는 탄탄한 울타리를 만들 명목으로 정우의 부회장 취임을 적극 협조하기도 했다. 미란은 그것이 혹시나 영광에게 해가 될까 두려운 마음과 조바심도 들었지만 애써 내색하진 않았다. 한 달에 한 번 본가에 가도 미란은 별말 않고 사랑이를 무릎에 앉혀두고선 도란도란 이야기를 나누기도 했다. 많은 시간이 흘러간 만큼 그들의 사이도 조금씩 변화를 맞이했다.

가장 큰 변화는 바로 부자 간의 거리였다. 아직 상처가 다 아문 것은 아니었지만 정우도 조금씩 노력하는 중이었고, 도 회장도 정우의 마음을 헤아리며 기다림을 갖고, 때론 화해의 손을 내밀기도 하며 조금씩 서로를 위해 노력하고 있었다. 거기다 두 사람의 사이를 조금 좁혀지게 한 계기를 준 것이 바로 손녀의 탄생이었다.

사랑이가 태어나고서 가장 큰 행복이 그들에게 찾아왔다. 그리하여 한 달에 한 번은 본가에 가도록 여희가 지혜를 발휘하게 된 것이다.

"응, 여희야."

회의에 한참 몰두하며 열을 내던 정우의 목소리가 전화 한 통으로 인해 싹 가라앉고 부드러운 목소리가 흘러나오니 회의장에 있던 모든 사람들이 놀란 얼굴로 웅성거렸다. 벌써 3년이나 되었는데도 주변인들은 그의 두 얼굴을 놀라워했다.

-오늘 몇 시에 퇴근이야?

여희의 물음에 정우는 손목에 찬 시계로 시간을 확인한 뒤에 말했다. 오늘 중역 회의도 있었지만 회사 일보다는 가정의 일이 우선이었다.

"정시에 퇴근해야지."

-오늘 정시 퇴근할 수 있어?

"못해도 해야지."

-그런 말이 어디 있어.

"근데 왜?"

-오늘 본가 가기로 한 날이잖아.

"아……."

오늘이 본가에 가기로 한 날이란 것을 깜빡한 정우의 목소리가 잦아들었다. 생각지도 못했는데. 서둘러 변명거리를 찾으려 했다.

"맞다, 그럼 오늘 정시 퇴근은 힘들겠는데."

-정시 퇴근할 수 있다며.

"근데 중역 회의가 있어."

-말 지어내는 건 아니고?

"아니야. 진짜 있어."

그러나 여희에겐 통하지 않았다.

-알았어. 그럼 나랑 사랑이 먼저 가 있을게. 회의 끝나자마자 와야 돼.

"알았어. 사랑이는?"

-간식 먹고 있어.

순간 휴대폰 너머로 사랑이의 목소리가 들려오자 정우가 활짝 웃었다. 정우를 지켜보던 회의실의 모두가 정우의 웃음에 깜짝 놀랐다.

"사랑아."

여희는 휴대폰을 사랑이에게 넘겨주었다.

-아빠!

사랑이의 발랄하고 활기차고 명랑한 목소리가 나오니 정우가 더욱 활짝 웃었다.

"지금 간식 뭐 먹고 있어?"

-빠나나. 아빠, 오늘 할부지 집에 간대. 올 거야?

"당연하지."

사랑이는 통화하다가 바나나를 떨어트렸고, 여희는 다시 바나나를 주었다. 잠시 통화가 끊겼고, 여희가 재차 전화를 걸었다.

-어쨌든 오늘 꼭 와. 잊지 말고.

-……알았어."

전화는 다시 끊겼고, 정우는 낮은 한숨을 내쉬었다. 부자 사이가 많이 좋아졌다고 하나 한 달에 한 번 본가에 가는 일은 정우에게 쉽지 않은 일이었다.

그날 저녁. 중역 회의를 끝내고서 도 회장과 함께 본가로 들어갔다. 현관에서 실내화로 갈아 신고 안으로 들어서니 주방에서 한창 저녁을 준비 중인 미란과 여희의 뒷모습이 보였다. 두 사람은 각자 할 일을 했고, 아직 서먹함이 묻어나왔지만 속 깊고, 배려심 많고, 착한 여희가 간혹 미란에게 도움을 요청하며 거리를 좁히려 노력하고 있었다.

그 모습을 뒤에서 흐뭇하게 바라보던 부자가 마침 돌아본 여희의 시선에 들어왔다. 여희는 활짝 웃으며 두 사람을 맞이했다.

"오셨어요? 아버님."

"오냐. 아주 맛있는 냄새가 나네."

그러자 미란이 답했다.

"굴비 좀 구웠어요. 사랑이가 좋아하더라고."

어느새 그들의 상차림에는 사랑이가 좋아하는 음식들로 가득 차고 있었다. 미란은 그동안 함께 저녁 식사를 하면서 사랑이가 좋아하는 것과 싫어하는 것, 여희가 좋아하는 것과 싫어하는 것 등을 파악해서 상차림을 준비하곤 했다.

오늘은 사랑이가 좋아하는 것과 어른들이 좋아하는 음식들로 상이 차려지고 있었다. 그 모습을 보면서 여희는 내심 고마워하는 눈길로 미란의 뒷모습을 응시했다. 도 회장 또한 조금씩 노력하는 아내의 모습을 고맙게 바라봤다. 정우는 옆으로 다가온 여희의 손을 잡고서 잠시 2층 방으로 함께 들어왔다. 영광의 방 바로 옆이 그들의 침실이었다.

한 달에 한 번 본가에 가는 날이 정해지고, 시간이 조금 늦어졌을 때는 이곳에서 편히 묵고 갈 수 있도록 미란이 만들어둔 방이었다. 그 방에 들어오자마자 정우는 여희를 와락 안았다. 여희의 어깨 너머로 침대에서 새근새근 잠들어 있는 사랑이의 모습까지 눈에 들어오니 이보다 더 행복할 수는 없었다.

"보고 싶었어."

결혼한 지 5년이 넘었지만 그들의 사랑엔 조금에 변화도 없이 촘촘하게, 아니 더욱더 넘쳐흘렀다.

"나도."

여희는 자신을 꽉 안는 그의 허리에 두 팔을 둘렀다. 맞닿은 가슴에선 작은 진동을 내었다. 아직도 둘은 심장이 뛰었다. 서로를 향해, 멈출 수 없다는 듯.

쪽.

정우는 잠시 그녀를 떼어내 입술에 입을 맞추었다.

"사랑이 보느라 오늘도 힘들었지?"

"네가 더 힘들지. 그 수많은 사람들 거느리느라. 중역 회의도 잘했고?"

"그럼."

정우는 넥타이를 느슨하게 풀고서 침대로 다가가 손가락을 빨며 자고 있는 사랑이의 얼굴을 사랑스런 눈길로 내려다봤다. 여희는 정우가 벗어둔 정장 재킷을 옷장에 넣었다. 정우는 계속 사랑이를 보다가 사랑이가 잠시 몸을 뒤척이자 아이를 품에 안아주었다. 힘든 하루, 고단한 하루 속에 한 줄기의 빛이 바로 사랑이다. 이 아이를 보면 그러한 힘든 감정들이 처음부터 없었던 것처럼 사라져갔다. 그 마음이 너무도 신기해서, 소중해서, 그는 한순간도 놓치지 않겠다는 마음으로 사랑이를 바라봤다.

"으응."

사랑이가 몸을 뒤척이며 손을 뻗으니 딱딱하고 넓은 가슴팍이 느껴졌는지 천천히 눈을 떴다.

"아…… 빠?"

사랑이가 정우를 알아보고 말하니 정우가 고개를 끄덕이며 말간 눈꺼풀에 입을 맞추었다.

"일어났어?"

사랑이는 고개를 끄덕이며 기지개를 켰다.

"오늘 뭐 했어?"

정우는 사랑이 옆에 누워서 도란도란 이야기를 나누었다. 사랑이는 오늘 있었던 일을 고스란히 정우에게 전했다. 엄마랑 본가로 와서 할머니와 함께 놀았다는 이야기였다. 할아버지도 좋지만 할머니가 더 좋다는 말에 정우도 웃음을 지었다.

사랑이가 이야기를 마치고 다시 거실로 나간 후에 정우는 침대에 우두커니 앉아 있었다. 그 모습에서 어쩐지 쓸쓸함이 보여 여희가 그 옆을 차지해 앉았다.

"왜 그래?"

느릿한 시선으로 여희를 돌아보는 정우의 눈동자가 거침없이 흔들리고 있었다.

"정우야."

"보고…… 싶어서."

"……어머님?"

정우는 고개를 끄덕였다. 할머니가 좋다는 아이의 말에 더없는 슬픔이 찾아들었다. 사랑이는 할머니가 미란뿐인 줄 알지만 사실 진짜 할머니는 따로 있음을 모르기에 어머니에 대한 안타까운 마음과 슬픔이 치고 올라왔던 것이다. 여희는 그의 어깨를 끌어안았다. 처음 보는 남편의 슬픔. 이제까지 왜 이곳에 오는 것이 마냥 즐겁지만은 않은지 알게 되었다. 아버지 때문이 아니라 이곳에 오게 되면 어머니의 부재를 느끼기 때문에 오고 싶어 하지 않았던 것이다. 여희는 작게 떨고 있는 그의 어깨를 감싸며 함께 눈물을 흘렸다.

저녁 식사를 한 후에 다섯 사람은 소파에 나란히 마주 앉았다. 미란과 여희는 과일을 깎았고, 정우는 차를 준비해서 도 회장과 미란, 여희, 자신 앞에 차례로 놓았다. 정우가 직접 준비한 차를 마신 도회장이 입을 열었다.

"본부장 자리는 비웠고?"

"네, 정리해두었습니다."

내일 영광이 귀국할 것을 알고 미리 도 회장이 정우에게 지시했었다. 영광은 귀국하자마자 차기 본부장 자리에 앉게 될 것이었다. 정우가 부회장 자리에 올랐으니 그 다음은 영광의 차례가 될 것을 염두에 두고서 지시한 사항이다. 미란은 수순대로 절차를 밟을 것이라는 남편을 알기에 더 이상 두말하지 않기로 했다.

두 부자가 회사 일을 얘기하는 동안에 여희는 사과를 포크로 집어 도 회장과 미란, 정우에게 주었다. 미란은 사과를 먹으며 옆에서 놀고 있는 사랑이를 자신의 무릎 위에 앉혔다.

"영광이가 돌아오게 돼서 기쁘시죠, 어머니?"

여희가 물으니 미란이 고개를 끄덕였다.

"보고 싶으셨죠?"

"그럼."

미란은 더 이상 말하지 않고 사랑이를 물끄러미 내려다보다가 작은 머리통을 쓰다듬었다. 영광이도 이리 작았었다. 작은 머리와 작은 몸, 작은 손으로 울고 있던 자신을 달래주었었다. 사랑이를 통해 영광의 어릴 적을 떠올리던 미란이 눈물을 떨구었다. 보고 싶었다. 너무나. 아들이 그리웠다.

여희도 그 마음을 모르지 않았다. 자식을 생각하는 엄마의 마음은 그 누구와도 같음을 알았다.

다음 날, 인천 국제공항에 검정색의 세련된 차가 앞에 도착했다. 입국장에서 입국하던 영광의 눈앞에 그토록 그리웠던 미란이 서 있었다. 영광은 밀고 있던 카트도 버려둔 채 미란에게 달려가 안겼다. 미란도 자신보다 훨씬 키가 큰 영광을 끌어안으며 눈물을 흘렸다.

영광은 곧장 미란과 함께 영광그룹 본사로 들어갔다. 회장실 안으로 들어서자 도 회장이 감격스러운 얼굴로 영광을 와락 안았다. 태어나 처음 안아보는 아버지는 생각했던 것보다 훨씬 더 말라 있었다. 넓고, 품이 크고, 산보다도 더 높은 사람이라고 생각했던 전과 너무도 달라져 있었다.

아들은 컸고, 아버지는 늙었다. 세월은 결코 멈추지 않는다. 흘러가고 흘러가며 기억을 추억하게 만들고, 행복도, 슬픔도, 잠시 잠깐으로 만들었다. 영광은 아버지 품에 안겨 여러 생각을 떠올렸다.

"잘 돌아왔다. 잘 돌아왔어."

"죄송합니다. 아버지."

"아니야. 아니야, 영광아."

두 사람은 오래도록 서로를 품에서 떼어놓지 않았다. 영광은 귀국하자마자 아버지 회사로 입사하게 될 것을 예상했다. 본부장 자리가 공석이라는 소식도 듣게 되었다. 그래서 더 부담스럽기도 했다. 사내에선 아마 자신을 낙하산이라고 할지도 모른다. 아니 분명히 그럴 것이다. 하지만 회장의 아들이기에 얻는 타이틀이니 그 부담까지도 짊어져야 함이 그의 숙명이었다.

"형!"

영광은 곧장 부회장실로 들어섰다. 부회장 명패를 앞에 놓고 서류를 검토하던 정우가 부름에 고개를 들어올렸다. 영광을 보며 활짝 웃은 그가 자리에서 벌떡 일어났다.

"도영광!"

형제는 서로를 부둥켜안았다. 5년이라는 공백이 있었음에도 그들 사이엔 어색함이라고는 찾아볼 수가 없었다. 두 사람에겐 반가움만이 역력했다.

"와, 키가 나보다 더 크네. 뭘 먹은 거야?"

"그러게. 내가 형보다 더 커."

어느새 영광은 자신보다도 더 훌쩍 커 있었다. 시간의 공백은 여기서 또 한 번 느껴졌다. 5년이란 시간은 꽤나 컸다.

"사랑이는?"

"집에 있지. 오자마자 사랑이 타령이냐?"

"당연하지. 내가 아무 연고도 없는 캐나다에서 누구 때문에 버텼는데."

"사랑이 때문이라고?"

"그럼. 형, 오늘 일 많아?"

"음. 조금."

"그래도 부회장인데, 하루쯤 땡땡이쳐도 되지 않을까?"

영광의 능글거리는 말에 정우가 웃으며 그의 어깨를 툭 쳤다.

"넌 오자마자 부회장 땡땡이시키냐?"

"사랑이 보러 가자, 형."

"그래, 알았다. 아, 그 전에 네 방부터 봐."

"방?"

"너 다음 주부터 바로 입사인 거 알지?"

"알지."

"온 김에 네 방 좀 보고 가자고."

"그러든지."

정우는 영광과 함께 11층에 마련된 본부장실로 들어갔다. 깔끔한 서재 스타일의 본부장실을 본 영광의 표정이 딱딱하게 굳어졌다. 역시나 딱딱하고, 자기 취향이 아니었다.

"왜 그래? 별로냐?"

정우가 그동안 신경 쓴다고 썼던 방인데, 표정이 굳는 영광을 보니 마음이 썩 좋지 않았다. 하지만 이와 반대로 영광은 방이 마음에 안 든다기보다는 저 명패가 마음에 걸렸다.

"명패가 별로네."

이를 눈치챈 정우가 그의 어깨에 손을 올렸다.

"부담스러워?"

"좀…… 많이."

영광은 책상 앞으로 다가가 투명한 크리스탈에 자신의 이름 석 자가 새겨진 명패를 매만졌다. 아무리 생각해도 이건 아니다. 아니라는 마음이 강렬하게 느껴졌다.

"생각이 많은 얼굴이네."

"형."

"어."

"아버지 건강 많이 안 좋으신 건…… 아니지?"

"왜, 아버지 건강 때문에 서두르시는 것 같아?"

"아니길 바라지만 혹시나 하고."

"그런 건 아니야. 정기적으로 검진도 잘 받으시고, 회사 일이 조금 무리가 있긴 해도 건강이 나쁜 건 아니야."

"근데 왜 이렇게 서두르시는 건데?"

"네 어머니 때문이지."

"……."

'어머니…….'

말을 곱씹던 영광이 명패를 다시 제자리에 놓아두었다.

"말씀은 안 하시지만 5년 동안 많이 힘드셨을 거야. 어머니 마음은 오로지 자식 걱정하는 데 마음을 쓰니까. 너 가고 돌아오기만을 손꼽아 기다리셨어. 나도 자식을 낳아보니까 어렴풋이 알겠더라. 그 마음."

"형."

"부담스럽고, 힘들 거야. 적응도 안 될 거고. 근데 영광아, 아버지 곁에 있어드려야 하는 건 자식으로서 해야 하는 일이고, 그래야 지금 이루어진 가족을 지킬 수가 있는 거잖아. 그러니까 너도 곁에서 일 좀 거들어드려. 그럼 돼."

"형은?"

"뭐가 임마."

"형은 어떤데?"

영광은 내심 속마음을 비췄다. 정우도 자신이 필요로 해줄까. 혹여 자신만 형을 생각하는 것은 아닐까. 그러나 그런 걱정은 할 필요가 없었다. 정우는 그 마음을 알고선 피식 웃었다.

"나도 네가 필요해."

영광은 정우를 따라 웃었다. 누군가에게 필요한 사람이 된다는 것은 꽤나 설레는 일이었다. 또 한 번 가족의 소중함을 느꼈다.

본가에 가기 전에 정우와 함께 영광은 정우의 집으로 왔다. 서울 북한산에 위치한 그들의 보금자리에는 사랑으로 가득했다. 현관이 열리고 정원에 나온 여희가 영광을 알아보고는 활짝 웃었다.

"영광아!"

"샘!"

영광은 열아홉 그때 그 시절로 돌아가 여희를 마주했다. 여희는 5년 전과 다를 바 없는 그대로의 외모를 갖고 있었다. 다섯 살 딸을 둔 애 엄마라고 하기엔 너무도 젊고, 아름다운 모습이라 영광은 감히 쳐다볼 수도 없을 정도였다.

"정말 오랜만이야!"

여희는 반가운 마음에 영광을 꼭 끌어안았다. 순간 영광이 주춤했지만 자신의 품에 안겨오는 여희를 물리칠 수는 없어 가만히 있었다. 행여 또다시 심장이 발작을 일으키는 것은 아닐까 걱정했지만 생각보다 심장은 멀쩡했다.

"키가 더 컸네. 더 잘생겨졌어."

"샘은 다시 시집가셔도 될 것 같은데요?"

그러니 정우가 영광의 옆구리를 퍽 쳤다. 여희는 크게 웃었고, 영광은 아픈 척을 했다. 그때 곰돌이 인형을 끌어안고서 잠옷 차림을 한 자그마한 아이가 현관으로 달려 나왔다. 이를 먼저 발견한 영광은 사진과 영상만으로 본 조카를 단번에 알아보고는 무릎을 굽혀 앉았다.

"도사랑!"

사랑이는 여희를 닮아 크고 맑은 눈으로 앞에 쪼그려 앉은 영광을 빤히 쳐다봤다. 마치 그 눈이 영광이 누구임을 살펴보는 것 같아 가만히 눈을 마주하고 있었다. 곧 사랑이는 제 앞에 있던 남자가 삼촌임을 알아보고는 크게 외쳤다.

"삼촌!"

영상통화만으로도 영광을 알아본 사랑이가 달려가 영광의 품에 쏙 안겼다. 그러자 영광은 사랑이를 안아 들고선 주변을 크게 돌았다.

"삼초온!"

영광은 사랑이의 보드랍고 뽀얀 뺨에 뽀뽀를 연신 퍼부었다. 사랑해도 모자랄 만큼 사랑스런 아이였다.

"삼촌이 사랑이 얼마나 보고 싶었는지 모르지?"

"나도 삼촌 보고 싶었어."

"나도."

집에 들어와 영광은 제 무릎에 사랑이를 앉혀두고선 도란도란 이야기를 나누었다. 나누는 모든 말들이 애정이 뚝뚝 묻어나와 슬슬 정우가 질투를 느끼고 있던 참이다.

"도사랑."

"응. 왜, 아빠?"

결국 질투가 나서 참을 수 없던 정우가 사랑이를 장난스레 노려봤다.

"오자마자 삼촌하고만 이야기하고. 아빠는 안 놀아주고."

툴툴거리자 사랑이가 웃으며 영광이 품에서 벗어나 정우에게 달려가 안겼다. 또 금방 얼굴이 펴지며 뺨에 뽀뽀를 마구 퍼부었다.

"학교 졸업은 한 거야?"

"그럼요, 전액 장학금 받고 다녔는걸요."

"그럴 줄 알았어. 우리 영광이는 그때도 공부 잘했으니까."

영광은 여희가 놓아준 차를 마시며 그동안의 안부를 물었다.

"샘은 다시 학교 복귀하셨어요?"

"아니, 아직. 사랑이가 어리기도 하고, 또 형이 못 나가게 해서."

그러자 영광이 정우를 돌아봤다.

"왜 형은 형수를 못 나가게 해?"

"내가 못 나가게 한 건 아니야."

"형수가 못 나가게 했다는데, 뭐."

"아직 사랑이가 어리잖아."

이번엔 사랑이가 반발했다.

"나 안 어린데!"

그러자 세 사람은 크게 웃었다.

"여자 친구는 없어?"

여희가 물으니 영광이 답했다.

"아직 없어요."

정우는 사랑이를 안고 방울토마토를 집어주다가 놀라서 그 둘을
바라봤다. 아무래도 여자 친구 이야기는 이쯤에서 그만두게 하려는
데 영광이 묻지 않은 말을 쏟아냈다.

"아, 여행지에서 만난 친구는 있어요."

"정말?"

"진짜로?"

여희와 정우가 동시에 영광을 보면서 물었다. 그러자 영광이 고개를 끄덕였다.

"지난해 스페인을 갔었는데, 거기서 만난 친구가 하나 있어요. 그 친구 이름이 마리아였는데, 계속 가는 곳마다 마주치더라고요."

"어머, 인연인가 보다!"

"연락처는 주고 받았고?"

"아니요. 번호는 아니고 그냥 메일 주소만 알려줬어요."

"아, 왜. 전화번호도 좀 물어보고 한국에서도 좀 만나고 그러지. 아님 그 여자분은 한국인 아닌가?"

정우가 안타까움에 소리치면서 말했다.

"아니. 한국인."

"그럼 잘됐네. 만나 봐!"

정우는 적극적으로 밀어붙였고, 그 모습을 뭔가 수상쩍게 느낀 여희가 계속 응시했다.

"야, 임마. 그럴 때는 남자가 먼저 밀어붙여야 하는 거야. 밍기적 거리다가 놓친다고. 아니다, 예뻐?"

"뭐, 못생기진 않았어."

"그럼 만나 봐! 뭐가 문제야."

정우는 영광이가 여희를 잊고 어서 새 출발하기를 바랐다. 그 마음을 누구보다 잘 알기에 적극적으로 물어봤던 것인데 불꽃은 이상한 방향으로 튀고 말았다. 여희가 자신을 째려보고 있음을 알게 된 정우가 잔뜩 긴장한 어투로 물었다.

"왜, 왜 그렇게 봐?"

"너야말로 왜 이렇게 적극적이실까?"

"어, 어?"

"왜, 네가 새 출발이라도 하게?"

"그게 무슨 말이야? 말도 안 되는 소릴 하고 있어."

"그럼 왜 그렇게 설레발인데? 막 되게 설레어하는 것도 같고."

"설레긴 무슨. 난 그저 순수한 마음으로 내 동생이 잘되기를 바라는 마음에서였지."

"야, 도정우."

"아니라니까!"

결국 정우는 자리에서 일어났고, 여희가 따라 일어나 정우의 뒤를 졸졸 쫓으며 앵무새처럼 따져 물었다. 졸지에 사랑이와 단둘이 남은 영광은 사랑이를 꼭 안고선 말했다.

"엄마, 아빠 왜 그래?"

영광의 말을 가만히 듣던 사랑이가 영광이의 귓가에 대고 속삭였다.

"서로를 많이 사랑해서 그런 거야."

"사랑? 도사랑?"

사랑이는 사랑에 대한 뜻을 잘 몰라서 자신의 이름인 줄 알고 영광에게 되물었다. 그러자 영광은 사랑이가 너무 귀여워서 꽉 끌어안아주었고, 정우와 여희는 끊임없이 싸웠다.

"나 정말 그런 의도가 아니었어!"

"의도가 어찌 됐든, 왜 네가 아쉬워하느냐고!"

"아니라니까 진짜! 아, 정말 미치겠네."

"내가 사랑이 듣는 데서 그런 나쁜 말 쓰지 말랬지!"

여희와 정우는 끝까지 서로 티격태격했다. 이러다가는 정말 날이 새버릴지도 몰라서 영광이 일어나 그들을 말리기 시작했다.

"형, 형수님. 이제 그만하세요. 사랑이도 보고 있는데 이럼 안 되죠."

영광이 입에서 '사랑이'라는 단어가 나오자마자 두 사람은 티격태격하던 것을 그만두었다. 하지만 서로를 바라보는 눈빛만큼은 티격태격하는 것을 멈추지 못하고 있었다. 때마침 사랑이가 졸린 듯 눈을 비비며 여희를 불렀다.

"엄마…."

사랑이가 부르자마자 여희는 냉큼 다가가 사랑이를 품에 안아 들었다.

"사랑이 졸려?"

사랑이는 고개를 끄덕이며 여희의 품속으로 더욱 파고들었다.

"우유 마실까? 사랑이?"

"우웅. 우유 줘."

사랑이는 잠에 들기 전에 꼭 우유를 마시는 습관이 있었다. 여희가 사랑이를 안고 주방으로 가려 하자 정우가 얼른 다가가 사랑이를 받아 안았다. 여희는 곧바로 주방으로 달려가 우유가 담긴 컵을 들고 와서 정우에게 건네주었다. 정우는 사랑이가 우유를 흘리지 않게 잘 마실 수 있도록 받쳐주었다. 사랑이가 우유를 다 마시자 정우는 사랑이를 품에 안고서 편히 잘 수 있도록 등을 두드려주었다.

여희는 그 모습을 보면서 흐뭇하게 웃었다.

어느새 두 사람은 싸웠던 것도 잊은 채 자식을 사랑하는 부모가
되어 있었다. 영광은 그들을 보면서 자신도 모르게 결혼하고 싶다
는 생각을 했다. 언젠가 결혼을 하게 된다면 형 부부처럼 살고 싶다
는 생각도 했다. 영광이 보기엔 그 두 사람은 참으로 잘 어울리는
부부였다. 마음이 편안했다. 영광이 사랑하는 두 사람이 행복해 보
여서, 편해보여서, 사랑이 넘쳐 보여서 좋다.

"사랑이 잔다."

정우가 자신의 어깨에 기대어 새근새근 잠이 든 사랑이를 보며
여희에게 속삭였다. 여희도 고개를 끄덕이며 잠든 사랑이의 이마에
입을 맞추었다. 정우도 사랑이의 손을 마주 잡으며 손등에 입을 맞
추었다. 눈에 넣어도 아프지 않다는 말, 요즘 그들이 자주 느끼는
말이다. 처음 부모가 되니 아직 서툰 점도 많고, 노력해야 할 부분
도 많다. 하지만 서로가 함께이니 함께 노력한다면 좋은 부모가 될
수 있지 않을까?

정우는 여희의 뺨에 쪽 뽀뽀를 했다. 여희는 웃으며 영광의 눈치
를 살폈지만 이미 영광은 두 사람을 위해 자리를 피해준 상태였다.
여희는 영광이 자리에 없다는 것을 알고선 정우의 뺨에 뽀뽀를 했
다.

"고마워, 여희야."

"나도 고마워."

정우와 여희는 서로를 바라보며 방긋 웃었다. 그리고 다시 사랑
을 속삭였다.

"사랑해."

"나도 사랑해."

두 사람은 다시 입을 모아 정우의 품에서 잠든 사랑이에게 귓가에 작게 속삭였다.

"사랑아. 사랑해."

오늘 하루도 사랑한다는 말로 마무리했다. 결혼해서 함께 산 지도 벌써 5년. 어쩌면 서로에게 소홀할 수도 있고, 육아로 인해 힘들 수도 있지만 정우와 여희는 그럴수록 더 많은 사랑을 이야기하기로 했다. 사랑은 많이 나눌수록, 많이 이야기할수록 배가 되는 법이니까.

언제까지나 사랑을 이야기할 수 있기를.

영원히 서로를 사랑하기를.

-마침-

작가 후기

초심을 잃지 말라는 말이 있습니다. 하지만 무릇 사람은 초심을 잃고 살아갑니다. 저 또한 그랬습니다.

처음에는 글을 쓰는 일이 정말 좋았습니다. 머릿속에서 상상만 했던 일이 제 작품 속에서 살아 움직이고 있다는 것에 믿기지 않았었습니다. 상상할 때도, 그 상상을 이야기로 만들어 글을 쓸 때도 정말 즐거웠습니다. 그러나 어느 순간부터 글을 쓰는 일이 그저 '일'이 되었을 때 점점 흥미를 잃어갔습니다. 즐거움도 없이 미간을 좁히며 스트레스를 받으며 글을 쓰는 제 자신을 발견하였을 때, 문득 초심을 잃었다는 생각을 했습니다.

그때 만나게 된 작품이 바로 『사고쳤어요』입니다. 글을 쓰는 순간부터 잃었던 초심을 찾게 해준 작품도 바로 이 작품입니다.

불현듯 떠오르던 첫사랑을 작품 속에 녹여냈습니다. 수많은 드라마나 영화 속에서 흔히 다뤄지는 소재가 바로 '첫사랑'입니다. 또 혹자는 첫사랑은 이루어지지 않는다고 말합니다. 저 또한 첫사랑에 실패한 사람이기도 합니다. 그래서 더 쓰고 싶었던 것일지도 모르겠습니다. 작품 속에서나마 첫사랑을 이루게 해주고 싶었던 것도 같습니다. 그 바람에서 『사고쳤어요』는 시작되었습니다.

한 사람의 '오해'로 인해 여희와 정우는 헤어지게 되었습니다. 그들이 다시 만나려면 더 많은 우연이 필요했고, 운명 같은 사고도 필요했습니다. 그리고 13년 만에 접촉 사고로 두 사람은 다시 만나게 됩니다. 어쩌면 제가 만들어낸 상상이 '나도 그렇게 첫사랑과 재회했으면⋯⋯'이라는 마음에서 비롯된 것 같습니다.

『사고쳤어요』를 쓰면서 저 또한 첫사랑과 재회한 기분을 느꼈습니다. 독자분들께서도 아마 첫사랑과의 잊지 못할 기억이 있으실 것입니다. 또 첫사랑을 이루신 분들도 계실 겁니다. 이 글을 연재할 당시에 많은 독자분들의 사랑을 받았습니다. 그분들 중에서 정말 첫사랑을 이루었다는 분들도 계셨습니다.

『사고쳤어요』를 보면서 첫사랑과의 기억을 다시 되돌아봤다고 하셨을 때, 정말 행복했습니다. 한 작품을 쓰면서 독자분들의 말 한마디는 정말 큰 힘이 됩니다. 저 또한 정말 큰 힘을 얻었고, 그 힘으로 끝까지 완결을 낼 수 있었고, 단 한 권의 책이 출간될 수 있었습니다. 감사합니다. 제가 이 작품을 완성하기까지 독자분들의 힘이 매우 컸습니다.

정말 감사드리고, 앞으로 다양하고, 재미있고, 가슴 따뜻한 사랑을 이야기하는 작가가 되겠습니다.

이 책이 출간되기까지 많은 도움을 주신 모든 분들께 감사드리며 와이엠북스, 박지은 담당자님께 정말 감사의 말씀을 드리고 싶었습니다. 감사합니다.

독자분들, 더운 날씨입니다. 부디 건강 조심하시고, 앞으로 행복할 일만 가득하시길 기원합니다.

감사드립니다.

-미묘리 드림.